J.R. Ward

Addiction

Anges déchus – 2

Traduit de l'anglais (États-Unis) par Marianne Feraud

Milady

Milady est un label des éditions Bragelonne

Titre original : *Crave*

Publié avec l'accord de NAL Signet,
membre de Penguin Group (U.S.A.) Inc.

ISBN : 978-2-8112-0890-5

Bragelonne – Milady
60-62, rue d'Hauteville – 75010 Paris

E-mail : info@milady.fr
Site Internet : www.milady.fr

Au docteur Judith Peoples et en hommage à toutes ses bonnes œuvres. Elle est la preuve irréfutable que les anges peuvent porter des chaussures sublimes quand ils foulent le sol…

Remerciements

À Kara Welsh, merci pour tout !

Et avec mes remerciements à Leslie Gelbman, à Claire Zion et à toute la fine équipe de NAL.

Merci à Steven Axelrod, ma voix de la raison.

Avec tout mon respect et mes remerciements à l'équipe Waud : Dee, LeElla et Nath, sans qui rien de tout cela ne serait possible. Que ferais-je sans vous ? Et un petit coucou à Jac (et à son Gabe !) : ma cuisine est la tienne. Non, vraiment. J'insiste. Ne m'oblige pas à te supplier.

Merci également à Ann, Lu, et Opal – les plus incroyables correcteurs que j'aie jamais vus ! (Et Ken, tu vois, je t'avais dit qu'on pouvait me dresser ; et tu peux renvoyer la Super Glue.)

Un grand merci également à Cheryle, à qui j'obéis sans broncher parce que je ne suis pas folle.

Avec toute mon affection aux modérateurs des forums : je vous suis extrêmement reconnaissante pour tout ce que vous faites par pur altruisme.

Un immense merci à Jessica Andersen, pour son soutien indéfectible, son intelligence, sa bonne humeur et son humour. Je regrette toujours de ne pas être dans ton top cinq. (soupir)

Et, bien sûr, avec mes remerciements à maman Sue (Grafton).

Comme toujours, avec tout mon amour à ma mère, à mon mari, à ma famille et à la meilleure moitié de WriterDog.

Prologue

Le désert, aux antipodes de Caldwell, État de New York, de Boston, État du Massachusetts, et… de la raison.

Deux ans après le drame et sa libération des commandos XOps, Jim Heron se dirait que sa vie, ainsi que celle d'Isaac Rothe et de ce salaud de Matthias, avait basculé la nuit où la bombe avait explosé dans le sable.

Bien sûr, à l'époque, ils ignoraient la signification et les conséquences de cet événement. Mais la vie, c'est comme un parc d'attractions : personne n'a droit à une visite guidée. On saute sur les manèges comme ils se présentent, sans savoir si l'on va prendre son pied… ou dégobiller son hot-dog et sa barbe à papa.

Et c'est sans doute préférable. Cependant, il n'aurait jamais cru se retrouver un jour aux prises avec un démon dans le saint espoir de sauver le monde de la damnation.

Mais peu importe, car cette nuit-là, dans le froid sec qui s'était abattu dès l'instant où le soleil s'était couché sur les dunes, son commandant et lui avaient pénétré dans un champ de mines. Et si l'un en était ressorti sur ses deux jambes…

On ne pouvait pas en dire autant de l'autre.

— On y est, dit Matthias alors qu'ils approchaient d'un village abandonné qui se découpait sur la ligne d'horizon dans un camaïeu d'ocres.

Ils se trouvaient à vingt-cinq kilomètres au nord-ouest de leur stationnement. En tant que membres des XOps, ils agissaient en dehors de la hiérarchie habituelle, avec pour principal intérêt de posséder des pièces d'identité en provenance de toutes les branches de l'armée et de pouvoir s'en servir à leur guise.

Le village, si on pouvait l'appeler ainsi, se composait de quatre bâtiments en pierre délabrés et d'un petit groupe de huttes en bois recouvertes de bâches. À quelques dizaines de mètres de leur cible, Jim se raidit, ses lunettes de vision nocturne captant des mouvements tout autour de lui. Il maudissait ces putains de tentes : elles flottaient dans le vent en projetant des ombres courant dans tous les sens, comme des hommes armés de fusils. Et de grenades. Et de toutes sortes d'objets tranchants et aiguisés.

Ou, dans le cas présent, crasseux et sablonneux.

Il détestait les missions dans le désert. Mieux vaut tuer en terrain civilisé. On est peut-être plus exposé dans un environnement urbain, voire banlieusard, mais on sait à peu près ce qui risque de vous tomber dessus. Là, en revanche, les gens disposaient de moyens qui lui étaient étrangers et cela le rendait extrêmement nerveux.

Sans compter qu'il n'avait aucune confiance en l'homme qui l'accompagnait. D'accord, Matthias était à la tête d'une organisation dotée d'une ligne directe avec Dieu. Bien sûr, Jim s'était entraîné avec lui bien avant cette mission. Et oui, il était sous son commandement depuis une dizaine d'années… Mais, plutôt que de le rassurer, tous ces éléments ne faisaient que renforcer son malaise.

Et voilà qu'ils se retrouvaient dans le « village » d'une riante bourgade sûrement précédée d'un panneau de bienvenue annonçant : « Ici, personne ne retrouvera jamais votre cadavre. »

Une rafale balaya la plaine, courant sur le sable, soulevant ses minuscules particules pour les déposer pile-poil dans le col de sa tenue de camouflage. Sous ses grosses bottes noires à lacets, le sol évoluait constamment, si bien que Jim avait l'impression d'être une fourmi parcourant le dos d'un géant agacé par ses gesticulations.

Si ça continuait, une grande paume n'allait pas tarder à s'abattre du ciel pour l'écrabouiller.

C'était Matthias qui avait eu l'idée de cette marche vers l'est. Tout ça pour discuter d'une affaire « dont ils ne pouvaient parler ailleurs ». Jim avait trouvé cela si louche qu'il avait revêtu un gilet pare-balles et s'était lesté de près de vingt kilos d'armes. Et d'eau. Et de vivres.

Une vraie bête de somme.

— Par ici, dit Matthias en se penchant dans l'embrasure d'un des bâtiments.

Jim s'arrêta et regarda autour de lui. Rien que des bâches dansant la gigue, à première vue.

Il sortit ses deux flingues avant d'entrer. C'était l'endroit parfait pour un interrogatoire musclé. Il n'avait aucune idée de ce qu'il avait fait pour mériter cela, mais une chose était claire : il était inutile de fuir. Si ses doutes s'avéraient fondés, il allait se retrouver face à deux ou trois membres des XOps qui le travailleraient au corps pendant que Matthias le cuisinerait. Et s'il prenait la poudre d'escampette ? Ils le traqueraient aux quatre coins de la Terre, quel que soit le temps que ça leur prendrait.

En tout cas, cela pourrait expliquer pourquoi Isaac Rothe s'était pointé cet après-midi en compagnie du chouchou de Matthias : son lieutenant. Ces deux-là étaient des tueurs implacables, des pitbulls prêts à vous sauter à la gorge.

Ouais, cela paraissait logique, et il aurait dû s'en rendre compte plus tôt. Encore que cela n'aurait rien changé.

Personne ne quittait les XOps vivant. Ni les agents, ni les indics, ni les chefs. On savait qu'on allait mourir au combat, même si on l'ignorait le jour de son recrutement.

Pourtant, depuis quelque temps déjà, Jim songeait sérieusement à déserter. Certes, il était très doué dans son rôle de tueur à gages, mais cela commençait à foutre le boxon dans sa tête. Et Matthias avait peut-être capté ses intentions, d'une manière ou d'une autre.

Il est temps d'affronter l'orage, se dit Jim en franchissant le seuil. *Mais s'ils croient que je vais me laisser…*

Matthias était seul.

Jim baissa lentement ses armes et scruta de nouveau la pièce exiguë. À en croire ses lunettes de vision nocturne, personne d'autre n'était tapi dans l'ombre. D'un geste du pouce, il bascula en mode détection thermique. Rien que Matthias. Immobile.

— C'est quoi ce bordel ? demanda Jim.

Matthias se tenait dans le coin opposé, environ trois mètres plus loin. Lorsqu'il remonta les mains le long du corps, Jim braqua de nouveau son revolver… mais Matthias se contenta de secouer la tête en desserrant la bandoulière de son fusil. Il s'en débarrassa et l'arme atterrit dans le sable.

Puis il fit un pas en avant, ouvrit la bouche et prononça quelques mots à voix basse…

Un éclair. Un fracas. Une déflagration.

Puis… rien. Hormis une pluie de sable et de débris.

Quelque temps plus tard, Jim revint à lui. L'explosion l'avait projeté contre le mur de pierre et assommé. À en juger par la raideur de ses muscles, il avait dû rester longtemps dans les vapes.

Après quelques instants de confusion, il se redressa prudemment en se demandant s'il s'était cassé quelque chose…

De l'autre côté de la pièce, il aperçut un tas de vêtements déchiquetés à l'endroit où Matthias s'était tenu.

—Oh, merde…

Jim ajusta ses lunettes de vision nocturne, se débarrassa de ses armes et rampa jusqu'à son chef.

—Matthias… Oh, putain…

Le bas d'une de ses jambes ressemblait à une racine qu'on aurait arrachée du sol ; il ne restait plus rien du membre qu'un moignon. Et son pantalon était maculé de taches sombres. Du sang, très probablement.

Jim prit le pouls de son chef à sa nuque. Il en trouva un, mais faible et irrégulier.

Il déboucla sa ceinture et la noua autour du mollet de Matthias. Puis il serra de toutes ses forces pour faire un garrot. Enfin, il l'examina rapidement pour déceler d'autres blessu…

Merde. Quand Matthias avait été soufflé par l'explosion, il était tombé sur un pieu en bois. Cette saloperie le traversait de part en part, comme un cure-dent embrochant un petit-four.

Jim se redressa à moitié pour voir si l'objet resterait en place le temps de sortir Matthias de là…

Il ne semblait pas être maintenu par quoi que ce soit. *Ouf.*

—« Danny, mon garçon… »

Jim fronça les sourcils et regarda son commandant.

—Quoi ?

Matthias ouvrit difficilement les yeux, comme si ses paupières pesaient des tonnes.

—Laisse… moi.

—T'as la jambe en bouillie et…

—Laisse-moi…

—Va te faire foutre.

Jim tendit la main vers son transistor en priant pour qu'Isaac décroche, et pas ce connard de lieutenant.

—Allez... Réponds...

—Qu'est-ce que je peux faire pour toi ?

Jim remercia Dieu en entendant la voix à l'accent traînant du Sud.

—Matthias est à terre. Une bombe. Préviens les autres de notre retour. Ça m'embêterait de servir de cible.

—C'est grave ?

—Sérieux.

—Vous êtes où, que j'envoie une Land Rover vous chercher ?

—À quarante-six degrés au nord de...

Une détonation retentit en face de lui et la balle fendit l'air en frôlant l'oreille de Jim, qui crut avoir été touché à la tête et que la douleur n'allait pas tarder à apparaître. Alors qu'il prenait appui sur une paume, Matthias lâcha son revolver... mais bizarrement, Jim ne tomba pas à la renverse avec une balle logée dans le crâne. À l'évidence, ce n'était qu'un avertissement.

Une lueur malsaine brillait dans l'œil encore indemne de son chef.

—Sors-toi... de là... vivant.

Avant que Jim ait pu lui ordonner de fermer sa gueule, il se rendit compte qu'un objet mordait la main qu'il avait posée au sol. Lorsqu'il le leva à la lumière, il découvrit... un morceau du détonateur de la bombe.

Il le tourna un moment dans sa main, sans comprendre. Et soudain, il le reconnut.

Plissant les yeux en direction de Matthias, il fourra le fragment dans sa poche de devant et se pencha de nouveau sur son chef.

—Tu ne te débarrasseras pas de moi comme ça, dit Jim d'un ton grave. Hors de question.

Matthias se mit à bafouiller au moment où un chapelet d'insultes parvenait dans l'oreillette de Jim.

— Je vais bien, dit ce dernier à Isaac. Juste un accident. Je me mets en route pour le camp. Assure-toi qu'on ne se fasse pas canarder.

La voix du sudiste redevint aussi ferme que sa main lorsqu'il tuait.

— Où êtes-vous ? Je vais venir vous…

— Non. Reste où tu es. Essaie de choper discrètement un médecin, un type qui saura fermer sa gueule. Et on aura besoin d'un hélico. On va l'hélitreuiller. En catimini. Personne ne doit être au courant de ce qui s'est passé.

Il n'avait aucune envie qu'Isaac se lance à leur recherche en pleine nuit. Ce type était son seul rempart contre l'accusation d'avoir assassiné le chef de l'organisation gouvernementale secrète la plus meurtrière des États-Unis.

Il n'y survivrait pas. Au sens propre du terme.

En tout cas, cette affaire ne ferait jamais la une des journaux. Étouffer les emmerdes faisait partie de la routine chez les XOps. Personne ne connaissait leur nombre exact, ni leur rôle, ni leur identité.

— Tu m'entends, Isaac ? Trouve-moi ce que j'ai demandé. Sinon, c'est un homme mort.

— Bien reçu, répondit Isaac. Terminé.

Après avoir confisqué le pistolet qui venait d'être utilisé, Jim souleva son chef, chargea le corps inerte et sanguinolent sur ses épaules, puis se mit en route.

Sortant de l'abri en pierre, il s'engagea dans la nuit froide et orageuse.

Tandis qu'il arpentait les dunes, il gardait l'œil sur sa boussole, se fiant au nord pour le guider à travers l'obscurité. Sans ce point de repère, il aurait été totalement perdu, car le désert s'étendait à perte de vue.

Enfoiré de Matthias.

Qu'il aille au diable.

Cela étant, en supposant qu'il survive, il venait d'offrir à Jim la possibilité d'échapper aux XOps : la bombe avait été fabriquée par leurs soins et Matthias avait posé le pied à l'endroit précis où se cachait le détonateur. Or, ce genre de coïncidence n'arrive que si l'on veut se faire sauter la gueule.

Apparemment, Jim n'était pas le seul à vouloir recouvrer la liberté.

Et il comptait bien se servir de cette information.

Chapitre premier

Sud de Boston. De nos jours.

— Non mais ça va pas la… On n'est pas sur un ring, là ! Isaac Rothe poussa le prospectus de l'autre côté du capot, prêt à redonner un coup de poing dans la tôle s'il n'obtenait pas de réponse.

Comme l'organisateur de combats semblait uniquement préoccupé par les dégâts causés à sa Mustang, Isaac saisit le type par le devant de sa veste.

— J'ai dit : « Qu'est-ce que mon visage fout là-dessus ? »

— Calmez-vous, d'ac… ?

Isaac l'attira si près de lui qu'il reçut une bouffée de l'herbe que le type fumait.

— Je vous l'ai dit : pas de photo. Jamais.

L'homme leva les mains en signe de capitulation.

— Je suis désolé… Vraiment… Écoutez, vous êtes mon meilleur lutteur. Vous attirez les foules. Vous êtes la star de mon…

Isaac resserra le poing pour interrompre sa tirade.

— Pas de photo. Sinon, pas de combat. C'est clair ?

— Ouais, désolé.

Isaac relâcha son étreinte sans prêter attention à la respiration haletante de l'homme, puis chiffonna le prospectus. Se maudissant, il jeta un coup d'œil au parking de l'entrepôt abandonné. *Quel crétin. Quel crétin d'avoir fait confiance à cet enfoiré de lèche-cul.*

Le fait est que les noms n'ont pas d'importance. N'importe qui peut se prénommer Tom, Dick ou Harry sur sa carte d'identité, à condition d'avoir la bonne police de caractères et une machine à plastifier capable d'imprimer des hologrammes. Mais votre tronche, votre gueule, votre trogne… À moins d'avoir les moyens de recourir à la chirurgie esthétique, c'est la seule chose qui permet de vous identifier formellement.

Et la sienne venait d'être photocopiée en centaines d'exemplaires. Dieu sait combien de personnes l'avaient vue.

Et réussi à le localiser, pour certains d'entre eux.

— Écoutez, je voulais juste vous rendre service. (L'organisateur sourit, dévoilant des dents en or.) Plus vous aurez de public, plus vous gagnerez de pognon…

Isaac lui fit un doigt d'honneur.

— Fermez-la. Une bonne fois pour toutes. Et souvenez-vous de ce que je vous ai dit.

— OK. Compris. Entendu.

Il s'ensuivit une kyrielle de « pas de souci », « aucun problème » et « tout ce que vous voudrez », mais Isaac n'y prêta aucune attention.

Tout autour d'eux, des hommes sortaient de voitures en se bousculant comme des ados de quinze ans, des armoires à glace remontées comme des horloges, prêtes à regarder le spectacle en hurlant comme des gorets. On aurait dit qu'ils allaient assister à un combat de coqs plutôt qu'à un combat d'art martial.

D'accord, Isaac allait bientôt arrêter les combats clandestins. Mais ça ne changeait rien. Les gens qui le recherchaient n'avaient pas besoin d'aide et ce gros plan, accompagné d'un numéro de téléphone mentionnant l'indicatif régional, était exactement le genre de publicité qu'il ne souhaitait pas.

Il ne manquerait plus qu'un agent ou… bon Dieu, le bras droit de Matthias… se pointent dans les parages.

En outre, c'était vraiment une idée stupide. Quand on organise des combats à mains nues et qu'on tient des paris illégaux, on ne le crie pas sur tous les toits, et de toute façon, au vu de la foule qui se massait dans la salle, le bouche-à-oreille fonctionnait très bien tout seul.

Mais là encore, le patron était un sale rapace qui ne gagnait jamais assez d'argent.

Désormais, la question était de savoir s'il allait combattre ou pas. Les prospectus venaient d'être imprimés, d'après l'homme qui lui en avait montré un. Isaac compta mentalement l'argent qu'il avait mis de côté… et arriva à la conclusion qu'il ne cracherait pas sur 1 000 ou 2 000 dollars de plus.

Il jeta un coup d'œil autour de lui et sut qu'il devait pénétrer dans l'octogone. *Merde…* Allez, une dernière fois, histoire de rembourrer son portefeuille, et ensuite, il mettrait les voiles.

Franchissant le seuil de l'entrepôt, il fit mine de ne pas remarquer les murmures d'admiration et les index pointés vers lui. Depuis un mois, la foule le voyait foutre une raclée à tous les types qui se présentaient, et de toute évidence, cela faisait de lui un héros à leurs yeux.

Une échelle de valeurs bien tordue, selon lui. Il était très loin d'être un héros.

Devant la porte de service, les videurs s'écartèrent pour lui livrer passage ; il les salua d'un signe de tête. C'était son premier combat dans ce « complexe », mais à vrai dire, toutes les salles se ressemblaient. Boston et sa banlieue comptaient d'innombrables bâtiments abandonnés où une cinquantaine de gus gonflés à la bière venaient contempler une demi-douzaine de mecs gonflés à l'hélium de leur suffisance. Et c'était parce qu'il voulait rehausser le niveau que l'organisateur avait photocopié le portrait d'Isaac. Contrairement aux autres combattants, Isaac était un pro.

D'un autre côté, étant donné la somme que le gouvernement avait consacrée à son entraînement, il était normal qu'il soit en mesure de briser le crâne de ses adversaires aussi facilement qu'une coquille d'œuf.

Un talent qui, avec de nombreux autres, lui permettrait de rester en cavale.

Enfin, si Dieu le veut, se dit-il en pénétrant dans le bâtiment.

L'arène choisie pour abriter le combat n'était pas exactement celle du MGM Grand. Elle se composait de cinq mille cinq cents mètres carrés de vide enfermé entre quatre murs couverts de fenêtres sales. Dressé au fond de la salle, « l'octogone » fixé au sol en béton s'avérait étonnament robuste... Ce qui pouvait s'expliquer par le fait que c'était un sport très populaire auprès des ouvriers du bâtiment.

Quand Isaac passa devant les deux malabars qui géraient les paris, eux aussi le traitèrent avec respect, lui demandant s'il désirait une boisson, un en-cas ou autre chose. Secouant la tête, il gagna le coin derrière le ring et s'installa, adossé à la croisée des murs. Il était toujours le dernier à entrer en lice parce qu'il était la star, mais il ne savait jamais quand viendrait son tour. La plupart des « boxeurs » ne duraient pas longtemps, mais de temps à autre, on assistait à un combat interminable entre deux compétiteurs acharnés, au point qu'il avait envie de crier : « Bon, ça suffit maintenant ! »

Aucun arbitre n'officiait et le combat ne s'arrêtait que lorsqu'un crétin au visage cramoisi et aux yeux révulsés se retrouvait au tapis, le souffle court, juste à côté du guerrier urbain victorieux, vacillant sur ses pieds moites. On pouvait viser n'importe où, foie et bijoux de famille inclus ; on encourageait même les coups bas. La seule restriction était l'obligation de se battre à mains nues : les poings américains, les chaînes, les couteaux, le sable ou tout autre ustensile étaient interdits dans l'enceinte du ring.

Au début du premier combat, Isaac se mit à scruter les visages dans la foule, tentant de repérer les intrus, les regards posés sur lui, les visages qu'il connaissait depuis les cinq dernières années au lieu des cinq semaines qui s'étaient écoulées depuis sa désertion.

Il n'aurait pas dû utiliser son vrai nom. Quand il s'était procuré cette fausse carte d'identité, il aurait dû opter pour un autre. D'accord, le numéro de Sécurité sociale n'était pas le sien, mais tout de même…

Pourtant, cela lui avait paru important. Une façon de marquer son territoire, de s'approprier ce nouveau départ.

Et peut-être fallait-il y voir une part de défi. Une sorte de « viens me chercher si tu l'oses ».

Désormais, cependant, il s'en mordait les doigts. Les principes, les scrupules et toutes ces conneries idéologiques, c'était bien beau, mais ça ne valait pas un cœur battant.

Dire qu'il avait traité le bookmaker d'idiot…

Environ trois quarts d'heure plus tard, le roi de la photocopie monta sur le ring et mit les mains en porte-voix pour se faire entendre malgré les clameurs de la foule. De toute évidence, il essayait de singer les présentateurs-vedettes des combats télévisés, mais aux yeux d'Isaac, il ressemblait davantage à la nana de *La Roue de la fortune*.

— Et maintenant, notre star du moment…

Sous les acclamations du public, Isaac retira son sweat-shirt et le suspendit à l'extérieur de la cage. Il combattait toujours pieds nus, conformément au règlement, et vêtu d'un bas de survêtement surmonté d'un tee-shirt sans manches. D'un autre côté, c'était tout ce qui constituait sa garde-robe.

Il pénétra dans l'octogone en gardant le dos tourné vers le coin de l'entrepôt et attendit calmement de découvrir son adversaire pour la soirée.

Ah, oui. Encore un monsieur Muscle gonflé à l'hormone de la mégalomanie. Dès que son adversaire entra, il se mit à bondir dans tous les sens comme s'il avait une échasse à ressort à la place de la colonne vertébrale, et couronna le spectacle en arrachant son tee-shirt avant de se marteler le visage de coups de poing.

Si ce crétin continuait ainsi, Isaac n'aurait plus qu'à lui souffler dessus pour l'envoyer au tapis.

Au son de la corne de brume, Isaac s'avança, en position de garde. Pendant une bonne minute, il laissa son adversaire parader et boxer sauvagement avec la précision d'un aveugle armé d'un tuyau d'arrosage.

Du gâteau.

Mais tandis que la foule se pressait contre la cage, Isaac songea au nombre de copies qu'une Rank Xerox pouvait effectuer en l'espace de soixante secondes et décida de passer à la vitesse supérieure. Décochant un direct du gauche, il frappa l'homme au sternum, figeant temporairement le cœur qui battait derrière l'os. Puis il lui assena un crochet du droit qui vint s'écraser sous le menton de Zébulon, faisant claquer sa mâchoire, sa tête violemment projetée en arrière.

Aussitôt, le combat vira au numéro de claquettes : monsieur Muscle se transforma en Ginger Rogers et se mit à reculer en virevoltant. Alors que le mugissement du public emplissait la salle, résonnant dans tous les recoins, Isaac se rapprocha du pauvre diable et le roua de coups de poing jusqu'à ce qu'il chancelle comme un ivrogne, la tête tournant trop vite pour diriger son corps. Puis, au moment où l'homme allait tomber dans les pommes, Isaac recula et le laissa reprendre son souffle.

Afin de gagner 1 000 dollars supplémentaires, il devait faire en sorte que le combat dure plus de trois minutes.

Marchant autour de l'homme, il compta jusqu'à cinq dans sa tête. Enfin, il revint à la charge et…

Le couteau décrivit un large cercle et lacéra le front d'Isaac, juste au-dessous de la naissance des cheveux. Du sang jaillit, lui brouillant la vue, si bien que la manœuvre aurait pu passer pour stratégique si son adversaire avait eu la moindre idée de ce qu'il faisait. Toutefois, à en juger par la manière dont il boxait, c'était manifestement un coup de chance.

Sous les huées de la foule, Isaac passa en mode professionnel. Un idiot armé d'un poignard était presque aussi dangereux qu'un type qui savait s'en servir, et il était hors de question qu'il se fasse recoudre à cause de cet enfoiré.

— Ça t'a plu ?

En fait, cela sonnait davantage comme « Fa t'a plu ? » compte tenu de sa lèvre tuméfiée.

Ce furent les trois derniers mots qu'il prononça sur le ring.

Isaac donna un coup de pied dans l'air, son sang aspergeant la foule. L'impact fit voler l'arme des mains de son adversaire et il n'eut plus qu'à assener un, deux… et trois coups de tête pour que Zébulon s'écroule, aussi sûrement qu'un bœuf étourdi dans un abattoir.

Ce fut à cet instant précis que la police de Boston fit irruption dans l'entrepôt.

Soudain, ce fut le chaos total.

Et, bien sûr, Isaac était coincé dans l'octogone.

Sautant par-dessus son adversaire inanimé, il escalada les deux mètres de grillage et se hissa de l'autre côté. Lorsqu'il atterrit sur ses pieds, il se figea.

Tout le monde courait dans tous les sens à l'exception d'un homme qui se tenait à l'écart. Son visage et son cou tatoué étaient maculés du sang d'Isaac.

Grand, massif et menaçant, le lieutenant de Matthias souriait comme s'il avait trouvé l'œuf en or au matin de Pâques.

Oh, merde, se dit Isaac. *Quand on parle du loup…*

— Vous êtes en état d'arrestation, déclara le flic juste derrière lui, et en un éclair, il se retrouva menotté. Tout ce que vous direz pourra être utilisé contre vous devant un…

Isaac lança un regard furtif au policier puis se mit en quête de l'autre soldat. Mais le numéro 2 des XOps avait disparu.

Le fils de pute. Désormais, son ex-patron savait où il se planquait.

En comparaison, le fait que la police de Boston lui soit tombée dessus était le cadet de ses soucis.

Chapitre 2

Caldwell, État de New York.

Assis sur la pelouse bordant le funérarium McCready, Jim Heron se représentait l'intérieur avec autant de clarté que s'il avait déjà pénétré dans ce bâtiment de briques à un étage : des tapis persans au sol, des aquarelles de fleurs suspendues aux murs et une kyrielle de pièces percées de portes à double battant.

Pour lui qui en avait peu fréquenté, les maisons funéraires étaient comme des fast-foods : elles se ressemblaient toutes. Cela dit, cela paraissait logique. Il n'y a pas trente-six manières de préparer un hamburger et il s'imaginait qu'il en allait de même pour les macchabées.

Merde... Il n'arrivait pas à croire qu'il allait voir son propre cadavre.

Était-il vraiment mort deux jours auparavant ? Était-ce désormais sa vie ?

Vu la façon dont la situation évoluait, il se sentait aussi paumé qu'un type qui aurait passé la soirée à picoler et se serait réveillé dans un autre lit que le sien : *Est-ce que ce sont mes vêtements ? Est-ce que j'ai couché hier soir ?*

Voilà au moins des questions auxquelles il pouvait répondre : le blouson de cuir et les rangers lui appartenaient, et non, il n'avait pas baisé la veille. À part ça, tout ce qu'il savait, c'était qu'il était chargé d'empêcher une démone de s'emparer de l'âme de sept personnes, et qu'il avait beau avoir remporté la première manche, il se préparait à la deuxième sans savoir qui était l'âme en jeu et en ne connaissant pas grand-chose du métier d'ange. Ah, et surprise ! Désormais, il avait des ailes.

Non mais franchement, des ailes…

Toutefois, il aurait été malvenu de pester étant donné que ce joujou magique lui avait tout de même permis de faire le voyage depuis Boston, État du Massachusetts, en quelques fractions de seconde.

Tout ça pour dire qu'en ce qui le concernait, le monde qu'il connaissait autrefois avait disparu, remplacé par un autre qui réduisait son passé de mercenaire au sein des XOps à un boulot de gratte-papier.

— Waouh, sinistre à souhait. J'adore.

Jim regarda par-dessus son épaule. Adrian Vogel était précisément le genre de taré qui prendrait son pied à mater un tas de cadavres allongés dans des frigos. Percé, tatoué, vêtu de cuir, Ad était attiré par le macabre, et vu ce que leur ennemie jurée lui avait infligé la veille, c'était réciproque : la mort lui collait au train.

Pauvre bougre.

Jim se frotta les yeux et jeta un coup d'œil au plus équilibré de ses deux équipiers.

— Merci d'être venu. Ça ne prendra pas longtemps.

Eddie Blackhawk hocha la tête.

— Pas de problème.

Bravant la bise d'avril, Eddie était égal à lui-même : un dur à cuire au look de motard, coiffé d'une natte épaisse qui descendait jusqu'au bas de son blouson de cuir. Avec sa mâchoire carrée, sa peau bronzée et ses yeux rouges, on aurait dit un dieu de la guerre inca, d'autant que ce type avait des poings aussi gros qu'une tête et des épaules si larges qu'on aurait pu facilement y faire atterrir un avion.

Et de fait, malgré son cœur d'or, il n'avait rien d'un boy-scout.

— Bien, allons-y, marmonna Jim, conscient que cette expédition ne faisait pas partie de son « travail » et qu'ils feraient mieux de se dépêcher.

Certes, son nouveau chef ne s'y était pas opposé : Nigel, l'archange anglais guindé, avait donné son accord à cette digression morbide, mais ce n'était pas une raison pour lambiner.

Jim et ses compagnons se dématérialisèrent et réapparurent de l'autre côté des murs de pierre pour découvrir… ouais, une immense entrée surplombée d'un lustre et des tapis recouvrant une pièce de la taille d'une salle de bal… Il regarda autour de lui en se demandant où pouvaient bien être conservés les corps.

Sa simple présence en ces lieux suffit à le conforter dans son opinion : il devait accomplir cette tâche, quitte à perdre un peu de temps. Il avait beau avoir reçu la mission de sauver des âmes, la vie d'un homme était en danger : Isaac Rothe avait déserté les XOps et Jim était censé le tuer en représailles.

Et ça, c'était hors de question.

Le seul hic, c'était que vu la manière dont Matthias fonctionnait, si Jim ne butait pas le déserteur, quelqu'un d'autre s'en chargerait… et un tueur serait envoyé à ses trousses.

Trop tard, les enfants. Je suis déjà mort.

Son objectif dans l'immédiat ? Doubler son ancien patron et trouver Isaac. Ensuite, il lui ferait quitter le pays sain et sauf… avant de retourner à son train-train quotidien : affronter Divine.

Évidemment, tout cela risquait de le mettre en retard et cela l'agaçait profondément, car il ne faisait aucun doute que la démone se préparait déjà à leur prochaine rencontre. Mais il n'est jamais simple de quitter une vie pour une autre et la transition ne peut pas s'opérer brutalement : il faut couper les liens qui nous rattachent au passé et cela prend du temps.

Pour tout dire, il était redevable à Rothe. Quand il avait eu cette galère dans le désert, deux ans auparavant, Isaac l'avait aidé, et c'était le genre de dette qu'il était impossible de renier.

D'ailleurs, c'était sûrement pour cette raison que Matthias lui avait confié cette mission. Ce salopard était au courant du secret qui les unissait : même s'il avait plongé dans le coma à plusieurs reprises, il avait passé suffisamment de temps éveillé pendant son transport, le vol et les interventions médicales pour avoir eu conscience des personnes qui l'entouraient et de ce qui se passait.

Bon. Concentre-toi. Où sont les macchabées ?

— En bas, dit-il à ses coéquipiers alors qu'il se dirigeait vers un panneau marqué « Sortie ».

Sur le chemin de l'escalier, ils passèrent devant un arsenal de détecteurs de mouvement sans en déclencher un seul, puis se volatilisèrent un par un à travers une porte close.

Il avait bien fait d'emmener Eddie et Adrian lors de cette petite expédition. C'était plus sûr. Divine aurait pu se trouver n'importe où, à n'importe quel moment. En outre, Jim était toujours en phase d'apprentissage alors qu'Eddie maîtrisait tous les trucs des anges déchus. Les sorts, les potions, la magie… tout cela n'avait aucun secret pour Blackhawk.

À l'évidence, il avait suivi les mêmes cours que Harry Potter et Dieu sait que c'était pratique.

Au sous-sol, tout brillait comme un sou neuf. Le sol et les murs en ciment avaient même été peints en gris. L'odeur douceâtre du fluide d'embaumement attira Jim vers la droite et il prit cette direction avec l'impression bizarre d'avoir remonté le temps. Il avait passé des années à rôder de cette manière avec Matthias et c'était précisément le genre de choses qu'il avait juré de ne plus jamais faire.

Enfin, ce sont souvent les meilleurs plans qui échouent, paraît-il.

Lors de son premier combat contre Divine, il s'était adressé à Matthias pour obtenir des infos qu'il était seul à détenir. Naturellement, s'agissant de cet enfoiré, c'était toujours donnant donnant, et la contrepartie avait été de tuer Isaac. Après tout, au sein des XOps, on ne recevait pas de prime de licenciement quand on se faisait virer, ni de Rolex quand on partait à la retraite – on écopait d'une balle dans la tête, et avec un peu de chance, d'un cercueil pour son cadavre.

Et pourtant, il lui était presque reconnaissant : avoir été désigné pour assassiner Isaac était le seul moyen d'aider son ami ; autrement, il n'aurait jamais su que ce dernier avait mis les voiles, ce qui faisait de lui un homme traqué. Jim était le seul à avoir eu l'autorisation de partir.

Revers de la médaille, sa situation autorisait désormais Matthias à le mener par le bout du nez.

Il s'arrêta devant des portes en inox marquées « Réservé au personnel » et regarda par-dessus son épaule.

— Ne touche à rien, Adrian.

Dieu sait que l'ange était prêt à baiser tout ce qui bougeait, au point que Jim se demandait s'il fixerait la limite à ce qui ne bougeait pas.

Poussant un juron, Adrian prit un air outré.

— Je ne touche que si on me le demande.

— Quel soulagement.

— Mais tu sais, il est toujours possible de ressusciter un mort.

— Non, ce soir, ça ne l'est pas. Et ce n'est vraiment pas l'endroit.

— Putain, mais quel rabat-joie !

— Je ne répondrai même pas.

Lorsqu'ils se faufilèrent dans la grande salle aseptisée, Jim comprit pourquoi les films d'horreur se passaient souvent dans des morgues. Entre la lumière verte des lampes de sécurité, les chariots et les grilles d'évacuation au sol, il y avait de quoi vous foutre les jetons.

Il avait beau être mort et monté au paradis, ses glandes surrénales étaient toujours en parfait état de marche. Cela dit, son agitation n'était pas tant due à la présence d'autres morts qu'à son prochain face-à-face avec son propre cadavre.

Jim se dirigea vers l'énorme cellule réfrigérante, avec ses rangées de tiroirs, bien décidé à aller jusqu'au bout. S'il ne tuait pas Isaac en temps et en heure, non seulement quelqu'un s'en chargerait à sa place, mais Jim serait à son tour traqué.

Voilà pourquoi ils étaient là : son ancien patron allait vouloir la preuve que Jim avait rempli sa part du contrat. Or, Matthias ne croyait ni aux actes de décès, ni aux rapports d'autopsie, ni aux photographies parce qu'il savait très bien à quel point il était facile de falsifier ce genre de documents. De même, il avait substitué suffisamment de cadavres pendant toutes ces années pour se méfier des enterrements et des familles éplorées. Pour lui, la seule façon d'être sûr était de constater de visu.

En général, Matthias envoyait son lieutenant, mais Jim allait faire en sorte que le big boss se déplace en personne. Ce salopard sortait rarement de sa tanière, mais Jim avait besoin d'un tête-à-tête.

Et le seul moyen de l'attirer au-dehors était d'utiliser son cadavre.

En se servant de la magie d'Eddie.

Consultant les noms inscrits dans les porte-étiquettes fixés sur le devant des portes, il trouva le sien entre Agnes d'Arterio et James Rutherford.

Tournant le loquet, il ouvrit la petite porte… et sortit son cadavre du réfrigérateur. Un drap le recouvrait des pieds à la tête et ses bras étaient repliés sur le côté. L'air qui s'échappait de la niche était froid, sec et sentait l'antigel.

Bon Dieu, malgré le nombre de macchabées qu'il avait vus au cours de sa carrière sanglante, cette vision lui soulevait le cœur.

— J'attends tes consignes, dit-il à Eddie d'une voix sinistre.

— Est-ce que tu as l'objet d'invocation ? demanda l'ange en venant se planter de l'autre côté.

Jim fouilla dans sa poche et en sortit un petit morceau de bois sculpté il y avait bien longtemps, sous les tropiques, à l'autre bout de la planète. Matthias et lui n'avaient pas toujours été ennemis et Matthias n'avait pas toujours été le chef.

Or, à l'époque où ils n'étaient que de simples troufions, Jim avait appris à Matthias l'art de sculpter au couteau.

Le cheval miniature avait été exécuté avec une maîtrise étonnante, compte tenu du fait que c'était un coup d'essai. Si sa mémoire était bonne, il lui avait fallu environ deux heures, ce qui expliquait le choix de Jim : apparemment, les objets ne sont pas que des nids à poussière. Ce sont des éponges capables d'absorber et de retenir l'essence des personnes qui les ont possédés, créés ou manipulés, ce qui peut s'avérer très utile à qui sait s'en servir.

Jim lui tendit le cheval.

— Et maintenant ?

Eddie retira le drap du visage gris et marbré de Jim. L'espace d'un instant, il lui fut difficile de se concentrer sur autre chose que son corps mort depuis quarante-huit heures. Bon sang, la Faucheuse n'avait vraiment rien d'une maquilleuse professionnelle. Même les goths avaient meilleure mine.

— Hé, te fous pas de notre gueule, lança Adrian. Je préférerais baiser n'importe quelle goth plutôt qu'une bimbo californienne avec des melons en plastique et le corps hâlé à l'autobronzant.

— Arrête de lire dans mes pensées, putain ! Et puis, tu te ferais la bimbo en plus de la goth.

Adrian sourit en croisant ses bras musclés.

— Carrément ! Et sa sœur, aussi.

Décidément, l'ange avait l'air de s'être totalement remis de ce que Divine lui avait infligé la nuit où Jim était officiellement mort. Ou alors il avait perdu toute capacité d'introspection à force de vouloir guérir le mal par le mal en compagnie de toutes ces Barbie de chair et de sang.

Eddie sortit une lime en métal de sa poche et la présenta en la tenant par la lame.

— Râpe quelques copeaux au-dessus du corps. N'importe où fera l'affaire.

Jim opta pour la poitrine, et le bruit de friction emplit la caverne carrelée.

Eddie reprit l'outil.

— Où est ton couteau ?

Jim sortit le couteau de chasse qu'on lui avait donné lorsqu'il s'était engagé dans l'armée. Matthias avait reçu une arme similaire au même moment – qu'il avait d'ailleurs utilisée pour sculpter le cheval.

— Entaille-toi la paume et serre l'objet très fort. En même temps, représente-toi l'homme que tu veux invoquer. Souviens-toi du son de sa voix. Imagine-le. Observe sa démarche, ses gestes, ses vêtements. Rappelle-toi son parfum s'il en portait.

Se concentrant de toutes ses forces, Jim essaya de se remémorer un souvenir, n'importe lequel, à propos de Matthias…

Une scène lui apparut, aussi nette que si elle se déroulait devant lui : il était de retour dans le désert, cette fameuse nuit, les narines envahies par l'odeur chimique des explosifs et le pouls lui battant dans les oreilles. Matthias avait perdu le bas de sa jambe, son œil gauche s'était presque délogé de son orbite, et son treillis était couvert de poussière blanchâtre mélangée à du sang rouge vif. « Danny… Oh, Danny… mon garçon… », scandait-il.

Jim posa la lame au centre de sa paume et la tira en travers de sa peau, laissant échapper un sifflement lorsque le métal mordit dans la chair.

La voix d'Eddie perça à travers le souvenir et la douleur.

— Maintenant, frotte ta paume sur les copeaux de bois. Ensuite, sors ton briquet et allume-le. La main levée, souffle les copeaux par-dessus la flamme, en direction du cadavre, tout en gardant cette image à l'esprit.

Jim obtempéra… et fut stupéfait de voir une lumière bleue apparaître à l'autre bout du Bic, comme s'il s'était transformé en chalumeau. Mais le spectacle ne s'arrêta pas là. La lueur fit le tour du cadavre pour l'envelopper d'une aura.

— C'est fini, déclara Eddie.

Jim éteignit son briquet et contempla son propre visage en se demandant comment Matthias réagirait.

Il y avait longtemps, Jim et lui étaient très proches. Mais au fil des années, ils avaient pris des chemins diamétralement opposés. Et c'était bien avant toute cette histoire de mort et d'ange déchu.

Mais il ne s'agissait pas de Matthias et de lui.

Jim replaça le drap en se demandant combien de temps il faudrait au sort pour attirer Matthias et qu'il se retrouve face à lui.

Il glissa la civière dans le frigo et ferma la porte. La lueur phosphorescente disparut.

— Allez, on se casse.

En sortant, il resta silencieux, ressassant le mauvais souvenir de ses agissements et de ses meurtres pendant son service au sein des XOps. De toute évidence, ses glandes surrénales n'étaient pas les seules à avoir survécu à son décès : ses propres démons le poursuivaient jusqu'après la mort. En fait, il avait le sentiment qu'il traînerait ses regrets *ad vitam aeternam*. Être éternel ne présentait pas que des avantages : la partie ne s'arrêtait jamais. On ne pouvait même pas se raccrocher à la perspective d'une fin quand la situation devenait insupportable… et on se méprisait jusqu'à la fin des temps.

Jim ressortit de la maison funéraire, prêt à se lancer à la poursuite d'Isaac Rothe.

— Il faut que je trouve cet homme, dit-il d'un ton grave.

Même s'il était peu probable qu'ils aient oublié ce qu'ils étaient venus faire.

Fermant les yeux, il invoqua ce qui allait l'aider à parcourir la distance séparant Caldwell du dernier endroit où Isaac avait été repéré…

Ses énormes ailes se déplièrent dans son dos, la masse de plumes irisées s'étirant et fléchissant comme s'il s'agissait d'un muscle de son corps. Levant les paupières, il vit Eddie et Adrian déployer les leurs, les deux anges déchus parés d'une beauté surnaturelle sous la lumière des lampadaires.

La voiture qui passa à ce moment-là ne pila pas dans un crissement de pneus, pas plus qu'elle ne déboîta sauvagement. Les ailes, tout comme leurs détenteurs, n'étaient ni visibles ni invisibles, ni réelles ni irréelles, ni tangibles ni insaisissables.

Elles avaient leur propre existence.

— Tu es prêt ? demanda Eddie.

Jim jeta un dernier coup d'œil à l'endroit où sa forme terrestre n'était plus qu'un macchabée doublé d'une balise destinée à un homme qu'il avait fini par détester.

Même s'il lui avait sauvé la vie.

— Ouais, allons-y.

En un éclair, ils traversèrent le ciel charbonneux et les étoiles scintillantes sur les ailes robustes et puissantes de la compagnie Air Paradis, comme il l'appelait.

Grisé par l'altitude, il reprit sa traque d'un homme traqué… et prit la direction de Boston, gonflé à bloc.

Chapitre 3

Divine était la créature la plus puissante qui soit, après Dieu : la démone pouvait changer de visage et de corps à sa guise et prendre l'apparence de n'importe qui, n'importe où. Capable d'emprisonner les âmes pour l'éternité, elle commandait toute une armée de morts-vivants.

Et si vous la mettiez en rogne, elle pouvait faire de votre vie un enfer. Au sens propre du terme.

Mais elle avait un léger problème.

— Désolée d'être en retard, dit-elle en déboulant dans le petit bureau rouge. Ma réunion a duré plus longtemps que prévu.

La psychologue sourit dans son fauteuil.

— Ne vous inquiétez pas. Voulez-vous prendre une minute, le temps de vous poser ?

Divine était effectivement lessivée. Lorsqu'elle s'assit, elle posa son sac Prada sur le côté. Prenant une profonde inspiration, elle arrangea ses cheveux bruns – du moins le mirage perçu par la thérapeute – et lissa son pantalon de cuir imprimé lézard, qui, lui, était bel et bien réel.

— J'ai passé une journée épouvantable, dit-elle en baissant les yeux pour s'assurer que son sac était fermé. (Le sweat-shirt qu'il renfermait était maculé de sang et elle n'avait aucune envie de devoir s'en expliquer.) Absolument épouvantable.

— Je suis contente que vous ayez décidé de venir ce soir. J'ai beaucoup pensé à vous depuis les événements de la semaine dernière. Comment allez-vous ?

Divine s'arracha au chaos qu'elle venait de quitter et se concentra sur elle-même. Ce qui n'était guère plaisant. Aussitôt des larmes lui montèrent aux yeux.

— Je vais…

Mal.

Elle se força à parler.

— Les déménageurs ont tout transporté dans mon nouvel appartement et la plupart de mes affaires sont toujours dans des cartons. J'ai passé l'après-midi à essayer de les déballer, mais j'en ai tellement et je dois faire en sorte que tout soit rangé correctement. Il faut que je m'assure que mon…

— Divine, cessez de penser au matériel. (La psychologue écrivit une petite note dans son carnet noir.) On parlera organisation à la fin de la séance. Je veux savoir comment vous allez. Dites-moi comment vous vous sentez.

Divine porta le regard de l'autre côté du tapis et se demanda une nouvelle fois ce que la femme penserait si elle savait que sa patiente était une démone. Elle suivait une psychothérapie depuis son arrivée à Caldwell, c'est-à-dire depuis plus d'un an, et dissimulait sa véritable identité sous son masque préféré, celui d'une brune sexy, élégante, mais en dessous, elle était dans un sale état, surtout depuis sa première défaite contre Jim Heron.

Et dire que cette humaine l'aidait…

Divine sortit un mouchoir de la boîte posée sur la table à côté d'elle.

— C'est juste que… je déteste déménager. Je me sens totalement désemparée. Perdue. Et… effrayée.

— Je sais, répliqua la thérapeute. (La compassion semblait suinter de tous ses pores.) Changer de domicile est une chose extrêmement difficile pour quelqu'un comme vous. Je suis très fière de vous.

— Je n'ai pas eu le temps. Pas eu le temps de faire les choses comme il fallait.

Les sanglots redoublèrent. Elle détestait cela. Mais, bon sang, elle avait dû déplacer ses collections en l'espace de quelques heures, se précipiter, jeter ses objets dans des cartons.

— Je n'ai pas encore eu l'occasion de tout trier et de m'assurer que rien n'était cassé ou perdu.

Oh, mon Dieu… perdu.

Un vent de panique déferla dans sa poitrine et le cœur d'emprunt de la démone s'affola.

— Divine, regardez-moi.

Elle dut se forcer à se concentrer malgré la crise d'angoisse.

— Je suis désolée, balbutia-t-elle.

— Divine, votre anxiété n'a pas trait aux choses, mais à votre place dans le monde, à l'espace que vous revendiquez sur les plans émotionnel et spirituel. Vous devez vous rappeler que vous n'avez pas besoin d'objets pour justifier votre existence, vous rassurer ou vous réconforter.

Facile à dire quand ses biens constituaient l'unique lien la rattachant aux âmes qu'elle possédait sur Terre, le seul qui la reliait à ses « enfants ». Elle avait passé des siècles à accumuler des objets ayant appartenu à ses proies : boutons, boutons de manchettes, bagues, boucles d'oreilles, aiguilles à tricoter, lunettes, clés, stylos, montres… la liste était interminable. N'importe quel métal faisait l'affaire, même si elle avait une préférence pour les objets précieux : de la même manière qu'ils réfléchissaient la lumière, les objets métalliques renvoyaient les ondes de ceux qui les avaient possédés, portés, utilisés.

La réverbération de ces âmes était la seule chose qui l'apaisait quand elle n'était pas en mesure de descendre dans son sanctuaire.

Bon Dieu, elle détestait devoir travailler sur Terre.

Tentant de se ressaisir, elle se tamponna les joues.

— C'est juste que je ne supporte pas d'être loin d'eux.

— Pourtant, vous avez besoin de votre travail. C'est vous-même qui me l'avez dit. Et votre ex-mari est mieux préparé que vous pour s'occuper des enfants.

— C'est vrai.

Elle avait dû transposer son histoire à un semblant de situation humaine. Inutile de dire que l'ex-mari était une pure invention, mais le parallèle semblait fonctionner. Ses âmes étaient effectivement en sécurité à l'endroit où elle les avait laissées. Simplement, elle ne supportait pas d'être loin d'elles. Elle ne voulait être nulle part ailleurs qu'au fond de son antre, à contempler ses victimes se débattre et hurler.

Et à les torturer, aussi.

— Alors, où vous êtes-vous installée ? demanda la psy. Après votre séparation et votre rupture, dans quel quartier avez-vous emménagé ?

Peu à peu, l'angoisse laissait place à la rage. Elle n'arrivait pas à croire qu'elle avait perdu son premier combat contre Jim Heron… ni que cet enfoiré avait envahi son espace privé. À cause de lui et de ses acolytes, elle avait dû prendre tout ce qu'elle possédait et quitter le loft en quatrième vitesse.

— J'ai un ami qui possède un entrepôt inutilisé.

Ce n'était pas vraiment un ami. Juste un type qu'elle avait baisé jusqu'à ce qu'il signe tous les papiers. Puis, elle l'avait tué avant de jeter son corps dans un baril de produits toxiques qu'elle avait ensuite scellé. À l'heure qu'il était, il pourrissait gentiment dans sa propre cave.

— Et le déménagement est terminé ?

— Tout est là. Mais comme je vous l'ai dit, je n'ai pas eu le temps de ranger.

Cependant, elle avait trouvé une autre vierge, qu'elle s'était empressée de sacrifier afin de protéger le miroir qui lui permettait de regagner l'enfer.

— J'ai quand même pu installer un système de surveillance.

Si quelqu'un rompait le sceau de sang qui protégeait la pièce où se trouvait son bien le plus précieux, elle en serait aussitôt avertie. C'était grâce à ce dispositif qu'elle avait été prévenue au moment où Jim et ses potes avaient violé son antre ; grâce à lui qu'elle avait sauvé ses biens.

Il est très difficile de trouver des vierges, de nos jours. Le sexe s'est tellement banalisé que ce qui se trouvait au coin de la rue est devenu de plus en plus rare. Et elle ne tuait jamais des enfants ; c'était contre ses principes : ce serait comme si on lui dérobait une âme. Mais trouver une femme de plus de dix-huit ans qui n'avait pas encore connu le loup lui prenait parfois plusieurs jours.

Vive le mouvement prônant l'abstinence, songea-t-elle.

— Attendez… « Un entrepôt » ? Vous ne vivez pas dans un entrepôt, j'espère ?

— Oh, non. Je loge à l'hôtel en ce moment. À cause d'un déplacement professionnel à Boston.

Car il était l'heure de son deuxième combat contre son ennemi juré.

Et nom de Dieu, elle le remporterait, celui-là.

— Divine, je suis si contente pour vous. (La psy claqua des mains sur ses genoux et sourit.) Vous avez réussi à vous séparer de vos biens. C'est un énorme progrès !

Pas vraiment, étant donné qu'elle pouvait se rendre n'importe où en un éclair.

— Maintenant, dites-moi, comment va le travail ? Je sais que vous avez passé une rude semaine.

Nerveuse, Divine tendit la main vers son sac et caressa le cuir soyeux.

— Ça ira mieux. Je ferai tout pour.

— Votre nouveau collègue. Comment ça se passe avec lui ? Je sais que vous avez eu quelques accrochages.

Des accrochages ? Oui, on pourrait dire ça…

Elle repensa à elle et Jim Heron en train de baiser sur le parking du *Masque de fer*, lui enfoncé en elle, elle le chevauchant avec férocité. En dépit du fait qu'elle le détestait profondément, elle n'aurait pas rechigné à partager de nouveau quelques moments d'intimité avec lui.

Divine se redressa.

— Il n'obtiendra pas la vice-présidence. Ça me coûtera ce que ça me coûtera, mais j'ai travaillé trop longtemps et trop dur pour qu'un type déboule et me pique la place.

Sept âmes. Sept chances pour que le bien ou le mal triomphe. Et la première partie avait été remportée par le camp adverse. Trois de plus en faveur de Jim Heron et non seulement elle se retrouverait « au chômage », mais les anges régneraient sur la Terre et toutes ses âmes seraient rachetées.

Tout ce travail pour rien. Plus de collection. Plus d'armée. Plus de Divine.

Elle regarda sa psy droit dans les yeux.

— Je ne le laisserai pas gagner.

La femme hocha la tête.

— Est-ce que vous avez un plan ?

Divine tapota son sac.

— Oh, que oui.

Après la séance, Divine prit la direction du nord-est, se projetant dans l'air telle une ombre noire et volant à travers la nuit. Elle s'arrêta sur Boylston Street, de l'autre côté du jardin public de Boston, à l'endroit où les saules bordant l'étang commençaient à recouvrer leur feuillage.

La modeste façade en briques de l'hôtel *Four Seasons* occupait presque tout un pâté de maisons à elle seule, entre son entrée, sa porte cochère et les vitrines de ses restaurants. Même si l'extérieur ne payait pas de mine, l'intérieur était réchauffé par des boiseries rehaussées d'élégants brocarts et quotidiennement orné de fleurs fraîches.

Elle aurait pu se téléporter jusqu'à sa chambre, mais elle avait si fière allure que cela aurait été du gâchis : son pantalon Escada imprimé lézard et son chemisier Chanel étaient à tomber par terre, sans parler de son trench Stella McCartney.

Pour preuve, bien qu'elle ne fût arrivée que la veille, les portiers et les réceptionnistes la saluèrent par son nom lorsqu'elle traversa le hall, ses Louboutin claquant sur le marbre.

Ce qui lui confirma ce qu'elle savait déjà : de toutes les apparences qu'elle avait revêtues, l'actuelle – celle d'une brune avec des jambes interminables et une poitrine qui amenait les hommes à se prendre les pieds dans leur langue – était la plus seyante. Même si, techniquement, elle était asexuée, l'expérience lui avait prouvé que ses armes étaient plus efficaces lorsqu'elles étaient brandies par des mains manucurées.

En outre, elle préférait être une femme ; leurs tenues lui plaisaient davantage.

Le sexe, aussi.

Sa suite au deuxième étage offrait une vue splendide sur le jardin et le Boston Common, de vastes appartements ainsi qu'un excellent room-service ; le bouquet de roses, offert par la maison, conférait une touche de gaieté à l'ensemble.

Voilà à quoi vous aviez droit si vous étiez prêt à claquer plusieurs milliers de dollars pour une piaule.

Traversant le salon puis la chambre principale, Divine gagna la salle de bains en marbre. Sur le meuble de lavabo, entre les deux vasques, elle posa son sac et sortit le sweat-shirt qu'elle avait dérobé sur l'octogone. Il était gris, taille XXL, le genre de pull passe-partout et bon marché que n'importe qui aurait pu acheter. Rien de spécial.

Sauf que celui-là était unique. Surtout à cause des taches de sang.

Heureusement que les flics s'étaient pointés au bon moment. Sinon, elle aurait raté son rendez-vous avec sa psy.

Après s'être déshabillée, elle tenta de laisser ses vêtements chiffonnés en tas… en vain. Au bout d'une minute, le désordre lui donna mal à la tête, si bien qu'elle dut rassembler ses habits, gagner la penderie et les suspendre à leur place. Puis elle se dirigea vers la commode pour y ranger son soutien-gorge, et comme elle ne portait pas de culotte, elle regagna directement la salle de bains.

Elle était bien plus calme lorsqu'elle se retrouva devant le lavabo.

Sortant une paire de ciseaux dorés de sa trousse à maquillage, elle découpa un cercle dans le sweat-shirt, au-dessus du cœur. Puis elle coupa le tissu en petits carrés, les fibres de coton cédant facilement avant de tomber sur le carrelage en formant un petit tas.

Elle se servit d'une des lames pour s'entailler la paume et le sang s'écoula en un filet grisâtre sur le nid qu'elle avait créé.

L'espace d'un instant, elle resta paralysée de déception. Elle aurait tant aimé que son sang soit rouge. C'était bien plus beau.

Pour tout dire, Divine détestait son apparence réelle. Elle préférait largement ce corps. Ainsi que tous les autres.

Ramassant les bouts de sweat-shirt, elle les roula dans le sang de sa paume tout en songeant à l'homme qui avait porté ce tissu contre sa peau, à son visage dur, à sa coupe militaire et à son corps tatoué.

La main toujours serrée et gardant l'image d'Isaac Rothe à l'esprit, Divine se dirigea nue vers la chambre et s'assit sur le couvre-lit. Sur la table de chevet, elle ouvrit une petite boîte en ébène et sortit une pièce d'échec sculptée à la main. La reine en bois était presque aussi belle que le corps qu'elle s'était donné. Elle n'avait pas vu Jim Heron tailler cette merveille, mais elle l'imagina penché sur un couteau tranchant, ses mains guidant la lame d'un geste sûr pour donner naissance à l'objet. Serrant la pièce dans sa paume sanguinolente, en même temps que les fibres de coton, elle les mélangea, les amalgama. Puis, se penchant sur le côté, elle s'empara d'une bougie et l'alluma par la seule force de sa pensée. Enfin, elle s'allongea et souffla sur sa paume en direction de la bougie, les essences mélangées flottant au-dessus de la flamme.

La lueur pourpre qui émana de l'autre côté vint la couvrir pour l'envelopper d'une aura phosphorescente… enjoignant aux propriétaires de ces objets de se réunir… de la rejoindre…

Jim Heron allait avoir une sacrée surprise, cette fois. Il avait peut-être remporté le premier round, mais cela ne se reproduirait pas.

Chapitre 4

Quand on travaille au greffe de la maison d'arrêt du comté de Suffolk, en plein cœur de Boston, on en voit des vertes et des pas mûres, certaines du genre à vous couper l'appétit, d'autres… totalement aberrantes.

Billy McCray avait d'abord été flic dans le sud de la ville, aux côtés de ses frères, de ses cousins et de son père. Après qu'il eut été blessé en intervention, quinze ans auparavant, son supérieur lui avait dégotté ce boulot de gratte-papier. Or, il s'était avéré que non seulement son fauteuil roulant s'emboîtait parfaitement sous le rebord de son bureau, mais Billy était extrêmement doué pour la paperasserie. Il avait commencé en dressant des procès-verbaux et en prenant des photos d'identité judiciaire, mais désormais il chapeautait tout le service.

Personne ne se mouchait sans que Billy lui ait donné l'autorisation de prendre un mouchoir.

Et il adorait son boulot, même s'il voyait parfois des choses complètement dingues.

Comme ce matin, par exemple. À 6 heures. Lorsqu'il avait verbalisé une nana qui s'était collé deux canettes de Coca en guise de cache-seins. Il avait le sentiment que sa photo allait se retrouver rapidement sur Internet et qu'elle allait adorer cette publicité : avant de prendre le cliché, il lui avait proposé d'enfiler une chemise ou un tee-shirt, mais non, elle tenait à montrer ses… euh… canettes.

Non, mais vraiment, les gens…

Heureusement, la colle avait été facile à enlever, mais il lui avait servi à boire dans un seul et unique gobelet en carton, des fois qu'il lui serait venu d'autres idées loufoques…

Lorsque la porte en acier s'ouvrit à l'autre bout du couloir, Billy se redressa sur son siège.

La femme qui fit son entrée était spectaculaire, mais pas dans le même genre que les tarés qui séjournaient ici. Elle était très grande, avec des cheveux blonds qu'elle portait toujours en chignon, et vêtue d'un tailleur parfaitement coupé et d'un long manteau élégant. Il pouvait affirmer sans se tromper que son sac et sa mallette avaient plus de valeur que ce qu'il détenait sur son compte d'épargne retraite.

Sans parler de l'énorme chaîne en or qu'elle portait autour du cou.

Lorsque deux gardes passèrent devant elle, ils bombèrent le torse, baissèrent la voix… et jetèrent aussitôt un coup d'œil par-dessus leur épaule pour l'admirer de dos.

Quand elle s'approcha de la cloison en Plexiglas qui le séparait du public, il se félicita de l'avoir gardée ouverte, car il put sentir son parfum.

Bon Dieu… C'était toujours le même. L'odeur du luxe et de l'opulence.

— Salut, Billy. Alors, ça se passe bien pour Tom à l'école de police ?

Comme celui de beaucoup d'habitants du quartier de Beacon Hill, le ton de Grier Childe faisait passer une simple question pour une phrase encore plus raffinée qu'un verset de Shakespeare. Mais contrairement à tous ces coincés, ce n'était pas une snobinarde et son sourire était sincère. Elle lui demandait toujours des nouvelles de sa famille et le regardait droit dans les yeux, en le considérant comme une vraie personne, et non comme un simple employé de bureau.

— Ça va très bien. (Billy eut un large sourire et croisa les bras en plastronnant.) Il sera diplômé en juin et sera muté dans un grand commissariat. C'est une fine mouche, comme son papa. Ce gosse pourrait dégommer une boîte de conserve à des kilomètres de distance.

L'image lui fit penser à la fille aux canettes, mais il la chassa aussitôt de son esprit pour se concentrer sur maître Childe, dont la vue était bien plus agréable.

— Ça ne me surprend pas que Tommy soit un champion. (Elle signa le registre et s'appuya contre le comptoir.) Comme vous l'avez dit, il a de qui tenir.

Deux ans que durait ce petit manège et il n'arrivait toujours pas à croire qu'elle prenait le temps de lui parler. Bien sûr, les procureurs et les commis d'office bavardaient régulièrement avec lui, mais Grier Childe venait d'un de ces cabinets prestigieux, très collet monté, et d'habitude, ceux qui bossaient dans ce genre d'endroit se bornaient à lui demander où se trouvaient leurs clients.

— Alors, comment va Sara ? s'enquit-elle.

Pendant qu'il lui répondait, il entra son nom dans l'ordinateur pour voir à qui elle avait été assignée. Tous les six mois environ, elle était commise d'office. Bien sûr, elle plaidait bénévolement. Ses honoraires étaient sans doute si exorbitants que ses clients ne pouvaient pas s'offrir plus de deux mots de sa part, encore moins une heure entière… voire, Jésus-Marie-Joseph, le temps nécessaire à l'examen de toute une affaire.

Avisant le nom inscrit à côté de celui de maître Childe, Billy fronça les sourcils.

— Un problème ? demanda-t-elle.

Oh oui. Et un gros.

— Non, ça ira.

Parce qu'il ferait en sorte que ça aille.

Il se pencha sur le côté pour attraper une pile de dossiers.

— Voilà tout ce qu'on a sur votre client. Allez dans la cellule numéro 1. Je vous envoie le prévenu.

— Merci, Billy. Vous êtes le meilleur.

Après lui avoir ouvert la porte donnant accès au parloir ainsi qu'au greffe, il la regarda gagner la cellule qu'il lui avait indiquée et qui se trouvait voisine de son bureau. Tapant quelques mots sur son ordinateur, il décrocha son téléphone et appela le service de détention.

Lorsque Shawn C. décrocha, il dit :

— Fais entrer le matricule 5489-70. Nom de famille : Rothe. Pour notre chère Mlle Childe.

Un bref silence

— C'est un gros morceau.

— Je sais, alors, écoute : est-ce que tu pourrais avoir une petite discussion avec lui ? Histoire de lui rappeler qu'il vaut mieux être poli avec son avocate ?

Une nouvelle pause.

— D'accord, et j'attendrai de l'autre côté de la porte quand il sera avec elle. Tony me couvrira.

— Parfait. Merci.

Billy raccrocha et fit pivoter son fauteuil pour observer les écrans des caméras de surveillance. Sur celui du bas, à gauche, il vit Mlle Childe s'asseoir à une table, ouvrir un dossier et examiner les rapports qu'il contenait.

Il garderait un œil sur elle jusqu'à ce qu'elle ait quitté la pièce.

Il faut savoir qu'en prison il y a deux catégories de population : ceux qui travaillent dans l'univers carcéral et les personnes de l'extérieur. Les seconds sont traités avec politesse et respect, mais les premiers… surtout s'ils sont de sexe féminin, avec un magnifique sourire et beaucoup de classe… on en prend particulièrement soin.

Ce qui signifiait que Shawn C. allait se planter dans le couloir et regarder à travers la vitre grillagée pendant tout le temps que leur chouchoute passerait avec ce psychopathe, qui avait été coffré pour pratique illégale du combat libre.

Au moindre signe d'animosité de la part de ce fils de pute… Disons simplement que dans la petite boutique de Billy, on avait une façon particulière d'inculquer les bonnes manières. Tous les surveillants et agents connaissaient l'existence de cette petite pièce sombre au sous-sol, dénuée de caméra de surveillance, où personne ne vous entendait crier quand sonnait l'heure des règlements de comptes.

Billy se cala dans son siège et secoua la tête. *C'est vraiment une chic fille, cette nana*, songea-t-il. *Quand on pense à ce qui est arrivé à son frère… Décidément, ce sont ceux qui ont le plus souffert qui s'investissent le plus pour aider les autres.*

Grier Childe était assise devant une table en inox, sur une chaise en inox, en face d'une autre chaise en inox. Tous les meubles étaient fixés au sol et le reste de l'équipement se résumait à une caméra de surveillance accrochée au plafond ainsi qu'à une ampoule entourée d'un grillage. Les murs en béton avaient été repeints tellement de fois qu'ils étaient presque aussi lisses que du papier peint, et l'air sentait le détergent, mêlé au parfum de l'avocat qui l'avait précédée, ainsi qu'à l'odeur du tabac froid.

La pièce n'aurait pas pu être plus différente de l'endroit où elle travaillait. Les bureaux bostoniens de Palmer, Lords, Childe, Stinston & Dodd ressemblaient à une collection de meubles et de tableaux du XIXe siècle. PLCS&D ne disposait ni de garde armé ni de détecteurs de métaux et rien n'était rivé au sol pour prévenir toute tentative de vol ou d'agression.

Là-bas, les uniformes venaient de chez Marc Jacobs et Burberry.

En parallèle à ses activités habituelles, elle faisait du bénévolat depuis environ deux ans et il lui avait fallu plus de douze mois pour entrer dans les bonnes grâces du personnel. Mais désormais, c'était comme si elle rendait visite à de vieux amis et elle les appréciait sincèrement.

De braves gens, pour la plupart, aux prises avec un métier difficile.

Ouvrant le dossier de son nouveau client, elle consulta les charges, le formulaire d'admission et son casier. Isaac Rothe, vingt-six ans, locataire d'un appartement sur Tremont Street. Sans emploi. Aucun antécédent. Arrêté la veille en compagnie de huit autres individus lors d'une descente visant des combats et des paris clandestins. Pas de mandat nécessaire, car les inculpés avaient pénétré illégalement dans une propriété privée. D'après le rapport de police, son client se trouvait sur le ring au moment où la police avait débarqué. Apparemment, son adversaire avait été admis à l'hôpital Mass General dans un état…

— *Il est 9 heures. Un dimanche matin. Il serait peut-être temps d'avoir une vie privée, non ?*

Gardant la tête baissée, Grier ferma les yeux.

— Pas maintenant, Daniel.

— *Moi, je dis ça…* (À mesure que la voix de son frère entrait et sortait de sa tête, le son désincarné lui donnait l'impression d'être complètement folle.) *Tu as trente-deux ans, et au lieu de te prélasser auprès de je ne sais quel minet, tu es assise dans une maison d'arrêt à boire du jus de chaussette…*

— Je n'ai pas pris de café.

À cet instant, la porte s'ouvrit à la volée et Billy fit irruption dans la pièce.

— Je me suis dit que vous aimeriez un petit café pour vous réveiller un peu.

— *Bingo*, dit son frère.

— *La ferme*, lui rétorqua-t-elle en pensée.

— Billy, c'est très aimable à vous.

Elle prit le gobelet que le responsable lui offrait, la chaleur du carton lui brûlant les mains.

— Enfin, vous savez, c'est de l'eau de vaisselle. On le déteste tous. (Billy sourit.) Mais c'est une tradition.

— Je comprends. (Elle fronça les sourcils en le voyant s'attarder.) Il y a un problème ?

Billy tapota la chaise libre à côté de lui.

— Est-ce que ça vous dérangerait de vous asseoir là ?

Grier baissa son gobelet.

— Non, bien sûr. Mais pourquoi… ?

— Merci, ma chère.

Il marqua une pause. De toute évidence, Billy attendait qu'elle obtempère et n'avait pas l'intention de s'en expliquer.

Poussant le dossier de l'autre côté, elle changea de place pour se retrouver dos à la porte.

— C'est gentil à vous.

Il lui serra le bras et s'en alla.

De sa nouvelle position, elle fut en mesure de voir la silhouette fantomatique de son frère cadet adoré. Daniel était assis à l'autre bout de la salle, les pieds croisés au niveau des chevilles, les bras noués sur la poitrine. Ses cheveux blonds étaient propres et frais, et il portait un polo couleur corail accompagné d'un short.

On aurait dit la version en mort-vivant d'un mannequin pour une publicité de Ralph Lauren. L'archétype du jeune Américain riche et bronzé, prêt à appareiller des Hamptons.

Sauf qu'il ne lui souriait pas, contrairement à d'habitude.

— *Les gardiens veulent qu'il soit en face de la porte afin de pouvoir le surveiller depuis l'extérieur. Et que tu sois proche de l'entrée pour te faire sortir rapidement s'il devait se montrer agressif.*

Oubliant les caméras de surveillance, et le fait qu'elle avait l'air de parler toute seule, elle se pencha en avant.

— Personne ne va…

— *Il faut que tu arrêtes. Cesse de vouloir sauver les gens et vis ta vie.*

— Je te retourne le compliment : cesse de me hanter et passe de l'autre côté.

— *J'aimerais bien. Mais tu m'en empêches.*

Soudain, la porte s'ouvrit derrière elle et son frère disparut.

Grier se raidit en entendant le tintement des chaînes, puis les bruits de pas.

Et là, elle le vit.

Sainte… Marie… mère… de…

L'homme que Shawn C. venait de sortir de cellule mesurait près d'un mètre quatre-vingt-quinze, tout en muscles. Son client était « habillé », c'est-à-dire qu'il portait un uniforme de prisonnier, et que ses mains étaient reliées à ses pieds à l'aide d'une chaîne en acier qui courait le long de ses jambes et lui entourait la taille. Il avait le visage dur avec le genre de joues creuses qu'ont les individus dont le taux de graisse ne dépasse pas zéro pour cent. Ses cheveux bruns étaient coupés ras, comme ceux des militaires. Ses yeux étaient cernés d'hématomes, son front barré d'un bandage blanc… et son cou marqué d'une trace rougeâtre, signe qu'on l'avait agressé très récemment.

Sa première réaction fut de remercier mentalement ce bon vieux Billy McCray de lui avoir demandé de changer de siège. Elle ne savait pas trop pourquoi, mais elle avait le sentiment que si l'envie lui en prenait, son client aurait pu terrasser Shawn C. en un clin d'œil, et ce en dépit des menottes, du fait que le surveillant était bâti comme un bouledogue et qu'il avait des années d'expérience dans l'art de maîtriser les individus, même les plus baraqués et les plus lunatiques.

Son client ne leva pas les yeux vers elle. Au lieu de cela, il les garda rivés sur le sol tandis que le gardien le poussait vers l'espace séparant la chaise vide de la table.

Shawn C. se pencha à l'oreille de l'homme et murmura quelque chose.

Ou plutôt grogna quelque chose.

Puis il porta le regard sur Grier avec un sourire crispé, laissant entendre qu'il n'aimait pas cette situation, mais qu'il mettrait ses sentiments de côté.

— Hé, je serai juste de l'autre côté de la porte. Si vous avez besoin de quoi que ce soit, criez et j'arrive.

D'une voix plus basse, il ajouta à l'adresse du type :

— Toi, je t'ai à l'œil.

D'une certaine manière, elle n'était pas surprise de ces précautions. Le simple fait d'être assise en face de son client la mettait mal à l'aise. Elle avait du mal à imaginer ce que ça devait être de le trimballer d'un bout à l'autre de la prison.

Bon Dieu, c'était un colosse.

— Merci, Shawn, dit-elle d'une voix douce.

— Pas de problème, mademoiselle Childe.

Puis il la laissa seule avec Isaac Rothe.

Intimidée par la largeur de ses épaules, elle chercha un signe d'agitation ou de nervosité, mais n'en trouva aucun : a priori, il n'était pas sous l'emprise de méthadone ou de coke. Il ne la regardait pas non plus de façon inappropriée, pas plus qu'il ne reluquait son tailleur ni ne se léchait les lèvres.

En fait, il ne la regardait pas du tout et gardait les yeux rivés sur la table en face de lui.

— Je m'appelle Grier Childe. J'ai été commise d'office pour votre procès.

Il ne lui accorda pas le moindre regard ni hochement de tête. Elle poursuivit.

— Tout ce que vous me direz restera confidentiel, ce qui signifie que dans les limites de la loi, je ne le révélerai à personne. En outre, sachez que cette caméra de surveillance ne dispose pas de micro, aussi, personne n'entendra ce que vous me confierez.

Elle attendit… et il demeura silencieux. Il restait assis, respirant calmement, comme une masse d'énergie contenue, avec ses mains menottées posées sur le dessus de la table et son énorme carcasse renfoncée dans son siège.

Lors du premier entretien, la plupart de ses clients n'avaient que deux réactions : soit ils se muraient dans le silence, la mine renfrognée, avachis sur leur chaise, soit ils s'indignaient, outrés de leur présence en ces lieux, et se répandaient en paroles de déni dans l'espoir de se disculper à ses yeux. Isaac Rothe ne faisait ni l'un ni l'autre. Il se tenait droit comme un I et l'écoutait avec attention. Mais il ne pipait pas mot.

Elle se racla la gorge.

— Les charges retenues contre vous sont graves. L'homme que vous avez combattu a été admis à l'hôpital avec une hémorragie cérébrale. Pour l'instant, vous risquez d'être inculpé pour agression au second degré et tentative de meurtre, mais s'il décède, ce sera meurtre ou homicide involontaire.

Rien.

— Monsieur Rothe, insista-t-elle, j'aimerais vous poser quelques questions si vous le permettez. (Grier se renfonça dans son siège.) Est-ce qu'au moins vous m'entendez ?

Au moment où elle se demandait s'il n'avait pas un handicap qui n'aurait pas été mentionné, il répondit :

— Oui, madame.

Sa voix était si grave et saisissante qu'elle s'arrêta de respirer. Il avait prononcé ces mots avec une douceur qui contrastait fortement avec sa corpulence et la dureté de ses traits. Et son accent… Du Sud, estima-t-elle. Léger, mais présent.

— Je suis là pour vous aider, monsieur Rothe. Vous comprenez ça, n'est-ce pas ?

— Avec tout le respect que je vous dois, madame, je ne crois pas que ce soit possible.

Du Sud, oui. Charmant, d'ailleurs.

Secouant la tête, elle poursuivit :

— Avant que vous ne me révoquiez, je vous conseille de réfléchir à deux choses. La première, c'est que la liberté sous caution vous sera refusée, ce qui signifie que vous resterez coincé ici pendant toute l'avancée du procès. Et ça peut durer des mois. La seconde, c'est que « l'avocat qui se représente lui-même a un âne pour client ». Et ce n'est pas qu'un dicton. Je ne suis pas votre ennemie. Je suis là pour…

Enfin, il la regarda.

Ses yeux, de la couleur du givre sur une vitre, étaient voilés par l'ombre de ses péchés. Et lorsqu'elle croisa ce regard sinistre et las, son cœur se figea : elle sut immédiatement qu'il ne s'agissait pas d'un simple voyou.

C'était un soldat, se dit-elle. Elle en était sûre, car son père avait le même regard quand il n'était pas en mission.

La guerre provoquait cet effet sur les gens.

— Irak ? demanda-t-elle d'une voix douce. Ou Afghanistan ?

Il haussa légèrement les sourcils, mais ce fut sa seule réaction.

Grier tapota son dossier.

— Laissez-moi essayer de vous faire libérer sous caution. Au moins ça pour l'instant, d'accord ? Vous n'aurez pas à me raconter les raisons ni les circonstances de votre arrestation. J'ai juste besoin de connaître vos liens avec la communauté et d'en savoir un peu plus sur l'endroit où vous vivez. Avec un casier judiciaire vierge, je crois qu'on a une bonne chance de…

Elle s'interrompit en s'apercevant qu'il avait fermé les yeux.

OK. C'était bien la première fois qu'un de ses clients s'endormait en plein milieu d'un entretien. Billy et Shawn C. avaient peut-être surestimé sa dangerosité.

— Est-ce que je vous ennuie, monsieur Rothe ? s'enquit-elle au bout d'un moment.

Chapitre 5

— Est-ce que je vous ennuie, monsieur Rothe ?
Non. Loin de là. La voix de son avocate sonnait comme une berceuse à ses oreilles, et son inflexion aristocratique, sa grammaire parfaite, l'apaisaient à tel point que cette femme lui inspirait une peur étrange. Au départ, il avait fermé les yeux pour la simple raison que sa beauté l'aveuglait, mais il trouvait désormais un autre avantage à rester dans le noir : sans être perturbé par la perfection de ses traits et l'intelligence de son regard, il était en mesure de se concentrer pleinement sur ses paroles.

Sa façon de parler était emplie de poésie. Même pour un type totalement hermétique au romantisme.

— Monsieur Rothe.

Ce n'était pas une question, mais un rappel à l'ordre. De toute évidence, elle commençait à s'impatienter.

Entrouvrant les paupières, il sentit un coup au cœur et tenta de se persuader que si elle lui faisait autant d'effet, c'était parce qu'il n'avait pas été en compagnie d'une femme raffinée depuis des années. Après tout, la plupart de ses conquêtes ou de ses collègues avaient plutôt été brutes de décoffrage, tout comme lui. Si bien que cette fleur exotique à la coiffure parfaite, au parfum entêtant et à l'éducation irréprochable était une sorte d'aberration.

Bon Dieu, elle tomberait sûrement dans les pommes à la vue de son tatouage.

Et prendrait ses jambes à son cou si elle savait ce qu'il avait fait pour gagner sa vie ces cinq dernières années.

— Laissez-moi essayer de vous obtenir une liberté sous caution, répéta-t-elle. Et après on avisera.

Il ne pouvait s'empêcher de se demander pourquoi elle s'intéressait autant à un pauvre type qu'elle ne connaissait ni d'Ève ni d'Adam. Mais dans son regard, il lisait qu'elle était investie d'une mission et c'était peut-être ça, l'explication : frayer avec la populace était pour elle un moyen d'exorciser ses démons intérieurs. Si ça se trouve, elle était victime du complexe de culpabilité des riches. Ou alors, c'était par conviction religieuse. Quoi qu'il en soit, elle était farouchement déterminée.

— Laissez-moi vous aider.

Il n'avait vraiment aucune envie de l'impliquer dans cette affaire… mais si elle réussissait à le libérer, il pourrait mettre les voiles et il ne faisait aucun doute qu'il était plus en sécurité à l'extérieur : son ancien patron n'aurait aucun mal à envoyer un homme dans cette prison sous une accusation factice afin d'assassiner Isaac au nez et à la barbe des gardiens.

Pour Matthias, ce serait du gâteau.

— Je vous en serais reconnaissant, madame.

Isaac sentit sa conscience, pourtant silencieuse depuis un bon bout de temps, le titiller. Mais le raisonnement paraissait sensé : elle semblait être en mesure de le tirer d'affaire et malgré toute sa réticence à l'attirer dans le pétrin dans lequel il était, il voulait rester en vie.

Elle prit une profonde inspiration, semblant marquer une pause au beau milieu d'un marathon.

— Très bien. Alors, il est écrit ici que vous vivez sur Tremont Street. Depuis combien de temps, au juste ?

— Un peu plus de deux semaines.

À la manière dont elle haussa les sourcils, il comprit que cela n'allait pas jouer en sa faveur.

— Vous êtes au chômage ?

Le terme technique est « déserteur », songea-t-il.

— Oui, madame.

— Est-ce que vous avez de la famille ? Ici ou ailleurs dans cet État ?

— Non.

Son père et ses frères le croyaient mort et cela lui convenait parfaitement. À eux aussi, selon toute vraisemblance.

— Au moins, vous n'avez pas d'antécédents. (Elle referma le dossier.) J'irai me présenter au juge dans une trentaine de minutes. La caution va être élevée… mais je connais des garants à qui demander de nous prêter l'argent.

— À combien se montera-t-elle, d'après vous ?

— Vingt mille, si on a de la chance.

— Je peux les trouver.

De nouveau, elle fronça les sourcils en rouvrant le dossier pour jeter un deuxième coup d'œil aux documents.

— Vous avez déclaré ne disposer d'aucune ressource ni épargne.

Lorsqu'il ne répondit pas, elle n'eut pas l'air surprise et ne lui adressa aucun reproche. À n'en pas douter, elle avait l'habitude que des types dans son genre lui mentent. Mais malheureusement, il était prêt à parier sa vie que ce qu'il taisait était bien pire que le genre de saloperies qu'elle devait se coltiner à longueur de journée.

Merde. En fait, c'était plutôt la vie de cette femme qu'il mettait en jeu. Matthias visait large lorsqu'il était chargé d'une mission, et tous ceux qui se trouvaient à proximité d'Isaac couraient le risque de se retrouver dans sa ligne de mire.

Heureusement, une fois qu'il aurait disparu, elle ne le reverrait plus jamais.

— Comment va votre visage ? demanda-t-elle au bout d'un moment.

— Ça va.

— Ça a l'air douloureux. Vous voulez une aspirine ? J'en ai dans mon sac.

Isaac baissa les yeux vers ses mains tuméfiées.

— Non, madame, mais je vous remercie.

Il entendit le cliquetis de ses talons lorsqu'elle se leva.

— Je serai de retour quand j'aurai…

La porte s'ouvrit et le gorille qui l'avait sorti de cellule entra dans la pièce.

— Je pars m'entretenir avec le juge, dit-elle au surveillant. Et il s'est conduit en parfait gentleman.

Quand le gardien l'arracha à sa chaise, Isaac se laissa faire sans lui prêter la moindre attention. Il avait les yeux rivés sur l'avocate. Même sa démarche était élégante…

Le surveillant lui tira sur le bras.

— Interdit de la regarder, dit-il. Les types comme toi, ça ne pose même pas les yeux sur des femmes comme elle.

Monsieur Bonnes Manières avait beau lui serrer le bras comme un étau, Isaac ne pouvait que partager son avis.

Même s'il avait eu un boulot banal et n'avait écopé que de quelques amendes pour excès de vitesse, Isaac et elle n'auraient pas joué dans la même cour. Bon Dieu, ils n'appartenaient pas au même monde.

Chapitre 6

Jim Heron savait depuis longtemps que les salles de sport se répartissent en deux catégories : les commerciales et les traditionnelles. Dans les premières, toutes les couleurs sont coordonnées, les femmes prennent des cours d'aérobic en étant maquillées, et des hommes recouverts de tatouages soulèvent des haltères munis de poignées antidérapantes. Vous êtes censé essuyer les appareils après les avoir utilisés et des entraîneurs affables, hâlés à l'autobronzant, vous suivent tout au long de votre parcours.

Il s'était rendu dans l'une d'elles juste après avoir quitté les XOps. Ça avait failli le transformer en mollusque avachi devant sa télé.

Les traditionnelles étaient davantage son truc et c'était justement dans ce genre d'endroit, au sud de Boston, qu'Adrian, Eddie et lui venaient d'entrer. *Myke's Gym* était un lieu réservé aux hommes, aux vrais. La salle puait la sueur, les murs étaient aussi crades que ceux d'une prison et tapissés de posters d'Arnold Schwarzenegger datant des années 1980. Les tapis étaient bleu ciel, les poids en fonte, et l'unique vélo d'appartement qui trônait dans un coin de la salle était une de ces reliques avec ventilateur grillagé intégré.

Cet appareil était tellement vieux que la selle était couverte de poussière.

Les hommes qui travaillaient sur les machines ou soulevaient des haltères étaient baraqués, silencieux et bardés de tatouages représentant la Vierge Marie et Jésus sur sa croix. Un grand nombre d'entre eux avaient eu le nez cassé au vu de l'angle qu'il formait désormais, et certains arboraient d'affreuses couronnes sur les dents de devant, souvenirs probables d'un match de hockey ou d'une rixe dans un bar.

Indubitablement, tout le monde se connaissait parce qu'ils étaient tous liés par quelque chose.

Jim se sentait comme chez lui en arrivant devant l'accueil. L'homme qui se trouvait de l'autre côté du comptoir avait soixante, peut-être soixante-cinq ans, le teint rougeaud, des yeux bleu clair et des cheveux plus blancs que la mousse d'une Guinness.

— Qu'est-ce que je peux faire pour vous, les gars ? demanda-t-il en baissant son *Boston Herald*.

Quelques hommes tournèrent les yeux dans leur direction et les gardèrent rivés sur eux. Jim et ses acolytes n'étaient pas des poids plume, mais c'étaient des inconnus, d'où leur méfiance.

— Je cherche un type, dit Jim en sortant le prospectus montrant la photo d'Isaac avant de le poser sur le comptoir ébréché. Est-ce que vous l'auriez vu par ici ?

— Non, répondit l'homme sans même baisser les yeux. Je n'ai vu personne.

Jim jeta un coup d'œil autour de lui. Presque tous les membres de la salle s'étaient interrompus dans leurs exercices pour les dévisager. De toute évidence, mieux valait éviter de bousculer le vieil homme s'ils ne voulaient pas se faire jeter dehors.

— Bon. Merci.

— De rien.

L'homme se replongea dans la lecture de son journal.

Jim tourna les talons et replia la photo d'Isaac. Se dirigeant vers la sortie, il étouffa un juron. C'était le troisième endroit qu'ils avaient visité, et chaque fois, ils s'étaient heurtés à un mur de silence.

— Hé, je le connais.

Jim s'arrêta et regarda par-dessus son épaule. Un type vêtu d'un tee-shirt des pompiers de Boston se dirigea vers lui.

— Mon père n'aime pas se mêler des affaires des autres. (Il désigna le prospectus du menton.) Quelle relation avez-vous avec lui ?

— C'est mon frère.

Ce qui n'était pas tout à fait un mensonge. Isaac et lui étaient liés d'une manière viscérale après ce qu'ils avaient vécu au sein des XOps. Sans parler de la dette qu'il avait envers lui.

— Il a été arrêté la nuit dernière.

Jim haussa les sourcils.

— Quoi ?

— J'ai des cousins chez les flics ; ils ont fait une descente dans un entrepôt qui cachait un ring clandestin. Votre frère est un tueur. La seule raison qui poussait un type à se mesurer à lui, c'était le pactole en cas de victoire, mais il n'a jamais perdu. Pas une fois.

— Depuis quand est-il en ville ?

— Je ne l'ai vu combattre que trois fois. Écoutez, que des types veuillent se foutre sur la gueule, c'est leur problème. Mais ça doit rester honnête. C'est pour ça que les flics sont intervenus. L'organisateur truquait les combats, à l'exception de ceux qui impliquaient votre frère.

Et merde. Si Isaac était en taule, la situation se compliquait.

— Papa, file-moi le *Herald*, deux secondes ! (Il se pencha par-dessus son père, s'empara du journal et parcourut les articles.) Ah, voilà.

Jim lut l'entrefilet en diagonale. « Combat clandestin »… blablabla… « Isaac Rothe » ? Mince, il combattait sous son vrai nom ?

Il aurait aussi bien pu se coller une cible sur la poitrine : Matthias n'aurait aucun mal à envoyer quelqu'un le buter en prison.

— Si vous voulez trouver votre frère... (le pompier arbora un air calculateur) je peux vous dire où il ira dès sa sortie.

À peine deux heures après avoir laissé son client pour aller voir le juge, Grier était de nouveau au volant de son Audi A6, coincée dans les bouchons entourant le Boston Common. Heureusement, la circulation se fluidifia au niveau de Chinatown et elle traversa le quartier pour se retrouver sur Tremont Street.

Elle était pressée ; elle n'avait pas le temps de faire ce détour. À 13 heures, elle avait rendez-vous dans son bureau du quartier financier avec une des plus riches multinationales du pays. Or, au lieu de se dresser devant elle, tous ces gratte-ciel étaient dans son rétroviseur et diminuaient à mesure qu'elle conduisait.

Mais elle devait en savoir plus.

Ce qui ne faisait qu'ajouter à son empressement.

Tout en se maudissant, elle jeta un coup d'œil à la banquette arrière, persuadée que son frère allait en profiter pour faire une apparition. Mais il n'était pas là et elle poussa un soupir de soulagement.

Elle n'avait vraiment pas besoin de leçon de morale en ce moment.

Daniel, qui était mort deux ans et demi auparavant, lui était apparu pour la première fois dans un rêve qu'elle avait fait la veille de ses obsèques. Elle se rappelait encore le bonheur qu'elle avait ressenti en le voyant propre et en bonne santé au lieu d'être défoncé à l'héroïne, et ils avaient longuement discuté, comme ils en avaient l'habitude avant qu'il ne soit rongé par sa dépendance. Son apparition dans la « vraie vie » avait eu lieu six mois plus tard, environ. Un matin, alors qu'elle lui parlait dans son sommeil, son réveil avait sonné. Sans réfléchir, elle s'était penchée pour l'éteindre… et s'était rendu compte que son frère était toujours là.

Daniel avait souri quand elle s'était redressée d'un bond, comme s'il était fier de lui. Et là, d'un ton tout à fait décontracté, il lui avait annoncé que non, elle n'était pas devenue folle, et qu'il y avait bien une vie après la mort.

Il lui avait fallu quelque temps pour s'y habituer, mais deux ans plus tard, elle avait cessé de s'interroger sur son état mental, même si elle taisait les visites de son frère. Après tout, ce n'était pas parce qu'elle se considérait comme saine d'esprit que les autres seraient forcément de son avis, et elle n'avait aucune envie de tenter l'expérience. En outre, si c'était une hallucination et qu'elle était en train de virer schizo, eh bien… qu'il en soit ainsi et au diable les psychiatres : Daniel lui avait énormément manqué et d'une certaine manière, elle l'avait retrouvé.

Reportant son attention sur les immeubles en briques s'élevant de part et d'autre de Tremont Street, elle se repéra aux numéros, quand ils figuraient sur les portes. Elle n'arrivait pas à croire qu'elle avait réussi à faire libérer son client sous caution, mais son casier vierge et l'engorgement du système judiciaire avaient joué en sa faveur.

M. Rothe, lui, n'avait pas eu l'air surpris, ni même content, quand elle lui avait annoncé la nouvelle. Il lui avait simplement demandé, d'une voix douce et polie, de se rendre à son domicile pour y récupérer 25 000 dollars en espèces, étant donné qu'il ne connaissait personne d'autre à qui demander ce service.

Mais oui. Bien sûr. Pas de problème.

Ce n'était pas comme si manipuler de l'argent sale la rendait complice ou compromettait sa place au barreau.

Elle secouait encore la tête de dépit quand elle ralentit en arrivant au niveau d'une maison de deux étages, découpée en appartements. Naturellement, il n'y avait aucune place où se garer sur des kilomètres à la ronde. Lâchant un juron, elle fit le tour du pâté de maisons à deux reprises en se demandant si elle oserait stationner en double file quand, alléluia, une voiture déboîta pour s'insérer dans la circulation. Il lui fallut une seconde et demie pour exécuter un demi-tour interdit et garer sa berline dans le minuscule espace. Elle n'avait pas de vignette de stationnement résidentiel, mais elle n'en aurait pas pour longtemps et au moins, elle n'était pas en face d'une bouche d'incendie.

Sortant de la voiture, elle s'emmitoufla dans son léger manteau de laine. Sur la côte de Nouvelle-Angleterre, avril était synonyme de trente jours de froid polaire, accompagné d'un vent humide qui vous glaçait les os et ruinait votre brushing. Mais ce n'était pas le pire : le sol était couvert de flaques d'eau, même s'il n'avait pas plu. Dans le centre, tous les bâtiments semblaient dégouliner, comme si la ville était une éponge qui avait surpassé sa capacité… Les voitures, les immeubles, les arbres noueux, tout semblait absorber l'humidité de l'air pour la rejeter dans le bitume et le béton, détrempés en permanence.

Bref, un temps à porter des bottes en caoutchouc plutôt que des escarpins.

Devant l'entrée de la maison, Grier tendit le cou pour examiner de plus près l'interphone semblant dater des années 1970. Conformément aux instructions d'Isaac, elle appuya sur l'un des trois boutons.

Un instant plus tard, la porte s'ouvrit, révélant une femme vêtue d'un châle bleu vif de la taille d'un drap de lit. Ses cheveux étaient entortillés en bouclettes couleur citrouille et de la main droite, elle tenait une cigarette entre ses doigts aux ongles vernis.

À l'évidence, son look était resté coincé à la même époque que l'interphone.

— Vous êtes la petite amie d'Isaac ?

Grier tendit la main sans contredire son interlocutrice. C'était probablement mieux qu'« avocate ».

— Je m'appelle Grier.

— Il m'a téléphoné. (La femme recula.) Pour me demander de vous laisser entrer. Vous savez, vous n'avez pas l'air d'être son type.

Grier eut une brève vision de lui, impassible, silencieux et redoutable : à ce compte-là, ce type aurait dû coucher avec un Beretta.

— Les contraires s'attirent, rétorqua-t-elle en regardant par-dessus l'épaule de la femme.

Au bout de l'étroit couloir, l'escalier apparaissait au loin tel un mirage, à la fois visible et inatteignable.

— Ouais, enfin… (La propriétaire s'appuya contre le papier peint floqué.) Il y a « contraires », comme quand une personne est bavarde et l'autre pas. Et il y a « contraires ». Comment vous êtes-vous rencontrés ?

Alors qu'elle portait son regard de fouine sur le collier en or de Grier, cette dernière fut tentée de répondre « en prison », juste pour la voir s'étouffer.

— Grâce à un site de rencontres.

— Oh. Comme Meetic ?

— Exactement. (Leurs principaux critères de compatibilité étant qu'il recherchait une personne avec un diplôme en droit et qu'elle avait un doctorat dans ce domaine.) Vous me laissez entrer, maintenant ?

— Ah, vous êtes pressée. Vous savez, ma sœur a essayé Meetic. Le type qu'elle a rencontré était un sombre connard.

Grier eut toutes les peines du monde à lui faire monter l'escalier, presque autant que si elle l'avait chargée par-dessus son épaule avant de la traîner jusqu'au second étage. Cependant, après avoir passé dix minutes à esquiver ses questions, elle se retrouva enfin devant l'appartement d'Isaac.

— Vous savez, dit la propriétaire en déverrouillant la porte, vous devriez songer à…

— Merci beaucoup pour votre aide, répondit Grier en se faufilant à l'intérieur avant de lui fermer la porte au nez.

S'appuyant contre le battant, elle prit une grande inspiration et écouta la femme descendre en marmonnant.

Puis elle se retourna… *Oh, mon Dieu.*

Le salon était aussi triste et décrépit qu'un vieil homme abandonné, preuve que la misère, à l'instar de la vieillesse, est pareille où qu'on aille – elle aurait pu se trouver dans n'importe quel taudis, planque ou squat de n'importe quelle ville ou pays. Les vieilles lames de plancher avaient l'éclat d'une feuille de papier de verre et le plafond était piqué de taches d'humidité qui avaient la couleur de l'urine. Elle n'aperçut aucun meuble ; pas de table, ni de chaise, ni de TV. Juste un sac de couchage, une paire de rangers et des vêtements pliés avec soin.

L'oreiller d'Isaac Rothe n'était rien d'autre qu'un sweat-shirt.

Campée au beau milieu du salon, elle songea au dernier endroit où avait vécu son frère. Contrairement à l'appartement de Daniel qui était jonché de seringues et de cuillères sales, celui de son client était propre. De plus, ce dépouillement ne semblait pas être le résultat d'un sens des priorités perverti, comme chez les junkies.

Seigneur, c'était toujours aussi pénible de se souvenir de l'endroit où Daniel avait échoué. La crasse… les cafards… la nourriture en décomposition…

Se forçant à se reprendre, elle gagna la cuisine et, sans surprise, trouva tous les placards, les tiroirs et le réfrigérateur vides. La salle de bains ne contenait qu'un rasoir, de la mousse à raser, une brosse à dents et du savon.

Dans la chambre à coucher, totalement dégarnie, elle se dirigea vers la penderie et se servit de la lampe-stylo de son porte-clés pour examiner l'intérieur. Le panneau qu'Isaac lui avait décrit se trouvait sur la gauche ; elle l'ouvrit sans difficulté.

Et effectivement, elle découvrit un sac en plastique contenant 25 000 dollars en espèces, caché dans l'espace poussiéreux séparant les planches d'encadrement. Du moins, c'était la somme qui semblait correspondre au poids et au nombre de billets…

Un grincement.

Grier se figea.

Et dressa l'oreille.

Jetant un coup d'œil par-dessus son épaule, elle cessa de respirer. Mais tout ce qu'elle entendit fut le martellement de son cœur.

Le silence persistant, elle reposa le sac, replaça le panneau et referma le placard. Puis elle gagna la fenêtre, de l'autre côté de la pièce. La vitre était si noire de crasse que personne au-dehors n'aurait pu voir à l'intérieur. Pourtant, elle avait le sentiment d'être observée…

Une lumière clignota et Grier se rapprocha.

En haut de la fenêtre, deux minuscules plaques de métal avaient été collées sur la peinture écaillée, l'une sur l'encadrement, l'autre sur le châssis. Une autre paire se trouvait en bas. On aurait dit du cuivre recouvert d'une sorte d'enduit mat. Si elle ne s'était pas approchée, elle ne les aurait pas remarquées.

Grier retraversa le salon, la cuisine et la salle de bains, et découvrit les mêmes objets sur chaque fenêtre. En haut et en bas. Les portes avaient également été équipées de la sorte. Toutes. Intérieures et extérieures.

Elle savait très bien ce qu'étaient ces plaques.

Elle avait les mêmes dans sa demeure luxueuse de Louisburg Square à Beacon Hill, sur les châssis et les jambages. Des capteurs d'alarme. Du matériel haut de gamme.

Debout au beau milieu de la pièce, elle essaya de trouver un sens à la chose : allée déserte, sac de couchage en guise de lit, pas de téléphone... mais un appartement aussi protégé qu'un coffre-fort.

Voilà qui méritait une inspection plus approfondie.

À l'aide du chiffon doux dont elle se servait pour nettoyer ses lunettes de soleil, elle passa en revue les effets personnels de son client sans laisser d'empreintes... et trouva le récepteur d'alarme dans les plis du duvet. Ainsi que deux calibres quarante, munis de silencieux et dépourvus de numéros de série, et un vieux couteau de chasse, aiguisé comme une lame de rasoir.

— Nom de... Dieu, murmura-t-elle en rangeant le tout là où elle l'avait trouvé.

Elle se releva et gagna la cuisine en prenant soin d'essuyer ses empreintes dès qu'elle touchait une poignée. Puis elle jeta un coup d'œil sous l'évier et derrière le réfrigérateur. Ensuite, elle se dirigea vers la salle de bains. Les mains tremblantes, elle effaça toute trace de son passage avant de pointer son stylo-lampe dans les coins sombres.

Derrière le faisceau tremblotant, elle était bien consciente de violer l'intimité de son client, mais elle ne pouvait pas s'empêcher de fouiner : cette traque frénétique était comme un muscle ankylosé en manque d'exercice. Elle avait farfouillé tellement de fois dans les voitures et les appartements de Daniel qu'une fois l'inspection finie la fièvre et la nausée qu'elle ressentit lui étaient devenues très familières.

Cependant, elle ne trouva aucune trace de drogue. Nulle part.

Regagnant le salon, elle jeta un nouveau coup d'œil aux fenêtres. Les 25 000 dollars pouvaient évidemment justifier ces mesures de protection… sauf que le système d'alarme n'avait pas été activé.

Il ne servait qu'à alerter Isaac lorsqu'il dormait.

D'après son expérience, les seuls criminels ayant accès à un tel attirail étaient les gros bonnets de la drogue ou les lieutenants de la mafia. Or, son client n'avait ni la personnalité ni l'allure correspondant à l'un ou l'autre de ces profils. En général, ceux-ci avaient plus de la trentaine et n'étaient pas bâtis comme des armoires à glace.

Pourtant, il n'y avait pas d'autre explication possible à moins que…

Elle sortit son portable et composa un numéro qu'elle avait utilisé à de nombreuses reprises par le passé.

Lorsqu'on décrocha, elle prit une profonde inspiration en ayant l'impression de sauter du sommet d'une falaise.

— Salut, Louie, comment va mon détective privé préféré ?… Oh, c'est si gentil de ta part… Hmm Hmm… Je vais bien.

Un mensonge, bien sûr.

Continuant à discuter, elle regagna l'endroit où était planqué l'argent et essuya la poignée de la penderie avec son chiffon.

— À vrai dire, j'aurais effectivement besoin de tes services. Si tu as le temps, est-ce que tu pourrais te renseigner sur quelqu'un, s'il te plaît ?

Après lui avoir raconté tout ce qu'elle savait sur son client, ce qui se résumait à son nom, à sa date de naissance et à cette étrange adresse, elle raccrocha.

Bien. Et maintenant ? songea-t-elle.

Elle n'avait pas cru Isaac lorsqu'il lui avait dit avoir de l'argent.

Du coup, elle avait avancé elle-même le montant de la caution.

Elle n'avait pas eu le choix : la cour était prête à libérer son client, mais les garants ne voulaient pas s'impliquer dans l'affaire, car le risque de fuite était trop grand.

Ce qui signifiait que le juge avait perdu la raison.

Elle aussi, d'ailleurs.

Balayant l'appartement du regard, elle se rendit compte que son client était aussi insaisissable qu'un courant d'air. Il était évident qu'il n'allait pas rester là dans l'attente de son procès.

À coup sûr, il allait foutre le camp dès sa libération. Après tout, il avait de l'argent et toutes ses affaires tenaient dans un sac.

Elle jeta un coup d'œil à la porte.

Heureusement qu'elle pouvait se permettre de perdre 25 000 dollars. Elle avait misé cette somme sur sa bonne foi, dans le but de gagner sa confiance et de le pousser à accepter son aide.

Elle aurait dû savoir qu'on ne doit pas faire confiance à des inconnus ; au final, cette leçon risquait de lui coûter très cher.

Chapitre 7

Il était 18 heures quand un gardien se décida à sortir Isaac de cellule. Il lui semblait que le personnel avait pris tout son temps pour venir le chercher ; cependant, les formalités se déroulèrent rapidement et sans accroc : retrait des menottes, signature de documents, échange de vêtements, restitution de portefeuille.

Et pendant tout ce temps, Isaac ne pensait qu'à son avocate. Il n'arrivait pas à croire qu'elle avait réussi à lui obtenir une liberté sous caution.

Ni qu'elle avait transporté de l'argent pour lui.

Bon Dieu, il lui devait une fière chandelle. Sans elle, il serait resté à croupir dans cette prison, à la merci de Matthias.

Il ne l'avait plus revue depuis le moment où elle lui avait annoncé sa libération. Elle avait dû convaincre le juge grâce à l'argent d'Isaac, sinon il serait toujours habillé en orange.

Le quartier de détention était séparé du reste de la maison d'arrêt par un long couloir qui le fit longer la pièce où il s'était entretenu avec elle. Les dernières grilles le conduisirent près du greffe où on l'avait interrogé et photographié.

Seigneur, le parfum de Grier flottait encore dans l'air.

Dans un bruit métallique, le verrou tourna, puis le gardien le poussa brutalement en guise d'adieu.

— Je vous dépose ?

Isaac s'arrêta net, interloqué. Mlle Childe se tenait de l'autre côté de la zone d'attente, l'air de se rendre à un cocktail : elle portait toujours son chignon, mais elle avait troqué son tailleur contre une petite robe noire… ainsi qu'une paire de bas qui le forcèrent à déglutir pour éviter de pousser un grognement.

Mon Dieu, quelle femme.

— Alors ? insista-t-elle.

Il avait l'impression d'être un homme des cavernes à force de la regarder avec des yeux ronds.

— Non, merci, madame, répondit-il.

Elle se dirigea vers la sortie et lui tint la porte en s'écartant sur le côté, l'air d'un mannequin qui n'aurait rien de mieux à faire que de jouer les portiers.

Isaac quitta la zone d'attente pour s'engouffrer dans un couloir qui ne comportait qu'une batterie d'ascenseurs et une sortie de secours.

— Laissez-moi vous déposer quelque part, lui dit-elle en appuyant sur la flèche du bas. Je sais où vous habitez, vous vous rappelez ? En plus, c'est l'heure de pointe et vous aurez du mal à choper un taxi.

Pas faux. D'autant qu'il n'avait que 5 dollars sur lui.

— Ça ira.

— Oui, si vous me laissez vous conduire. Il fait froid et vous n'avez même pas de manteau, bon sang !

Exact, encore une fois. Il avait perdu son sweat-shirt dans la pagaille qui avait suivi son arrestation. Mais à l'instar de tout ce qui le concernait, ce n'était pas le problème de cette femme.

Lorsqu'elle se retourna, comme si l'affaire était entendue, il contempla les volutes raffinées de son chignon. Il ne voyait aucune épingle ni attache, et pourtant ses cheveux n'avaient pas l'air laqués.

De la magie, songea-t-il.

Sans en avoir conscience, il leva sa main tuméfiée pour lui toucher la nuque. Heureusement, il se rattrapa à temps.

Un instant plus tard, il avait disparu dans l'escalier.

Lequel était en colimaçon. Parfait.

Il ne fit aucun bruit lorsqu'il bascula par-dessus la rampe et se laissa tomber deux étages plus bas, se rattrapant juste à temps à la main courante avant de se hisser de l'autre côté. Se réceptionnant en silence, il n'attendit pas même une seconde avant de dévaler les dernières marches et de se diriger vers la sortie. Lorsqu'il déboula dans la bise d'avril, il ficha une trouille bleue aux fumeurs qui se trouvaient à côté de la porte, puis les laissa cloués sur place.

Il se mit à courir, son parcours l'entraînant à travers un dédale de bâtiments, le long des bijouteries, d'un grand magasin et d'une boutique de hard discount. C'était la sortie des bureaux et les rues grouillaient d'employés vomis par le quartier financier qui pénétraient en file indienne dans les bouches du métro ou s'éparpillaient telles des fourmis à travers le parc. Heureusement, Chinatown était moins fréquenté, et il put accélérer la cadence.

Il fonça vers son appartement, transpirant malgré le fait qu'il ne portait rien d'autre que son tee-shirt. Le froid humide calmait la douleur de ses blessures et lorsqu'il déboula dans sa rue, il était presque déçu d'avoir à ralentir : courir l'apaisait ; il ne pensait plus à ses problèmes.

S'approchant de la maison par l'arrière, il serpenta entre les cours sombres des voisins et s'arrêta à une dizaine de mètres de la porte. Les lumières de l'appartement de sa propriétaire ainsi que celles du premier étage étaient allumées, mais tout était éteint au second.

Lorsqu'il fut à peu près sûr de ne pas avoir été suivi, il se pencha et ramassa une pierre. Toujours dans l'ombre, il s'approcha, puis lança le caillou, qui percuta l'ampoule nue surplombant le perron, neutralisant ainsi l'éclairage extérieur.

Isaac patienta sans broncher : souvent, il vaut mieux agir rapidement, mais parfois, c'est en prenant son temps qu'on peut espérer se réveiller le lendemain.

Au rez-de-chaussée, une silhouette se leva et passa devant les fenêtres avant de retourner devant la lumière bleutée de la télévision. Ce n'était pas une bonne nouvelle, mais pas une surprise non plus : Mme Mulcahy ne quittait jamais son nid hormis pour aller faire des courses et c'était le genre de proprio fouineuse qui l'encourageait à considérer les avantages à dormir sur le banc d'un parc. Cependant ce soir-là, ce n'était pas à cause d'elle qu'il prenait toutes ces précautions : avec son nom inscrit dans les registres de la police, il y avait de fortes probabilités pour que son adresse ait été repérée par les XOps et par conséquent, son appartement n'était plus un endroit sûr.

Il fallait qu'il entre et sorte au plus vite.

Dix minutes plus tard, il avait passé le perron, inséré sa clé dans la serrure, et s'était faufilé dans l'escalier.

En montant, il évita les marches qui grinçaient, ce qui en éliminait trois sur quatre.

La porte de son appartement s'ouvrit sans un bruit, car il avait huilé les gonds le soir où il avait emménagé, et tournant le verrou d'un geste sec, il se barricada puis dressa l'oreille. Tout était silencieux, à l'exception du poste de télévision en bas, cependant, il resta où il était pendant plus d'une minute, le temps d'en être absolument certain.

Ensuite il se mit au travail.

Aussi rapide et furtif qu'un félin, il sortit de la cuisine pour gagner le salon.

Il lui suffit d'un seul regard à ses affaires pour comprendre que Grier avait farfouillé à l'intérieur : personne d'autre que lui ne l'aurait remarqué tant le changement était subtil, mais le système de pliage qu'il avait développé avait justement été conçu dans ce but.

Il enfila le sweat-shirt qu'il utilisait comme oreiller, glissa ses deux revolvers dans la grosse poche de devant et chaussa ses rangers. Puis il fourra ses munitions, son couteau de chasse et son portable dans son pantalon avant de revêtir le coupe-vent noir qui constituait son unique manteau.

Enfin, il gagna la chambre. Et la penderie.

Son pactole contenait 27 853 dollars avant que Grier ne prélève la somme correspondant à la caution. Il devait donc en rester un peu.

Il fit sauter le panneau et plongea la main dans…

Nom de Dieu.

Il n'eut même pas à ouvrir le sac en plastique pour compter; rien qu'au poids, il savait que Grier n'avait pas sorti le moindre billet des liasses de 20 et de 100 dollars, ni des petites coupures éparpillées en vrac au fond du sachet.

Pourtant, elle était venue. Matthias se serait emparé des armes pour le rendre moins dangereux. Et l'aurait attendu au tournant pour lui coller une balle dans la tête.

Merde… Si elle n'avait pas touché à l'argent, cela voulait dire qu'elle avait soit trouvé un garant… soit payé la caution de sa propre poche. Et lors de l'audience, personne n'avait évoqué le nom d'un tiers ayant déboursé la somme. Elle avait forcément casqué.

Bon sang!

S'arrachant à ses pensées, il sortit le sac et replaça la planche de lambris. Puis il fit le tour des portes et fenêtres, faisant sauter les capteurs à l'aide de son couteau et fourrant les plaques métalliques dans ses poches. À peine trois minutes plus tard, il partit comme il était venu: en sortant par-derrière et aussi silencieux qu'un fantôme.

Les 500 dollars qu'il laissa sur le comptoir de la cuisine serviraient d'indemnités de rupture de bail, et Mme Mulcahy finirait par comprendre qu'il était parti quand elle se retrouverait sans nouvelles de lui.

Moins elle serait en contact avec lui, plus elle serait en sécurité.

Pareil pour son avocate.

Fait chier.

En bas dans la cour, Isaac avait les sens aiguisés comme des lames de rasoir. Longeant le bâtiment, il tourna au coin et s'en alla en courant, sans ralentir son allure avant de s'être éloigné de trois kilomètres.

Plongeant dans une ruelle, il passa un coup de fil et on lui répondit au bout de la deuxième sonnerie.

— Allô ?

— C'est Rothe.

L'organisateur de combats se ragaillardit aussitôt.

— Nom de Dieu, j'ai entendu dire que tu étais en prison ! Écoute, je ne peux pas t'avancer de caution…

— Je suis sorti. On s'en fait un ce soir ?

— Ouais, pas de problème ! On devait changer d'endroit, de toute façon. C'est dingue ! Comment t'as fait pour te tirer ?

— File-moi l'adresse et dis-moi comment y aller.

Le bâtiment se trouvait à une dizaine de kilomètres, dans une ville du nom de Malden, ce qui paraissait sensé : les flics du sud de Boston avaient manifestement décidé de chasser les combats clandestins de leur juridiction. D'ailleurs, le fait que l'organisateur ne se soit pas fait choper demeurait un mystère. À moins, bien sûr, que ce ne soit lui qui les ait rencardés et qu'il se soit échappé à temps.

Tout est possible avec ce genre de type.

Après avoir raccroché, Isaac se mit en quête d'un abribus indiquant les horaires de passage. Lorsque le monolithe à dix roues s'approcha cahin-caha, il grimpa à bord et s'assit à côté de l'issue de secours.

Tandis qu'il regardait défiler les maisons, les bureaux et les immeubles, il avait envie de crier.

Il avait quitté les XOps parce que sa conscience le taraudait. Par conséquent, il ne pouvait pas supporter l'idée que Grier Childe débourse autant d'argent pour lui. Elle avait l'air d'avoir les moyens, mais 25 000 dollars représentaient une somme considérable, quelle que soit la situation de votre compte en banque. Déjà qu'il aurait été mal à l'aise si un garant anonyme s'était porté caution, alors cette femme raffinée à qui il avait menti ? Qui avait pris des risques pour lui ?

Non. Hors de question de la laisser en plan.

Et ça compliquait tout.

Deux heures après avoir quitté la prison sans son client ni la moindre idée de l'endroit où il était, Grier se trouvait au beau milieu d'une soirée remplie de gens dont on devinait au premier coup d'œil qu'ils faisaient partie du gratin. Tous appartenaient à la vieille aristocratie bostonienne et descendaient des premiers colons arrivés sur le *Mayflower*.

Des gens très sympathiques au demeurant, mais, pour certains, suffisamment âgés pour avoir eux-mêmes emprunté ce bateau.

Cependant, elle avait l'esprit ailleurs que dans cette salle de bal du *Four Seasons*. Elle n'écoutait même pas l'homme devant elle qui lui parlait de… *Pour qui était donné ce cocktail, déjà ? Le musée des Beaux-Arts ou le Boston Ballet ?* Elle jeta un coup d'œil aux affiches placardées sur les murs, à la recherche d'un indice. Des reproductions de Degas. Aucune aide de ce côté-là : tous ces tutus floutés pouvaient correspondre à l'un comme à l'autre.

L'homme au nœud papillon continuait de jacasser sans qu'elle lui prête la moindre attention. Elle ne cessait de penser au moment où elle avait détourné le regard des ascenseurs de la maison d'arrêt pour s'apercevoir qu'elle était seule.

Elle n'avait pas entendu Isaac bouger, encore moins partir. À un moment, il était derrière elle, et l'instant d'après, il s'était volatilisé. Elle était stupéfaite qu'une personne de sa corpulence ait pu disparaître de cette manière.

Bien sûr, inutile d'être un génie pour comprendre qu'il était descendu par l'escalier du fond. Alors, elle avait poussé la porte coupe-feu et s'était déchaussée pour dévaler les marches en collants. Une fois en bas, elle était tombée nez à nez avec un type en train d'allumer une cigarette devant la sortie. Lorsqu'elle lui avait demandé s'il avait vu passer un homme assez baraqué, il lui avait répondu par un haussement d'épaules, avant de souffler un nuage blanc et de s'en aller.

Après avoir rechaussé ses escarpins, elle s'était engouffrée dans le parking souterrain pour monter dans sa voiture et se diriger vers l'appartement de son client. Arrivée à destination, elle avait jeté un coup d'œil à l'étage d'Isaac. Il était plongé dans le noir, mais ce n'était pas une surprise : jamais un fugitif n'aurait l'idée saugrenue d'aller se planquer à l'adresse qu'il avait donnée à la police.

Elle savait depuis le début que son client risquait de prendre la fuite. Ce qu'elle n'avait pas prévu, c'était qu'il soit aussi insaisissable que la fumée de cette cigarette : envolé aussi vite qu'il était apparu.

Revenant au présent, Grier posa son verre de chardonnay sur le plateau d'un serveur qui passait par là… juste au moment où son portable se mit à vibrer contre sa hanche.

S'excusant, elle s'esquiva dans le couloir.

— Allô ?

— Bonjour, mademoiselle Childe. Comment ça va ?

— Comme quelqu'un qui attendait votre appel avec impatience, Louie.

— Oh, comme c'est mignon. Vous au moins, vous êtes sympa. (Louie abandonna les amabilités pour passer aux choses sérieuses.) Ce que je vais vous annoncer ne va pas vous plaire.

Pourquoi est-ce que ça ne me surprend pas ? songea-t-elle.

— Allez-y, je suis prête.

— C'est un fantôme.

Là-dessus, elle n'allait pas le contredire. D'autant que l'idée ne lui paraissait pas si loufoque au vu de ses discussions avec son frère décédé.

— Il m'avait l'air bien réel quand j'étais assise en face de lui.

— Eh bien, l'Isaac Rothe que j'ai réussi à localiser est mort il y a cinq ans. Dans l'État du Mississippi. Son corps a été retrouvé dans un fossé près d'une ferme ; il avait vingt et un ans à l'époque. D'après le journal, il a été tabassé au point d'être défiguré, mais l'article était accompagné d'une photo le montrant de son vivant et elle correspond en tout point à celle qui a été prise à la maison d'arrêt hier soir. C'est le même type.

— Mon Dieu…

— Il avait sûrement une bonne raison de disparaître, mais à cette époque, ça a dû lui coûter un bras et il a dû galérer comme un malade pour rester si longtemps planqué. Bien sûr, ce n'est pas impossible – le pays est assez grand pour cela –, mais il faut faire très attention, parce que tout est relié à des bases de données. Une chose est sûre, il utilise un faux numéro de sécu, ce qui pourrait en partie expliquer comment il est parvenu à rester en cavale. Quoi qu'il en soit, ce type n'est pas un baltringue. Et d'après moi, on le couvre. Au plus haut niveau.

— C'est-à-dire ?

— Je te donne deux initiales : « U » et « S ».

— Ça finit par « A » ?

— Je pensais plutôt à « Uncle Sam », mais ouais, ça colle.

— Je ne comprends pas. S'il voulait rester planqué, pourquoi avoir gardé son vrai nom ? Quand on vole le numéro de sécu de quelqu'un d'autre, on prend le nom qui va avec, non ?

— Ça, il faudrait le lui demander. Mais la première explication qui me vient, c'est qu'il ne s'attendait pas à ce qu'on le retrouve. Et je vais te dire une chose... Je ferais gaffe si je le côtoyais. Ce cadavre n'a pas atterri dans ce fossé par accident. Je serais prêt à parier ma solde qu'on a tué un mec qui lui ressemblait assez pour qu'on ne voie pas la différence dans un cercueil. Et tu sais quoi ? Ton client est toujours en vie. Alors ce fils de pute pourrait bien être un assassin.

Grier ferma les yeux. De mieux en mieux. Elle avait fait libérer un type qui non seulement avait pris la fuite pour échapper à son jugement, mais qui avait peut-être aussi commis un meurtre et maquillé sa propre mort.

Poli et gentil, mon cul! se dit-elle en se demandant comment quelqu'un comme elle, qui avait décroché son doctorat avec mention très bien, avait pu être aussi stupide.

À cet instant, la foule se fendit, laissant apparaître Daniel qui, vêtu d'un smoking, traînait près d'un Degas. Levant une flûte de champagne dans sa direction, il la toisait d'un air de dire : « Je te l'avais bien dit. »

Ce petit morveux à la gueule d'ange avait raison. Même s'il était mort depuis deux ans, elle essayait encore de lui prodiguer les premiers secours : en voulant aider les autres, elle ne cherchait qu'à le ramener à la vie, et ce besoin était devenu si fort qu'il avait dévoré tout le reste.

— Tout va bien ?

Agrippant son téléphone, elle se demanda ce que le détective privé penserait s'il savait qu'elle avait les yeux rivés sur le regard omniscient de son frère décédé.

— Pas vraiment, Louie.

— Il t'a dupée ?

— Je me suis dupée toute seule.

— Eh bien, j'ai une autre info pour toi. Mais je ne sais pas si c'est une bonne idée de t'en faire part, vu que tu as déjà l'air d'avoir le moral à zéro.

Rassemblant son courage, elle marmonna :

— Vas-y. Au point où j'en suis, autant m'achever.

Chapitre 8

Pelouse nord, Paradis.

Loin au-dessus de la Terre, dans le royaume céleste, l'archange Nigel arpentait l'herbe verte et rase, les mains derrière le dos, tête baissée, les yeux rivés droit devant lui. Il aurait mieux fait de laisser sa tenue de croquet au placard étant donné son manque de concentration. Surtout face à un adversaire aussi redoutable que Colin.

Pour tout dire, les boules frappées par Nigel avaient roulé partout… sauf à travers les arceaux.

Au bout d'un moment, il avait jeté l'éponge. Incapable de détourner son esprit de ce qui le tourmentait, il ne parvenait à rien d'autre qu'à déambuler en ruminant.

Bordel, les règles sont faites pour être suivies, maugréa-t-il.

Voilà pourquoi ils définissaient toujours les règles avant le début de la partie, de manière à éviter toute interruption due à une question ou à une erreur d'interprétation. À vrai dire, il avait toujours été convaincu qu'un match ne pouvait être équitable qu'en présence de deux éléments : des adversaires de même niveau et des paramètres bien définis.

Or, en l'occurrence, le premier critère était parfaitement respecté : son camp et celui de Divine étaient à égalité en termes d'atouts, de faiblesses et de détermination.

Et c'était particulièrement vrai en ce qui concernait ce dernier point, tant les deux « équipes » étaient conscientes de l'ampleur de l'enjeu : l'avenir du monde était dans la balance, le Créateur ayant fini par perdre patience, fatigué de voir le conflit entre le bien et le mal s'éterniser sans qu'un vainqueur se dessine. À peine quelques semaines auparavant, il avait été décidé au plus haut niveau que le match serait joué en sept parties, et qu'une simple majorité suffirait pour remporter la victoire, et donc pour régner sur la Terre mais aussi sur les plaines verdoyantes du paradis et les profondeurs ardentes de l'enfer.

Nigel avait alors été nommé capitaine des « gentils » tandis que Divine avait été désignée à la tête des « méchants ».

Sauf que cette ignoble démone trichait.

Les règles du jeu stipulaient que Nigel et Divine devaient choisir les âmes « en jeu », puis se retirer du terrain afin de laisser Jim Heron agir sur les événements, qui aboutiraient soit à une rédemption, soit à une damnation.

Sept chances. Et la première avait tourné en faveur de Nigel.

Les six prochaines rencontres devaient se tenir dans le stade, c'est-à-dire sur Terre. Au cours du match, Nigel et Divine n'avaient droit qu'à un certain nombre d'entretiens avec le quarterback : Nigel ayant remporté l'engagement, il avait eu l'avantage d'aborder Jim en premier, et dans un souci de parité, Divine avait été autorisée à s'entretenir avec lui. Mais désormais, ils devaient rester sur le banc de touche, sauf au moment des temps morts et du bilan d'après-match.

Pourtant, Divine était descendue sur Terre. Et elle y était toujours.

— Toi aussi, tu es intervenu.

Nigel s'arrêta, sans se retourner vers Colin pour autant.

— Mon cher ami, va te faire foutre.

Colin partit d'un rire gras et pour une fois dénué de sarcasme.

—Ah, ça c'est le Nigel que je connais et que j'aime. Je me demandais où tu étais parti, vu comme tu as mal joué.

Gardant le dos tourné à son meilleur ami, Nigel contempla les hautes murailles de la Demeure des âmes, à l'autre bout de la pelouse. De l'autre côté de la grande fortification en pierre, dans une immense résidence dotée de meubles raffinés et d'installations dédiées au confort des hôtes, résidaient les âmes de ceux qui avaient prouvé leur vertu lors de leur passage sur Terre.

Si les anges perdaient, tous ceux qui avaient ô combien mérité leur séjour en ces lieux enchanteurs sombreraient dans les entrailles de l'enfer. Comme tout le reste, d'ailleurs, y compris lui-même et ses trois acolytes.

—Adrian et Edward ne figurent pas dans le règlement, fit remarquer Colin.

—Ils suivent les instructions de Jim. Cela n'a rien à voir avec ce qu'elle fait.

—Certes, mais ils nous représentent, d'une certaine manière.

—Elle manipule les règles.

—Et ça te surprend? (Le ton cassant de Colin se fit hargneux.) Nous l'avons combattue trop longtemps pour que sa fourberie nous prenne au dépourvu. Ce qui explique peut-être pourquoi le Créateur t'autorise à conserver nos deux émissaires.

—Ou alors il souhaite nous voir gagner.

Nigel se força à reprendre sa marche, incapable de détourner les yeux du pont surplombant le fossé et l'imposante entrée de la demeure. À la vue du portail massif verrouillé, dont lui seul détenait la clé spirituelle, il s'apaisa – mais hélas, sans raison valable. Les âmes ne seraient en sécurité qu'à condition qu'il remporte la victoire.

— Est-ce que tu comptes prendre des mesures ? demanda Colin alors qu'ils effectuaient un large cercle en direction de la table sur laquelle on avait disposé le service à thé.

— Comment le pourrais-je ?

— Tu es prêt à perdre juste par souci d'honnêteté ?

Nigel fit signe à Bertie et Byron, assis un peu plus loin devant une théière et un carrousel de minuscules sandwichs. Comme il se devait, ils ne s'étaient pas servis et ne le feraient pas tant que les deux autres chaises ne seraient pas occupées. Pendant ce temps, Tarquin, le lévrier irlandais adoré de Bertie, était pelotonné au côté de l'archange, l'énorme animal observant Colin et Nigel d'un regard sage et serein.

Nigel se mit à tripoter sa cravate.

— La victoire et la tromperie sont incompatibles. Et la présence d'Adrian et d'Eddie était ton idée. Je ne sais même pas pourquoi je la tolère.

Colin poussa un juron, son ton aristocratique ajoutant du mordant au fiel.

— Tu sais très bien qu'on n'a pas la moindre chance à moins de contourner le règlement, nous aussi. C'est pour ça que tu y consens.

En guise de réponse, Nigel se contenta de toussoter, signe que la conversation était close en ce qui le concernait. Et, Colin lui emboîtant le pas, ils allèrent s'asseoir à la table qui avait été dressée par la seule force de son esprit et disparaîtrait de la même manière.

À l'instar des deux compères, Nigel ne vivait pas. Pas plus qu'il ne respirait. Il était, tout simplement. Et il en allait de même pour la nourriture – ni nécessaire, ni existante – comme pour le paysage et tout ce que faisaient les quatre anges pour passer l'éternité. Mais les atours d'une vie pleine de grâce ne sont pas dénués d'intérêt. D'ailleurs, les quartiers qu'il occupait avec Colin étaient très bien équipés et ils n'y séjournaient pas pour dormir, mais pour récupérer d'une manière différente.

La guerre était épuisante, ses fardeaux incessants, et parfois, un peu de réconfort ne faisait pas de mal.

Rassemblant ses forces pour reprendre son rôle de chef, Nigel prit place à la table, pendant que Byron versait le thé en souriant. En présence des deux autres, il ne se laissait jamais aller à la moindre faiblesse. Avec Colin, toutefois, c'était différent. Mais seulement quand ils étaient seuls.

Tandis qu'il soulevait sa tasse en porcelaine de sa soucoupe, la vapeur parfumée de l'Earl Grey lui emplit le nez et l'angoisse l'étreignit derrière son calme de façade.

Ils ne pouvaient pas courir le risque de perdre ne serait-ce qu'une seule de ces rencontres, mais un gentleman ne donnait jamais des coups en traître.

Il avait des principes.

Bon sang.

Chapitre 9

À Malden, dans la banlieue de Boston, Jim, Adrian et Eddie se déplaçaient telles des ombres dans l'obscurité opaque tandis qu'ils s'approchaient d'un immeuble à moitié fini. L'édifice faisait partie d'un lotissement embroussaillé, désaffecté, d'au moins une quinzaine de bureaux… et pas un seul n'était occupé ni même achevé. Ce qui laissait à penser que le promoteur/propriétaire était en train de mourir d'une hémorragie du compte bancaire.

En supposant qu'il ne se soit pas déjà attaché la procédure de faillite autour de l'orteil avant de sauter dans la tombe du dépôt de bilan.

Le bâtiment qu'ils étaient venus voir était cerné d'une pelouse qui donnait sur les bois avoisinants et les trois anges restèrent tapis au milieu des arbres pendant qu'ils examinaient les lieux : le squelette s'élevait sur quatre étages, bardés de vitres couleur prune, mais aucune lumière n'était allumée et une couche de poussière recouvrait le sol du parking à l'arrière.

L'endroit était totalement abandonné.

Enfin, par ses occupants légitimes.

Une kyrielle de véhicules convergeaient vers l'entrée, voitures et camions formant une file étonnement ordonnée, non loin de l'endroit où se cachaient Jim et ses amis.

Apparemment, le tuyau fourni par le pompier à la salle de gym n'était pas percé.

— Tu sais, dit Adrian, je pourrais monter sur le ring. Balancer quelques coups de poing. Voire balancer quelques humains par-dessus les cordes.

Jim secoua la tête.

— Je ne crois pas qu'on ait besoin de ça en ce moment.

— Dans une vie antérieure, t'aurais pas été une plaquette de freins ?

— Plutôt un mur de briques. Allez, on y va.

Tandis qu'ils se fondaient dans la foule qui se dirigeait vers la porte de derrière, Jim tenta de repérer Isaac, dans le cas peu probable où celui-ci serait sorti de prison et persisterait à vouloir combattre. Mais, plus important, il était à l'affût d'un homme qui ressemblerait à un soldat : musclé, trapu, venu accomplir une mission au lieu d'assister au spectacle.

Il cherchait l'homme censé exécuter Isaac.

Vu la façon dont les XOps opéraient, il s'agirait sûrement d'un de ses anciens camarades : le nombre d'épreuves physiques et mentales qui attendaient les candidats à l'admission était tel que les heureux élus n'étaient pas légion, et la formation des nouvelles recrues s'étalait sur plusieurs années. Jim avait quitté l'organisation dix-huit mois auparavant, mais il reconnaîtrait l'assassin.

Pareil pour Isaac.

— Allez-y, dit-il aux deux autres lorsqu'ils s'approchèrent d'une porte bloquée par un parpaing. Je vais surveiller l'entrée. Prévenez-moi si vous voyez Rothe.

Ce qui, d'après lui, ne risquait pas d'arriver. Si le soldat était bel et bien présent, il serait tapi quelque part à guetter les arrivants avant de s'exposer au public. Après tout, inutile d'être un génie pour comprendre qu'après son arrestation, c'était comme s'il s'était planté un drapeau rouge dans le cul.

Voilà pourquoi, à certains égards, intercepter l'assassin était encore plus important que de retrouver Isaac.

Tandis qu'Adrian et Eddie se faufilaient par l'issue de secours, Jim recula dans l'ombre du bâtiment – ce qu'il fit davantage par habitude que par nécessité, car personne ne le voyait.

Encore un avantage lié au statut d'ange : il pouvait choisir à quel moment se rendre visible aux yeux des mortels.

Allumant une Marlboro qu'il garda cachée dans l'obscurité, il inspecta la foule qui entrait dans la salle. Le public était composé de la clique habituelle : des étudiants nourris à la bière pour la plupart, qui dans cinq ans deviendraient les champions de l'État du Massachusetts. Les casquettes étaient toutes aux couleurs des équipes de football américain de Boston. Quelques-uns avaient revêtu des sweat-shirts de l'université du coin.

Lorsque le flot commença à se tarir, Jim étouffa un juron. Il aurait peut-être dû infiltrer cette fichue prison. Évidemment, cela aurait été compliqué. L'endroit était truffé de caméras et même en se rendant invisible, comment s'en serait-il sorti s'il avait dû tuer ou libérer quelqu'un ? Tous les témoins seraient devenus schizos et il aurait fait la une de la presse à sensation, sous une manchette du genre : « Les extraterrestres existent ! »

Un homme émergea du bosquet. Il était bâti comme une armoire normande et son coupe-vent noir rendait ses épaules plus massives encore. Lorsqu'il s'approcha, il avait la démarche d'un soldat aguerri, balayant les environs du regard, les mains enfoncées dans ses poches – sûrement serrées sur un ou deux revolvers.

— Salut, Isaac…

Dès qu'il prononça son nom, Jim sentit une force s'emparer de lui, comme si le destin l'attirait irrémédiablement vers cet homme.

À l'origine, le plan consistait à le retrouver et à lui faire quitter le pays par le premier avion avec un peu de fric en poche, juste histoire de l'aider à se remettre en selle.

À présent, il se rendait compte que sa mission ne s'arrêtait pas là.

C'était un véritable choc de revoir Rothe pour la première fois depuis cette nuit dans le désert. Toutefois, Jim s'abstint de courir vers lui, de crier son nom, ou de tout autre geste susceptible de l'effrayer. Au lieu de cela, il invoqua la lumière divine et la fit surgir de l'obscurité en agitant les molécules entourant son corps.

Après s'être assuré qu'ils étaient seuls, il s'avança les mains levées, exposant ses paumes nues.

Isaac tourna brusquement la tête. Et sortit un revolver de son coupe-vent.

Jim ne broncha pas, se contentant de secouer la tête pour signifier qu'il n'était pas venu en ennemi.

Isaac se décida à approcher, mais, décidé à ne courir aucun risque, il sortit une seconde arme de sa poche et la laissa pendre discrètement sur le côté. Les deux flingues étaient munis de silencieux et se fondaient avec son bas de survêtement noir.

L'espace d'un instant, tous deux se considérèrent comme deux imbéciles, et Jim eut soudain l'envie absurde de le serrer dans ses bras, même s'il en chassa rapidement l'idée. Primo, il n'y avait aucune raison de sombrer dans une telle mièvrerie, et deuxio, il écoperait sûrement d'une balle tirée à bout portant : les soldats des XOps n'étaient pas du genre à se blottir contre quelqu'un, sauf s'ils comptaient le buter.

— Salut, répéta Jim d'une voix rauque.

Isaac se racla la gorge. À deux reprises.

— Qu'est-ce que tu fous là ?

— Oh, je passais dans le coin et j'ai eu envie de t'inviter à dîner.

Isaac esquissa un sourire, comme un effluve du passé.

— Tu viens payer ta dette ?

— Ouais. (Jim scruta le parking, mais n'aperçut que deux traînards.) En quelque sorte.

— Je croyais que tu avais raccroché.

— C'est le cas.

— Donc… (Comme Jim ne lui répondait pas, il plissa les yeux.) Il t'a envoyé me tuer, c'est ça ?

— J'avais besoin d'un service, et j'ai dû payer le prix fort.

— Alors, qu'est-ce qu'on fout à parler ?

— Je n'obéis plus à Matthias.

Isaac fronça les sourcils.

— Crétin. Il ne va plus te lâcher, maintenant. À moins que tu ne me butes immédiatement.

Jim coinça sa cigarette entre ses dents et tendit les mains.

— Je ne suis pas armé. Vas-y, fouille.

Sans surprise, Isaac rangea l'un de ses revolvers, et, de sa main libre, opéra une rapide palpation.

La ride barrant le front de l'ancien soldat se creusa davantage.

— Mais bon sang, à quoi tu pensais ?

— Juste à l'instant ? Oh… Voyons… Que tu ne devrais pas aller sur ce ring, pour commencer. Parce que j'imagine que tu n'es pas venu bouffer du pop-corn. Je préférerais que tu viennes avec moi et que je te fasse quitter le pays sain et sauf.

Isaac répondit d'une voix lasse en secouant la tête.

— Tu sais très bien que je ne peux pas te faire confiance. Désolé, mec. C'est comme ça.

Et merde.

Cela dit, il ne pouvait pas le blâmer de réagir de la sorte. Chez les XOps, c'était chacun pour soi, même en mission groupée. Et si jamais vous décidiez de quitter le troupeau ?

À moins d'avoir la cervelle d'un bigorneau, vous ne feriez confiance à personne, pas même à votre mère.

Jim prit une bouffée et scruta le visage de son ancien partenaire, sentant cet élan redoubler d'ardeur dans sa poitrine. Difficile d'expliquer pourquoi, mais il ne pouvait plus faire marche arrière à présent qu'il avait retrouvé Isaac. Même si ça compromettait son combat contre Divine. Même si Isaac refusait la main que Jim lui tendait. Même si ça le mettait en danger.

Il devait sauver Isaac Rothe.

— Navré, s'entendit-il rétorquer, mais je dois t'aider. Et tu vas me laisser faire.

Les yeux de l'homme se réduisirent à de minuscules fentes.

— Pardon ?

Jim jeta un coup d'œil à la porte. Adrian et Eddie étaient ressortis et… aucun n'avait l'air surpris. Comme s'ils avaient su depuis le début qu'Isaac ferait son apparition à cet endroit même. Et que Jim lui parlerait. Et…

Inclinant brièvement la tête, Jim considéra le ciel ténébreux en songeant à la manière dont s'était passée sa première mission : aucune coïncidence dans la chaîne des événements. Rien n'avait été dû au hasard. Et il n'aurait pas été saugrenu d'imaginer que Matthias jouait dans l'équipe de Divine. Ce type avait semé le mal partout sur son passage et s'était livré à des actes de violence et de traîtrise qui avaient à la fois influencé le monde dans son ensemble et affecté la vie d'un grand nombre d'individus.

Jim reporta son attention sur Isaac. Son soudain attachement au déserteur n'était peut-être pas uniquement dû à de la nostalgie… Bon sang, Nigel, son nouveau patron, n'était pas des plus accommodants, et pourtant l'archange avait donné son accord dès l'instant où Jim avait annoncé qu'il partait à la recherche d'Isaac. Pas le genre de chose qu'on ferait si on était capitaine d'équipe et que son quarterback se mettait à courir vers sa propre ligne de but.

En revanche, ce serait une réaction parfaitement normale s'il fonçait droit vers l'objectif.

Nom de Dieu… Isaac était sa nouvelle mission.

Et la magie qu'il avait opérée sur son propre cadavre allait l'aider à faire d'une pierre deux coups.

— Tu vas avoir besoin de moi, déclara-t-il.

— Je peux prendre soin de moi.

Alors qu'Isaac s'apprêtait à partir, Jim le tira par le bras.

— Tu sais que tu ne pourras pas y arriver seul. Ne fais pas le con.

Il y eut un long silence.

— Mais qu'est-ce qui t'as pris, Jim ? (Une lueur d'égarement brillait dans ses yeux clairs.) Tu t'en étais sorti. Tu étais libre. Pourquoi vouloir replonger dans cet enfer ?

Jim rétorqua par un argument qu'Isaac ne pouvait contester, et qui était la vérité. Même si ce n'était pas la seule.

— Je te dois une faveur. Tu le sais. J'ai une dette envers toi après ce qui s'est passé dans le désert.

Jim Heron n'avait pas changé : grand, baraqué, et sérieux comme un pape quand il s'agissait du boulot. Ses yeux bleus étaient les mêmes, ses cheveux blonds toujours aussi ébouriffés et son visage rasé de près, comme d'habitude. Il tenait même une Marlboro qui se consumait tranquillement entre ses doigts.

Mais il avait quelque chose d'un peu différent, une sorte de vibration un peu… étrange, sans être forcément mauvaise.

Peut-être que ce veinard avait fini par apprécier le fait de dormir la nuit, plutôt que de garder un revolver à la main et de se réveiller au moindre bruit.

Bon Dieu, quand il avait entendu dire que Heron avait quitté les XOps, il ne se serait jamais attendu à le revoir un jour, soit parce que Matthias lui aurait collé une balle dans le crâne en guise de carte d'adieu, soit parce que Jim aurait eu la sagesse de rester à l'écart de tout ce qui pouvait avoir trait à son ancienne vie.

Et pourtant il était là.

Les yeux rivés dans les siens, il commençait à croire, autant qu'il le pouvait, que Heron était bel et bien venu l'aider à cause de cette dette contractée au pays du soleil brûlant. En outre, s'il avait voulu le tuer, cette conversation n'aurait jamais eu lieu.

— Si j'étais venu te buter, murmura Jim, tu serais déjà mort.

Bingo.

— D'accord, répondit Isaac. Garde-moi mes affaires pendant que je vais combattre.

Jim le fusilla du regard.

— Tu ne peux pas monter sur ce ring. Entre le prospectus que j'ai vu et cette arrestation, tu ferais aussi bien de te coller un mouchard au cul.

— J'ai besoin de ce fric.

— Je peux t'en prêter.

Isaac jeta un coup d'œil à la sortie et aperçut deux armoires à glace près de la porte. Lorsqu'ils le saluèrent d'un signe de la main, il demanda :

— Ils sont avec toi ?

Jim parut surpris.

— Ah, euh, oui.

— Tu montes ta propre équipe ?

— On pourrait dire ça. Mais là, on parlait de toi et du fait que tu allais laisser tomber pour ce soir.

Jamais de la vie, répondit Isaac pour lui-même. Il n'était pas question d'enfler cette avocate de 25 000 dollars, et les 2 000 qui lui resteraient n'allaient pas le mener bien loin. Et quand bien même Matthias avait les moyens d'envoyer un type sur le ring, capable de le tuer devant des centaines de témoins et de maquiller sa mort en accident, quel choix avait-il ? Pour rien au monde, il n'accepterait qu'on lui fasse l'aumône – et de toute façon, il savait depuis longtemps qu'il n'attirait la compassion de personne – ou d'être redevable envers Jim sous prétexte de solder une dette.

Dans dix minutes, il aurait la possibilité de gagner 1 000 ou 2 000 dollars de plus. Et s'il se faisait buter par le lieutenant de Matthias, celui qui s'était pointé la veille au soir ? Peu importe. Dès l'instant où il avait déserté, il avait su qu'un cercueil l'attendait au bout du chemin. C'était comme s'il était atteint d'une maladie incurable : le remède risquait de le tuer, mais au moins il allait se battre et mourir selon ses propres conditions.

Et s'il restait chez les XOps ? Il passerait le reste de ses jours comme un mort-vivant.

À ce stade, il se sentait si vide qu'il avait déjà un pied dans la tombe.

— Je vais combattre, dit-il. Et tu vas garder mes affaires le temps que je finisse. C'est la seule aide que j'accepterai ce soir.

Il n'avait aucune raison de lui révéler combien d'argent se trouvait dans le coupe-vent. Et Heron savait déjà pour les revolvers – mais de toute évidence, il n'avait pas l'intention de s'en servir.

— C'est une énorme erreur.

Isaac fronça les sourcils.

— Une foule de gens t'auraient conseillé de laisser Matthias crever dans le désert, mais tu l'as ramené parce que tu devais le faire, et personne n'aurait pu t'en dissuader. C'est la même chose pour moi. Soit tu me suis, soit tu te barres.

Jim lâcha un juron. Puis un autre. Finalement, il aspira une dernière bouffée de sa cigarette et écrasa le mégot sous l'une de ses rangers.

— Très bien. Mais j'interviendrai. Tu m'entends ? Si jamais ça se passe mal sur le ring, je fais arrêter le combat.

— Mais pourquoi tu fais ça, putain ? demanda Isaac d'une voix rauque.

— Pourquoi tu es venu nous chercher, Matthias et moi, ce soir-là ?

Des souvenirs remontèrent à la surface et Isaac se retrouva plongé deux années en arrière, au beau milieu du désert, lorsque la radio avait craché un message codé, qu'il avait intercepté avant d'entendre Jim parler d'une voix blanche.

Il n'avait fallu que dix minutes pour prendre les dispositions nécessaires : envoi d'un médecin à leur tente avec mise à disposition d'un hélicoptère et d'une équipe de secours de l'autre côté de la frontière. Ensuite, il avait patienté… avant de bondir de sa chaise.

La Land Rover qu'il avait trouvée était garée avec les clés sur le contact et Isaac avait sauté derrière le volant avant de démarrer sur les chapeaux de roue. Ce que Jim ignorait à ce moment-là, c'est que quand Matthias et lui étaient partis Isaac était resté en retrait pour observer la direction qu'ils allaient prendre.

Cette excursion dans les dunes lui avait paru louche : personne ne partait seul avec Matthias. C'était comme demander à une victime de l'Ebola de vous tousser dessus.

Après avoir fait plusieurs fois le tour du camp, il les avait retrouvés une heure plus tard, à environ huit kilomètres de son point de départ : grâce à ses lunettes de vision nocturne, il avait aperçu une silhouette se déplacer lentement le long d'une dune, et puisque les trolls n'existent pas, cela ne pouvait être qu'un homme en portant un autre à travers le sable.

Il s'était alors dirigé vers eux, en se disant que les déserts étaient étranges : à l'instar des océans, ils se confondent avec le ciel à la tombée de la nuit, et ce n'est qu'au moment où vous avez un point de repère, comme un buisson ou un bateau – ou une idée à la noix comme celle de Jim quand il avait voulu jouer les sauveurs –, que vous avez la confirmation visuelle que la Terre est ronde et non carrée.

Et que vous n'êtes pas au paradis.

Il avait conduit tous phares éteints et, plutôt que de les allumer, il avait brandi un tee-shirt blanc par la fenêtre ouverte dans l'espoir que Jim l'apercevrait et, surtout, qu'il ne le confondrait pas avec un ennemi. Cet idiot transportait un véritable arsenal quand il avait quitté le camp.

Lorsque Isaac s'était arrêté, il était sorti avec les deux mains en évidence et avait attendu que Jim le rejoigne. Il lui avait paru épuisé. Normal, dans la mesure où il avait porté Matthias sur son dos et parcouru Dieu sait combien de kilomètres sur le sable mouvant.

Il n'avait pas été étonné lorsque Jim lui avait jeté un regard noir, furieux qu'il soit venu à leur secours – et ce malgré l'état de leur chef, qui de toute évidence était à l'article de la mort.

« *Je passais juste par là*, avait dit Isaac. *Je me suis dit que je t'inviterais bien à dîner.* »

Secouant la tête, il retourna au présent, à… Où était-il, déjà ? Ah oui, à Malden.

— Ne te fais pas tuer à cause de moi, dit-il d'une voix aussi lasse que celle de Jim à l'époque.

Il crut l'entendre marmonner « c'est un petit peu tard pour ça », mais de toute évidence, il avait dû se tromper.

Isaac chassa le passé et ses émotions pour reporter son attention sur le présent. Tournant les talons, il s'avança vers l'entrée du bâtiment.

Lorsqu'il entra, Jim et ses deux potes lui emboîtèrent le pas, et il se demanda pourquoi Heron ne portait pas un chapeau pour cacher son visage ou n'importe quoi d'autre pour dissimuler son identité. *Quel crétin. Il arrive à se barrer… et tout ce qu'il trouve à faire, c'est de revenir.*

Malade.

Cinglé.

Mais il avait déjà assez de ses propres problèmes de son côté, et, après tout, Jim était un grand garçon, libre de foutre sa vie en l'air s'il l'entendait ainsi.

Le couloir de l'immeuble abandonné était un véritable parcours d'obstacles, jonché d'innombrables seaux remplis de plâtre séché et d'un millier de canettes de soda à moitié vides. Toutefois, personne n'avait occupé les lieux depuis des lustres : les débris étaient couverts de poussière.

De toute évidence, l'argent était venu à manquer au moment où les équipes de plombiers et d'électriciens avaient entamé leurs travaux : des fils électriques serpentaient en travers du faux plafond béant, à côté de conduites d'aération et de tuyaux de plomberie à moitié achevés. L'éclairage était dispensé par des lampes à piles placées au sol à intervalles d'un mètre cinquante et il faisait un froid de canard. Du moins jusqu'à ce qu'on pénètre dans l'immense vestibule. Malgré la hauteur de plafond digne d'une cathédrale, la chaleur corporelle dégagée par la cinquantaine de types qui trépignaient sur le sol en béton faisait monter la température.

C'était l'endroit idéal pour combattre : les architectes avaient prévu une sorte de baie vitrée pour l'entrée, mais comme à peu près tout le reste, celle-ci était restée inachevée. Par conséquent, au lieu de vitres transparentes, des panneaux de contreplaqué étaient cloués aux poutres.

Si bien qu'on ne pouvait voir ni la lumière ni la foule.

L'octogone avait été dressé au centre de l'espace, et dès qu'Isaac fendit la foule, les acclamations fusèrent. Des inconnus lui donnèrent une petite tape dans le dos en le félicitant d'être sorti de prison et des téléphones portables apparurent devant des dizaines d'oreilles pour annoncer la nouvelle qu'Isaac était là, prêt à en découdre.

Le promoteur accourut vers lui.

— Nom de Dieu, ils sont déjà chauffés à bloc ! C'est le pied !

Bla bla bla…

Isaac scruta les visages tout en gagnant le fond de la salle pour attendre son tour. Lorsque Jim vint s'adosser à son côté, il s'entendit dire :

— Hier soir, un de nos vieux amis s'est pointé.

— Qui ?

— Et comme par hasard, renchérit Isaac d'une voix sinistre, il est de retour.

À l'endroit où les videurs encaissaient l'argent des paris et les frais d'inscription, le numéro 2 de Matthias sortait un portefeuille de sa poche. Tendant les billets, il jeta un coup d'œil aux deux anciens soldats en se fendant d'un sourire carnassier.

Puis il pointa l'index en direction de la poitrine d'Isaac.

— Tu ne monteras pas sur ce ring, cracha Jim en se campant devant Isaac pour le garder hors de vue.

Isaac braqua le regard par-dessus l'épaule massive de Heron, droit dans les yeux de l'homme qui avait été envoyé pour le tuer.

— Oh que si.

Chapitre 10

Il était 22 heures passées quand Grier gara son Audi à Malden et coupa le moteur. Elle avait manœuvré sur le sol poussiéreux de manière à faire face à la sortie – même s'il n'y avait pas vraiment d'entrée ou de sortie dans ce parking de fortune – et s'était stationnée loin des autres voitures.

Lorsqu'elle avait longé l'adresse que Louie lui avait donnée au téléphone, elle s'était demandé si elle était au bon endroit. À première vue, le parc de bureaux était désert : la dizaine de bâtiments à quatre étages s'élevaient de chaque côté d'une allée plongée dans le noir tels des enfants alignés pour l'appel. À l'évidence, le complexe avait été créé pour des sociétés high-tech, du moins à en croire le panneau indiquant : « Parc technologique de Malden ». Au lieu de cela, c'était une ville fantôme.

Pourtant, Louie ne l'avait jamais induite en erreur. Aussi avait-elle fait le tour du pâté de maisons pour entrer par l'arrière et… découvrir près de vingt-cinq camions et voitures derrière le bâtiment le plus éloigné de la route principale. C'était logique. Si elle devait violer une propriété pour organiser un combat clandestin, elle aussi ferait tout son possible pour rester discrète.

Sortant de sa voiture, elle gagna l'issue de secours bloquée par un parpaing, puis entra. Le murmure caverneux de voix masculines bourdonnait au fond du couloir, la testostérone formant un mur qu'elle dut pratiquement enfoncer. Elle se dirigea vers le son, sans craindre d'être importunée – un risque pourtant non négligeable étant donné le nombre de brutes décérébrées au mètre carré. Elle avait une bombe lacrymogène dans une poche et un Taser dans l'autre. La première était légale dans l'État du Massachusetts à condition de détenir une carte d'identification de l'arme, ce qui était le cas. Quant au second… eh bien, elle paierait les 500 dollars d'amende si jamais elle était amenée à s'en servir.

Si elle avait assez de cran pour pénétrer dans un squat de drogués de New Bedford à minuit, elle pouvait faire face à cette situation.

Lorsqu'elle émergea dans une sorte d'atrium et avisa le grillage d'un mètre quatre-vingts de hauteur encerclant l'aire de combat, elle était consciente qu'elle aurait pu se contenter d'alerter les flics. Mais dans ce cas, Isaac, en supposant qu'il se pointe, prendrait aussitôt ses jambes à son cou pour éviter de se faire coffrer une nouvelle fois. Or, elle devait lui parler. Elle était bien décidée à le convaincre d'arrêter et à le faire réfléchir à ses actes. Fuir n'est jamais la solution, et s'il prenait cette voie, un mandat d'arrêt serait établi et de nouvelles charges pèseraient contre lui, ce qui constituerait un début de casier judiciaire.

Si tant est qu'il n'avait vraiment aucun antécédent. Ce meurtre dans le Mississippi la tracassait. Mais c'était aux autorités locales de s'occuper de cette affaire, comme de tout autre délit qu'il aurait pu commettre. En tant qu'avocate, elle devait le convaincre de rester pour affronter son procès. C'était son devoir. Pour le bien de la société et celui d'Isaac.

Et si elle n'arrivait pas à lui faire entendre raison ? Alors, elle se désisterait et raconterait aux autorités tout ce qu'elle savait à son sujet. Notamment les armes qu'il détenait et le système de sécurité installé chez lui. Elle n'était pas entêtée au point de se rendre complice d'un meurtre…

Apercevant son client, elle se figea et porta machinalement la main à sa gorge.

Isaac se tenait seul dans un coin. Malgré le grillage qui les séparait, elle avait une vision parfaitement claire de lui, et la distance ne tempéra en rien l'impression qu'il lui fit : ce type était une menace ; sa taille et son regard dur reléguaient les autres hommes à de petits garçons. À la maison d'arrêt, elle avait été frappée par sa politesse, mais à présent, elle le voyait tel qu'il était vraiment.

Cet homme était un tueur.

Son cœur se mit à battre la chamade, mais elle ne fléchit pas. Elle était là pour lui parler et, nom de Dieu, elle lui parlerait.

Juste au moment où elle s'avançait, un type répugnant avec des dents en or se hissa avec difficulté le long d'un des côtés de la cage.

— Et maintenant… celui que vous attendez tous !

Isaac retira son sweat-shirt et ses chaussures, les jeta au sol, puis se mit à arpenter le ring, menton baissé, jetant un regard noir sous ses sourcils. Son tee-shirt était légèrement tendu en travers de ses pectoraux et ses biceps étaient bombés alors que ses bras pendaient mollement sur le côté. Prêt à se lancer au combat, ce n'était plus qu'une montagne de muscles et d'os, les veines gonflées, les épaules si larges qu'il aurait sûrement pu soulever tout le bâtiment en développé-couché.

Tandis qu'elle le regardait escalader la cage et atterrir, pieds nus, de l'autre côté, le rugissement de la foule résonna dans sa tête et une décharge d'adrénaline la traversa. Dans la lueur des huit lampes de camping qu'on avait suspendues à des mâts, son client lui apparaissait comme le croisement entre un gladiateur et une bête féroce, dressée pour tuer.

Malheureusement, l'homme qui avait basculé par-dessus le grillage pour se camper en face d'Isaac était son portrait craché : même carrure, même taille, même regard funeste.

Il était identique jusque dans ses vêtements, son tee-shirt dévoilant une grande partie du serpent tatoué qui ondulait autour de ses épaules et de son cou. Et tandis que le public se rapprochait en braillant, les deux adversaires se contournaient, guettant la moindre occasion, bras, torse et cuisses tendus.

Isaac frappa le premier. Pivotant d'un bloc, il assena un coup de pied dans les côtes du tatoué avec une telle hargne qu'elle était prête à parier que les ancêtres de son adversaire l'avaient senti depuis leurs tombes.

Tout se passa en un éclair. Les deux hommes se lancèrent dans un ballet de coups et d'esquives, de la sueur inondant l'encolure et le dos de leur tee-shirt. Sous la lueur jaunâtre des lanternes, on aurait dit qu'ils combattaient dans un cercle de feu. Chaque coup porté claquait comme une détonation, le choc des impacts s'élevant au-dessus des cris de la foule survoltée. Du sang jaillit, d'abord de la cicatrice au front d'Isaac, qui n'avait pas tardé à se rouvrir, puis d'une entaille faite à la lèvre de son adversaire. Si les combattants ne semblaient pas s'en soucier, les spectateurs s'en délectaient avec un plaisir malsain, telle une bande de vampires…

Sentant une main sur ses fesses, elle tourna brusquement la tête.

Puis elle recula en fusillant du regard l'importun.

— Je ne vous dérange pas ?

Un instant, il sembla surpris, le regard fou. Puis il plissa les yeux.

— Hé… qu'est-ce que vous foutez là ?

À sa question, on aurait cru qu'il l'avait reconnue.

D'un autre côté, il aurait pu parler au père Noël avec autant de sérieux : il avait le visage luisant de sueur et le muscle de sa joue tressaillait comme s'il avait reçu un choc électrique.

Manifestement, il était sous l'emprise de métamphétamine. Et Dieu sait si elle était douée pour établir ce diagnostic.

— Laissez tomber, dit-elle en s'éloignant.

Il la suivit. C'était bien sa veine : le seul idiot de toute l'assistance qui s'intéressait plus à elle qu'au combat.

L'attrapant par le bras, il l'attira vers lui.

— Je vous connais…

— Retirez vos sales pattes…

— Comment vous vous appelez ?

Grier s'arracha à son étreinte.

— Ça ne vous regarde pas.

En un éclair, il bondit vers elle et la distance qui les séparait passa brusquement d'un mètre à un centimètre.

— Fais pas ta pimbêche. Tu te crois mieux que moi, salope ?

Sans bouger d'un pouce, Grier sortit son Taser, fit glisser le cran de sûreté dans la crosse et braqua l'arme à portée de son jean.

— Si vous ne me lâchez pas immédiatement, dit-elle sèchement, j'envoie une décharge de six cent vingt-cinq mille volts dans vos bijoux de famille. Je compte jusqu'à trois. Un… deux…

Avant qu'elle en arrive à appuyer sur la détente, il se recula en levant des mains tremblantes.

— Je ne voulais pas… Je croyais juste vous connaître…

Lorsqu'il s'éloigna, elle garda l'arme à la main et poussa un soupir de soulagement. Elle l'avait peut-être rencontré un jour où elle était partie à la recherche de son frère. Mais manifestement il n'était pas dans son état normal, et elle était déjà suffisamment dans la mouise.

Reportant son attention sur le ring, elle leva les yeux…

Pour voir Isaac s'effondrer comme une masse.

Combattre le lieutenant de Matthias était un plaisir. Isaac n'avait jamais apprécié ce type ni ne lui avait fait confiance et il avait toujours eu pour ambition secrète de lui rentrer dans le lard.

Quelle ironie, tout de même. Juste au moment où il se faisait la malle, il avait enfin l'occasion de…

Bam !

En matière de crochets du droit, celui qu'il reçut était un véritable bulldozer et il s'écrasa droit dans sa mâchoire, projetant son crâne en arrière et provoquant tout un tas de dégâts : le cerveau n'étant rien d'autre qu'une éponge flottant dans une boule à neige, tout se chamboula dans sa tête, sa matière grise percuta sa boîte crânienne, et il perdit l'équilibre avant de tomber dans les pommes.

Tout bien considéré, il avait surtout redouté de se prendre une balle ou un coup de couteau, mais les coups de poing étaient tout aussi efficaces. *Oh oui, tout aussi efficaces.*

Ce fut sa dernière pensée avant de percuter le sol de l'octogone, et il s'y écroula, sonné par l'impact du coup et de sa chute.

Heureusement qu'il avait de l'énergie à revendre.

Une seconde plus tard, il se releva, malgré ses jambes flageolantes et sa vue aussi brouillée que l'image d'une vieille télé. Lorsqu'il plongea sur son adversaire, il ne fonctionnait plus qu'à l'instinct et à la volonté – preuve que l'esprit peut surmonter la douleur, du moins pendant un court instant. L'attrapant par la taille, il le projeta à terre, le fit basculer sur le ventre et lui tordit le bras en arrière, comme s'il tirait sur une corde.

Une articulation céda dans un bruit sec et Isaac dut soudain se rattraper pour éviter de tomber.

La foule fut prise de délire et des cris de stupéfaction mêlés d'admiration résonnèrent aux quatre coins de la salle jusqu'au moment où un coup de sifflet strident retentit à travers le mugissement. Au début, il crut que le bruit n'était qu'une extension du chaos qui régnait dans sa tête, puis il se rendit compte qu'un homme était monté sur le ring. C'était l'organisateur, qui, pour une fois, avait le teint un peu blême.

— Et voici notre vainqueur ! cria-t-il en saisissant le poignet d'Isaac avant de le brandir devant la foule.

Puis, il se pencha et murmura :

— Lâche-le.

Isaac ne comprenait pas pourquoi il avait l'air à la fois énervé et effrayé.

Une fois sa vision redevenue nette, il s'aperçut que le lieutenant de Matthias allait avoir besoin d'une radio… mais aussi d'un plâtre et peut-être de quelques vis : son humérus faisait saillie à travers sa peau, tel un manche déboîté, maculé de sang.

Isaac s'écarta d'un bond et recula contre le grillage, le souffle court. Son adversaire se releva presque aussi vite en soutenant le bras qui pendait mollement, l'air de rien, comme s'il n'avait rien de plus grave qu'une piqûre de moustique.

Lorsque le type croisa son regard et lui adressa un sourire, Isaac comprit avec effroi que ce combat n'avait été qu'un simple avertissement.

Un message pour lui signaler qu'ils étaient à ses trousses.

Une invitation à fuir.

Va te faire foutre, Matthias, songea-t-il. S'il comptait lui faire peur, alors cette fracture ouverte constituait sa réponse : ils pouvaient le buter, mais ce ne serait pas sans dégâts.

Sans s'attarder davantage, Isaac sauta sur le grillage et se hissa d'un bond par-dessus le rebord. Heureusement, la foule eut la bonne idée de s'écarter, si bien qu'il put rapidement se frayer un chemin jusqu'à Jim…

Il percuta son avocate de plein fouet.

— Putain ! aboya-t-il en s'écartant de la femme.

— Hé, restez poli ! (Elle haussa un sourcil.) Je me suis dit que j'allais retenter ma proposition d'un taxi. Vous repartez sur Boston ? Ou ailleurs ?

— Mais nom de Dieu, qu'est-ce que vous foutez là ? s'exclama-t-il en oubliant momentanément ses bonnes manières.

— J'allais vous le demander... étant donné qu'une des conditions de votre liberté sous caution est de ne plus participer à un combat clandestin. Et curieusement, vous n'aviez absolument pas l'air de jouer aux échecs. Bon sang, vous lui avez cassé le bras !

Isaac balaya la pièce du regard en se demandant comment gagner la sortie au plus vite. Il devait sortir de là : elle n'avait rien à faire au milieu de ces beaufs.

— Écoutez, on pourrait aller en discuter...

— Mais qu'est-ce qui vous a pris ?

— J'allais venir vous voir.

— Mais j'espère bien ! Je suis votre avocate !

— Je vous dois 25 000 dollars.

— Et je vais vous dire comment régler cette dette. (Elle plaqua les mains sur ses hanches et se pencha en avant, son parfum imprégnant ses narines... et son sang.) Arrêtez vos conneries et présentez-vous à votre procès dans deux semaines. Je vous redonnerai le jour et l'heure, au cas où vous auriez oublié de les noter.

Dieu qu'elle était sexy quand elle était en rogne.

Bon d'accord, ce n'était vraiment pas une réaction appropriée vu le moment et l'endroit. Entre autres.

À cet instant, Jim et ses amis s'approchèrent, mais Grier ne leur accorda pas un seul regard, alors que Jim avait les yeux rivés sur elle. À la voir ainsi concentrée, furieuse et prête à le bouffer tout cru, il avait une bonne idée de sa façon de plaider au tribunal.

— Une dernière chose, lâcha-t-elle sèchement. Je serais vous, je prierais pour que ce type au bras cassé n'appelle pas la police. Et vous devriez aller revoir un docteur. Vous saignez.

Comme s'il n'avait attendu que ce moment pour intervenir, l'organisateur s'approcha en tenant une liasse de billets qui semblait représenter 2 000 dollars.

— Voilà votre…

Brusquement, le regard de Grier se fit implorant, même si son beau visage demeurait fermé.

— N'acceptez pas cet argent, Isaac. Et venez avec moi. Prenez la bonne décision ce soir et ça vous épargnera bien des soucis plus tard. Je vous le promets.

En guise de réponse, Isaac secoua la tête et tendit la main vers l'organisateur.

— Mais, bordel !

Lâchant un juron, elle tourna les talons, et, l'espace d'un instant, il fut frappé de stupeur de l'avoir entendue prononcer une telle grossièreté.

Reprenant ses esprits, il voulut la rattraper, mais l'organisateur lui barra le chemin.

— Bien, avant que je te file ce fric… (il fit claquer les billets dans sa main) je veux que tu viennes combattre dans deux jours.

Hors de question ; avec un peu de chance, il aurait quitté le pays d'ici là.

— Pas de problème.

— Ça se fera ici, en espérant qu'on ne vienne pas nous chercher des noises. T'as été incroyable ce…

— Ferme-la et file-moi le pognon.

Isaac se hissa sur la pointe des pieds et regarda par-dessus la foule pour apercevoir le chignon de Grier. La jeune femme se dirigeait vers la porte du fond, la plupart des hommes s'écartant de son chemin. Et pour cause : vu son humeur massacrante, elle aurait été capable d'émasculer le premier qui l'aurait importunée.

Par la simple force de l'esprit.

Après avoir interrompu l'organisateur dans son discours, Isaac empoigna les billets, enfila ses chaussures et récupéra son sweat-shirt ainsi que son coupe-vent. Courant après son avocate, il fourra les liasses dans ses poches et s'assura de la présence de ses revolvers, des silencieux et du sac en plastique qui lui servait de tirelire.

— Mais où tu vas, là ? demanda Jim en trottinant derrière lui, accompagné de ses deux amis.

— Je la suis. C'est mon avocate.

— Est-ce que j'ai la moindre chance de t'en dissuader ?

— Non.

— Et merde ! jura Jim dans sa barbe en écartant brusquement l'un des spectateurs. Je te signale que le lieutenant de Matthias a foutu le camp.

— Dans une berline noire, précisa l'homme aux piercings. Les ailes étaient cabossées et elle était bien crade, mais les pneus étaient neufs et le coffre bourré de matériel électronique.

Tout à fait le genre des XOps, songea Isaac. *Discrets mais à la pointe de la technologie.*

Lorsqu'il franchit la porte, le bruit des voitures et des camions démarrant tour à tour transforma le parking en boîte de nuit. Au milieu du rugissement des moteurs et du clignotement des phares, il chercha la voiture de son avocate. Il l'imaginait bien conduire une voiture étrangère. Comme une Mercedes, une BMW ou une Audi…

Où était-elle ?

Chapitre 11

Lieu confidentiel, hors des États-Unis.

Matthias avait bien conscience qu'il servait le mal. Ce qui ne signifiait pas qu'il était pourri jusqu'à la moelle. La plupart des innocents peuplant cette planète n'étaient pas dans sa ligne de mire ; par conséquent, il les laissait tranquilles. Il ne volait pas de sucres d'orge aux enfants, pas plus qu'il ne rasait des chats, et n'avait jamais transmis l'adresse e-mail des mecs qui l'avaient fait chier à des sites européens vendeurs de sex-toys.

Une fois, en 1983, il avait même aidé une vieille dame à traverser la rue.

Ce qui prouvait bien qu'il n'était pas si mauvais.

Cela étant, si le succès d'une mission exigeait des dommages collatéraux ou le sacrifice de quelques « innocents », cela ne le dérangeait pas. Dans ces cas-là, il n'était pas différent d'un accident de voiture, d'un cancer ou d'une électrocution : rien qu'un coup de malchance au grand jeu de la vie.

Après tout, tout le monde doit mourir un jour, et il avait incarné suffisamment de fois la Grande Faucheuse pour en être le premier conscient.

Lorsqu'il changea de position dans son fauteuil en cuir, il poussa un grognement. Son corps brisé lui donnait l'impression d'avoir mille ans plutôt que quarante, mais rien de plus normal quand on avait survécu à autant de choses que lui.

Au moins, il n'était pas obligé de chier dans un sac et il avait toujours un œil en bon état de marche.

Devant lui, sur le bureau laqué, étaient posés sept écrans d'ordinateur. Certains affichaient des images, d'autres traitaient des données, et l'un d'eux lui indiquait où se trouvait chacun de ses agents aux quatre coins de la planète. Au vu de ses responsabilités, détenir des informations était capital – ce qui était assez ironique, quand on y réfléchissait : voilà un homme sans identité à la tête d'une équipe dépourvue d'existence officielle et qui évoluait dans un monde de mystères… et le renseignement était son seul outil de travail.

Même si, à l'instar des gens, ce dernier n'était pas toujours fiable.

Lorsque son téléphone sonna, il s'en saisit et consulta le petit écran. *Pile au bon moment*, se dit-il.

Matthias était à la recherche de deux hommes et il avait envoyé son lieutenant à la poursuite du premier.

Le second… contrairement à ses habitudes, il se le réservait.

Il décrocha.

— Tu l'as trouvé ?

— Ouais. On a échangé quelques coups sur le ring.

— Mais il est toujours vivant ?

— Juste parce que tu me l'as demandé. Au fait, son avocate s'est pointée lors du combat et devine quoi ? Il se trouve que c'est la fille d'un de nos amis.

— Sans blague ? Quel heureux hasard.

En fait de hasard, Matthias avait pénétré dans le système judiciaire du Massachusetts pour assigner la fille d'Alistair Childe, capitaine à la retraite, au procès d'Isaac.

Ils avaient cherché quelqu'un pour faire libérer ce traître d'Isaac Rothe afin qu'ils puissent le tuer et conserver son cadavre pour un usage ultérieur. Et la fille de ce bon vieux Albie était parfaite pour le rôle : c'était une remarquable avocate doublée d'une bonne âme, ce qui la fourrait dans des situations où elle n'aurait pas dû se trouver. La combinaison idéale.

Et ça avait marché comme sur des roulettes : Rothe était libre moins de vingt-quatre heures après son arrestation.

Retrouver cet enfoiré avait été un jeu d'enfant. Mais là encore, qui aurait cru qu'il aurait utilisé son vrai nom ?

Bizarre, songea Matthias. Peut-être avait-il péché par naïveté.

— Tu aurais dû me laisser le tuer sur le ring, pesta son lieutenant.

— Trop de témoins, et je veux qu'il fiche le camp de Boston.

Grier avait joué son rôle, et désormais il fallait à tout prix éloigner Isaac de cette femme. Matthias avait déjà tué le fils du capitaine, de sorte qu'il considérait avoir soldé les comptes. Toutefois, cet enfoiré avait déjà tenté de se barrer par un coup de force, ce qui contraignait Matthias à utiliser sa fille pour l'obliger à rester dans le rang : tant qu'elle était en vie, elle était susceptible d'être tuée et cette épée de Damoclès était la plus efficace de toutes les menaces.

— Suis-le avec ta discrétion habituelle, s'entendit dire Matthias d'un ton calme et posé. Attends le bon moment et ne le tue pas en présence de la fille de Childe.

— Pourquoi est-ce si important ?

— Parce que je te le dis. C'est tout.

Matthias raccrocha et jeta le téléphone en travers du bureau. Tous ses hommes étaient doués dans leur domaine, mais personne n'arrivait à la cheville de son lieutenant. Évidemment, cela le rendait précieux, mais aussi très dangereux si ses ambitions ou sa soif de sang devenaient hors de contrôle.

Cet homme était un démon, point.

Matthias prit une profonde inspiration pour soulager la douleur qui lui vrilla soudain la poitrine. Ces derniers temps, les élancements étaient de plus en plus fréquents, le laissant essoufflé et légèrement nauséeux. Il avait une petite idée de la cause, mais il ne ferait rien pour éviter l'infarctus du myocarde qui lui pendait au nez.

Pas de visite chez le médecin, pas de test d'effort, pas de médicaments anti-cholestérol ni d'anticoagulants.

Sur cette pensée, il s'alluma un cigare et expira la fumée. Pas de Chantix pour arrêter de fumer, non plus. Il continuerait d'enfoncer les clous de son cercueil jusqu'à ce que la mort l'emporte. Il avait bien essayé de se tuer avec cette bombe dans le désert, mais ça s'était soldé par un véritable fiasco. Alors, autant creuser sa tombe de la bonne vieille manière : par une mauvaise alimentation, le manque d'exercice et les addictions.

Lorsqu'une alarme carillonna, il saisit les accoudoirs de son fauteuil et se prépara à se mettre en position verticale. Il aurait été grandement soulagé par la prise d'antalgiques, mais les cachets lui auraient aussi embrumé le cerveau et ça, c'était hors de question. D'autant que la douleur physique n'était pas le plus insupportable.

Serrant les dents, il poussa sur sa chaise et déplaça son poids sur ses jambes. Il prit un moment pour se stabiliser, puis attrapa sa canne et respira un grand coup.

Cette nuit au pays du sable avait laissé des marques… en plomb et en métal, pour la plupart. À cause de ce connard de Heron qui l'avait extirpé de ces ruines poussiéreuses avant de le porter sur douze kilomètres à travers les dunes, Matthias était désormais mi-homme, mi-machine, une version grinçante et rouillée du puissant soldat qu'il avait été autrefois. Réarticulé à l'aide de broches, d'écrous et de vis, il s'était un moment demandé si ce serait un tournant, si la douleur et les épreuves qu'il avait endurées au fil des opérations le feraient renaître sous une nouvelle forme… celle d'un humain.

Par opposition au sociopathe qu'il était depuis sa naissance.

Mais, non. Tout ce qu'il avait vécu depuis, c'étaient les signes avant-coureurs des crises cardiaques qui avaient touché bon nombre des hommes de sa famille. Ce qu'il considérait comme une bénédiction. Contrairement à la bombe qu'il avait placée dans le sable et sur laquelle il avait volontairement marché, il savait qu'un arrêt cardiaque le tuerait. Merde, il avait vu son père y succomber.

En fait, son paternel avait été sa première victime, Matthias ayant su trouver les mots justes pour que le palpitant de son vieux se fige à jamais. Il avait quinze ans à l'époque et son père quarante et un. Et Matthias avait assisté à toute la scène, assis sur le plancher de sa chambre, jouant avec le bouton de son radio-réveil, à l'affût d'une bonne chanson parmi toute cette merde qui passait sur les ondes.

Entre-temps, le visage de son père avait viré au rouge, puis au bleu… avant de perdre ses couleurs et de devenir gris.

Cet enfoiré de pervers l'avait bien mérité. Après tout ce qu'il avait fait…

S'extirpant du passé, Matthias enfila son manteau et, comme toujours, le simple fait de s'habiller lui demanda un effort monumental, son dos s'efforçant de suivre le mouvement de ses bras. Puis il sortit de son bureau et traversa les couloirs caverneux de l'immeuble anonyme dans lequel il travaillait, son corps maugréant à chaque pas.

Sa voiture et son chauffeur l'attendaient dans le parking souterrain et lorsqu'il grimpa à l'arrière de la berline, il poussa un grognement.

En respirant par petites saccades, il parvint à rester conscient alors que la douleur s'embrasait pour exploser dans sa poitrine… avant de s'estomper lorsque la voiture s'ébranla.

Devant lui, il entendit le chauffeur annoncer :

— Arrivée prévue dans onze minutes.

Matthias ferma les yeux. Il n'était pas sûr de bien savoir pourquoi il accomplissait ce voyage… mais il était attiré vers le nord-est des États-Unis par une force irrésistible que même son côté rationnel ne parvenait pas à refréner. Il devait y aller, point barre, même s'il était surpris par l'intensité de ce besoin.

Tout comme son lieutenant avait repéré sa proie, Matthias avait lui aussi localisé le soldat qu'il traquait personnellement, et s'il allait survoler l'océan, c'était pour contempler une dernière fois le visage de l'homme qui lui avait sauvé la vie – avant que son cadavre ne soit enterré six pieds sous terre.

Il se disait que c'était pour avoir la certitude que Jim Heron était bel et bien mort.

Mais ce n'était pas la seule raison.

Même s'il ne comprenait pas pourquoi… quelque chose d'autre l'attirait là-bas. Quelque chose de bien plus fort.

Chapitre 12

Grier était avant tout furieuse contre elle-même. Tandis qu'elle regagnait son Audi d'un pas pressé, serpentant entre les voitures en ignorant les interpellations des quelques primates qui la hélèrent quand elle passa devant eux, tout lui apparaissait avec une parfaite clarté : l'endroit où elle se trouvait, son comportement au tribunal, la personne qu'elle essayait de sauver.

Isaac avait cassé le bras de ce type. Devant elle et une centaine de témoins. Et il avait réagi avec autant d'épouvante et de panique que s'il venait de se préparer un café.

Comme si c'était son quotidien.

Sans oublier qu'il avait accepté de l'argent en échange.

En approchant de sa berline, elle sortit son porte-clés, puis désactiva l'alarme. Et lorsqu'elle aperçut son reflet dans la vitre de la portière, elle songea à son frère.

Cette frénésie qui l'avait poussée à venir là lui rappelait la nuit où elle s'était lancée à la recherche de Daniel.

C'était elle qui avait découvert son cadavre et tous ses efforts pour le ranimer étaient restés vains… parce qu'il était mort avant même qu'elle ait commencé. Pourtant, elle avait continué les massages cardiaques et le bouche-à-bouche. Jusqu'au moment où les urgentistes avaient été obligés de l'arracher à son frère. Sous ses hurlements.

Ainsi, dans la mort, comme dans la vie, il était resté insensible à ses efforts pour le sauver, pétrifié par le dernier shoot de sa courte vie, le regard empli d'extase sur son visage blême après avoir comblé le manque qui le torturait.

L'imprudence peut revêtir bien des formes différentes.

Grier s'était toujours targuée d'être la plus responsable des deux, celle qui excellait à l'école et travaillait dur pour faire partie de l'élite, sans jamais se livrer à une quelconque activité qui aurait déplu à ses parents. Évidemment, elle n'avait jamais été tentée par la drogue. Pas même une fois.

Et voilà qu'elle mettait en danger sa vie et sa carrière pour persuader un parfait inconnu de revenir sur le droit chemin. Si la police s'était pointée, ce qui pouvait toujours arriver, se faire arrêter en tant que spectatrice lui aurait valu d'être radiée du barreau du Massachusetts sans même lui laisser le temps de rétorquer : « Mais, monsieur le juge, je n'étais là que pour veiller sur mon client. » Elle avait déjà perdu 25 000 dollars. Alors d'accord, ça ne risquait pas de la mettre sur la paille… mais est-ce que cet argent n'aurait pas été mieux utilisé s'il avait servi à financer un programme pour les jeunes défavorisés ?

La tête tambourinant, elle considéra tout ce qu'elle avait fait depuis 9 heures avec lucidité. Et au lieu d'une personne cherchant à faire le bien, elle ne vit qu'une femme dépassée par ses émotions qui…

Daniel apparut de l'autre côté de sa voiture, son visage fantomatique empreint de gravité.

— *Monte, Grier. Monte dans la voiture et verrouille les portières.*

— Hein ? Mais pourquoi… ?

— *Obéis. Maintenant.* (Son frère semblait concentré sur un point derrière son épaule droite.) *Dépêche-toi, bon sang…*

— Ça y est, je me souviens de toi.

Elle ferma les yeux. Nom de Dieu, il ne manquait plus que ça. Le camé était de retour.

Se retournant pour avertir une nouvelle fois son incorrigible soupirant…

L'homme l'attrapa par les bras, et d'un geste sec, la poussa face la première contre la voiture. Luttant pour se dégager, elle dut reconnaître qu'une des différences entre les hommes et les femmes était qu'ils étaient beaucoup plus forts. Surtout lorsqu'ils étaient défoncés et désespérés.

— T'es la sœur de Danny. (Son haleine était chaude et sentait aussi bon que le cadavre d'un animal tué sur la route en plein mois d'août.) Tu t'es pointée plusieurs fois dans sa piaule. Qu'est-ce qui lui est arrivé ?

— Il est mort, répondit-elle d'une voix rauque.

— Oh… merde… Je suis désolé. (Il avait l'air sincèrement navré. À la manière de Tim Burton, glauque et tordue.) Écoute, tu peux me filer un peu de fric ? Une poule pleine aux as comme toi… ça doit bien avoir un peu de cash sur elle. Mais seulement si ça ne te dérange pas.

Ouais, bien sûr. Elle savait qu'elle allait lui donner tout ce qu'il voudrait. Parce que c'était le principe d'une agression, malgré la manière dont il avait formulé sa demande.

Il palpa ses vêtements avec ses mains rêches et lui arracha son sac de l'épaule. Un instant, elle voulut crier, mais le poids qui lui écrasait la cage thoracique lui bloquait la respiration, et puis, elle s'était garée au fond du parking, dans la pénombre. Qui l'aurait entendue ?

Tandis qu'elle assistait, impuissante, au ballet des voitures et des camions, un souvenir absurde lui revint en mémoire : la première scène des *Dents de la mer*, quand la jeune fille happée par le requin aperçoit les lumières des maisons sur la rive.

— Je ne te ferai aucun mal. J'ai juste besoin de pognon.

Tout en la maintenant plaquée contre la carrosserie, il déversa par terre le contenu de son sac, son portable, son portefeuille et ses clés atterrissant sur le sol boueux. Puis il jeta son sac à 16 000 dollars par-dessus le capot de l'Audi.

Quel crétin! songea-t-elle. Il aurait pu en tirer davantage sur eBay que tout l'argent planqué dans son portefeuille.

Une partie d'elle était en proie à la panique, mais l'autre demeurait d'un calme glacial, et en digne fille de son père, elle bascula du côté de la seconde : à un moment donné, flippé comme il était, le toxico la ferait pivoter pour s'emparer de ses bijoux et là, elle aurait une bonne chance de lui envoyer un coup de genou là où ça fait mal.

Même si elle devait cacher qu'elle était sur le point de vomir…

Le poids qui l'écrasait se volatilisa d'un coup, comme s'il n'avait jamais existé : à un moment, elle ne pouvait plus respirer, et la seconde d'après, elle avait tout l'oxygène du monde.

Alors qu'elle avalait une grande bouffée d'air en s'appuyant contre la portière pour se maintenir debout, elle entendit des grognements à côté d'elle.

Tournant la tête, elle dut cligner des yeux à deux reprises pour comprendre ce qu'elle voyait. Et elle n'avait pas la berlue : Isaac avait surgi de nulle part, cloué son agresseur au sol et lui faisait bénéficier d'un traitement orthodontique gratuit.

À grands coups de poing.

— Isaac… (Sa voix se brisa et Grier toussa.) Isaac ! Arrêtez !

La phrase de Louie le détective résonna dans sa tête : « *Ce fils de pute est peut-être un assassin.* »

— Isaac ! répéta-t-elle.

Elle s'attendait à devoir lui sauter dessus ou appeler de l'aide pour arrêter le massacre, mais en un instant, tout était fini. Isaac cessa tout seul de jouer les Rocky, fit basculer l'homme sur le ventre et l'immobilisa par une clé de bras.

Sans fracture, cette fois.

Il n'était même pas essoufflé lorsqu'il la regarda.

— Ça va ?

Il avait le regard perçant, à la fois calme et déterminé, et parlait d'une voix posée, polie. De toute évidence, il contrôlait parfaitement ses nerfs et la situation… et elle prit soudain conscience qu'il l'avait peut-être sauvée d'un truc encore plus glauque. Avec les drogués, on ne sait jamais à quoi s'attendre.

— Est-ce que vous êtes blessée ? demanda Isaac. Tout va bien ?

— Non, répondit-elle d'un ton sec, sans savoir à quelle question elle répondait.

D'un geste puissant, il poussa l'homme sur le côté, sans provoquer la moindre protestation ou le moindre commentaire. Son agresseur détala, semblant avoir compris qu'il était passé à deux doigts du fauteuil roulant.

Puis Isaac ramassa les affaires de Grier. Une par une, il les rassembla, essuyant la boue avec son propre sweat-shirt avant de les aligner sur le capot de sa voiture.

S'adossant à la portière, elle resta captivée par le soin qu'il mettait dans ses gestes, ses mains ensanglantées manipulant chaque objet avec douceur.

Daniel apparut juste à côté d'Isaac, lui aussi frappé par la manière dont il traitait ce qui appartenait à sa sœur.

— *Laisse-le te raccompagner, Grier. Tu n'es pas en état de conduire.*

— Il ne me l'a pas demandé.

— Demandé quoi ? s'enquit Isaac en la regardant.

Lorsqu'elle lui fit signe de ne pas prêter attention à ses paroles, il prit son sac et déposa tous les objets à l'intérieur avant de le lui tendre.

— J'aimerais vous raccompagner chez vous. Si vous me le permettez.

— *Bingo*, dit son frère.

Elle ouvrit la bouche pour faire taire Daniel, mais se tut, faute d'énergie.

— Mademoiselle Childe ?

Avec son accent du sud, on n'entendait qu'un mot : « Mamzelhiiiiilde ».

Seigneur, que faire ? se demanda-t-elle. Bien sûr, contrairement à l'avis de son frère, il aurait été beaucoup plus sage de refuser.

— *Fais-moi confiance*, l'enjoignit Daniel.

Isaac baissa la voix.

— Laissez-moi simplement vous reconduire chez vous. Je vous en prie.

Pour une raison inexplicable, son instinct lui soufflait de se fier à ce fugitif, malgré son passé louche et les délits qu'il venait de commettre. Son envie de sauver le monde était-elle en train de supplanter son jugement ?

Ou... était-ce dû à l'expression qu'affichait son frère ? On aurait dit qu'il voyait quelque chose dans sa rencontre avec ce dangereux inconnu au doux accent traînant. Quelque chose qui lui échappait.

— Je n'ai pas besoin de chauffeur. Je suis une grande fille. (Elle lui prit le sac des mains.) Mais j'ai besoin que vous restiez en ville pour assister à votre procès.

Isaac balaya les environs du regard.

— Et si on en discutait chez vous ?

— J'ai une bombe lacrymogène, vous savez.

— Vous m'en voyez ravi.

— Et un Taser.

Pour ce qu'il lui avait servi juste à l'instant.

Seigneur, elle n'arrivait pas à croire qu'elle songeait seulement à rentrer avec lui. Le camé n'avait été qu'un amateur flippé... alors que son client avait tout l'air d'un professionnel.

Il riva ses yeux gris clair dans les siens.

— Je ne vous ferai pas de mal, je vous le jure.

Lâchant un juron, elle ouvrit la portière à la volée.

— Je conduis.

Oui, mais où ? Et avec qui ? se demanda-t-elle.

Jim regarda l'Audi s'en aller, les gaz d'échappement blanchâtres s'élevant derrière les deux tuyaux métalliques. Il ne se souciait pas de les suivre, car il avait glissé des mouchards dans le sweat-shirt d'Isaac ainsi que dans le sac contenant l'argent.

— Tu aurais pu me laisser jeter un sort de localisation, marmonna Eddie.

— J'ai pris l'habitude de bosser avec des GPS dans mon ancien boulot.

Et qui aurait cru qu'il aurait souffert de nostalgie technologique ?

En parlant d'informations, il était temps qu'on éclaire sa lanterne. Même s'il avait une petite idée de ce qui motivait la présence d'Isaac sur la liste des sept âmes, la seule façon d'en être sûr était d'avoir un petit tête-à-tête avec le dandy anglais qui lui tenait lieu de patron.

Il serait soulagé d'un grand poids s'il s'avérait que sauver Isaac servait un but plus large.

Il pivota la tête en direction d'Eddie.

— Dis-moi comment rejoindre les quatre gugusses là-haut. Est-ce que je dois encore mourir ?

Dans ce cas, il avait un Beretta sur lui et il savait déjà ce que ça faisait de mourir d'une blessure par balle. Une expérience assommante.

— Inutile. (Adrian fit craquer ses articulations.) Ils ne te diront rien. Ils ne peuvent pas.

Quoi ?

— Je croyais que je travaillais pour eux ?

— Tu travailles pour les deux camps. Et ils t'ont donné toute l'aide qu'ils pouvaient.

Jim considéra tour à tour Eddie et Adrian : ils avaient tous les deux l'air de types avec les couilles serrées par un lacet.

— De l'aide ? Mais, elle est où, mon aide ?

— Devant tes yeux, pauvre cloche ! rétorqua Adrian. Et c'est tout ce qu'ils peuvent faire. Je suis déjà allé leur demander qui était censé être le prochain. J'ai fait ça pour toi, espèce d'ingrat !

Jim haussa les sourcils devant tant d'attention. La première fois qu'il avait passé du temps avec Adrian, celui-ci l'avait offert à l'ennemi sur un plateau d'argent, au point que Jim s'était retrouvé à baiser Divine sur le parking d'un club. Dans son pick-up. Sans savoir qu'elle était une démone.

— Les temps ont changé depuis cette époque, déclara Adrian d'une voix bourrue. Et tu sais que j'ai raison.

Jim se rappela brusquement dans quel état l'ange s'était retrouvé juste un ou deux jours auparavant, après que Divine avait fini d'user et d'abuser de lui. Il s'était livré à elle pour que Jim ait au moins une chance de remporter la première manche.

— C'est vrai.

Jim lui tendit son poing serré, comme font les hommes lorsqu'ils veulent dire : « Désolé de t'avoir considéré comme de la merde. »

Lorsque Adrian tapa dedans, Eddie précisa :

— D'un point de vue technique, on va à l'encontre des règles.

Jim haussa les épaules.

— Si ça peut m'aider à gagner, je m'en fiche. Les règles, c'est relatif.

D'ailleurs, c'était pour cette raison qu'on l'avait choisi, non ? Parce qu'il était tout sauf un enfant de chœur et que…

Un grincement métallique lui fit tourner la tête. L'octogone avait été démonté et quatre types s'efforçaient de le faire passer à travers la porte avant de le transporter jusqu'à un camion de location. Puis ils effectuèrent quelques allers et retours pour charrier les huit socles en béton ainsi que les mâts, et lorsqu'ils eurent fini, il ne resta plus personne hormis les trois anges.

Ce qui résumait bien la situation.

OK, songea-t-il. *Alors, c'est comme ça que le match se joue, hein ? Pas de problème.* Il avait l'habitude de ne se fier qu'à lui-même et à son instinct… et là, tout l'attirait vers Isaac.

Mais une question le taraudait : où était Divine ? En supposant qu'elle convoite l'âme d'Isaac, elle chercherait une porte d'accès, puis, tel un parasite, prendrait le contrôle de sa personnalité avant de le tuer pour le posséder à jamais en enfer.

Jim reporta son attention sur ses coéquipiers.

— Est-ce qu'il y a un moyen de savoir si Divine possède quelqu'un ? Est-ce qu'elle laisse des marques ? Des traces ?

Histoire d'avoir au moins une cible.

— Ça arrive, répondit Eddie. Mais elle a la faculté d'effacer ses empreintes, pour ainsi dire. Et maintenant qu'elle sait qu'on est avec toi, elle fera d'autant plus attention. Cependant, certaines âmes sont si pures qu'elle ne s'y attaque jamais. Et celles-là, elles luisent.

— Elles luisent ? Tu veux dire comme un… (Merde, cette avocate blonde qu'Isaac avait reconduite chez elle était nimbée de lumière. D'ailleurs, c'est ce qui l'avait intrigué quand il l'avait vue pour la première fois.) Comme un halo ?

— Exactement.

Bien, voilà qui leur donnait au moins un avantage. Il avait cru avoir des visions et Dieu merci, c'était bien le cas.

Jim sortit son GPS et repéra la position d'Isaac. Tôt ou tard, si Divine le poursuivait, elle ferait son apparition sous une forme ou une autre. Et ils l'attendaient de pied ferme.

— Est-ce qu'il existe des sorts de protection ? demanda-t-il. Un truc qui empêcherait Divine d'approcher d'Isaac ?

— On peut essayer d'élaborer quelque chose, répondit Eddie avec un sourire malicieux. Il est temps de t'éduquer un peu dans ce domaine.

Tout à fait d'accord, se dit Jim.

Fermant les yeux, il déploya ses ailes, leur poids s'équilibrant sur toute la longueur de sa colonne vertébrale à mesure qu'elles devenaient visibles.

— Ils se dirigent vers le centre-ville. Allons-y…

— Attends, dit Eddie, qui l'avait imité. Il faut qu'on passe à l'hôtel pour récupérer du matos. J'imagine que tu préfères éviter qu'on entre chez l'avocate ?

— Tant que Divine ne se sera pas pointée, je resterai à l'écart.

— Ça ne prendra pas longtemps.

— Vaudrait mieux.

Commençant à courir pour prendre de l'élan, il sentit toute l'ironie de la situation s'engouffrer sous son corps telle une bourrasque. Il n'aurait jamais cru que les anges existaient ou que l'éternel combat entre le bien et le mal était réel, ni surtout qu'il y prendrait part.

Cela dit, quand on pèse environ cent kilos de muscles et qu'on est capable de s'arracher du sol grâce à un savant maillage de plumes immatérielles… on devient beaucoup plus ouvert à ce qui, jusqu'alors, vous paraissait complètement dingue.

Qu'il soit damné plutôt que de laisser Divine mettre le grappin sur Isaac. Rothe était son ami, et l'idée qu'il puisse tomber entre les griffes de son ennemie lui était intolérable, surtout si la démone devait se dissimuler sous un visage familier.

Barré d'un cache-œil.

Chapitre 13

Isaac ne s'était rendu qu'à deux reprises dans la région de Boston, et encore, juste pour une escale avant de partir à l'étranger ; pour tout dire, il n'avait fait que traverser le tarmac de la base aérienne d'Otis, à Cape Cod.

Cependant, lorsque Grier tourna à gauche après Charles Street, il n'était pas nécessaire d'avoir eu droit à une visite guidée de la ville pour comprendre qu'ils se trouvaient dans un quartier huppé. Des deux côtés de la colline qu'ils gravirent, toutes les maisons étaient en briques, avec des façades immaculées, dotées de portes et de volets noirs. À travers les fenêtres étincelantes, il voyait des pièces entièrement décorées de meubles d'époque et ornées de moulures au plafond.

Manifestement, il avait pénétré dans l'habitat naturel de l'aristocratie yankee.

Grier prit à gauche pour déboucher sur une petite place délimitée par une grille en fer forgé et quatre ruelles pavées. Le petit parc au milieu était planté d'arbres gracieux avec de minuscules bourgeons pointant déjà sur les branches, et les constructions avoisinantes étaient les plus belles du plus beau des quartiers.

Ce qui n'était vraiment pas une surprise.

Après avoir garé son Audi parallèlement à la grille, Grier sortit de la voiture. Elle n'avait pas dit grand-chose pendant le trajet ; lui non plus. D'un autre côté, il n'était pas très bavard, et elle avait un fugitif pour passager, si bien que les conditions n'étaient pas vraiment réunies pour discuter de la pluie et du beau temps.

La maison qu'elle désigna comme la sienne était située au coin d'une rue. Elle était dotée d'une façade en arc de cercle et des marches en marbre blanc menaient à une porte noire. Des cache-pots noirs et striés, de la taille d'un dogue allemand, flanquaient l'entrée et le heurtoir en laiton était aussi gros que sa tête. Le second étage était éclairé, tout comme l'extérieur. Il balaya le périmètre du regard. Rien ne semblait anormal : pas de voiture banalisée rôdant dans les parages, ni de bruit étrange, ni d'individu suspect tapi dans l'ombre.

Sur les pavés bosselés, il aurait voulu aider son avocate à marcher étant donné la hauteur de ses talons, mais jamais il n'osa tendre le bras vers elle. D'abord, il la soupçonnait d'avoir encore envie de le gifler… et ensuite, il avait les mains serrées sur ses revolvers à l'intérieur de son coupe-vent, juste au cas où.

Il ne baissait jamais la garde. Et avec elle à son côté, sa vigilance était à son maximum.

En outre, Grier marchait d'un pas assuré, et ce malgré le fait qu'elle portait des escarpins et venait d'être agressée par un enfoiré de camé.

Dommage qu'ils ne se soient pas rencontrés dans un contexte différent. Il aurait vraiment aimé la…

Euh… l'emmener au cinéma ?

Peu importe. Même s'il avait été un citoyen modèle et pas un assassin, ils n'appartenaient pas au même monde : c'était un cul-terreux et elle une princesse.

Et il fallait vraiment qu'il arrête d'avoir des pensées contradictoires en ce qui concernait son attirance pour elle.

Son alarme se déclencha dès qu'elle ouvrit la porte. Il était content d'entrer, même s'il n'appréciait pas qu'elle laisse un péquenaud comme lui pénétrer chez elle.

Si c'était pas tordu, ça ?

Pendant qu'elle tapait le code sur un boîtier, il baissa les yeux sur les semelles de ses rangers, crottées et incrustées de brins d'herbe. Alors, il se pencha en avant, délaça ses chaussures et les laissa à l'extérieur.

Le sol en marbre noir et blanc était chaud sous ses chaussettes…

Levant les yeux, il la vit contempler ses pieds avec une expression bizarre.

— Je ne voulais pas salir, marmonna-t-il en fermant la porte et en la verrouillant.

Après avoir ôté son coupe-vent, il sortit le sac plastique contenant ses économies et ils restèrent plantés là : elle dans son somptueux manteau noir, avec son sac maculé de boue dont une courroie était cassée ; lui vêtu de son sweat-shirt, avec de l'argent sale dans sa main ensanglantée et deux revolvers cachés dans ses poches.

— De quand date votre dernier repas ? demanda-t-elle doucement.

— Je n'ai pas faim, mais je vous remercie, madame.

Il regarda autour de lui, puis s'intéressa à une pièce au plafond élevé et aux murs recouverts d'un rouge intense. L'imposante cheminée en marbre était surplombée d'un tableau représentant un homme assis, droit comme un I, dans un fauteuil luxueux, le nez chaussé d'un monocle.

C'est si calme, songea-t-il. Et pas seulement parce qu'il n'y avait aucun bruit.

Paisible. C'était… paisible.

— Je vais vous préparer une omelette, alors, dit-elle en posant son sac avant de commencer à retirer son manteau.

Il s'approcha pour l'aider, mais elle recula.

— C'est bon. Merci.

Cette robe en dessous… Mon Dieu, cette robe… Simple, élégante, et sexy à la fois. Encore que, de son point de vue, c'était Grier qui faisait tout son attrait, et non pas la coupe ni le tissu.

Et ces jambes… Bordel, ces jambes voilées de bas noirs…

Isaac chassa ses pensées impures en se rappelant qu'il n'était même pas digne de laver la voiture d'une personne de son rang, encore moins de coucher avec elle. Et puis, est-ce qu'il saurait quoi faire avec elle ? D'accord, il était plutôt doué pour le sexe – on l'avait suffisamment supplié de recommencer pour qu'il ait une certaine confiance en lui sur ce front-là.

Mais une femme comme elle méritait d'être savourée…

Bon sang, il avait l'impression de se comporter comme un loup devant sa proie.

— La cuisine est au fond, lâcha-t-elle simplement en ramassant son sac avant de quitter la pièce.

Il la suivit dans le couloir, prêtant attention aux pièces, aux fenêtres, aux portes, repérant chaque issue, chaque entrée. C'était ce qu'il faisait partout où il allait ; ses années d'entraînement lui collaient à la peau. Sauf que là, ce n'était pas la seule raison : il voulait en savoir davantage sur elle.

Curieusement, cette impression de sérénité ne le quittait pas. D'habitude, le luxe suranné est l'apanage des gens coincés et pourtant, il se sentait à l'aise – même si ça n'avait aucun sens.

Contrairement au reste de la maison, la cuisine était entièrement composée de blanc et d'inox. Lorsque Grier sortit un saladier, des œufs et du fromage, il posa l'argent sur le plan de travail et attendit avec impatience de quitter la pièce : en face d'eux s'élevait une baie vitrée d'un mètre quatre-vingts sur deux mètres quarante.

Ce qui signifiait qu'ils étaient exposés à tous les regards.

— Qu'est-ce qu'il y a, derrière ? demanda-t-il d'un air détaché.

— Mon jardin.

— Clos ?

Les bras chargés, elle s'avança vers la plaque de cuisson sur le comptoir en granit.

— Soucieux de ma sécurité ?

— Oui, m'dame.

Elle alluma une lumière à l'extérieur et éteignit celles de la cuisine, ce qui donnait à peu de frais à Isaac une excellente vue sur l'arrière de la maison. Bon Dieu, elle était futée.

Le jardin était cerné d'un mur en briques qui aurait dissuadé toute velléité de cambriolage. *Parfait.*

— Satisfait ? s'enquit-elle.

Dans l'obscurité, sa voix avait un timbre rauque qui lui donnait envie de la suivre à travers la pièce et de la plaquer contre un meuble pour se glisser sous cette robe noire.

Bon sang, mieux valait pour elle qu'il ne réponde pas avec sincérité.

— Oui, murmura-t-il.

Lorsqu'elle ralluma les lumières, une touche de rouge colorait ses joues, le genre de détail qu'il n'aurait pas remarqué s'il n'avait pas saisi la moindre occasion pour la regarder. Mais son teint s'était peut-être empourpré à cause de tout ce qui s'était passé ce soir.

Oui, ça doit être ça, se persuada-t-il.

Et qu'il s'en soit aperçu ne fit rien pour augmenter son estime vis-à-vis des mâles : même en plein chaos, même lorsqu'ils étaient dans la mouise jusqu'au cou, les hommes se débrouillaient quand même pour penser avec leur queue.

— Asseyez-vous avant de perdre l'équilibre, lui dit-elle en pointant son fouet en direction d'un tabouret sous le coin de l'îlot. Et n'essayez pas de me faire croire que tout va bien, OK ?

Bon sang… très attiré, songea-t-il.

Extrêmement attiré.

— Ohé ! s'exclama-t-elle. Vous ne deviez pas vous asseoir ?

— Si. J'y vais.

Tandis qu'elle retournait à sa plaque de cuisson et se mettait au boulot, il obtempéra.

Pour se détourner d'elle, il jeta un coup d'œil à son sac, qu'elle avait laissé à côté de l'endroit où il s'était assis. Quel dommage d'avoir bousillé un si bel objet.

Crétin de camé, songea-t-il.

Il se leva, gagna l'évier, s'empara d'une serviette en papier et la mouilla. Puis il entreprit d'ôter la couche de crasse.

Lorsqu'il tourna la tête, elle le dévisageait de nouveau et il s'interrompit pour lever les mains.

— Je ne vais pas vous voler.

— Ce n'était pas ce que je pensais, répondit-elle à voix basse.

— Je suis vraiment désolé pour votre sac. Je crois qu'il est fichu.

— J'en ai d'autres. Et de toute façon, ce n'est que du matériel.

— Mais très cher. (Il se pencha au-dessus de l'îlot et poussa l'argent vers elle.) Je veux que vous preniez ça.

— Et je veux que vous restiez en ville. (Elle cassa un autre œuf sur le bord du saladier et vida la coquille d'une seule main.) Je veux que vous vous en teniez à ce que nous avions décidé quand j'ai obtenu votre liberté sous caution.

Isaac baissa les yeux et se remit à nettoyer le sac, sans grand succès.

Elle poussa un soupir qui n'était qu'à une syllabe ou deux d'un juron.

— J'attends votre réponse.

— Je ne savais pas que vous m'aviez posé une question, madame.

— Très bien… Auriez-vous l'obligeance de rester ici pour suivre la procédure ?

Isaac se leva et regagna l'évier. Alors qu'il détachait une deuxième feuille de Sopalin, la vérité s'échappa de sa bouche.

— Ma vie ne m'appartient pas.

— Qui fuyez-vous ? murmura-t-elle.

Peut-être avait-elle baissé la voix parce que la discrétion faisait partie de son métier. Ou peut-être avait-elle deviné que les types qui lui couraient après pouvaient entendre et parfois voir à travers les murs. Surtout s'il s'agissait de baies vitrées.

— Isaac ? insista-t-elle.

Incapable de lui répondre, il se contenta de secouer la tête et recommença à essuyer la boue de son sac… même s'il aurait aussi bien fait de le jeter à la poubelle.

— Vous pouvez me faire confiance, Isaac.

Il mit un certain temps à lui répondre.

— Ce n'est pas de vous que je me méfie.

Grier se tenait à l'extrémité de l'îlot, les coquilles d'œufs éparpillées bavant sur le granit, juste à côté d'un saladier rouge rempli de jaunes et de blancs attendant qu'elle saisisse son fouet.

Son client lui paraissait colossal, perché sur le tabouret, ses mains contusionnées s'occupant de son sac. Et pourtant, malgré sa taille et l'attention qu'il portait à l'objet, elle aurait voulu lui cogner le crâne contre un mur. Pour elle, la solution était claire : assister au procès, régler ses problèmes avec les autorités militaires, subir les conséquences, purger sa peine… repartir de zéro.

Rien de ce qu'il avait fait n'était irréparable.

La société lui pardonnerait.

On peut toujours tourner la page.

Sauf si on est une tête de mule déterminée à bafouer les lois et à faire cavalier seul.

Ramassant un dernier œuf, elle le frappa contre le bord du saladier, brisant la coquille en mille morceaux.

— Zut !

Isaac leva les yeux.

— Ce n'est pas grave.

— Si, c'est grave. Tout est grave.

Elle se pencha et récupéra les petits débris blancs du bout de l'ongle.

Quand la catastrophe fut rattrapée, elle s'entendit dire :

— Vous voulez prendre une douche avant de manger ?

— Non, madame, répondit-il sans surprise.

— J'ai des vêtements à vous prêter si vous voulez vous changer. (Isaac haussa brièvement un sourcil sans pourtant la regarder.) Ce sont ceux de mon frère. Il m'arrivait de l'héberger. Évidemment, ils risquent d'être un peu petits.

— Je n'en ai pas besoin. Mais merci, madame.

— Arrêtez de m'appeler « madame ». On a dépassé ce stade dès l'instant où vous êtes monté dans ma voiture. (Il haussa de nouveau un sourcil et elle attrapa un morceau de cheddar qu'elle se mit à râper. Très fort.) Vous savez… Vous me faites penser à lui. À mon frère.

— Dans quelle mesure ?

— Lui aussi, je voulais le sauver.

Isaac secoua la tête.

— Ce n'est pas une bonne idée.

Certes. D'autant qu'elle avait lamentablement échoué, la première fois.

Époussetant le fromage de la râpe, elle le mit de côté puis coupa quelques dés de bacon. Tandis qu'ils œuvraient chacun à leur tâche, le silence lui devint vite insupportable… mais surtout, ce n'était pas dans sa nature de jeter l'éponge.

Elle avait dû être un bélier dans une vie antérieure.

— Écoutez, je peux vous aider, et pas seulement vis-à-vis de votre procès. Si vous…

— J'ai nettoyé le plus gros. (Il souleva le sac tout en la regardant droit dans les yeux.) Mais je ne peux rien faire pour la courroie.

— Où comptez-vous aller ? (Comme il ne répondait pas, elle coupa un morceau de beurre qu'elle déposa dans la poêle et alluma le feu.) Vous pouvez rester cette nuit si vous voulez vous reposer. Mon père a placé tellement de détecteurs dans cette maison que même une souris ne pourrait pas entrer sans déclencher l'alarme.

— La télésurveillance, c'est bien. Mais ça a ses limites.

— Oui, c'est juste dissuasif. (Il la considéra d'un air intrigué et elle hocha la tête.) J'ai un autre système, bien plus sophistiqué. Mon père était dans l'armée avant de se lancer dans des études de droit. Mais il est resté très proche de moi. Proche et protecteur.

— Il n'apprécierait pas de me savoir ici.

— Jusqu'ici, vous vous êtes comporté en parfait gentleman, et c'est ce qui compte pour lui, bien plus que l'apparence ou l'origine sociale. Pour moi aussi, d'ailleurs.

— Je laisserai l'argent, quand je partirai.

Soulevant la poêle, elle l'inclina sur le côté, envoyant valser le beurre dans un tourbillon qui signerait sa perte.

— Et je ne peux pas l'accepter. Vous devez le savoir. Ça ferait de moi une complice. (Elle crut entendre un léger juron, mais ce n'était peut-être qu'un soupir.) Après tout, je suis prête à parier que ce fric provient de combats clandestins. Ou alors, d'un trafic de drogue ?

— Je ne suis pas un dealer.

— De combats, donc. Ce qui n'est pas plus légal. Au fait, j'ai fouillé dans votre passé. (Elle redonna un coup de fouet aux œufs, puis en versa plus de la moitié dans la poêle, un léger grésillement s'élevant de la plaque de cuisson.) Je n'ai rien trouvé hormis un article de journal vieux de cinq ans mentionnant votre mort. Il y avait votre photo à côté, alors inutile de nier.

Il se figea et elle sut qu'il la dévisageait d'un regard perçant.

L'espace d'un instant, elle se demanda qui était cet homme qu'elle avait invité chez elle. Mais juste après et sans savoir pourquoi, elle le revit retirer ses rangers pour les laisser devant la porte.

Bon. Fini, les plaisanteries, se dit-elle.

— Alors, vous allez me dire pour quelle branche du gouvernement vous travaillez ou je dois deviner ?

— Je ne suis pas dans l'armée.

— Vraiment ? Donc je suis censée croire que malgré le fait que vous soyez si doué au combat et que vous avez sécurisé votre appartement comme un coffre-fort, vous n'êtes qu'un vulgaire loubard ou un sous-fifre de la mafia. Je ne marche pas. Vous savez quoi ? C'est en vous voyant sur ce ring que mes doutes se sont envolés. Et aussi quand vous vous êtes arrêté de tabasser ce drogué. Vous étiez parfaitement maître de vous-même et de la situation. Vous n'aviez rien d'un videur accouru au secours d'une jeune fille en détresse. Vous avez agi en professionnel, ce que vous êtes, d'ailleurs. N'est-ce pas ?

Il était inutile de lui répondre, car elle savait qu'elle avait raison. Et pourtant, quand aucun commentaire ne vint, elle leva les yeux, s'attendant presque à ce qu'il se soit volatilisé.

Mais Isaac Rothe, si c'était bien son nom, était toujours assis devant l'îlot.

— Comment aimez-vous votre omelette ? demanda-t-elle. Baveuse ou sèche ?

— Sèche, lâcha-t-il.

— Comme c'est étonnant.

Chapitre 14

Coincé comme un rat, songea Isaac. Lorsqu'il croisa les yeux de son avocate, hôtesse et cuisinière, il était évident qu'elle savait qu'elle avait raison sur toute la ligne.

Il avait l'impression qu'elle l'avait mis à nu.

— Je crois que vous devriez vous désister de mon procès, dit-il d'un ton sinistre. À compter de ce soir.

Elle parsema l'omelette frémissante de fromage râpé et de bacon.

— Je ne suis pas une dégonflée. Contrairement à vous.

OK. Là, il était vraiment en rogne.

— Je ne le suis pas non plus.

— Vraiment ? Et fuir vos responsabilités, vous appelez ça comment ?

En un instant, il s'était penché de l'autre côté du comptoir et la toisait d'un air menaçant. Tandis qu'elle le fusillait du regard, il répondit d'une voix rude :

— J'appelle ça survivre.

Par courage, ou par stupidité, elle s'obstina.

— Parlez-moi. Nom de Dieu, laissez-moi vous aider. Mon père a des relations. Du genre haut placées et très bien installées dans les arcanes du pouvoir. Il peut vous filer un coup de main.

Isaac conservait une apparence calme, mais son cerveau tournait à plein régime. Bon sang, qui était son père ? Childe… Childe… Ce nom n'éveillait aucun souvenir.

— Isaac, répéta-t-elle. Je vous en prie…

— Vous m'avez fait libérer. Et ça, ça m'a aidé. Maintenant, il faut me laisser partir. Et oublier notre rencontre. Si votre père est le genre d'homme que vous prétendez, vous savez très bien que dans certaines branches de l'armée, une désertion équivaut à une peine de mort.

— Je croyais que vous n'étiez pas dans l'armée.

Sans tenter de le rattraper, il laissa ce mensonge s'ajouter à la pile de bobards qu'il lui avait racontés.

Elle ajouta un peu de sel dans le silence seulement troublé par le craquement de la salière. Puis elle replia l'omelette sur elle-même et la laissa quelques instants sur le feu.

Deux minutes plus tard, elle lui servit une assiette blanche et carrée, avec une fourchette en argent ciselée.

— Je sais que vous êtes poli, dit-elle, mais ne m'attendez pas. C'est meilleur chaud.

Manger avant elle ne lui plaisait pas, mais étant donné qu'il l'avait rembarrée sur tout le reste, il pensa que c'était l'occasion de se montrer accommodant. Gagnant l'évier, il se lava les mains avec du savon puis s'assit et dévora son repas jusqu'à la dernière bouchée.

C'était divin.

— Restez dormir ici, dit-elle après s'être servi une part d'omelette qu'elle entama, debout devant le comptoir. Et demain matin, je me désisterai de votre affaire, mais à condition que vous preniez le petit déjeuner avec moi. Ah, et vous emporterez votre argent quand vous partirez. Je refuse d'être mêlée à ça. Si vous fuyez, vous aurez cette dette sur la conscience.

Une vague d'écœurement le traversa, le clouant à son tabouret. Curieusement, parmi ses nombreux péchés, lui devoir de l'argent représentait un fardeau insupportable, bien plus que le nombre de cadavres qu'il avait semés sur son chemin. Mais c'était l'effet que les gens respectables produisaient invariablement sur lui… Ils lui donnaient une vision bien trop nette de ce qu'il était.

Alors qu'il s'apprêtait à refuser son offre, elle le prit de court.

— Écoutez, je serais rassurée si vous restiez ici. Au moins, vous aurez repris des forces. Là, ce qu'il vous faut, c'est soigner ces plaies au visage, manger une autre omelette et vous reposer dans un vrai lit. Comme je vous l'ai dit, cette maison est bardée de détecteurs, et des pièges sont dissimulés à l'intérieur. Personne ne pourrait entrer ici par effraction. En outre, aucun agent du gouvernement n'oserait s'en prendre à moi à cause de mon père.

Childe… Childe… Non, cela ne lui évoquait toujours rien. Cela dit, à l'époque où il servait dans les XOps, il n'était préoccupé que par deux choses : abattre sa cible et s'en sortir vivant. Il n'était pas du genre à s'intéresser à la hiérarchie militaire.

Contrairement à Jim Heron. Qui, au fait, lui avait filé son numéro…

— Alors, marché conclu ?

— Vous vous désisterez, rétorqua-t-il d'une voix bourrue.

— Oui. Mais je serai obligée de leur raconter tout ce que je sais sur vous. Et avant que vous ne posiez la question, puisque vous n'avez ni confirmé ni démenti avoir un lien avec le gouvernement… je vais simplement oublier que nous en avons parlé.

Il s'essuya la bouche avec une serviette, rageant devant le peu d'options qui s'offraient à lui. Bon sang, cette fille était têtue comme une mule, et manifestement, c'était soit il lui obéissait, soit rien.

— Montrez-moi votre système de surveillance. (Elle posa sa fourchette, mais il l'interrompit.) Non, finissez d'abord votre repas.

Pendant qu'elle mangeait, il se leva pour arpenter les lieux, mémorisant chaque détail, depuis les tableaux suspendus aux murs jusqu'aux photos disséminées autour du salon. Enfin, il s'arrêta devant la baie vitrée.

— Venez avec moi.

Au son de sa voix, il fixa ses yeux sur le reflet de la jeune femme, qui se tenait derrière lui dans cette robe noire, tel un spectre sublime…

Dans le silence de la maison, le ventre repu, fasciné par sa beauté… la situation passa de compliquée à totalement chaotique.

Il la voulait. Avec une force qui allait les mettre dans un sacré pétrin.

— Isaac ?

Cette voix… cette robe… ces jambes…

— Je dois partir, lâcha-t-il d'une voix sèche.

Ou plutôt venir… à l'intérieur d'elle. Mais ça n'arriverait pas. Même s'il devait se trancher la queue et l'enterrer dans le ravissant jardin de la jeune femme.

— Alors, je ne me désisterai pas.

Isaac fit volte-face, sans s'étonner le moins du monde lorsqu'elle resta plantée devant lui.

Avant qu'il ait pu ouvrir la bouche, elle leva la paume pour l'arrêter.

— Peu importe que je ne vous connaisse pas et que je ne vous doive rien. Alors vous pouvez remballer cet argument dès à présent. Vous et moi allons examiner mon système de surveillance, puis vous irez dormir dans la chambre d'amis et vous partirez demain matin…

— Je pourrais vous tuer. Là, tout de suite.

Cette remarque lui cloua le bec. Tandis qu'elle portait la main à son collier en or, comme si elle s'imaginait qu'il allait l'étrangler, Isaac s'avança vers elle.

Et cette fois, elle recula… jusqu'à ce qu'elle se heurte au comptoir sur lequel était posée son assiette vide.

Isaac continua de s'approcher, puis planta les mains sur le granit, de chaque côté de Grier, lui ôtant toute possibilité de fuir. Le regard rivé dans ses grands yeux bleus, il faisait tout son possible pour lui inspirer de la peur.

— Je ne suis pas le genre d'homme que vous fréquentez d'habitude.

— Vous ne me ferez pas de mal.

— Vous tremblez et vous vous agrippez le cou. Alors, à vous de me dire de quoi je suis capable. (La voyant déglutir, il songea qu'il n'aurait pas dû attendre si longtemps pour lui remettre les pieds sur terre, sauf qu'il s'en voulait de l'effrayer ainsi.) Je sais que vous avez envie de sauver le monde. Mais je ne suis pas le genre de B.A. susceptible de nourrir votre âme. Croyez-moi.

De l'énergie se mit à crépiter entre eux, les molécules d'air s'agitant dans l'espace qui les séparait.

Il se pencha davantage.

— Je suis plutôt du genre à vous bouffer toute crue.

Elle laissa échapper un souffle qui lui chatouilla le cou.

Puis sa réponse le laissa sur le cul.

— Alors, allez-y, cracha-t-elle.

Isaac fronça les sourcils et recula légèrement.

La colère brillait dans les yeux de Grier et son ravissant visage était animé d'une rage qui le sidérait et l'excitait tout à la fois.

— Allez-y, grogna-t-elle en lui attrapant le bras.

Empoignant la main d'Isaac, elle la serra sur sa gorge.

— Allez-y, je vous dis ! Ou vous voulez juste me faire peur ?

Il dégagea son poignet de son étreinte.

— Vous êtes folle !

— C'est ça, n'est-ce pas ? (De nouveau, il n'aurait pas dû être émoustillé par sa colère. Vraiment pas.) Vous voulez me faire peur dans l'espoir que je vous lâche la grappe. Eh bien, je vous souhaite bon courage. Parce qu'à moins que vous ne soyez prêt à mettre votre menace à exécution, je ne céderai pas et je n'ai pas peur de vous.

Sa poitrine s'embrasa… Il aurait été bien plus intelligent de laisser tomber et de ficher le camp, et pourtant, il reposa la main droite au même endroit sur le granit… si bien que Grier se retrouva de nouveau emprisonnée entre ses bras massifs.

Il aimait l'avoir là, nichée entre ses bras. Et il était impressionné par sa force de caractère. Vraiment. Même s'il s'inquiétait de sa témérité.

— Vous savez quoi ? demanda-t-il d'une voix basse et rocailleuse.

De nouveau, elle déglutit.

— Quoi ?

Isaac s'approcha, portant la bouche à son oreille.

— Vous tuer n'est pas la seule chose que je pourrais vous faire… m'dame.

Cela faisait longtemps que Grier ne s'était pas sentie vibrer de tout son être. C'était pourtant ce qu'elle ressentait à ce moment précis, et cela ne se bornait pas à son propre corps. Elle sentait également chaque parcelle d'Isaac Rothe, alors qu'il n'y avait aucun contact entre eux.

Bon sang, sa musculature était impressionnante, et peut-être aurait-elle dû se sentir effrayée par la force brute et virile qui l'animait, mais elle était irrésistiblement attirée par cette effroyable puissance. Debout à quelques centimètres de lui, son souffle court répondant au sien, elle perdait pied, ses pensées partant dans tous les sens, aussi sûrement que s'il lui avait arraché la tête et l'avait laissée rouler sur le sol.

Seigneur, elle le désirait tellement : elle avait envie de se jeter sur lui et d'être assommée par l'impact. Elle voulait qu'il soit le mur de briques contre lequel elle s'écraserait. Elle voulait être engourdie, perdre la tête et le contact avec la réalité… à cause de lui, de l'odeur de sexe qu'il répandait et du plaisir fou qu'elle prendrait à lui faire l'amour.

Alors, évidemment, cela ne durerait pas. Et quand elle reprendrait ses esprits, elle se sentirait extrêmement mal. Mais en cet instant électrique, elle se fichait pas mal du lendemain.

— Isaac…

Il recula. Dès l'instant où elle prononça son prénom d'une voix rauque, il ne fit pas que s'écarter ; il s'arracha au vortex. Puis il se mit à faire les cent pas, se frottant la tête comme s'il cherchait à se décrasser le cerveau.

Lorsqu'il s'éloigna d'elle, Grier eut un aperçu de l'état dans lequel elle se sentirait si jamais elle couchait avec lui : vide, vaguement nauséeuse et remplie de honte.

— Ça n'arrivera plus, lâcha-t-il d'une voix sèche.

Tandis que ses paroles flottaient dans l'air, elle se sentit soulagée de ne pas avoir à gérer cette histoire de sexe…

Ce que contredisait totalement le désir qui palpitait entre ses cuisses.

— Je veux toujours que vous restiez, dit-elle.

— Vous n'abandonnez jamais, n'est-ce pas ?

— Non, répondit-elle en songeant au nombre de fois où elle avait tenté de sauver Daniel de sa descente aux enfers.

Isaac la toisa d'un air las, le regard glacial, les yeux noirs comme un puits sans fond.

— Un conseil : des fois, il faut savoir lâcher l'affaire si on veut rester en vie.

— Et parfois, c'est juste de la lâcheté.

— Pas si on vous traîne derrière une voiture, ou si on vous met dans une situation impossible.

Elle savait qu'ils s'approchaient de sa vérité et s'efforça de garder une voix calme.

— Qu'est-ce que vous fuyez, Isaac ?

Il se contenta de la regarder. Puis…

— Où est votre système d'alarme ?

Qu'il ait éludé sa question la déçut, mais son consentement à rester était une petite victoire. L'escortant vers l'entrée, elle se recomposa du mieux qu'elle put, malgré ses jambes flageolantes, les bouffées de chaleur et le tournis qui la guettait.

Ce qu'elle ressentait lui était effroyablement familier, et si elle refusait de s'y attarder pour l'instant, elle pourrait bien en discuter avec son défunt frère lorsqu'elle le reverrait. Daniel ne parlait jamais de la nuit où il était mort, ni de tout ce qu'il s'était infligé juste avant. Cependant… il était peut-être l'heure de tout mettre à plat.

— Comme je vous l'ai dit, c'est juste dissuasif, déclara-t-elle en effleurant le boîtier fixé sur le mur. L'unité qui contrôle vraiment tout est cachée au fond de mon dressing. Toutes les fenêtres et les portes sont équipées de détecteurs, mais le vrai système fonctionne par ondes radio, rayons infrarouges et plaques de cuivre. Exactement comme le vôtre.

— Montrez-moi les connecteurs. Et je voudrais voir la carte mère. S'il vous plaît.

Ce qui impliquait de le laisser monter.

Jetant un coup d'œil aux marches moquettées, elle se demanda si elle parviendrait à rester sage en étant aussi proche de lui…

Et d'un lit.

Mais qu'est-ce qui m'arrive ? s'interrogea-t-elle.

Chapitre 15

Lorsque Isaac pénétra dans une petite pièce aux murs couverts de livres, il sut que c'était l'endroit où Grier passait son temps libre. Un panier en osier contenant des exemplaires du *New York Times* et du *Wall Street Journal* était posé à côté d'une chaise en paille, et l'écran plat sur le mur du fond était sans doute branché en permanence sur CNBC, CNN ou Fox News.

Qui s'était assis là en sa compagnie ? Son frère ?

— Vous voyez ? dit-elle en écartant l'un des pans du tissu écossais.

Isaac s'approcha et lorsqu'il se pencha, il perçut une bouffée de son parfum, ce qui ne fit qu'ajouter à son trouble.

Se forçant à se concentrer sur les minuscules plaques de cuivre, il ne put qu'admirer la qualité de la conception. Du travail de pro, à la pointe de la technologie.

Mais nom de Dieu, qui était son père ?

Avant de faire une bêtise, lui caresser la joue par exemple, il recula et, lorsqu'il passa près de la télé, il ne fut absolument pas surpris par la collection de DVD nichés dans les meubles : une pléiade de titres étrangers et de films sérieux qu'il n'avait jamais vus et qui ne lui disait absolument rien. À sa décharge, il n'était pas allé au cinéma depuis la fin des années 1980.

Autant qu'il s'en souvenait, Bruce Willis était un flic à la recherche d'une paire de chaussures à sa taille,

Arnold Schwarzenegger un cyborg avec des lunettes de soleil, et Steven Seagal avait des cheveux.

— Vous me montrez la carte mère ? demanda-t-il en se tournant vers elle.

En parfait gentleman, il se retint d'ajouter « et votre lit ».

— Bien sûr.

La suivant en haut de l'escalier, il demeura à une distance respectable, ce qui lui évita d'être tenté de la toucher, mais lui offrit une vue splendide sur son derrière. Seigneur, la simple vision de ses hanches le faisait grincer des dents.

Lorsqu'ils passèrent le premier étage, il s'arrêta brièvement pour jeter un coup d'œil à travers l'embrasure des trois chambres. Les pièces étaient meublées dans le même style raffiné qu'au rez-de-chaussée, mais l'ambiance était plus chaleureuse, plus familiale.

Rien à voir avec ce qu'il avait vécu. Quand il était enfant, il partageait sa chambre avec deux de ses frères aînés. Et dans son ancien boulot, il dormait là où il pouvait, en général assis sur une chaise face à la porte avec un revolver à la main.

— Je suis au second, annonça-t-elle quelques marches plus haut.

Acquiesçant, il gravit le reste de l'escalier. Arrivé sur le palier, il resta médusé devant l'immensité de sa chambre, qui occupait tout l'étage et disposait d'un salon, d'une cheminée et d'une porte-fenêtre s'ouvrant sur ce qu'il devinait être une terrasse.

— Venez.

Se dirigeant au son de sa voix, il gagna le dressing dans lequel elle s'était engouffrée. La pièce était aussi grande qu'un salon, avec de la moquette beige et des rangées de vêtements suspendus par catégorie.

L'air embaumait son parfum.

Elle était au fond, occupée à écarter une dizaine de tailleurs pour laisser apparaître… une grille d'un mètre vingt sur quatre-vingt-dix centimètres, qui avait tout l'air d'un cache-radiateur. Mais lorsqu'elle la fit coulisser, une niche apparut.

Un petit « clic » et la lumière s'alluma.

Elle entra en premier dans l'espace confiné, et il lui emboîta le pas… et resta sidéré devant ce qu'il découvrit.

Nom de Dieu…

Accroupi à côté d'elle, il se félicita de ne pas être un geek sinon il serait tombé dans les pommes. L'installation était un bijou de technologie. Au lieu d'un clavier à dix chiffres muni des touches « activé », « désactivé » et « veille », il était face à un système relié à un ordinateur qui contrôlait les diverses zones de la maison à plusieurs niveaux. Et s'il comprenait bien, le seul moyen de parvenir jusqu'aux composants était de monter à cet étage pour désarmer le boîtier, ce qui n'avait pas l'air d'une mince affaire.

Sauf que…

— Je ne vous ai pas vue le désactiver quand on est entrés.

Elle lui tendit ce qui ressemblait à une télécommande de voiture.

— Le coussinet est conçu pour reconnaître l'empreinte de mon pouce. Je l'emporte avec moi partout où je vais et le système est enclenché à l'instant où nous parlons.

Tandis qu'il retournait l'objet dans sa main, elle demanda :

— Satisfait ?

Il leva les yeux vers elle.

— Oui.

Ils restèrent plantés là un moment. Trop longtemps étant donné l'endroit où ils étaient.

Bien trop longtemps étant donné leur attirance mutuelle.

— Autre chose ? demanda-t-elle.

Oui, répondit-il en pensée.

—Non.

Hochant la tête, Grier le contourna pour sortir de la pièce. Puis, ils replacèrent la grille et pénétrèrent dans sa chambre. Allez savoir pourquoi, il ne put s'empêcher de jeter un coup d'œil au lit. Gigantesque. Avec des tas de couvre-lits et d'oreillers. De l'autre côté se trouvaient une petite télé posée au-dessus d'une table d'époque et une bibliothèque remplie de DVD parfaitement alignés.

Fronçant les sourcils, il s'approcha, persuadé d'avoir mal lu les titres…

Top Gun, *Thelma et Louise*, *Nuits blanches à Seattle*, *L'Arme fatale*.

Même lui connaissait ces films.

—C'est ce que je regarde le soir, dit Grier en le rejoignant avant de redresser les boîtiers pourtant droits comme des I.

—Ça change de ce que vous avez en bas.

Il avait du mal à croire qu'elle faisait sa frimeuse en exposant son côté intello alors qu'au fond, ce n'était qu'une ado attardée.

Elle s'empara du DVD de *Quand Harry rencontre Sally*… et effleura la jaquette représentant un paysage d'automne.

—Je suis insomniaque et ces films m'aident à m'endormir. C'est comme si… mon cerveau revenait à l'époque où ils sont sortis. Je vois les voitures… les supermarchés avec des prix plus bas sur les produits… les vêtements qui étaient à la mode… les coupes de cheveux démodées. Je retourne à l'âge que j'avais quand je les ai vus la première fois, quand tout était plus… simple. (Elle partit d'un petit rire gêné.) Un genre de KO cinématique, pourrait-on dire. C'est la seule chose qui marche pour moi.

En la regardant contempler Meg Ryan, il l'imagina allongée en chien de fusil, la lumière bleutée de l'écran jouant sur les traits de son visage, le voyage dans le passé apaisant son âme et ralentissant son cerveau.

Avait-elle un amant qui regardait ces films avec elle ? se demanda-t-il. Un petit ami ?

Comme elle ne portait pas d'alliance, il présuma qu'elle n'était ni mariée ni fiancée.

— Quoi ? s'enquit-elle en tirant sur le bas de sa belle robe noire.

Il se racla la gorge, mécontent d'avoir été surpris en train de contempler son lit.

— Quelle douche dois-je utiliser ?

Elle sourit. Pour la première fois.

Et comme un idiot… il eut le souffle coupé et son cœur se figea.

Grier reposa le DVD à sa place.

— Mais d'abord, allons finir de manger, annonça-t-elle en tournant les talons avant de descendre l'escalier.

Jim et ses compagnons atterrirent dans l'arrière-jardin d'une maison de deux étages, qui à la fois puait le fric et s'en excusait. La façade – comme d'ailleurs tout le quartier – était d'un extrême raffinement et les bâtiments en briques s'étendaient à perte de vue. Bon Dieu, on aurait dit qu'on avait donné carte blanche aux trois petits cochons : maisons, murs, allées, ruelles, tout était en briques.

Le grand méchant loup n'avait plus qu'à se faire poser des poumons d'acier.

À travers la baie vitrée, il aperçut une cuisine aussi gigantesque que somptueuse, avec des plats posés sur le comptoir. Cependant, la pièce était déserte. Jim recula pour jeter un coup d'œil non pas à la maison, mais à travers la maison. Fermant les yeux, il se concentra.

Oui, il sentait leur présence… ainsi qu'autre chose. Comme une… onde.

Ouvrant les paupières, il fonça vers la porte lorsque Eddie le retint par le bras. Ce qui, étant donné sa force, équivalait à percuter une voiture de plein fouet.

— Non, ce n'est pas Divine. C'est une âme égarée.

Les sourcils froncés, Jim tenta de capter toutes les nuances de la vibration.

— Égarée ?

— C'est-à-dire qu'elle a été séparée de son enveloppe charnelle, mais qu'elle n'a pas pu parvenir jusqu'au repos éternel. Elle est coincée sur Terre.

— Un fantôme.

— Voilà. (Eddie fit glisser son sac à dos de ses épaules, sa grosse natte tombant en avant.) Elle reste là en attendant d'être libérée.

— Qu'est-ce qui la retient ?

— Des affaires qui n'ont pas été réglées.

— Et tu es sûr de toi ? (L'ange le toisa de ses yeux rouges et Jim leva les mains.) OK, OK… Mais ce ne serait pas plus simple de les appeler « fantômes » plutôt que ce charabia de grand-mère ?

— Je suis bien d'accord, renchérit Adrian.

— Oh, pour l'amour de…, marmonna Eddie. Vous pouvez même les appeler « Fred » si ça peut me permettre d'avoir la paix.

— Parfait.

À ce moment-là, Isaac et Grier entrèrent dans la cuisine. Tandis qu'il s'asseyait, elle se remit à cuisiner et la tension qui régnait entre eux était palpable… tout comme l'attirance. On aurait dit qu'ils jouaient au tennis avec les yeux : chaque fois que l'un jetait un regard, l'autre le détournait, et le rouge qui colorait les joues de la jeune femme signifiait clairement que l'homme ne lui était pas indifférent.

Les yeux rivés sur la scène, Jim sentit le poids de la solitude s'abattre sur ses épaules. Désormais devenu ange, il pouvait faire une croix sur toute éventualité de se marier et d'avoir un enfant – voire de sortir avec une femme… même s'il n'avait jamais eu de petite copine attitrée.

Et il n'avait jamais eu envie de se marier, alors de quoi se plaignait-il ?

En outre, ce qu'il contemplait n'avait rien d'un téléfilm à l'eau de rose : de l'autre côté de la vitre se trouvaient un homme traqué et une femme dépassée par les événements.

Vraiment pas de quoi être envieux.

D'ailleurs, il se demandait bien ce que fichait Isaac. Quiconque avait travaillé avec leur ancien patron savait que le risque de dégâts collatéraux était loin d'être négligeable.

— Zut, on n'a qu'à les rejoindre, grogna Adrian. Au diable les sorts de protection. J'adore l'omelette et je meurs de faim.

Jim le regarda.

— T'es sérieux ?

— Ben quoi ? Je suis sûr qu'il y a plein de chambres d'amis, là-dedans. (D'un coup, sa voix se voila.) Et je pourrais m'adonner à mes loisirs en toute discrétion.

Ouais, et il ne parlait pas de macramé. Traduction : coucher avec des inconnues. Parfois avec Eddie comme deuxième larron.

Jim n'avait passé qu'une seule nuit en leur compagnie, mais il savait déjà à quoi s'en tenir. Même si Ad s'était fait violer par Divine à la fin de la première rencontre, il ne lui avait pas fallu longtemps pour remonter en selle. Ce type était totalement obsédé par les femmes.

— Est-ce que tu pourrais te concentrer ? demanda Jim à Ad, puis il se tourna vers Eddie. Qu'on puisse se mettre au…

Adrian l'interrompit par un grognement.

— Hmm… elle s'est remise aux fourneaux.

— Eh, est-ce que tu pourrais arrêter de prendre cette voix sexy quand tu parles de bouffe ?

— Hé, quand j'aime quelque chose, j'y vais à fond.

— Apprends à cuisiner, alors.

Eddie se racla la gorge.

— Bien. Si on veut protéger cette maison, ça va poser un problème : les sorts les plus puissants risquent d'attirer Divine.

— Elle est déjà au courant, répondit doucement Jim. Je vous fiche mon billet qu'elle l'a déjà trouvé.

— On devrait quand même rester discrets.

— Je suis d'accord.

Eddie tendit le bras.

— Alors, donne-moi ta main.

Jim s'exécuta puis jeta un coup d'œil à Isaac et Grier. Ils semblaient isolés de la tornade qui fonçait droit sur eux, et il ressentait le besoin étrange de faire en sorte qu'ils le restent.

— Aïe ! lâcha-t-il en se dégageant.

Contemplant sa paume, il vit… du sang ruisseler d'une épaisse entaille le long de sa ligne de vie.

Le liquide écarlate avait comme un reflet brillant. On aurait dit une peinture métallisée étincelant au soleil. Bizarre. Il n'avait rien remarqué d'étrange au funérarium. D'un autre côté, il avait été un peu distrait par la vue de son cadavre gisant tel un sac de sable sur cette civière.

Eddie rengaina sa dague de cristal.

— Fais le tour et marque chacune des portes. Garde à l'esprit l'image de ces deux personnes et imagine-les en paix, protégées et sereines. Comme je te l'ai dit, plus l'image sera précise, mieux ça fonctionnera. Ça formera une sorte de baromètre émotionnel dans l'enceinte de la maison, si bien qu'en cas de perturbation majeure tu le sentiras. C'est un sort de faible niveau qui te préviendra au moindre danger, sans pour autant attirer l'attention de Divine. Bien sûr, ça ne l'empêchera pas d'entrer, mais tu pourras intervenir en un clin d'œil si elle franchit la barrière.

La main dégoulinante de sang, Jim monta les marches menant à l'arrière de la maison en se faufilant dans l'ombre pour rester invisible aux yeux d'Isaac et de son amie. Posant la paume sur le lambris peint et froid, il se concentra sur eux, attendant le moment où ils se regarderaient dans les yeux. Puis il baissa les paupières et se concentra sur cette image…

Le monde disparut et tout s'interrompit, depuis la brise sur son visage jusqu'au crissement du blouson de cuir d'Adrian en passant par le bruit de la circulation au loin… Puis ce fut à son tour de s'effacer : léger comme une plume, il eut l'impression de s'envoler, alors que ses pieds restaient collés au sol.

Plus rien n'existait hormis l'image dans son esprit.

Et de ce néant émergea son pouvoir.

Une gigantesque vague d'énergie se creusa dans le vide qu'il avait créé et, sans comprendre la nature de cette force, il sut précisément ce qu'il devait faire : canalisant l'onde, il en enveloppa la maison, le flot se régénérant à mesure qu'il puisait dedans.

Baissant le bras, il recula…

Jim se figea. L'éclat de son sang apparaissait sur la porte… et se propageait dans toutes les directions, recouvrant le bois, les jambages et les briques. Vers le haut, sur les côtés, partout la vague déferlait, gagnant du terrain, s'emparant des lieux.

Scellant la maison.

— Pas mal pour un débutant, marmonna-t-il en s'apprêtant à gagner l'entrée.

Pivotant, il s'arrêta. Les deux anges le regardaient d'un air sidéré.

— Quoi ? (Il jeta un coup d'œil par-dessus son épaule. La vague rouge chatoyante continuait de s'étendre et recouvrait le toit.) Ça a marché, non ?

Eddie se racla la gorge.

— Ah, ça, tu peux le dire.

— Je vais faire le tour…

— Inutile, répliqua Eddie. Tu as couvert toute la maison.

Tandis qu'Adrian jurait dans sa barbe en secouant la tête, Jim se demanda ce qui se passait.

— Vous avez vu la gueule que vous tirez ? C'est quoi, le problème ? (Il s'interrompit, attendant la réponse… en vain.) Très bien. Comme vous voudrez.

— On ferait mieux de partir, dit Eddie en rangeant son couteau dans le sac à dos. Maintenant que le sort est en place, inutile de s'attarder davantage. D'autant qu'elle peut nous détecter, tous les trois.

— Comment ça ?

Les deux anges se regardèrent.

— On a tous partagé son intimité, répondit Adrian. Si tu vois ce que je veux dire.

Jim plissa les yeux en direction d'Eddie, mais l'ange se contenta d'empaqueter ses affaires.

Décidément, Divine aussi sautait sur tout ce qui bougeait.

Chassant cette pensée, Jim franchit le portail du jardin et fit le tour jusqu'à l'entrée. Après avoir noté le numéro et le nom de la rue, il se volatilisa malgré une furieuse envie de rester.

Il était tout de même satisfait de son petit sort. Et puis Rex patientait à l'hôtel depuis un bon moment et Jim devait le sortir. Il irait peut-être leur chercher une pizza.

Pendant qu'Adrian et Eddie se régaleraient d'une autre façon.

Chapitre 16

Tandis qu'Isaac savourait sa deuxième omelette – en se demandant comment il allait se sortir de cette soirée – Grier s'en alla préparer sa chambre. Lorsqu'ils eurent tous deux terminé, elle le conduisit vers une chambre d'amis, manifestement d'inspiration masculine : les murs et les draps étaient colorés en bleu marine et chocolat tandis que les fauteuils étaient en cuir, tout comme les reliures des nombreux livres.

Il avait l'impression d'être un intrus.

—Je vais me changer, puis je débarrasserai la cuisine, dit-elle en sortant avant de refermer la porte qu'elle laissa entrebâillée. Si vous avez besoin de quoi que ce soit, vous savez où me trouver.

Elle marqua une pause. Comme si elle cherchait ses mots.

—Bonne nuit, alors, murmura-t-elle.

—Bonne nuit.

Après qu'elle fut sortie, il l'écouta regagner sa chambre d'un pas calme et léger. Au-dessus de sa tête, il ne l'entendait pas arpenter la pièce, mais l'imagina se diriger vers le dressing et retirer sa robe noire.

Oui… La fermeture Éclair descendant pour dévoiler son dos. Les manches tombant de ses épaules… Le vêtement s'affaissant au niveau de sa taille avant de glisser le long de ses hanches.

Il sentit sa queue se durcir.

Avant de devenir complètement raide.

Et merde ! Il ne manquait plus que ça.

Gagnant la salle de bains, il s'arrêta puis secoua la tête. Sur le comptoir en marbre, elle avait laissé des serviettes propres, quelques produits de toilette, un tube de crème antiseptique et une boîte de sparadraps. Et lorsqu'il avisa le tee-shirt d'homme à manches longues et le bas de pyjama en flanelle, une pointe de jalousie le traversa.

Pourvu que ce soit à son frère, se dit-il. Et pas à un snobinard d'avocat qui coucherait avec elle.

Se maudissant, il entra dans la douche et tourna les robinets. L'identité de ses amants ne le regardait pas, pas plus que leur nombre ni le moment où elle les voyait. Quant au pyjama en flanelle ? Il était propre et ça lui éviterait de se balader à poil.

Peu importe à qui il appartenait.

Il retira son sweat-shirt et jeta un coup d'œil à ses armes. Puis il ôta son tee-shirt, enleva son pantalon et aperçut son reflet dans le miroir : ses épaules et son torse étaient couverts d'hématomes mouchetant l'entrelacs de vieilles cicatrices.

Difficile de ne pas se demander ce que Grier penserait de lui.

Cela étant, s'ils faisaient l'amour dans le noir, il n'aurait pas à se soucier…

Bordel, il fallait vraiment qu'il arrête ces conneries.

S'avançant sous le jet, il se demanda ce qu'il y avait en elle qui l'amenait à réagir comme un ado de quinze ans. Et jugea que c'était sûrement lié à sa longue abstinence ainsi qu'à la montée de testostérone provoquée par le combat.

Oui, ce devait être l'explication.

Forcément.

Il ne pouvait pas avoir envie de son avocate pour la simple raison qu'elle était belle, grande et extrêmement féminine.

Quoi qu'il en soit, la douche ne fit rien pour le soulager de sa surcharge hormonale. Tandis qu'il se savonnait, ses mains chaudes glissaient sur sa peau… et l'eau s'insinuait entre ses jambes, dégoulinant de son sexe dressé, chatouillant ses testicules.

Il avait l'habitude de la douleur ; c'était facile de faire comme si elle n'existait pas. Mais ce qu'il ressentait pour cette femme ? C'était comme faire semblant de ne pas entendre un cri dans une église…

Ses mains s'aventurèrent là où elles n'auraient pas dû, se faufilant entre ses cuisses, effleurant le dessous de son érection.

— Putain, marmonna-t-il en laissant sa paume coulisser de haut en bas, la friction amplifiant son excitation…

Il lui fallut toute sa volonté pour détourner cette fichue main. Et il se lava les cheveux trois fois d'affilée pour tenter de s'occuper. Il répéta l'opération avec l'après-shampooing. Bien sûr, la meilleure solution aurait été de quitter l'intimité traîtresse et la chaleur tentatrice de la douche. Mais il n'arrivait pas à convaincre son corps de prendre la direction du tapis de bain.

Un instant plus tard, son érection s'était de nouveau dressée comme un I, sa paume brûlant de la rejoindre, et il céda.

Sale pervers lubrique, songea-t-il en se méprisant.

Pourtant, c'était si bon de sentir cette prise et d'imaginer que c'était le poing de Grier qui le serrait, glissait et pivotait à l'extrémité.

De plus, quelles étaient ses options ? Faire comme si de rien n'était ? Ouais, sûr. S'il enfilait son pyjama dans cet état, il aurait l'impression d'avoir une tente au-dessous du torse. Et il devait descendre la voir avant de se mettre au lit.

Il avait une mise en garde à lancer à sa ravissante avocate.

Les pensées contradictoires se bousculaient dans son esprit, mais le plaisir eut raison de ses réticences. Face à la pomme de douche, il planta une main sur le mur en marbre et se pencha en avant. Sa queue était aussi lourde et raide que son avant-bras lorsqu'il se mit à se masturber pour de bon, sa main glissant sur son sexe. Une boule de feu lui parcourut la colonne vertébrale et il baissa la tête, ouvrant la bouche pour respirer.

Dans le maelström qui gagnait en puissance, il s'interdit de songer à Grier. Elle avait beau être la cause de son érection, il n'allait pas se mettre à fantasmer sur elle pendant qu'il s'astiquait sous la douche. Hors de question. C'était trop glauque et irrespectueux. Elle méritait bien mieux, même si elle ne découvrirait jamais ce qu'il avait fait.

Ce fut sa dernière pensée avant de se laisser submerger par le plaisir. L'extrémité de son gland était si sensible qu'à chaque mouvement son sexe et ses testicules étaient traversés d'une douce piqûre. Écartant les jambes, il accéléra le rythme, le souffle haletant, le jet d'eau chaude s'écrasant sur ses cheveux, coulant sur son visage…

Surgi de nulle part, et en dépit de son veto, le souvenir de Grier adossée face à lui s'imposa avec opiniâtreté dans son cerveau. Malgré tous ses efforts pour oublier ou se concentrer sur autre chose, impossible de chasser ce qu'il avait ressenti à son contact.

Seigneur, ses lèvres n'avaient été qu'à quelques centimètres des siennes. Il lui aurait suffi d'incliner la tête pour l'embrasser et…

L'orgasme fulgurant qui le traversa s'empara de son corps avec une telle force qu'il dut se mordre la langue pour s'empêcher de crier le nom de la jeune femme.

Et il l'accompagna jusqu'au dernier spasme, déversant sa semence jusqu'au moment où, vacillant sur ses jambes, il sentit le goût du sang dans sa bouche.

Dans le calme qui suivit, il s'écroula avec un immense sentiment de vide, comme si jouir l'avait purgé non seulement de son désir, mais de tout le reste.

Il était si fatigué.

Lessivé.

Lâchant un juron, il tendit la main coupable et s'assura de ne pas avoir laissé de traces sur le marbre ou sur la vitre. Puis, il se rinça une dernière fois, coupa l'eau et sortit de l'espace embué qui lui avait fait perdre les pédales.

Il était toujours dur. Malgré l'épuisement. Et l'effort.

Manifestement, sa queue ne s'était pas satisfaite de l'ersatz.

Et conformément à ses craintes, le pyjama ne dissimulait en rien son érection. Au contraire, il la faisait paraître deux fois plus grosse, ce qui, étant donné qu'Isaac était déjà bien membré, n'était vraiment pas le but de la manœuvre.

Plaquant son pénis contre son ventre en le maintenant à l'aide de l'élastique, il s'empara du tee-shirt en priant qu'il descende assez bas pour dissimuler le bout rougi de son sexe.

Qui avait toujours autant d'entrain.

OK, le vêtement ne cachait absolument rien. Il aurait peut-être fait l'affaire si Isaac n'avait pas eu un torse aussi imposant. Mais là, en exposant sa marchandise de la sorte, il se sentait encore plus nu habillé que dévêtu.

Isaac se déshabilla et enfila son sweat-shirt à même la peau ; le tee-shirt était trop sale après son combat. Le laver n'aurait servi à rien, il était bon à jeter au feu.

Avant de regagner le rez-de-chaussée, il s'empara du nécessaire de premiers secours, non pas parce qu'il tenait à se soigner, mais parce que sinon, elle risquait d'insister pour jouer les infirmières.

Une très mauvaise idée, étant donné ce qui venait de se passer.

Les points de suture que les médecins lui avaient faits en prison n'avaient évidemment pas tenu sur le ring et Dieu sait où le sparadrap s'était envolé. Cependant, la blessure n'était pas bien grave, juste une entaille assez profonde pour saigner, mais rien de catastrophique. Il écoperait d'une cicatrice. Qui s'ajouterait aux autres.

Sans prendre la peine d'étaler la crème antiseptique, il colla un pansement sur la coupure. Il était bien plus probable qu'il meure d'un empoisonnement au plomb provoqué par un Smith & Wesson que d'une infection cutanée.

Puis il sortit de la pièce et descendit l'escalier. Au moment où il arriva dans le couloir, la situation avait commencé à s'apaiser du côté de son bassin.

Jusqu'à ce qu'il aperçoive Grier dans la cuisine.

Oh, bon sang.

Tout à l'heure, elle était magnifique dans sa petite robe noire. Mais à présent, elle était carrément bandante dans la tenue qu'elle avait enfilée en guise de pyjama : un caleçon d'homme en flanelle et un vieux sweat-shirt vert sur lequel était écrit : « CAMP DARTMOUTH ». Avec ses chaussettes blanches et sa paire de pantoufles, elle avait plus l'air d'une étudiante que d'une trentenaire… et l'absence de maquillage et de coiffure sophistiquée la rendait encore plus désirable. Sa peau paraissait douce comme du satin et ses lunettes à monture d'écaille faisaient ressortir ses yeux.

Elle devait porter des lentilles pendant la journée.

Et ses cheveux… Ils étaient longs, bien plus qu'il ne l'aurait cru, et légèrement ondulés. Ils devaient sentir bon, être doux au toucher…

Elle leva les yeux du saladier rouge qu'elle essuyait devant l'évier.

— Vous avez trouvé votre bonheur là-haut ?

Loin de là.

Par précaution, il tira sur l'ourlet de son sweat-shirt afin de s'assurer que son sexe n'exposait pas son enthousiasme. Puis il resta à la contempler. Avec des yeux de merlan frit.

— Isaac ?

— Avez-vous déjà été mariée ? demanda-t-il d'une voix douce.

Lorsqu'elle croisa son regard, il sut ce qu'elle pensait : lui non plus n'arrivait pas à croire qu'il avait balancé ça sur le tapis.

Avant qu'il ait pu se rattraper, elle ajusta ses lunettes et dit :

— Euh, non. Non, jamais. Et vous ?

Il fit « non » de la tête et demeura silencieux, conscient qu'il n'aurait jamais dû aborder ce sujet dès le départ.

— Une petite amie ? ajouta-t-elle en soulevant la poêle pour l'essuyer.

— Je n'en ai jamais eu. (Lorsqu'elle le dévisagea avec insistance, il haussa les épaules.) Ça ne veut pas dire que je n'ai jamais… euh… été avec…

Merde, est-ce qu'il rougissait ?

Bon, il était vraiment temps de s'éloigner d'elle et de quitter la ville. Et pas simplement parce que Matthias était à ses trousses. Cette femme était en train de le transformer au point qu'il ne se reconnaissait plus.

— J'imagine que vous n'avez pas rencontré la bonne personne. (Elle se baissa pour ranger le saladier, puis rebroussa chemin pour s'emparer de la poêle et la glisser dans le placard de l'îlot.) C'est toujours ça, le problème, non ?

— Entre autres.

— Je persiste à croire que mon tour viendra, murmura-t-elle. Mais ça n'est jamais arrivé. Cela dit, j'aime la vie que je mène.

— Pas de petit ami ? s'entendit-il demander.

— Non. (Elle haussa les épaules.) Et je n'ai jamais été tentée par une aventure d'un soir.

Ça ne le surprenait pas. Elle avait bien trop de classe pour cela.

Alors qu'un silence étrangement doux s'installait entre eux, il resta planté à la regarder, perdant toute notion du temps.

— Merci, dit-il enfin.

— De quoi ? Je ne vous ai pas vraiment aidé.

Bien au contraire : elle avait partagé un moment avec lui, un souvenir qui lui réchaufferait le cœur quand il se retrouverait seul dans la nuit froide et qu'il chérirait jusqu'à la fin de sa vie.

Aussi courte soit-elle.

Se rapprochant de Grier, il tendit la main et lui toucha la joue. Lorsqu'elle prit une brusque inspiration et se figea, il lui dit :

— Je suis navré pour… tout à l'heure.

Ah oui ? Et de quoi parlait-il au juste ? Des 25 000 dollars qu'elle avait casqué, de sa tentative de fuite, d'avoir voulu l'effrayer pour la ramener à la raison, ou… de ce qui s'était passé dans la douche ?

Il fut surpris qu'elle ne recule pas.

— Je n'ai pas changé d'avis. Je veux que vous restiez.

Isaac fit la sourde oreille.

— Ça vous va bien les cheveux détachés, répondit-il en passant ses doigts à travers. (Lorsqu'elle rougit, il s'écarta.) Je vais me coucher. Si vous avez besoin de moi, frappez à la porte, d'accord ? Frappez et attendez que je vienne ouvrir.

Elle cligna des yeux, comme si un banc de brume s'élevait des rives de son esprit.

— Pourquoi ?

— Promettez-le-moi, c'est tout.

— Isaac… (Lorsqu'il secoua la tête, elle croisa les bras.) Très bien, je vous le promets.

— Bonne nuit.

— Bonne nuit.

Faisant volte-face, il la laissa seule dans la cuisine, et se hâta de traverser le couloir puis de monter l'escalier, parce qu'il était à deux doigts de perdre le contrôle et qu'en dépit des deux omelettes, il était affamé.

Mais pas de nourriture.

Lâchement, il s'engouffra dans la chambre d'amis et attendit derrière la porte close, juste pour écouter le léger grincement des marches quand elle monta l'escalier. Lorsqu'il l'entendit s'enfermer dans sa chambre, il pivota… et se demanda ce qu'il allait bien pouvoir faire pendant les huit prochaines heures.

Sa queue se dressait comme une main tendue pour répondre à sa question.

— Dans tes rêves, mon gros, se tança-t-il.

Il se frotta les yeux, sidéré d'en être tombé au point de parler à son sexe. Ou d'essayer de le raisonner.

Et pour couronner le tout, il était médusé d'avoir accepté de rester, surtout après avoir vu l'homme qui l'avait affronté sur le ring. Cependant, il était en partie rassuré par le système d'alarme caché au fond du placard de Grier, et même si Matthias se fichait pas mal des dommages collatéraux, il n'irait pas jusqu'à les provoquer. Surtout si le père de Grier était dans l'armée. Matthias connaissait tout le monde, et savait très bien ce qui risquait d'arriver s'il tuait la fille d'un haut gradé.

Lâchant un énième juron, Isaac gagna la salle de bains et se brossa les dents ; puis il s'allongea sur la couette et éteignit la lumière. Les yeux rivés sur le plafond, il l'imagina dans son lit douillet, au-dessus de lui, avec la télévision allumée et un film datant de l'époque de *Magnum* jouant devant ses paupières closes.

Il aurait voulu être là-haut avec elle.

Il aurait voulu être là-haut… allongé sur elle.

Ce qui signifiait qu'il devait partir à l'aube, avant qu'elle se réveille. Sinon, il risquait de vouloir s'emparer de ce qui lui était interdit… et qu'il ne méritait pas.

Il ferma les yeux, mais à force de se retourner dans le lit, le bas de pyjama était remonté si haut qu'Isaac se demandait s'il n'allait pas mourir étouffé dans de la flanelle.

Voilà pourquoi il dormait nu, d'habitude. Là, c'était absolument ridicule.

Une demi-heure plus tard, n'y tenant plus, il se déshabilla complètement. La seule chose qu'il garda auprès de lui fut la paire de revolvers qu'il avait planquée sous les couvertures. Après tout, il avait beau avoir le cul à l'air, ce n'était pas une raison pour être vulnérable.

Chapitre 17

Au *Comfort Inn & Suites* de Framingham, dans l'État du Massachusetts, les couloirs empestaient le Febreze, les fenêtres étaient condamnées, et les draps rêches comme du foin. Mais au moins, le distributeur qui vrombissait doucement à côté de l'ascenseur crachait un flot intarissable de sodas à la caféine, sucrés et glacés à souhait.

Adrian Vogel adorait le Coca, préférant les bonnes vieilles bouteilles en verre aux canettes. Mais une bouteille en plastique lui conviendrait tout aussi bien.

Et il prévoyait d'en acheter deux dès qu'il arriverait à son étage. Une pour lui et une pour…

— C'est quoi ton nom, déjà ?

La rousse à son côté était tout à fait son genre : des seins gros comme des melons, à moitié ivre, et n'espérant rien d'autre qu'une partie de jambes en l'air.

— Rachel. (Elle sourit, dévoilant des dents ultra-blanches et étincelantes.) Et je crois que je vais garder mon nom de famille pour moi.

Bon sang, ses dents étaient incroyables : aussi brillantes et bien alignées que des carreaux de salle de bains. D'un autre côté, elle était hygiéniste dentaire, alors elle avait sûrement des ristournes.

Belle comme elle était, elle aurait même pu être mannequin pour leurs produits.

La porte de l'ascenseur s'ouvrit avec un petit « ding », révélant la machine rouge et blanc de ses rêves. Lorsqu'il s'écarta pour laisser passer la ravissante Rachel X, il était bien conscient qu'il l'utilisait, mais c'était réciproque : leur conversation au bar jouxtant l'hôtel était partie du fait qu'elle était occupée à retirer son alliance.

Apparemment, son mari se tapait l'une de ses amies.

Et il n'avait pas fallu longtemps à Adrian pour la persuader de se venger.

Il lui avait offert deux verres, et quand, au bout du troisième, elle lui avait demandé s'il logeait dans le même hôtel, il avait su que l'affaire était dans le sac. Il lui avait répondu que oui, il y séjournait… avec son meilleur ami. Qui était bien plus séduisant que lui.

Un mensonge éhonté. Mais il aimait partager avec Eddie si ses partenaires étaient d'accord. Vu la médiocrité de ses techniques de drague, Eddie ne baiserait jamais si Ad ne lui ramenait pas les nanas directement dans son lit.

— Attends, dit-il avant de s'arrêter devant le distributeur et de sortir quelques pièces de son portefeuille.

— Tu sais, lança la fille, je n'ai jamais été avec quelqu'un comme toi.

Ah, ça, il n'en doutait pas.

— Vraiment ? (Il lui sourit par-dessus son épaule tandis qu'elle observait la boucle ornant sa lèvre inférieure… et pour l'appâter davantage, il passa la langue sur le métal gris.) Je ne suis pas si repoussant, tout de même ?

Les yeux de la jeune femme trahissaient son désir.

— Pas du tout. Au fait, tu as une petite amie ? Je ne t'ai même pas demandé.

Adrian se retourna vers la machine et inséra les pièces, écoutant le petit cliquetis à mesure que les cents étaient aspirés à travers le gosier du distributeur.

— Non, répondit-il en effectuant son choix sur le cadran. Je ne suis avec personne.

À vrai dire, il avait bien couché avec quelqu'un… et très récemment, en plus. Ce qui expliquait pourquoi, même s'il avait toujours aimé le sexe, il avait été si pressé de baiser la veille, et encore ce soir-là.

C'était sa façon de se nettoyer après que Divine s'était servie de lui. Bien sûr, l'eau chaude et le savon le lavaient du sang et du sperme qui recouvraient sa peau… mais l'impression de saleté persistait immanquablement.

Cependant, ce magnifique spécimen humain allait l'aider à chasser les sensations qui subsistaient dans son corps.

Celles qui, contrairement aux bleus sur sa peau, ne s'estompaient pas.

Cette saloperie demeurait en lui, pourrissant au tréfonds de son esprit. Au point qu'il était désormais divisé en deux : celui qui plaisantait avec Jim, restait alerte et prêt à se battre pour l'âme d'Isaac… et celui qui était recroquevillé dans les recoins de son cerveau, effrayé, engourdi, seul au monde.

— Light ? demanda-t-il.

— Oui, s'il te plaît.

Cette fois, sa main tremblait lorsqu'il l'approcha de la bouche du distributeur. Si bien qu'il dut s'y reprendre à deux fois pour insérer les pièces.

— Hé, tu peux me rendre un service ?

— Bien sûr

— Mets tes bras autour de moi.

Elle partit d'un petit rire, puis il sentit une légère pression autour de sa taille tandis que Rachel obtempérait. Alors qu'elle se blottissait contre lui, il sentit ses seins pressés contre son dos musclé et la chaleur de son corps offrait un formidable contraste avec la froideur qu'il ressentait à l'intérieur.

Il était glacé. Autant que le soda qu'il achetait.

Adrian laissa retomber sa tête et d'une main, s'appuya contre la machine pour garder l'équilibre.

Divine allait le tuer. Soit en le baisant, soit par voie de conséquence : son cerveau ne fonctionnait plus normalement, et à mesure que les jours passaient sans amélioration notable, il commençait à s'inquiéter. Il ne pensait pas que Jim était au courant ; en revanche, Eddie l'était peut-être et c'était bien le problème. Adrian n'avait aucune intention d'être mis sur la touche par les puissances supérieures. C'était un combattant et il avait un compte à régler avec Divine… Conclusion : il devait se reprendre.

— Tu sais, murmura Rachel contre son épaule ; si tu voulais sentir mes seins, il y a un meilleur moyen.

Adrian déglutit et se recomposa. Pivotant dans ses bras, il balaya ses cheveux roux de son cou et lui inclina le menton vers le haut.

— Tu as bien raison.

Il était totalement vide lorsqu'il l'embrassa, mais elle n'en savait rien, et il était si impatient d'établir un contact physique qu'il n'en éprouva aucune honte.

— Adrian…

À sa façon de prononcer son prénom, il comprit qu'elle aimait la sensation du métal contre sa langue.

Faisant glisser ses mains depuis ses hanches jusqu'à ses fesses, il la serra contre lui et tenta de briser la glace qui s'était emparée de son âme en savourant ses courbes, les ondulations de son corps contre lui, l'odeur de son parfum et le goût des Cosmopolitan qu'elle avait bus.

Gardant le rythme, il appuya sur la touche « Light » et la machine cracha une seconde bouteille.

— Viens, grogna-t-il en saisissant son soda. Laisse-moi te présenter Eddie. Comme je te l'ai dit, tu vas l'adorer. Tout le monde l'adore.

Il lui adressa un clin d'œil enjôleur et à en juger par la façon dont elle pouffa, il était évident qu'elle était sous le charme… et tout à fait prête pour la suite.

— Tu sais, je n'ai jamais fait ça avant, dit-elle tandis qu'il la guidait le long du couloir. Enfin avec… tu sais.

— Deux hommes ? (Elle glousse de nouveau et il lui sourit.) Ce n'est pas grave… On prendra soin de toi, tu verras.

Ça va marcher, se dit-il en sortant son passe. Il fallait que ça fonctionne. La nuit précédente n'avait pas suffi, mais après celle-là, il repartirait de zéro, retrouverait toute sa tête et ferait payer le prix fort à Divine.

Lorsqu'ils arrivèrent devant sa chambre, Adrian s'arrêta, glissa la carte dans la fente et entrouvrit très légèrement la porte.

— On a de la compagnie. Est-ce que tu es décent ?

— Bien sûr que oui, rétorqua Eddie d'un ton agacé.

Adrian poussa le battant avec un sourire factice cloué sur le visage.

— T'es où, mon pote ?

Lorsque son colocataire sortit des toilettes, ses traits se détendirent dès l'instant où il aperçut la jeune femme.

Manifestement, il n'était plus si agacé que ça. Mais Adrian savait que son ami avait un faible pour les rousses. D'où la raison pour laquelle il avait choisi Rachel : c'était gagné d'avance.

Tandis qu'Eddie s'avançait pour se présenter, Ad s'approcha et passa la tête dans l'embrasure de la chambre de Jim.

Assis entre un carton ouvert contenant une pizza à moitié mangée et un cendrier où se consumait tranquillement une Marlboro, l'ange se tenait devant l'ordinateur portable qu'il avait acheté plus tôt dans la journée. Sur ses genoux, Rex formait une boule de fourrure hirsute, gris et blond, au point qu'il était impossible de distinguer la queue du museau.

À ses sourcils froncés, il n'était pas difficile de deviner ce que Jim faisait devant son écran : il cherchait des informations sur cette fille que Divine avait assassinée, défigurée et suspendue tête en bas dans ce bac de douche, à Caldwell – cette vierge qui avait été sacrifiée pour protéger le territoire de la démone. Celle que Jim avait tenté de sauver… mais trop tard.

— Jim.

À l'appel de son prénom, l'homme chargé de sauver le monde leva la tête. Ses yeux étaient cernés de rouge à cause du manque de sommeil et il avait l'air vidé – alors, ouais, il était plus ou moins ce à quoi on s'attendrait, étant donné le poids qui pesait sur ses épaules. Et pourtant, il était manifestement à la hauteur de la tâche. Le sort que ce type avait sorti de ses manches devant la maison en briques était tout simplement stupéfiant. Pour un coup d'essai, c'était un coup de maître. Eddie et Adrian auraient été obligés de faire tout le tour de la baraque pour marquer les entrées et s'assurer d'avoir bien couvert les lieux.

S'il était capable d'une telle prouesse, alors que pouvait-il faire d'autre ?

— Qu'est-ce qu'il y a, Adrian ? demanda-t-il en tirant sur sa cigarette, avant d'expirer avec lenteur et lassitude.

Adrian désigna sa chambre par-dessus son épaule.

— On va être occupés un petit bout de temps.

— Sans blague ?

Au même moment, Rachel poussa un petit gloussement, suivi d'un grognement, sourd et ronflant. Ce qui signifiait d'habitude qu'Eddie avait engagé les hostilités. Par un baiser. Ou une caresse. Un suçon…

Jim plissa les yeux.

— Ça va ?

Adrian recula et fit mine de fermer la porte. Il ne voulait pas entraîner Jim dans ses problèmes. C'était une chose d'apparaître brisé devant Eddie, qui avait vécu l'enfer à ses côtés. Au sens propre du terme.

Mais pas Jim. Il l'aimait bien… Il lui faisait confiance… Il était disposé à travailler avec lui. Mais ça s'arrêtait là.

— Attends une minute, demanda Jim.

— Je dois y aller…

— Tu peux m'accorder une putain de minute. Mon petit doigt me dit qu'ils n'iront pas bien loin sans toi.

Adrian avait des problèmes.

Jim le percevait distinctement tandis qu'il observait l'ange campé dans l'embrasure, avec son sourire de façade et son corps tendu comme un arc. Bien sûr, il semblait maître de lui, mais quelque chose le rongeait sous son air bravache.

Et le stress du combattant n'est pas une vue de l'esprit ; il vous bousille le cerveau et vous expose au danger, vous et les autres. Après tout, avoir la cervelle qui disjoncte, c'est comme trimballer une arme susceptible de faire feu à tout moment… et de vous exploser dans la main.

— Adrian.

— Quoi ?

Le ton d'Ad n'invitait pas à la discussion. Pas plus que les doigts aux longs ongles rouges qui se glissaient en travers de son bassin et commençaient à remonter sa chemise.

— Viens me voir une seconde, dit Jim, bien conscient qu'il n'arriverait jamais à le détourner de la main baladeuse.

— Je suis un peu occupé, pour l'instant, mon pote.

Les yeux d'Adrian étaient vitreux, comme si la lueur animant son âme était partie en vacances.

— C'est important.

— Pour ta gouverne, je ne suis pas du genre bavard. Moi, c'est l'action.

Cette remarque provoqua un autre gloussement et la chemise glissa au-dessus des pectoraux de l'ange… puis s'interrompit, comme si la femme était surprise de ce qu'elle avait découvert. Pas étonnant. Les tétons d'Adrian étaient percés de barres métalliques reliées par une chaîne en acier dont les maillons couraient le long de ses abdos pour descendre sous la ceinture de son jean.

Jim aussi avait été ébahi la première fois où il avait aperçu le jeu du « reliez les points » ornant le torse de l'ange.

— Écoute, Adrian, commença-t-il, bien décidé à parler, même s'ils avaient du public.

Ad se retourna vers la femme.

— Va tenir compagnie à Eddie pendant une minute, chérie.

La rousse comprit l'allusion et obtempéra, s'approchant de l'autre homme et l'attirant dans un baiser. À travers la porte entrebâillée, Jim fut impressionné en voyant Eddie la guider vers le lit avant de l'allonger et de la couvrir de son corps massif. À en juger par son souffle haletant, elle était au septième ciel lorsqu'elle retira le tee-shirt de son partenaire…

Jim fronça les sourcils et se pencha en avant en se demandant s'il avait la berlue… mais non : Eddie avait le dos couvert de cicatrices… mais pas consécutives à des brûlures ou à des coups de fouet. C'étaient les mêmes symboles qu'il avait vus sur le ventre de cette jeune fille, dans l'appartement de Divine…

Quand Jim se leva d'un bond, Adrian s'interposa pour lui bloquer la vue. Et le passage.

— Putain, c'est quoi ce bordel ? siffla Jim en retenant Rex.

Adrian se contenta de secouer la tête tandis que les lumières s'éteignaient dans la pièce du fond et qu'un objet tombait au sol. Sûrement l'une des rangers d'Eddie.

— Je n'ai rien à te dire, annonça l'ange d'une voix calme. On va travailler pour toi et t'aider à remporter la victoire, mais tu n'es pas le bienvenu dans notre bande, Jim. Lui et moi, on se connaît depuis des lustres, et au cas où tu n'aurais pas remarqué, tu viens à peine de débarquer.

Une voix grave et gutturale s'éleva à travers l'obscurité.

— Allez, viens, Adrian.

De toute évidence, la requête ne venait pas de la fille. Et pour une fois, Ad, qui n'était pas du genre à apprécier les ordres, semblait disposé à obéir.

— On est juste à côté, si tu as besoin de nous, dit l'homme avant de disparaître dans l'ombre et la luxure. Tu n'as qu'à crier.

Et il claqua la porte.

Jim se renversa dans son siège et cala Rex sur ses genoux. Caressant la fourrure rêche de l'animal, il dut se faire violence pour rester là où il était. Il avait envie de débouler dans l'autre chambre pour exiger qu'Adrian consulte un psy et qu'Eddie lui explique ce que signifiaient ces stigmates. Mais bon… ils étaient à moitié nus et le seraient bientôt totalement. Et puis, les va-et-vient n'allaient pas tarder à commencer.

— Et merde…

Fermant les yeux, il revit les dessins sillonnant le dos d'Eddie et se souvint du moment où il s'était rué dans la salle de bains de Divine et avait découvert cette pauvre gosse suspendue par les pieds. Son sang était rouge vif comparé à la porcelaine blanche, à son teint blême, et à ses cheveux blonds. Elle avait été massacrée et marquée par la démone, le corps tailladé de symboles.

Comme celui d'Eddie.

Divine avait manifestement mis le grappin sur cet ange. Et Jim allait devoir en savoir plus.

Reportant son attention sur le portable qu'il avait acheté l'après-midi même, il interrompit l'écran de veille en appuyant sur une touche. Le Dell n'avait ni la rapidité ni la mémoire des ordinateurs de l'armée, mais d'un autre côté, ce n'était pas comme s'il allait commander des satellites à partir de son clavier… et le site du *Caldwell Courier Journal* ne mit que quelques secondes à s'afficher.

Tandis qu'il se replongeait dans les archives, l'image de cette fille le hantait. Les cadavres ne l'impressionnaient guère ; il en avait déjà vu des tas, et pourtant celui-ci s'était enfoui dans son tronc cérébral pour s'installer au cœur de son unité centrale.

Il aurait au moins voulu lui offrir un enterrement décent. Mais quand il était entré dans la pièce, il avait rompu le sort qui protégeait le miroir sacré de Divine, les obligeant à partir. Après cela, la dépouille de la fille avait disparu.

C'était ce qui avait poussé Jim à consulter le journal. Quelqu'un devait forcément rechercher cette fille, et le corps, ou du moins ce qu'il en restait, finirait par être retrouvé. Adrian lui avait assuré qu'en général Divine se contentait de jeter les cadavres plutôt que de les détruire parce que cela causait davantage de douleur aux proches.

Vraiment, cette femme était la gentillesse incarnée.

Et il en vint à se demander ce qui valait le mieux : ignorer si sa fille était vivante ou la savoir morte après d'horribles tortures ? Putain de dilemme.

Dans le moteur de recherche, il tapa des mots clés comme : « blonde découverte morte », « blonde meurtre » et « blonde assassinée ». Rien. Aucun des résultats ne correspondait à ce qu'il recherchait. Soit les victimes étaient trop âgées par rapport à l'âge présumé de la jeune fille, soit les articles étaient trop vieux, alors qu'elle avait été tuée très récemment : le sang était frais et son corps, bien que mutilé, lui avait paru en bon état général, ce qui laissait à penser qu'elle n'avait pas été séquestrée pendant une longue période.

Ayant fait chou blanc avec le *CCJ*, il tenta sa chance avec la base de données nationale des personnes disparues et limita sa recherche à l'État de New York.

Oh… bon sang. Il y en avait tellement.

Tellement de souffrance en ce bas monde, de nuits passées dans l'angoisse pour des milliers de gens à se demander si leur enfant, mari, épouse, frère ou sœur était mort, vivant ou à l'agonie.

— Seigneur, murmura-t-il.

Et il en était en partie responsable : à l'échelle mondiale, il avait commis des crimes qui avaient brisé la vie d'autres personnes. Certes, la grande majorité de ses cibles étaient des salopards finis, mais cela ne les empêchait pas d'avoir une famille, et à présent, il se demandait ce qu'il avait laissé derrière lui. Même si ces types avaient mérité de mourir, quel genre de chaos avait-il engendré ? Certains d'entre eux aimaient leurs enfants. Ils avaient beau avoir représenté une grave menace pour l'État, cela n'impliquait pas qu'ils s'étaient comportés comme des enfoirés dans l'intimité de leur foyer.

— Merde, Rex… (Le chien renifla et lui toucha la main de sa truffe froide.) T'as raison, épluchons tout ça.

Rex leva sa tête miteuse et bâilla si fort qu'il laissa échapper un petit couinement. Puis, en reniflant de nouveau, le cabot se repositionna sur les genoux de Jim, fléchit ses petites pattes et se détendit.

Jim tenta de lisser le pelage ébouriffé par le changement de position, mais l'animal avait le poil si raide qu'il ne parvint à rien. Cet idiot avait l'air d'avoir été séché au ventilateur puis bombardé de laque.

Des visages… Des noms… Des histoires…

Tandis qu'un gémissement s'élevait de la chambre voisine, il songea à la dernière fois où il avait fait l'amour et fut pris de nausées. À l'idée qu'il avait joui à l'intérieur de son ennemie, sa queue se ratatina.

Et dire que les deux autres se l'étaient tapée eux aussi…

Soudain, il ressentit une impression bizarre. Quelque chose… clochait, point. Puis cette vague appréhension se concentra derrière son cou au point qu'il fut convaincu que quelqu'un lui soufflait de l'air froid sur la nuque.

Il pivota d'un bloc, mais il n'y avait personne. Pourtant, les frissons persistaient et lui parcouraient la colonne vertébrale, comme si une armée de fourmis s'était rassemblée sur son dos.

Jim se leva et posa Rex sur le tapis.

Isaac, se dit-il. Isaac et Grier…

Cette maison…

Le sort.

En un éclair, il avait quitté l'hôtel pour se retrouver face à la maison de Beacon Hill, atterrissant dans le jardin de derrière. L'incantation qu'il avait lancée était toujours en place, l'extérieur du bâtiment luisant dans l'obscurité. Mais, désormais à portée, il savait qu'il avait bien fait de venir : Divine était là. Il sentait sa présence malveillante, envahissante.

Et pourtant, tout semblait normal : à travers la baie vitrée du fond, la cuisine était plongée dans l'obscurité, avec pour seul éclairage la lumière du couloir, au loin. Il n'y avait aucun mouvement ni aucun son.

D'un grand battement d'ailes, il s'envola jusqu'à la terrasse du second étage et atterrit en silence. Gagnant la porte-fenêtre, il demeura invisible et jeta un coup d'œil à l'intérieur. Apparemment endormie, l'avocate blonde était dans son lit, allongée sur le côté face à une petite télé.

Elle avait l'air d'aller bien.

D'ailleurs, tout avait l'air d'aller bien. D'accord, il sentait bien ce fantôme planer dans les parages, mais ce n'était pas une menace envers elle ni envers Isaac…

Cependant, le signal d'alarme de sa moelle épinière vibrait encore et il avait appris à se fier à ses instincts. Alors, il traversa la porte-fenêtre et réapparut au centre de la pièce, les muscles tendus, prêt à se battre.

Ce qui, apparemment, ne servait à rien.

Encore une fois, rien ne semblait anomal dans le silence qui régnait.

Fronçant les sourcils, il longea le lit et franchit la porte de la chambre. Lorsqu'il marqua un temps d'arrêt sur le palier, la fourmilière sur son dos se mit à s'agiter dans tous les sens, le chatouillant si fort que son corps tout entier s'était mué en diapason. Courant au bout du couloir, il sut qu'il allait dans la bonne direction, car la sensation empira. Puis il se faufila dans la chambre où logeait Isaac.

Et comprit d'où venait l'interférence.

Son compagnon d'armes était allongé sur le lit, tournant et se retournant dans les draps, le corps contorsionné, le visage déformé par la douleur. Ses énormes mains agrippaient le duvet, ses bras étaient raides comme des piquets et sa large poitrine se soulevait avec force.

Divine était là, c'était clair, mais pas autour de lui. En lui. La démone avait attiré Isaac dans une sorte d'hallucination pour le torturer mentalement. Un supplice d'autant plus effroyable qu'il n'était pas réel, car cette salope pouvait adapter son cauchemar aux faiblesses de chacun.

Au moins, il y avait une solution : réveiller Isaac.

Jim se précipita en avant…

Nigel, son nouveau patron, apparut dans le coin de la chambre et l'arrêta d'un geste.

— Si vous faites ça, elle pénétrera encore plus loin dans son esprit.

S'interrompant dans son élan, Jim porta tout son poids sur ses talons pour se tourner vers le lord anglais qui lui servait de patron. Vêtu d'un smoking datant des années 1920, l'archange tenait un porte-cigarette dans sa main droite et un verre de Martini dans la gauche. Mais il n'avait pas le cœur à la fête : malgré ses airs de Gatsby le Magnifique et son cocktail, son visage et sa voix étaient aussi lugubres que s'il était à l'article de la mort.

Jim désigna le lit.

— Alors j'avais raison. Isaac est ma nouvelle mission.

Quand Nigel prit une bouffée de son clou de cercueil et expira, Jim se rendit compte qu'ils avaient au moins une chose en commun. Même si, a priori, ce n'était plus une sale habitude, étant donné qu'ils étaient tous les deux immortels.

— Effectivement, vous devez lui sauver la vie, répondit enfin Nigel.

— Mais je ne peux pas le laisser dans cet état, rétorqua Jim lorsque Isaac poussa un gémissement. Même s'il survit, ce serait cruel.

— Cependant, vous ne pouvez pas le réveiller. Vous communiquez avec les humains à travers leur âme. C'est votre porte d'entrée – la manière dont vous les touchez quand vous interagissez avec eux. En ce moment, son esprit est contaminé par cette démone. Si vous ouvrez la porte en le réveillant, elle sera immédiatement sur vos talons.

Pas vraiment le genre d'aide qu'il aurait voulu procurer à son ennemie.

Et pourtant, en regardant son ami se débattre, il se demandait s'il allait s'en sortir vivant. On aurait dit qu'on lui arrachait les bras et les jambes.

— Je ne le laisserai pas souffrir.

— Servez-vous des outils à votre disposition. Ils sont nombreux.

Bon sang, il aurait dû amener Eddie et Adrian avec lui.

— Lesquels ?

— Je ne peux pas vous répondre. Je ne devrais même pas être là. Si je vous donne trop de conseils, je risque d'affecter l'issue et de faire invalider cette partie, voire pire.

Sur le lit, Isaac laissa échapper un cri vibrant.

— Merde, qu'est-ce que je dois faire ?

N'obtenant aucune réponse, Jim leva les yeux et ne vit qu'une volute de fumée laissée par la cigarette de l'archange. Fidèle à ses habitudes, son patron avait disparu comme par magie.

— Bordel, Nigel…

Livré à lui-même, tremblant d'angoisse tandis qu'Isaac souffrait le martyre, Jim sortit son téléphone et appela Eddie. Puis Adrian. Et de nouveau Eddie. Il était sur le point de retourner à l'hôtel et de les tirer du lit, nus s'il le fallait, lorsque la solution s'imposa à lui.

Chapitre 18

Se redressant d'un bond, Grier porta la main à la poitrine et, le souffle coupé, sentit son cœur tambouriner contre sa paume. Écartant les cheveux de son visage, elle regarda autour d'elle. La pièce était plongée dans l'obscurité, seule l'inscription « DVD » sur l'écran de la télé projetant de la lumière.

— Isaac ? appela-t-elle d'une voix chevrotante.

Aucune réponse. Pas plus que de bruit de pas montant l'escalier.

Alors que la déception ralentissait son pouls, elle se corrigea. C'était du soulagement. Du soulagement.

— Daniel ? dit-elle d'un ton plus ferme.

Son frère ne lui donnant aucun signe, elle s'imagina qu'elle s'était réveillée en sursaut parce qu'elle avait les nerfs à vif…

Grier se figea. Un homme se trouvait dans sa chambre. Une sorte de colosse qui se tenait devant la porte-fenêtre, juste en dehors de la lueur de la TV. Il était totalement immobile, comme une statue, et si elle l'avait repéré, c'était uniquement à cause de sa silhouette qui se découpait à contre-jour des lumières de la ville.

Ouvrant la bouche pour crier, elle… s'interrompit.

Il avait des ailes.

Des ailes immenses qui s'élevaient au-dessus de ses épaules et scintillaient comme l'eau au clair de lune.

C'est un ange, pensa-t-elle, hypnotisée. À mesure qu'une étrange sérénité envahissait tout son être, elle se dit qu'elle devait rêver. Oui. Forcément…

— Que faites-vous là ? demanda-t-elle d'une voix semblant très lointaine.

Lorsqu'il fit un pas en avant, son visage se détacha de l'ombre et elle fut frappée par la dureté de ses traits. Pas de douceur angélique ni d'expression céleste. Il ne ressemblait en rien à un messager bienveillant. Pas de robe non plus : il était vêtu d'un tee-shirt noir et d'un… jean ?

C'était un guerrier.

Et il lui rappelait Isaac.

— Que faites-vous là ? répéta-t-elle, incapable de se souvenir si elle avait déjà posé la question.

La regardant droit dans les yeux, il désigna la porte qui débouchait sur le couloir.

Isaac, pensa-t-elle. Ou entendit-elle dans son esprit.

Grier bondit hors de son lit et courut vers le palier, ses pieds s'enfonçant dans la moquette, sa main manquant presque la rampe lorsqu'elle s'arrêta en dérapant avant de dévaler l'escalier.

Devant la porte de la chambre d'amis, elle entendit des bruits de lutte. *Oh, mon Dieu…*

Elle se précipita à l'intérieur et, ne distinguant rien dans l'obscurité, s'écria :

— Isaac ? Vous allez bien… ?

Tout se passa si vite qu'elle ne vit rien arriver. À un moment, elle se tenait à l'entrée, l'instant d'après, elle était recroquevillée au sol, incapable de bouger, les bras maintenus derrière le dos.

Un cercle de métal froid appuya contre sa tempe alors qu'un poids lourd s'asseyait sur son bassin.

La peur bloquait l'air hors de ses poumons, même si elle était sûre que c'était Isaac, parce qu'il avait la même odeur que son savon.

— Je vous en prie, balbutia-t-elle. C'est moi… Grier.

Il ne broncha pas, mais se mit à haleter comme s'il luttait intérieurement.

Des larmes montèrent aux yeux de l'avocate.

— Is… aac…

— Oh, merde !

Brusquement, il s'écarta d'elle et le revolver disparut.

Alors qu'elle reprenait son souffle, il se pencha et dit d'une voix rauque :

— Je suis désolé.

Elle bondit en arrière, puis se leva en toute hâte et recula jusqu'au moment où elle percuta le mur. Levant des mains tremblantes à son visage, elle s'efforça de respirer lentement et doucement, mais ses poumons étaient compressés contre ses côtes et elle avait la gorge tellement nouée qu'elle avait l'impression qu'on l'étranglait.

Isaac demeura loin d'elle, silencieux, campé dans le rai de lumière projeté par le plafonnier du couloir. À mesure que s'estompait le bourdonnement qui résonnait dans ses oreilles, elle se rendit compte qu'il était nu, ses pectoraux et ses abdos saillant au-dessus du sweat-shirt qu'il tendait en travers de son bassin.

Manifestement, il avait préféré la décence à l'autodéfense.

— Je ne savais pas que c'était vous, dit-il. Je vous le jure.

Soudain, elle se rappela qu'il lui avait dit de ne pas entrer tant qu'il n'aurait pas ouvert la porte.

— Grier…

Sa voix se brisa et son regard était empli de douleur, comme s'il ne supportait pas la frayeur qu'il lui avait causée.

Lorsqu'elle se sentit en état de parler, elle le regarda droit dans les yeux.

— Répondez simplement à une question… Êtes-vous en cavale pour une bonne raison ou pour une mauvaise ?

La réponse fut longue à venir et aussi légère qu'un souffle.

— Bonne. Je vous le promets. (Et à ce moment-là, il la surprit.) J'avais besoin d'argent et je ne peux pas travailler de manière légale. C'est pour ça que je boxe. Et il se trouve que je suis bien entraîné.

Ah, ça…, songea-t-elle.

Lâchant un juron, il passa une main à travers ses cheveux courts, et, ses biceps se contractant, une marque de morsure bien visible et profonde s'étira sur son muscle.

— Je dois quitter le pays, reprit-il, parce que ça me donne une meilleure chance de m'en sortir. Si on me retrouve, je suis mort. (Il posa la main sur son cœur, comme s'il faisait un serment.) Je ne vous ferais jamais de mal volontairement. Je vous le jure. Quand vous êtes entrée, je ne savais pas que c'était vous. Je faisais un rêve horrible. Un cauchemar. Putain, c'était… (Il grimaça.) Désolé pour le juron.

Elle esquissa un petit sourire.

— Parfois, c'est ce qu'il y a de plus approprié.

— Qu'est-ce qui vous a poussée à descendre ? Est-ce que je… faisais du bruit ?

Comme si c'était son genre.

Grier fronça les sourcils et décida ne pas parler de son visiteur ailé.

— J'ai dû sentir que vous aviez besoin de moi.

L'espace d'un instant, ils se regardèrent dans la pénombre.

— Est-ce que je peux vous aider en quoi que ce soit ? murmura-t-elle.

— Prenez l'argent que je vous dois et désistez-vous. Je vous en prie. Et si on vous interroge à mon sujet, dites-leur tout ce que vous savez.

— Ce qui se résume à presque rien.

— Exactement.

Secouant la tête, elle s'approcha de lui et posa la main sur son avant-bras.

— Je ne peux pas vous arrêter si vous avez décidé de fuir, pas plus que je ne peux me compromettre en acceptant de l'argent sale. Si vous le laissez ici, je le remettrai à la police.

— C'est pour vous rembourser.

— Je ne peux pas l'accepter. Vous savez que c'est impossible. Je risque d'être suspendue et, pour être honnête, je flirte déjà avec la complicité. J'aurais dû appeler la police de Malden. Et demain matin, je vais devoir leur expliquer que je vous ai abrité, le temps de vous convaincre de vous livrer à la justice. C'est déjà bien assez compliqué comme ça.

Mais Dieu lui vienne en aide, elle le croyait. Elle croyait qu'il essayait de sauver sa peau. Et bon sang, elle allait tout faire pour l'aider.

Alors qu'Isaac se tenait nu devant son avocate, il s'efforçait encore de reprendre contact avec la réalité. C'était comme si ce cauchemar lui avait transformé le cerveau en bouillie. Pendant un long moment après son réveil, tout semblait bouger trop vite et il n'avait pas l'énergie nécessaire pour se concentrer.

Seigneur, cette saloperie lui faisait toujours le même effet. Même deux ans après, c'était toujours d'un réalisme terrifiant : dans un puits de ténèbres, un cadavre vivant avec des yeux sans paupières le baisait jusqu'au moment où il se retrouvait entièrement recouvert de sang, tentant de hurler malgré ce qu'on avait enfoncé dans sa bouche. Jamais il ne pouvait s'échapper : il était cloué à une sorte de table et personne ne l'entendait. Et même s'il pouvait supporter la douleur physique, le pire était de savoir que cette torture allait durer une éternité. C'était sans fin…

Grier lui pressa le bras, le ramenant au présent.

— Cet article de journal, dit-elle. Celui d'il y a cinq ans. Qui a jeté ce cadavre dans le fossé ?

— Je ne l'ai pas tué.

Mais il avait entendu parler de ce meurtre… et fourni à Matthias son portefeuille en plus d'une de ses tenues. Il n'avait pas posé beaucoup de questions : ses affaires serviraient à faire passer ce cadavre pour le sien et il le savait. Puis il avait rejoint les XOps et disparu.

Quitter sa famille n'avait pas été un déchirement. Son père avait élevé cinq fils seul sur sa ferme et ces enfoirés étaient bien contents de se débarrasser de lui. Sans compter qu'il ne s'était jamais entendu avec son paternel.

D'où la raison pour laquelle il avait utilisé son vrai nom sur sa fausse carte d'identité quand il avait déserté. Personne ne le recherchait, et bien évidemment, il n'avait pas prévu de se faire arrêter. Et puis, tant qu'à repartir de zéro, il voulait redevenir la personne qu'il avait été avant de faire la connaissance de Matthias. Pourtant, c'était idiot. Aucun nom ne le ferait revenir à cette époque ; rien n'effacerait les cinq dernières années.

Tout au plus pouvait-il espérer un pardon.

Brusquement, le visage de Grier lui apparut avec netteté. Seigneur, son regard était si clair. Si intelligent.

Et si beau.

— Grier…

Sa voix était teintée de désir. De désir et de désespoir.

— Oui…

Ce n'était pas une question, pourtant. C'était une réponse… Mais, bon sang, c'était la mauvaise.

Dégageant son bras, il tenta de s'écarter d'elle pour fuir ce qui était en train de se passer entre eux.

— Je crois que vous devriez partir.

Elle se racla la gorge.

— Oui, je devrais.

— Allez-y. Maintenant.

Lorsqu'elle tourna les talons, il croisa un bras pour s'empêcher de l'attraper et de l'attirer vers lui.

Et il fit bien, car elle n'alla pas bien loin. Elle s'arrêta dans l'embrasure, son profil se découpant dans la lumière du couloir et baignant ses traits parfaits d'une douce lueur.

Aussi douce que la caresse de l'homme qu'elle mérite, se dit-il.

Et qui ne serait pas lui : il était trop brutal, trop vorace… trop pressé pour se montrer tendre avec elle.

Debout sur le seuil, la main qui l'avait touché agrippant la poignée, elle resserra son étreinte au point que ses articulations devinrent blanches.

— Qu'est-ce qui se passe ? s'enquit-il d'une voix si grave qu'elle en devint presque inaudible.

Question stupide.

Surtout quand il suivait du regard la courbe de ses seins et mourait d'envie de faire la même chose avec sa bouche.

— Est-ce que vous avez déjà voulu quelque chose que vous n'auriez pas dû ? l'interrogea-t-elle.

Et merde. Il aurait eu une infime chance de lui résister si cette attirance n'avait pas été réciproque. Rien de tel que de se considérer comme un salaud pour étouffer sa libido. Mais s'il s'était réveillé dans une sorte d'univers parallèle où elle le voulait avec tout autant d'ardeur ?

Ils étaient tous les deux baisés. Dans tous les sens du terme.

— Alors ? insista-t-elle.

— Oui, madame.

En cet instant même, par exemple.

— Qu'avez-vous fait ? demanda-t-elle d'une voix aussi rauque que la sienne.

J'ai avancé de deux pas et l'ai prise par les hanches pour la faire pivoter. Je l'ai serrée contre moi puis je l'ai embrassée pendant un bref instant avant de lui arracher tout ce qu'elle portait en dessous de la taille. Après m'être agenouillé, j'ai passé une de ses jambes par-dessus mon épaule et exploré son sexe avec ma bouche jusqu'à ce qu'elle vienne sur ma langue…

— Je suis parti. (Il avait la gorge nouée au point qu'il répondit d'une voix étranglée.) Je suis parti sans me retourner.

Les épaules de la jeune femme se raidirent, comme si elle s'était résolue à quelque chose.

— Vous avez bien fait.

Il relâcha son souffle, soulagé qu'elle ne soit pas aussi folle que lui.

Mais lorsqu'elle ferma la porte, elle n'était pas de l'autre côté du seuil. Elle s'approcha de lui dans l'obscurité, se mouvant comme une ombre… et lui passa devant pour aller s'allonger sur le lit.

Isaac ne pouvait ni respirer ni penser. Mais il pouvait bouger.

Oh oui, il pouvait bouger.

Toutes ses bonnes résolutions s'envolèrent lorsqu'il s'avança et se dressa au-dessus d'elle, les yeux rivés sur sa peau de porcelaine contre les draps bleu marine. Elle était étendue à l'endroit qu'il avait réchauffé non pas en savourant un joli rêve, mais en tentant d'échapper à ce cauchemar. Un peu comme ce qu'ils allaient endurer à leur réveil.

— Vous êtes sûre ? demanda-t-il d'une voix gutturale. Si je m'allonge sur ce matelas, je ne m'arrêterai pas jusqu'à ce que je sois à l'intérieur de vous.

Il pensait chaque mot.

Quand elle ouvrit la bouche, il l'interrompit.

— Donnez-moi une réponse que vous pourrez assumer, précisa-t-il. Parce que ce qui va se passer maintenant n'aura pas changé demain.

— Je sais. Et vous avez ma réponse. Juste sous vos yeux.

Sur ce, elle ôta son tee-shirt et se renversa sur le lit.

Chapitre 19

Grier eut le souffle coupé lorsque l'air froid caressa ses seins nus et ses tétons se durcirent, piqués par une pointe de plaisir – même si la réaction de son corps était plutôt due à la façon dont il la couvait de son regard brûlant qu'à la température.

Et pourtant, elle devait attendre qu'il parle, bouge, fasse un geste… n'importe quoi…

Il laissa tomber son sweat-shirt.

Un hoquet se coinça dans sa gorge.

Un mâle. Un animal. Voilà ce qui venait vers elle.

Elle n'avait pas vu beaucoup d'hommes nus, mais elle était sûre que même s'il y en avait eu cent mille, aucun d'eux n'aurait pu rivaliser avec Isaac Rothe : il avait les épaules et le torse larges, mais le ventre et le bassin étroits… ainsi qu'une énorme érection.

Son sexe était largement à la hauteur du reste.

Il s'approcha d'elle à travers la pénombre, se glissant contre sa peau, encore plus musclé et massif que ce qu'elle avait imaginé en le voyant, ses seins amortissant ses pectoraux lorsqu'il s'allongea sur elle.

Dieu qu'elle sent bon, songea Isaac.

Et bon sang, elle haletait de désir.

Il glissa la main sous sa taille pour la serrer encore plus fort entre ses bras musclés. Et lorsqu'il remonta pour se frotter contre elle, le caleçon qu'elle portait n'offrit aucune résistance sous le gland qui pressait contre son sexe brûlant de l'accueillir.

— Oh, Seigneur…

Il l'interrompit, sa bouche trouvant la sienne, capturant ses lèvres comme si elle lui appartenait. Il l'embrassa sans montrer cette gêne que l'on éprouve d'habitude la première fois ; ses gestes n'avaient rien d'hésitant, de poli ou de timide : Isaac l'embrassait comme s'il allait s'emparer d'elle, et elle était prête à se livrer sans réserve.

Elle n'avait jamais voulu quelqu'un avec autant de force.

Soudain, il roula sur le dos et la fit basculer jusqu'à ce qu'elle se retrouve sur lui. Écartant les jambes, elle les planta de chaque côté de son corps et il poussa un juron lorsqu'elle se mit à onduler du bassin, se caressant contre son sexe. Elle poussa un gémissement et il introduisit sa langue dans sa bouche tandis qu'elle descendait les mains jusqu'à son bas-ventre, sentant ses muscles rouler sous sa peau à mesure qu'il se pressait contre elle.

Cependant, avant qu'elle ait pu le toucher, il l'attira vers lui et porta les lèvres à son cou, puis à sa clavicule…

Il saisit l'un de ses tétons et lorsqu'elle sentit sa bouche chaude et humide, elle s'arc-bouta violemment. Pour garder le contrôle sur elle, il l'agrippa par les hanches et la maintint bloquée tandis qu'il la parcourait de sa langue avant d'aspirer de nouveau son téton.

— Je veux être nue, gémit-elle. Je veux…

Aussitôt, il plongea ses pouces sous la ceinture de son caleçon et entreprit de le faire descendre. Elle se détacha de lui et dut l'enjamber maladroitement pour retirer le sous-vêtement, car il s'affairait toujours sur elle, sa bouche se déportant d'un sein vers l'autre pour les mordiller et les sucer tour à tour.

Elle s'allongea de nouveau sur son ventre et son sexe humide se plaqua contre la peau chaude d'Isaac. Lorsqu'il souleva le bassin, ses abdos frottèrent contre elle, l'excitant aussi sûrement que s'il avait glissé sa paume entre ses cuisses. Sous l'effet de ce double assaut, elle avait l'impression de le sentir partout à la fois, caressant chaque parcelle de sa peau.

Mais ce n'était pas assez. Il aurait le temps de l'explorer plus tard. Pour l'instant, tout ce qu'elle voulait, c'était qu'il la pénètre…

Manifestement, Isaac partageait son impatience. Sans qu'elle dise un mot, il la fit basculer sur le matelas, son érection la brûlant comme un tison lorsqu'il se mit en position. Glissant un genou entre les siens, il se fit une place entre ses jambes…

Ils poussèrent tous deux un grognement lorsque leurs sexes s'effleurèrent.

— Je n'ai pas de maladie, lui souffla-t-il à l'oreille.

— Je sais. (Elle lui griffa les épaules.) J'ai vu… ton dossier médical… Je suis sous… pilule… Prends-moi !

Ils fusionnèrent avec fougue, Isaac se raidissant quand elle l'enfourcha. Elle sentait son membre massif, épais, enfoui en elle, son corps lourd, brûlant, contre sa peau. C'était peut-être mal à bien des niveaux, mais d'un point de vue sexuel, c'était l'alchimie parfaite.

Isaac nicha la tête dans le cou de la jeune femme et se mit à bouger, son corps ondulant contre le sien, le crâne de la jeune femme montant et descendant sur les oreillers au rythme de ses va-et-vient. Faisant glisser ses mains jusqu'au creux de son dos, elle sentit la tension qui, déjà, montait en lui – et il n'était pas le seul à être proche de l'orgasme.

Avec un gémissement, elle écarta les jambes pour s'offrir davantage, enfonçant les ongles dans la peau d'Isaac, tandis qu'un picotement agaçait la pointe de ses seins ainsi que le cœur de son intimité. Elle inspirait profondément par la bouche pendant que le rythme de ses coups de reins l'envoyait au septième ciel.

Et soudain, toutes ses chaînes se brisèrent. Et elle se sentit libre, emportée par une lame de fond qui la transporta loin des rives du monde réel. C'était exactement ce qu'il lui fallait, une explosion qui la délivrait d'elle-même, de la vie trop structurée qu'elle menait et de la force d'âme qui l'avait conduite au sommet tout en l'enfermant dans un carcan.

Tandis qu'elle s'apaisait, les assauts d'Isaac se firent plus brefs et plus rapides, ses bras parcourant son corps et se resserrant autour d'elle. Elle était écrasée sous son poids, mais s'en fichait et se réjouissait d'être venue en premier, de sorte qu'elle pouvait se concentrer totalement sur les sensations de son amant.

Sauf… qu'il ralentit.

Et s'arrêta.

Levant la tête, il se souleva sur ses bras, mais ne lui accorda pas le moindre regard.

Au moment où elle allait lui demander ce qui n'allait pas, il se retira, toujours en pleine érection, et quitta le lit. L'air qui s'engouffra pour combler l'espace lui fit l'effet d'une brise polaire sur sa peau nue, et la sensation de froid empira lorsqu'il gagna la salle de bains et ferma la porte.

Seule dans le noir, elle resta allongée sur le matelas, les muscles tendus, le corps fiévreux.

Elle attendit, et, n'entendant pas l'eau couler ni les toilettes fonctionner, l'idée d'une « panne » s'éloigna peu à peu. Il ne pouvait pas non plus être embarrassé par sa performance, car Dieu sait qu'il l'avait satisfaite et son érection n'avait jamais molli.

Ses mains tremblaient lorsqu'elle se couvrit le visage, et la réalité s'imposa à elle : ce qui s'était passé n'aurait jamais dû arriver.

Une alchimie parfaite ? Plutôt un shoot, oui : elle avait eu envie de jouer avec le feu depuis le jour où elle avait plongé son regard dans les yeux clairs d'Isaac Rothe, et à l'instar de son frère, elle avait voulu goûter à quelque chose de très dangereux.

Qu'avait-elle fait de son discernement ? Coucher avec un inconnu. Pire, avec un client… poursuivi pour agression. Et sans protection ; même si elle prenait la pilule et qu'elle savait qu'il n'était pas séropositif, c'était tout de même extrêmement risqué.

Dans le feu de l'action, elle avait fait un choix difficilement défendable, encore moins compréhensible.

Pour une raison quelconque, une vision de Daniel lui vint à l'esprit, et elle se souvint d'eux, âgés de treize et seize ans, lorsqu'ils avaient volé la voiture de leur père. C'était une nuit d'été, à Hyannis Port. Il faisait noir comme dans un four. Ils avaient poussé le coupé Mercedes le long de l'allée, l'avaient démarré, puis étaient partis faire un tour en se relayant au volant. Ils s'étaient retrouvés face au marais, sur la route sablonneuse bordant l'océan. Galvanisés par la sensation de liberté, les cheveux ébouriffés par la brise marine, le vent leur fouettant le visage, ils avaient ri aux larmes.

Et c'est ainsi qu'ils avaient percuté une cabane.

Décidément, ils avaient tous les deux un grain. Daniel, un peu plus qu'elle, d'accord, mais son frère n'était pas le seul à faire des choses totalement dingues. D'une certaine manière, la descente de son frère dans le monde de la drogue était devenue sa came : les hauts et les bas qu'elle avait traversés au fil des progrès et des rechutes de Daniel avaient rythmé sa vie jusqu'à prendre le pas sur tout le reste.

Et à présent qu'il avait disparu…

Elle baissa les mains et jeta un regard à la porte close, imaginant Isaac de l'autre côté.

Il était parfait pour combler le trou béant laissé par la mort de son frère, une vague de sensations fortes déferlant sur sa vie et dans laquelle elle pourrait se jeter corps et âme. Après tout, en tant que fantôme, Daniel n'était plus aussi exalté que de son vivant.

Isaac au contraire était un pur concentré d'action.

Tirant les couvertures par-dessus elle, elle se redressa et ramena ses cheveux derrière ses oreilles. En réalité, l'homme qui était là-bas était plus sensé qu'elle. Il avait voulu partir et elle l'avait convaincu de rester. Il lui avait laissé une chance de regagner son lit seule ; elle les avait enfermés tous les deux. Il allait la quitter sans se retourner ; elle allait vouloir le revoir…

Fronçant les sourcils, elle se rendit compte qu'elle n'entendait toujours aucun bruit en provenance de la salle de bains. Rien.

Mais qu'est-ce qu'il fabriquait ?

S'enveloppant d'un drap, Grier se leva et se dirigea vers la porte. Frappant doucement au battant, elle demanda :

— Tout va bien ?

Pas de réponse.

— Isaac ? Est-ce que tu as un problème ?

Enfin, à part le fait qu'il était poursuivi par le gouvernement fédéral et désormais par l'État du Massachusetts, et qu'il logeait chez sa future ex-avocate… à qui il venait de faire l'amour.

Des broutilles, quoi.

Ou est-ce qu'on pouvait considérer que, vu qu'il n'avait pas joui, ça ne comptait pas ? D'un autre côté, elle avait eu un orgasme, elle… alors peut-être que ça ramenait le nombre d'hommes avec qui elle avait couché à quatre et demi ?

— Isaac ?

N'obtenant aucune réponse, elle toqua doucement à la porte.

— Isaac ?

Sans grand espoir, elle tourna la poignée… qui n'offrit aucune résistance. À son immense soulagement, il ne s'était pas enfermé à clé. Entrouvrant la porte, elle aperçut un pied et une cheville nus dans la faible lumière provenant de l'extérieur. À l'évidence, il était assis par terre dans le coin à côté de la douche.

— Est-ce que je peux entrer ? demanda-t-elle en se faufilant dans la pièce.

Seigneur… Il était recroquevillé, la tête sur ses biceps, un bras autour du visage, sa main contusionnée posée sur ses cheveux. Il haletait tandis que ses épaules se soulevaient et retombaient.

Il pleurait. Avec toute cette retenue masculine qui ne laissait presque rien s'échapper, si bien que sa respiration étranglée fut la seule chose qui la mit sur la voie.

Grier s'approcha lentement et s'assit auprès de lui. Lorsqu'elle effleura son épaule nue, il sursauta.

— Chuut… Ce n'est que moi.

Il ne la regarda pas et elle était prête à parier que s'il l'avait pu, il lui aurait dit de sortir. Mais il en était incapable. Et tout ce qu'elle pouvait faire était de rester à ses côtés et de l'apaiser par la douceur de ses gestes.

— Ce n'est rien, murmura-t-elle, consciente qu'il était inutile de lui demander pourquoi il pleurait : les raisons étaient nombreuses. Ça va… Tout va bien…

— Non, rétorqua-t-il d'une voix sèche. Ça ne va pas. Pas du tout…

— Viens là.

Elle l'attira vers elle, et contre toute attente, il se laissa faire, un peu comme une bête sauvage qui aurait décidé de se laisser dompter l'espace d'un instant. Il était si massif qu'elle ne parvenait pas à nouer les bras autour de son corps, mais elle l'entoura de toute sa tendresse, enfouissant son visage dans ses cheveux ras.

— Chuut… Tout va bien…

Et elle lui répéta ce mensonge, comme une litanie. Elle aurait voulu lui dire autre chose, mais rien ne lui vint. Pourtant, elle savait tout comme lui qu'ils étaient dans de sales draps. Et que leur relation risquait de se terminer très brutalement. La vie d'Isaac aussi, d'ailleurs.

— Je ne comprends toujours pas, dit-il au bout d'un moment.

— Quoi ?

— Comment tu as su pour mon cauchemar.

Fronçant les sourcils dans l'obscurité, elle lui caressa les cheveux.

— Tu ne me croirais pas si je te le disais.

— Dis toujours.

— Un ange est entré dans ma chambre. (Il y eut un instant de silence.) Il était… magnifique. Un guerrier… Il m'a réveillée, a désigné la porte et j'ai su que ça te concernait.

Histoire de ne pas l'effrayer, elle ajouta :

— J'imagine que je devais rêver, moi aussi.

— Je suppose.

— Oui.

Parce que les anges n'existent pas. Pas plus que les vampires ou les loups-garous.

Du moins… c'était ce qu'elle croyait jusqu'alors. Sauf que sa vision ressemblait à tout sauf à un rêve.

Dieu sait combien de temps ils restèrent ainsi, enlacés, la chaleur de leurs corps s'élevant pour une tout autre raison que celle de tout à l'heure ; là, c'était du réconfort.

Lorsque enfin Isaac s'écarta d'elle, elle s'attendait à ce qu'il la remercie maladroitement et lui demande de s'en aller. Au lieu de cela, il passa un bras derrière ses genoux et l'autre autour de son dos. Puis il la souleva comme si elle était aussi légère qu'une plume, et la porta jusqu'au couloir. Il monta l'escalier sans ralentir ni flancher ; il n'était même pas essoufflé en arrivant en haut.

Une fois dans sa chambre, il l'allongea sur le lit puis resta planté devant elle.

Elle sentait la faim qui l'animait, mais cette fois ce n'était pas sexuel. Il voulait quelque chose d'encore plus important que cette fièvre désespérée.

Grier se décala pour lui faire de la place, et au bout d'un moment, il se glissa à son côté. Bercée entre ses bras, elle sentit tous ses problèmes s'évanouir au contact de son torse musclé. Un instant, l'idée qu'elle se croyait dans un conte de fées la fit grimacer, mais elle était trop détendue pour se rebeller.

Fermant les yeux, elle passa un bras autour de sa taille.

Lorsque la fatigue s'abattit sur ses épaules et la terrassa, sa dernière pensée fut qu'elle pouvait s'endormir sans crainte. Elle aurait le temps de lui dire au revoir dans la matinée.

Allongé à côté de Grier, Isaac attendit qu'elle s'assoupisse. Pour s'occuper l'esprit, il passa en revue des termes de vocabulaire, parce qu'il ressassait sans cesse les mêmes pensées et qu'il avait besoin de se changer les idées.

Dans le jargon masculin, le terme « chochotte » désigne en général les types qui manquent de virilité, les hommes qui demandent à leur femme de tuer des araignées à leur place, s'assurent que leurs cols de chemise soient bien repassés et trient leurs épices par ordre alphabétique.

Les vrais hommes ne trient pas leurs épices. Ils ne savent même pas où les trouver dans une cuisine, encore moins quoi en faire… Du moins, c'est ce que son père leur avait appris, à ses frères et à lui. Et avec le recul, cette opinion expliquait peut-être pourquoi leur mère avait fichu le camp, épousé quelqu'un d'autre et fondé une nouvelle famille avant de mourir. De toute évidence, elle avait compris que réinitialiser le système ne servirait à rien et que la seule solution était de se procurer de nouveaux composants…

Où en était-il ? Ah oui, les chochottes.

Qu'avons-nous ensuite ? Ah oui. « Lopette », synonyme de « lavette », du désuet « mauviette » et du plus récent « gonzesse », tous ces termes désignant les types qui pourraient avoir envie d'aider une femme en panne, mais auraient du mal à extraire la roue de secours du coffre, sans parler de faire tourner un cric. Ce sont les mêmes qui lancent des balles comme des filles, crient quand ils voient des rats et, lors d'une rixe dans un bar, appellent la police plutôt que de se mêler à la bagarre.

Son père avait toujours considéré les femmes comme des êtres faibles, et s'agissant de soulever des bottes de foin pendant six à huit heures sous un soleil de plomb, il avait peut-être raison. Mais Isaac connaissait une foule de femmes dans l'armée qui non seulement lançaient comme des hommes, mais se battaient aussi bien… et visaient mieux.

La force n'a pas à être identique pour être égale…

Seigneur, pourquoi diable songeait-il à son père ?

Ah oui. L'encyclopédie des baltringues… à laquelle son père avait manifestement collaboré dans une large mesure.

Le terme le plus méprisant de tous, selon lui, était sans doute « fiotte ». C'était le genre d'insulte qui passait si c'était votre pote qui le prononçait pour vous inciter à faire un truc débile. Mais si ce terme était employé sérieusement, c'était la pire des insultes. D'une manière générale, « fiotte » pouvait se référer à un type qui n'assurait pas au lit avec la femme qu'il désirait. Et qui pour couronner le tout – bien sûr, c'était purement hypothétique – s'effondrait sur le sol des toilettes de ladite femme en pleurant comme un putain de bébé.

Jusqu'à ce que celle-ci soit forcée d'entrer pour consoler le type qui l'avait laissé tomber. En plus d'avoir mis en danger sa vie ainsi que sa carrière professionnelle.

Ouais. Quelque chose comme ça.

Grommelant dans le noir, il n'arrivait pas à croire qu'il avait causé tout ce bordel. S'arrêter dans le feu de l'action ? Se réfugier dans sa salle de bains et chialer comme un gosse ?

Autant enfiler une robe, se vernir les ongles, et se faire appeler Irene.

Merde, coucher avec elle… coucher avec elle l'avait totalement retourné. Et c'était bien ça le problème. Une sorte de faille s'était ouverte en lui dès l'instant où il avait plongé dans sa moiteur et à chaque coup de reins qu'il avait donné, ce qui au départ n'avait été qu'une petite fissure s'était creusée en un gouffre béant.

Ça n'avait rien à voir avec la peur. Ni avec le dilemme auquel il était confronté.

C'était le fait que quand on est dans les XOps, on est tellement occupé à essayer de sauver sa peau qu'on ne se rend pas compte qu'on bosse avec un pistolet sur la tempe.

Et on ne peut pas y échapper, même en désertant. Ça vous poursuit jusque dans vos cauchemars. La preuve encore ce soir.

Alors faire l'amour à une femme belle et tendre, dans un lit douillet qui sentait le citron, à l'abri d'une maison protégée comme un château fort ?

Trop normal. Trop confortable. Trop bon pour être vrai.

Le contraste entre cette nuit, ce qu'il avait vécu et ce qu'il allait revivre dès le lendemain l'avait fissuré. Ce qui tendait à prouver ce qu'il avait toujours soupçonné : c'était tout simplement trop difficile de poser ne serait-ce qu'un pied dans la vie civile. Il était impossible de rester à cheval entre ces deux mondes.

Et sur cette réflexion…

Se retournant vers la table de chevet, il attrapa la télécommande du lecteur DVD et appuya sur la touche de lecture. Lorsque le menu s'afficha, il sélectionna « Jouer tous les épisodes ». Quelques secondes plus tard, le générique de *Clair de lune* apparut à l'écran et lorsque le portrait de Bruce Willis se mit à défiler, Grier fronça les sourcils… puis se détendit complètement.

Parfait. Elle s'était conditionnée pour associer la télé à un sommeil profond. Autre avantage, le bruit de fond et la lueur vacillante allaient l'aider à couvrir sa fuite.

Une quinzaine de minutes après le début de l'épisode, Isaac retira doucement son bras de sous la tête de Grier puis se faufila hors du lit. La jeune femme roula sur le dos et trouva sa position en poussant un soupir. C'était le moment de filer.

Gagnant l'escalier, il descendit jusqu'à sa chambre.

Dix minutes plus tard, il la rejoignit, après s'être rhabillé et muni de ses armes. Campé face à elle, il la regarda dormir bien trop longtemps et dut se forcer à se baisser pour lui prendre la main. La manipulant avec précaution, il posa son pouce sur la télécommande du système de surveillance et le désactiva. Lorsqu'une lumière verte clignota, il réenclencha l'alarme pour déterminer le délai.

Il n'y en eut aucun : aussitôt, la lumière rouge se mit à luire et il était de nouveau coincé à l'intérieur.

C'était logique. Elle avait l'habitude de l'enclencher juste après avoir fermé la porte d'entrée.

Il consulta sa montre. Quatre heures.

Grier renifla légèrement et se renfonça dans l'oreiller, ses cheveux blonds tombant sur sa joue.

Il préférait partir avant qu'elle se réveille.

Maintenant ou jamais, connard, se dit-il.

— Merci, articula-t-il à son intention.

Puis, lâchant un juron, il désarma le système et partit sans se retourner.

Au rez-de-chaussée, il se glissa à pas de loup jusqu'au boîtier de l'alarme bas de gamme situé dans l'entrée. Comme il l'avait espéré, elle était désactivée. Après tout, quand on a un rottweiler pour protéger sa maison, pourquoi s'embarrasser d'un labrador ?

La porte d'entrée était en bois massif et épaisse de huit centimètres, si bien que même s'il ne tournait pas le verrou, il faudrait un bélier pour la défoncer. Sa seule inquiétude concernait la baie vitrée et les fenêtres, mais les encadrements étaient solides et scellés. Et si quelqu'un brisait la vitre de la cuisine, le bruit s'entendrait à des kilomètres.

Grier était donc en parfaite sécurité.

Il coupa l'éclairage extérieur, sortit son tee-shirt de sa poche et en déchira un bout. Puis, il quitta la maison et referma la porte. Après une brève pause pour s'assurer que la poignée était bien bloquée, il attacha le lambeau de tissu à la lanterne en fer forgé sur la gauche.

Enfin, il s'en alla dans le froid matin d'avril.

Et il était temps. En Nouvelle-Angleterre, le soleil se levait tôt et il ne s'écoulerait sans doute pas plus d'une heure avant que les rayons de l'aube ne chassent la pénombre. Tournant à gauche, il prit la direction de Pinckney Street et moins de dix mètres en bas de la colline, trouva ce qu'il était venu chercher : l'une des plus petites maisons était en pleine rénovation, les fenêtres du premier étage condamnées par des planches, une allée de poussière de plâtre s'étirant devant l'entrée.

Aucune lumière ne brillait à l'intérieur, ni à l'extérieur.

À la manière de Spiderman, il escalada la façade, prenant appui sur les corniches entourant la porte et les fenêtres. Après avoir donné un coup de poing dans une vitre poussiéreuse, il attendit qu'une alarme se mette à hurler. Rien. Alors, il fit sauter le loquet, releva le châssis de la fenêtre à guillotine et entra dans la maison.

Temps écoulé : une minute et demie.

Il faisait un froid de canard et le sol était couvert de débris de plâtre. C'était un dimanche et il y avait peu de risques pour qu'on vienne le déranger.

Il ne lui fallut pas longtemps pour faire le tour du propriétaire, et comme chez Grier, l'arrière de la maison donnait sur une cour bordée d'une enceinte. Aucune trace de pas blanchâtre n'apparaissait sur la brique rouge. Manifestement, les ouvriers empruntaient la porte de devant.

Afin de se ménager une issue par le toit, il fit sauter le loquet de la fenêtre surplombant le meneau de la porte arrière ; puis il retourna à l'endroit où il était entré et récupéra les morceaux de verre sur la vitre qu'il avait brisée afin de ne pas se faire repérer si quelqu'un jetait un coup d'œil à la maison.

Enfin, il se posta près de la fenêtre, au bout de l'entrée à droite, et pour se dissimuler, il se couvrit d'un panneau de contreplaqué. De sa planque, il voyait environ les trois quarts du porche de Grier. Il n'avait aucune visibilité sur la porte arrière ni sur la terrasse du haut, mais il ne pourrait pas avoir mieux.

S'appuyant contre le mur froid, il scruta le petit parc avec sa grille en fer forgé, sa statue et les arbres aux formes gracieuses. Tant qu'à y être, autant savourer la vue. Il ne partirait pas avant d'avoir vu Grier monter dans sa voiture et s'en aller – sans être prise en filature.

Vingt minutes plus tard, ce qu'il craignait le plus arriva. La voiture noire ne ressemblait pas à celle que le pote de Jim avait vue partir, la veille au soir : cette berline-là n'était ni sale, ni cabossée. Et les vitres teintées l'empêchaient de distinguer le conducteur ou les passagers.

Mais il avait une petite idée de qui il s'agissait.

Merde, il détestait avoir raison.

Et c'était entièrement sa faute.

Chapitre 20

Grier se réveilla à 6 heures et, à la vue du générique de fin de *Clair de lune*, comprit aussitôt qu'Isaac était parti. Elle n'avait pas allumé le lecteur lorsqu'ils étaient montés dans sa chambre… et, oui, le système de surveillance était désactivé.

Manifestement, il avait filé pendant qu'elle dormait.

Se penchant sur le côté, elle jeta un coup d'œil sur la table de chevet dans l'espoir de trouver un message. Mais la seule chose qu'il avait laissée derrière lui était l'odeur du shampooing et du savon qu'il avait utilisés : l'un des oreillers et une partie des draps embaumaient le cèdre.

Elle se leva, enfila son sweat-shirt et gagna le premier étage. La chambre d'amis était propre comme un sou neuf, le lit fait au carré. La seule trace de son passage était la serviette mouillée suspendue dans la salle de bains. Il avait même essuyé les parois de la douche pour éviter toute trace d'eau à l'intérieur.

Cet homme était un fantôme et elle une abrutie d'avoir espéré un geste d'adieu de sa part.

Descendant vers la cuisine, elle s'arrêta sous l'arcade du hall.

Finalement, il avait bel et bien laissé quelque chose : le sac en plastique rempli de billets était posé sur le comptoir.

— Mais quel idiot ?

Elle resta plantée un moment, à contempler non pas les 25 000 dollars, mais le sac à main qu'il avait tenté de nettoyer pour elle.

Puis elle s'empara du téléphone et composa un numéro qu'elle avait mémorisé deux ans auparavant.

Il y avait toujours une permanence à son cabinet, car le crime, tout comme la maladie ou les accidents, ne fait pas la distinction entre les jours de semaine et le week-end. Et le type qui décrocha était un avocat qu'elle connaissait bien. Quand elle lui annonça son désistement du procès d'Isaac, il fut surpris, mais lorsqu'elle ajouta qu'elle détenait près de 25 000 dollars provenant de combats illégaux, il comprit son dilemme.

— La vache…

— Je sais. Donc, il faut que je me désiste.

— Attends, il a laissé tout ce fric dans ta baraque ?

Tant qu'à réécrire l'histoire, autant commencer maintenant, se dit-elle.

— Hier soir, M. Rothe est venu chez moi. J'avais payé sa caution et il voulait me rembourser. Et j'ai eu l'impression que c'était parce qu'il songeait à s'enfuir. Je ne l'ai pas signalé à la police parce que je pensais qu'il était de mon devoir de le faire changer d'avis et j'ai cru l'avoir dissuadé. Jusqu'à ce que je découvre ce qu'il avait laissé sur mon perron, à l'arrière de la maison. (Elle prit une profonde inspiration, le poids du mensonge lui nouant l'estomac.) Vu ce qui s'est passé, je suis quasiment sûre qu'il va quitter l'État au plus vite. Dès que j'aurai raccroché, j'appellerai la police et je déposerai l'argent au commissariat en tant que preuve. Je dois y passer tout à l'heure pour faire une déposition.

— Grier…

— Avant que tu ne demandes, je suis dans l'annuaire, et c'est comme ça que M. Rothe a su où j'habitais, et non, je ne me suis pas sentie menacée du tout. Je lui ai demandé d'entrer et il est resté un petit moment avant de repartir sans faire d'histoire.

Au moins une demi-phrase de vraie, songea-t-elle.

— Ça alors…

— Oui, comme tu dis. Je voulais juste te tenir au courant. Pour être franche, je ne sais pas où tout ça va me mener.

Et encore une vérité.

Son collègue émit un bruit dédaigneux.

— Écoute, ta carrière est irréprochable et tu as joué franc jeu. Tu n'as rien fait de mal.

Grier n'émit aucun commentaire. Aucune raison de tout gâcher à ce stade.

— Tu vas tout de même prendre conseil auprès d'un collègue, n'est-ce pas ?

— Bien sûr.

« L'avocat qui se représente lui-même, etc. » Exactement ce qu'elle avait dit à Isaac quand il était en prison.

Après avoir raccroché, elle téléphona à la police. Et, bien entendu, ils lui demandèrent de passer immédiatement.

Dans l'espoir de se ressaisir, elle alluma la cafetière… et prit conscience qu'elle n'était pas seule.

Baissant la tête, elle se demanda si Daniel avait assisté à leurs ébats de la nuit précédente dans la chambre d'amis.

— *Non*, répondit son frère. *Je sais quand je suis de trop.*

Merci mon Dieu, se dit-elle en mettant la cafetière en route.

— J'aurais aimé t'offrir une tasse. J'adorais quand on prenait le café ensemble.

— *Ça sent bon.*

D'habitude, elle le cherchait du regard quand il apparaissait, mais pas ce matin-là. Elle ne se sentait pas capable de l'affronter, et pas parce qu'elle avait passé la nuit avec un homme. Enfin, si, en partie. Mais ce qu'elle n'arrivait pas à assumer, c'était d'avoir joué avec le feu. Ça ressemblait beaucoup trop à ce qui avait causé la perte de son frère.

— *Ouais, toi et moi, on est pareils. On tient ça de papa.*

— Tu sais, tu ne parles jamais de ta mort, dit-elle tandis que la machine sifflait et gargouillait.

Sa voix se durcit.

— *Ce qui est fait est fait et si j'ai des comptes à régler, ce n'est pas avec toi.*

— De quoi tu parles ? (Comme il ne répondait pas, elle serra les dents.) Mais pourquoi tu ne me réponds jamais ? J'ai une liste d'interrogations longue comme le bras, mais tu passes ton temps à dévier ou éluder le sujet.

Lorsque le silence persista, elle lui jeta un regard furieux par-dessus son épaule. Daniel était adossé contre le réfrigérateur en inox, sa silhouette diaphane ne projetant aucun reflet sur le métal poli. Ses yeux bleus, de la même couleur que les siens, étaient rivés sur le sol.

— Je ne comprends pas ce que tu fais ici, dit-elle. Surtout si on ne peut pas parler des choses importantes. Comme la façon dont tu es mort et…

— *C'est ta vie qui est en jeu, pas la mienne.*

— Alors pourquoi m'as-tu conseillé de ramener ce type ici ? râla-t-elle.

Daniel esquissa un sourire.

— *Parce que tu l'apprécies. Et je crois qu'il peut te faire beaucoup de bien.*

Ça, elle n'en était pas aussi sûre. Elle se sentait déjà brisée alors qu'elle ne connaissait Isaac que depuis un jour.

— Est-ce que tu sais ce qu'il a fait ? À qui il essaie d'échapper ?

Il fronça les sourcils, ce qui n'avait rien de rassurant.

— *Je ne te dirai rien là-dessus. Mais je peux t'assurer qu'il ne te fera pas de mal.*

Dieu qu'elle en avait marre d'être entourée par des hommes aux lèvres scellées par du ruban adhésif.

— Est-ce que je vais le revoir ?

Daniel commença à s'estomper, ce qu'il faisait toujours quand elle le mettait dos au mur.

— Daniel, lança-t-elle d'un ton sec. Arrête de me fuir…

Quand la porte du réfrigérateur fut de nouveau entièrement visible, elle leva les yeux au plafond et lâcha un juron. Elle n'avait aucun contrôle sur les apparitions de son frère ni sur leur durée. Et n'avait aucune idée de l'endroit où il se trouvait quand il ne la hantait pas.

Est-ce qu'il traînait dans un *Starbucks* pour morts-vivants ?

Et en parlant de café…

Déterminée à aller jusqu'au bout d'au moins une chose, quelle qu'elle soit, elle sortit une tasse et le sucrier, puis se servit en café chaud et fumant – tout en se demandant si la caféine était une bonne idée étant donné sa nervosité.

À 9 heures, elle quitta la maison avec le butin et une migraine qui semblait avoir pris ses quartiers pour la journée. Après avoir enclenché l'alarme, elle sortit, ferma la porte, tourna le verrou avec sa clé…

Fronçant les sourcils, elle leva les yeux vers l'une des lanternes en fer forgé près de l'entrée. Un petit bout de vêtement blanc était noué autour de sa base.

Pivotant sur ses talons, Grier regarda autour d'elle et ne vit rien, hormis des voitures garées, toutes familières… un voisin promenant un labrador brun… un couple marchant bras dessus, bras dessous…

Reprends-toi, Grier, se dit-elle.

Elle n'était pas dans un monde hitchcockien où les gens étaient pris en filature, où des avions plongeaient du ciel et où des lambeaux de vêtements étaient attachés à des lampadaires en guise de code secret.

Détachant le morceau de tissu, elle le fourra dans la poche de son manteau faute de poubelle à proximité, puis se dirigea vers son Audi. Tout en marchant, elle activa l'alarme principale… chose qu'elle ne faisait jamais quand elle était à l'extérieur.

Arrivée au commissariat, elle s'entretint avec un inspecteur, lui transmit l'argent, puis remplit une déposition. Le secret professionnel ne s'appliquant pas aux activités délictueuses en cours, elle fut contrainte de raconter tout ce qu'elle savait sur les combats clandestins, la participation d'Isaac à ces derniers, et l'endroit où ils se tenaient.

Au fil de la discussion, elle était de plus en plus persuadée qu'Isaac était désormais loin, et qu'il y avait de grandes chances pour qu'on ne le retrouve pas à Boston.

Ni où que ce soit, d'ailleurs.

Deux heures plus tard, sortant du commissariat, elle contempla le soleil qui brillait dans un ciel de printemps sans nuages. La chaleur sur son visage contrastait avec la brise froide et le reste de la journée se dressait devant elle comme une perspective lugubre.

Montant dans sa voiture, elle prit la direction de Beacon Hill avec l'intention de regagner son lit pour récupérer un peu de sommeil.

Elle se retrouva sur Tremont Street.

Lorsqu'elle fit le tour du pâté de maisons où habitait Isaac, elle ne trouva évidemment aucun endroit où se garer ; sans doute un signe qu'il valait mieux rester à l'écart. Mais elle était manifestement bien décidée à se ficher dans le pétrin, et sa persévérance paya lorsqu'une Coccinelle sortit péniblement d'une place de stationnement. Après s'être insérée dans l'espace vide, elle verrouilla les portières et se dirigea vers la maison.

Elle toqua à la porte d'entrée dans l'espoir que la propriétaire soit présente. Par bonheur, la femme lui ouvrit.

Jamais elle n'aurait cru être contente de revoir ce genre de personnage.

— Vous revoilà, déclara-t-elle en guise de bienvenue.

— J'ai juste besoin d'entrer une dernière fois.

— Où est-il ? demanda la propriétaire en lui barrant le passage.

Ah. Un péage à infos, se dit Grier.

— Il était là la nuit dernière. Vous ne l'avez pas entendu ?

— Ce type est un vrai fantôme, pesta la propriétaire. On ne l'entend jamais. Tout ce que je sais, c'est qu'il a déjà payé le loyer du mois prochain. Il est en prison, n'est-ce pas ? Vous êtes son avocate ?

— Non.

Elle détestait mentir. Vraiment.

— Eh bien, je crois...

Lorsque la sonnerie d'un téléphone l'interrompit, Grier était prête à embrasser celui ou celle qui était à l'autre bout du fil.

Malheureusement, la tôlière brassa l'air avec un geste de dédain.

— C'est juste ma sœur.

Génial.

— Est-ce que vous pourriez m'emmener là-haut, s'il vous plaît ? Je n'en ai pas pour longtemps...

La sonnerie s'arrêta.

— Écoutez, je ne vais pas passer mon temps à ça. Vous n'avez qu'à avoir un double.

— Vous avez raison, il m'en faut un. Et je vous prie de m'excuser.

La femme monta l'escalier d'un pas lourd en grognant comme un taureau.

Arrivée à l'étage, elle ouvrit la porte avec sa clé.

— Je vous préviens…

Le téléphone sonna de nouveau et lorsqu'elle remua la tête d'avant en arrière, on aurait dit un chien incapable de choisir entre deux balles de tennis.

— Je reviens, annonça-t-elle d'une voix grave.

Un peu comme si Terminator avait viré drag-queen.

Une fois seule, Grier entra dans l'appartement d'Isaac et s'enferma à double tour dans l'espoir que si l'appel ne durait pas assez longtemps, la proprio se figurerait qu'elle était déjà partie.

Un bref coup d'œil au salon lui prouva qu'Isaac était bien repassé chez lui, mais elle s'en était doutée : l'arme qu'il avait braquée sur elle la nuit précédente était sûrement l'une de celles qu'elle avait découvertes et le sweat-shirt qu'il avait porté celui qu'il utilisait comme oreiller. Cependant, il n'avait pas tout emporté. Le sac de couchage était toujours là, ainsi qu'un survêtement et une paire de baskets – mais les capteurs sur les portes et les fenêtres avaient disparu.

Dans la cuisine, elle trouva une petite liasse de billets, manifestement destinée à compenser la rupture du bail.

Grier s'appuya contre le comptoir ; elle n'avait aucune idée de ce qu'elle s'était attendue à trouver…

Un léger grincement lui fit tourner le regard vers la porte du fond. N'entendant plus aucun son, elle pensa qu'elle avait imaginé les bruits de pas… mais à ce moment-là le verrou se mit à tourner lentement.

Elle se raidit, le cœur battant la chamade tandis qu'elle plongeait la main dans son sac, prête à utiliser sa lacrymo, plus efficace à cette distance.

— Isaac ?

Mais ce n'était pas son déserteur.

L'homme qui entra dans l'appartement avait les cheveux noirs, une peau bronzée et portait une veste noire sous son imperméable. Il avait un cache sur l'œil gauche et s'appuyait sur une canne pour marcher.

— Je ne suis pas Isaac, dit-il d'une voix très grave.

Le sourire glacial qu'il lui adressa était du genre à vous donner envie de reculer. Malheureusement, elle était déjà acculée contre le comptoir, si bien qu'elle n'avait nulle part où aller.

Et ça, c'était avant qu'il referme la porte et tire le verrou.

Allait-elle devoir crier pour alerter la propriétaire ?

— Vous devez être l'avocate.

Oh, Seigneur, songea-t-elle. Voilà donc ce qu'Isaac voulait lui éviter.

Grier Childe ressemblait beaucoup à son frère, se dit Matthias en la contemplant à l'autre bout de la kitchenette.

Et quoi qu'on pense du vieux Childe, de son prosélytisme bien-pensant et de sa tendance à fourrer son nez partout, sa femme et lui avaient fait du beau boulot question procréation. Leurs deux enfants étaient blonds aux yeux bleus avec une structure osseuse parfaite. La crème de l'aristocratie, pour ainsi dire.

Et apparemment, la fille n'avait pas la tête vide, à en juger par son CV. De plus, contrairement à son frère, elle n'avait aucun problème de drogue.

Il sentit ses lèvres s'étirer en un sourire.

— Qu'est-ce que vous cachez dans votre sac ? Un revolver ? Une lacrymo ?

Pour toute réponse, elle s'empara d'un mince tube en acier relié de cuir, fit sauter le couvercle et braqua l'arme en direction de l'homme.

— Visez le bon, dit-il en désignant son œil droit. L'autre est déjà mort. (Lorsqu'elle voulut parler, il l'interrompit.) Est-ce que vous vous attendiez à trouver Isaac ici ?

— Nous ne sommes pas seuls. La propriétaire est en bas.

— Oh, je sais. Elle parle au téléphone avec sa sœur au sujet de la femme de leur frère. (L'étonnement écarquilla ses ravissants yeux bleus.) Elles trouvent qu'elle est trop jeune pour lui. Je vous donnerais bien des détails, mais c'est privé. Et guère intéressant. Maintenant, dites-moi, vous vous attendiez à trouver Isaac ici ?

Elle resta silencieuse un moment.

— Je ne répondrai pas à vos questions. Je vous suggère d'ouvrir cette porte et de partir. C'est une violation de propriété.

— Quand on possède le monde, on est partout chez soi. Ah, et un petit conseil : si vous voulez rester en vie, vous devriez être un peu plus conciliante. (D'un pas nonchalant, Matthias gagna la fenêtre au-dessus de l'évier et regarda par la vitre sale.) Mais je crois connaître la réponse, de toute façon. Vous ne pensiez pas le trouver ici parce que vous croyez qu'il a quitté Boston. Vous basez cette supposition sur l'argent qu'il a laissé chez vous. Et inutile de le nier. Je vous ai entendue parler avec votre collègue.

— Il est illégal de mettre quelqu'un sur écoute sans avoir de mandat.

S'appuyant sur sa canne, il se redressa.

— Et je vous répète que des mots comme « violation de propriété », « illégal » et « mandat » ne s'appliquent pas à moi.

Il sentait sa peur… et la voyait, aussi. Elle avait les doigts tellement crispés sur le cylindre qu'elle tenait que ses articulations étaient blanches. Pourtant, elle n'avait pas à s'inquiéter. Il semblait très peu probable qu'Isaac lui ait révélé quoi que ce soit. Ça aurait signé son arrêt de mort, et il en était conscient. Rien n'aurait pu la maintenir vivante si elle avait été renseignée sur les XOps. Pas même l'envie de faire taire son père une bonne fois pour toutes.

— Je suis sûr qu'on peut parvenir à un accord, dit-il en plongeant la main dans son manteau. Ne touchez pas à votre insecticide. Je prends juste ma carte de visite. (Il en sortit une, qu'il tint entre l'index et le majeur, laissant ses revolvers dans leur étui.) Si vous revoyez votre client, appelez ce numéro, mademoiselle Childe. Et sachez que c'est la raison pour laquelle je suis venu vous voir. Je me suis simplement dit que je devais vous parler de vive voix afin que vous compreniez à quel point je suis sérieux au sujet d'Isaac Rothe.

La main sur sa lacrymo, elle s'avança en courbant l'échine, comme si elle voulait rester le plus loin possible de lui. Et quand elle prit la carte, il savait pertinemment ce qu'elle allait en faire. Mais ça faisait partie du plan.

Tandis qu'elle étudiait les quelques mots imprimés, Matthias garda sa main en évidence.

— Isaac Rothe est un homme très dangereux.

— Je dois y aller, dit-elle en fourrant le bristol dans son sac.

— Personne ne vous retient. La preuve, je vais même vous tenir la porte.

L'ouvrant en grand, il se planta sur le côté et admira la façon dont elle jaugea à la fois Matthias et l'escalier. Prudente. Très prudente…

Elle s'apprêtait à lui fausser compagnie quand il la retint par le bras.

— J'ai laissé quelque chose pour vous dans le coffre de votre voiture. Après tout, la plupart des accidents se produisent à la maison et vous aurez peut-être besoin d'appeler à l'aide.

Elle s'arracha à son étreinte.

— Ne me menacez pas, rétorqua-t-elle.

Tandis qu'il contemplait ses yeux magnifiques, Matthias se sentait fatigué. Fatigué, brisé et coincé. Mais comme il l'avait appris deux ans auparavant, il ne pouvait pas interrompre la trajectoire de sa vie. C'était comme lever les mains pour se protéger d'une avalanche : on se faisait écrabouiller sans que la masse de neige et de glace n'y prête la moindre attention.

— Je n'ai pas peur de vous, dit-elle.

— Pourtant, vous devriez, répliqua-t-il d'une voix sinistre, non sans songer à tous les moyens dont il disposait pour l'envoyer rejoindre son frère. Vous devriez même avoir très peur.

Il la libéra et elle partit comme une flèche, ses cheveux blonds flottant derrière elle tandis qu'elle dévalait l'escalier.

Regagnant la fenêtre surplombant l'évier, il regarda la jeune femme contourner la maison et s'en aller dans la rue.

Elle allait lui être très utile pour cette mission, songea-t-il.

À plus d'un titre.

Chapitre 21

Grier regagna son Audi, le bip à la main et la gorge serrée. Cet homme ne lui était pas inconnu ; il éveillait un souvenir, enfoui dans les tréfonds de sa mémoire. À l'époque, il ne portait pas de cache-œil ni de canne, elle s'en serait souvenue. Mais elle était sûre de l'avoir déjà vu.

Arrivée devant sa voiture, elle resta sur le côté, tous ses muscles tendus comme si elle s'attendait à ce que le véhicule explose. Et au moment précis où elle se décidait enfin à l'ouvrir, une berline noire avec des vitres teintées passa devant elle. Regardant à travers la vitre… elle ne vit rien. Tout était impénétrable et la lumière du soleil se reflétait sur le pare-brise, l'empêchant de voir qui conduisait.

Elle savait très bien de qui il s'agissait, cela dit. Elle était même prête à parier qu'il la saluait d'un geste de la main.

La berline n'avait même pas de plaque d'immatriculation.

Lorsqu'elle disparut au loin, une foule d'idées géniales lui traversèrent l'esprit, y compris appeler le numéro d'urgence, ses amis au commissariat de Boston ou demander à son père de venir. Mais elle ne pensait pas que ce qui se trouvait dans le coffre risquait de la tuer. Cet homme avait déjà eu sa chance avec elle, pour ainsi dire : il n'aurait eu aucun mal à la droguer et à la kidnapper ou carrément à la tuer à l'aide d'un silencieux.

Appeler à l'aide n'aurait fait que compliquer la situation. Dès qu'elle serait rentrée, elle prendrait contact avec son père au sujet de cette carte, mais elle ne voulait pas non plus qu'il déboule, totalement paniqué. D'autant que son portable risquait d'être sur écoute.

Appuyant sur le bip, elle déverrouilla le coffre et le souleva lentement…

Les sourcils froncés, elle se pencha en se demandant si elle avait la berlue. Sur le feutre gris de l'habitacle intérieur était posé un petit boîtier… On aurait dit l'un des boutons d'alarme utilisés par les personnes âgées : un transmetteur beige en forme de triangle barré d'un logo rouge. La chaîne qui l'accompagnait était en argent et suffisamment longue pour descendre jusqu'au bas de la poitrine.

Sortant un mouchoir de son sac, elle le ramassa pour l'examiner de plus près ; puis elle fit le tour de la voiture, s'assit derrière le volant et le posa sur le siège à côté d'elle. Lorsqu'elle démarra, elle tressaillit, craignant que l'Audi explose d'un coup, mais son cœur s'apaisa rapidement. Après tout, elle n'avait rien à voir avec le passé d'Isaac, et l'assassinat d'une civile américaine sur le territoire national n'était sûrement pas le genre de problème que le gouvernement souhaitait avoir sur les bras.

Prenant la route de Beacon Hill, elle passa un coup de fil à son père, et lorsqu'elle tomba sur le répondeur, elle tenta de laisser un message, mais que pouvait-elle dire étant donné qu'elle ignorait qui serait à l'écoute ? Alors, elle supprima ce qu'elle avait commencé à dire en songeant qu'il remarquerait l'appel manqué sur son téléphone et la rappellerait.

Parvenue à Louisburg Square, elle se gara sur sa place devant la grille et balaya les environs du regard par la vitre de la voiture. Qui l'espionnait ? Et depuis quel endroit ?

Pas étonnant qu'Isaac ait été si nerveux. À la simple pensée de sortir de son Audi pour gagner la porte d'entrée, elle regrettait de ne pas porter un gilet pare-balles.

Attrapant son sac et empoignant le boîtier d'alarme à l'aide du mouchoir, elle sortit et se dépêcha d'entrer… mais ralentit à l'approche de la maison. Un autre bout de tissu blanc était noué autour de la lanterne.

Faisant volte-face, elle contempla les bâtiments en briques en regrettant de ne pas voir à l'intérieur.

Décidément, elle n'était seule nulle part.

Le cœur tambourinant, le sang battant à ses tempes, elle ouvrit la porte, désactiva le système de surveillance et déposa le boîtier de téléassistance dans son sac, qu'elle laissa tomber avant de couper rapidement l'alarme, puis sortit, juste le temps de retirer le lambeau de tissu.

Enfin, elle referma la porte, la verrouilla et réenclencha le système de surveillance, chose qu'elle ne faisait jamais pendant la journée quand elle était chez elle.

D'un air grave, elle se dirigea vers la cuisine avec son sac et en renversa le contenu sur le comptoir : la carte de visite, les bouts de tee-shirt et le transistor en prenant soin de les manipuler avec un mouchoir.

Les deux morceaux de tissu étaient identiques et provenaient du même vêtement – et elle avait la conviction qu'il s'agissait du tee-shirt d'Isaac.

À tous les coups, c'était un code pour signifier qu'il…

Lorsque son portable sonna, elle glapit en sursautant. Quand elle vit le numéro, elle décrocha et alla droit au but.

— Papa… Il faut qu'on parle.

Un silence suivit, puis la voix aristocratique d'Alistair Childe se fit entendre à l'autre bout du fil.

— Tout va bien ? Tu veux que je vienne ?

Le téléphone au creux de l'épaule, elle leva le boîtier d'alarme devant elle et le regarda se balancer au bout de sa chaîne. Manifestement, elle était sous surveillance, donc cela ne servait à rien d'essayer de cacher ses fréquentations ou ses allées et venues. De plus, faire venir son père était sans doute judicieux. Elle avait toujours eu le sentiment qu'il exerçait une grande influence au plus haut sommet de l'État, car tous, depuis les hommes politiques jusqu'aux membres de l'armée, le respectaient, voire le craignaient, malgré le fait que c'était un homme affable et extrêmement bien éduqué.

Ce ne serait peut-être pas une si mauvaise idée de l'impliquer, d'autant qu'elle n'avait personne d'autre vers qui se tourner.

— Oui, répondit-elle. Je t'attends.

Dans la maison de Pinckney Street, Isaac, caché derrière son panneau de contreplaqué, regardait au-dehors avec l'envie irrépressible de tuer. Et pas dans le sens où il aurait voulu évacuer sa frustration.

Non. Il voulait éventrer Matthias de la gorge jusqu'au scrotum et l'étriper comme un porc.

Ce fils de pute ne s'en prendrait pas à la femme qu'il aimait.

Peu importe ce que ça lui coûterait, Grier Childe, avec son bon cœur et son regard intelligent, ne deviendrait pas sa prochaine victime.

Cependant, elle était de toute évidence dans sa ligne de mire. Elle était partie depuis plus de deux heures en emportant l'argent. Ce qui aurait dû lui donner le signal du départ… sauf que la berline noire qui était passée devant lui à l'aube avait déboulé d'une ruelle au carrefour de Willow Street et s'était lancée à la poursuite de la voiture de Grier.

Faute de véhicule, il avait été contraint d'assister impuissant à la scène, avec un sentiment de rage froide. Son premier réflexe avait été d'appeler Jim Heron… mais il ne savait toujours pas s'il pouvait se fier à lui.

Sa seule option avait été de remplacer le fanion qu'il avait noué à sa lanterne. Après avoir ramassé une casquette de peintre qui traînait par terre, il s'en était revêtu pour dissimuler son visage et s'était éclipsé pour attacher un autre bout de son tee-shirt au mât en fer forgé – au cas où le conducteur de la berline n'aurait pas vu le premier qu'elle avait retiré. Mais c'était peu probable. La question était plutôt de savoir si Matthias avait tenu compte de son message : sur le terrain, quand une mission était terminée et que le membre du commando était parti, il laissait toujours une marque blanche quelque part sur les lieux ou sur le véhicule.

Isaac espérait que grâce à cette méthode Grier serait définitivement tenue à l'écart de son passé et de son présent. Mais ça n'en prenait pas la voie. Quand elle était revenue chez elle, elle fronçait tellement les sourcils qu'on aurait dit qu'elle plissait les yeux, et elle tenait un objet à l'aide d'un mouchoir.

Comme si elle voulait éviter de laisser ses empreintes ou de brouiller celles déjà présentes.

Puis elle avait retiré le second fanion.

Et… voilà que la berline noire réapparaissait, longeait sa maison, continuait tout droit. Rebroussait chemin. Et se garait.

— Et merde !

Il avait envie de sortir de sa cachette pour traverser la rue et toquer à la vitre de cette voiture avec le canon de son revolver. Ensuite il voulait regarder droit dans les yeux de ce salopard pendant qu'il appuyait sur la détente et transformait son lobe frontal en pâtée pour chien.

D'ailleurs, il avait une petite idée de son identité.

Et espérait que le bras de cet enfoiré allait mieux.

Putain, plus question de quitter Boston, désormais ; il n'irait nulle part tant qu'il ne serait pas sûr que Grier était hors de danger… Et pourtant, merde, c'était lui qui avait posé la cible sur sa poitrine.

Il maugréait toujours lorsqu'une Mercedes de la taille d'une maisonnette s'approcha de la porte de Grier. Contrairement au précédent véhicule, celui-là ne prit pas la peine de chercher une place de parking et s'arrêta juste devant le trottoir en se contentant d'allumer ses warnings.

L'homme qui en sortit mesurait plus d'un mètre quatre-vingts et était taillé comme un soldat. Ses cheveux gris, épais et soyeux étaient peignés en arrière et même en polaire et survêtement, il suintait l'argent. Et comme par hasard, il monta les marches puis frappa sèchement à la porte avec le heurtoir en forme de lion.

Le père de Grier. Ce ne pouvait être que lui.

Dès qu'elle ouvrit, il entra puis ils s'enfermèrent et Isaac ne vit plus rien.

En général, quand on est en planque, on se trouve un petit perchoir et on n'en bouge plus. Se déplacer augmente le risque d'être repéré – surtout en pleine journée, dans une zone qu'on ne connaît pas, et avec un tueur aux trousses.

Et dans ce cas précis, ce n'était pas simplement mal avisé de se faire remarquer ; c'était du suicide.

Aussi, même s'il mourait d'envie de bouger, de se rapprocher, de changer de cachette, il devait rester immobile.

Et attendre la tombée de la nuit. À ce moment-là, il pourrait agir, à condition de rester vigilant. Entrer par effraction n'allait pas être une mince affaire : sa spécialité était de tuer des gens, et pas de désarmer des systèmes à la pointe de la technologie, de sorte que ses chances d'entrer sans déclencher l'alarme étaient pratiquement nulles.

En supposant qu'il veuille pénétrer dans sa maison. Le problème était de protéger Grier de la manière la plus efficace, et il n'arrivait pas à déterminer ce qui était le pire : la laisser seule ou être avec elle.

D'un coup, il entendit son estomac gargouiller et le bruit lui rappela avec douleur la faim qui le tiraillait. Mais il n'en tint pas compte, comme il l'avait fait toutes ces fois où il avait été en mission.

L'esprit domine la matière, domine le corps… domine tout.

Cependant, il aurait donné cher pour savoir ce dont les Childe discutaient.

Debout dans la cuisine, Grier avait les yeux rivés sur son père qui inspectait les objets qu'elle avait posés sur le comptoir. Une foule de questions se bousculaient sous son crâne.

Une chose était sûre : quand son père avait tendu la main pour ramasser la carte de visite, celle-ci tremblait de façon quasi imperceptible. Ce qui chez n'importe qui d'autre équivalait à une crise aiguë d'épilepsie.

Alistair Childe était un homme chaleureux, doublé d'une bonne âme, mais il montrait rarement ses émotions. Surtout dans le registre de la peine. La seule fois où elle l'avait vu pleurer, c'était à l'enterrement de son frère – ce qui lui avait laissé une impression bizarre, d'une part à cause de la rareté de ses larmes mais aussi parce qu'il ne s'était jamais très bien entendu avec Daniel.

— Qui te l'a donnée ? demanda-t-il d'une voix si blanche qu'elle eut du mal à la reconnaître.

Grier s'assit sur l'un des tabourets devant le comptoir en se demandant par où commencer.

— Hier, j'ai été désignée comme avocat commis d'office…

Il ne lui fallut pas longtemps pour raconter l'histoire, mais celle-ci provoqua une vive réaction.

— Tu as laissé cet homme venir ici ?

— Oui, répondit-elle en croisant les bras.

— Dans la maison.

— C'est une personne, papa. Pas un animal.

Son père manqua de tomber de son siège puis descendit tant bien que mal la fermeture Éclair de son polaire.

— Seigneur…

— Je me suis désistée, mais je reviens de l'appartement d'Isaac…

— Mais qu'est-ce qui t'as pris d'aller là-bas ?

Préférant éviter la dispute, elle poursuivit :

— Et c'est là qu'on m'a donné la carte en me disant d'appeler si jamais je revoyais mon client. Et j'ai aussi reçu ce boîtier d'alarme. (Elle secoua la tête.) Je suis sûre d'avoir déjà vu cet homme. Il y a très longtemps.

Si son père était déjà blême, là, son teint vira à la couleur du brouillard, gris et opaque.

— À quoi ressemblait-il ?

— Il avait un cache-œil et…

Elle n'acheva pas sa description. Son père bondit de son tabouret et dut se rattraper au comptoir pour ne pas s'effondrer.

— Papa ? (Elle lui attrapa le bras, paniquée.) Est-ce que ça…

Elle ne fut pas surprise de le voir secouer la tête.

— Parle-moi, je t'en prie, insista-t-elle. Qu'est-ce qui se passe, bon sang ?

— Je ne peux pas… en discuter avec toi.

Grier relâcha sa prise et recula.

— Mauvaise réponse, lança-t-elle. Très mauvaise réponse.

Face à son silence borné, elle lui jeta un regard noir, et comprit soudain pourquoi elle s'était sentie aussi étrangement à l'aise auprès d'Isaac : son père aussi était un fantôme. Il l'avait toujours été. Elle avait littéralement grandi et vécu dans la crainte qu'à tout moment il disparaisse à jamais.

Et elle ressentait la même chose en présence de son client.

— Il faut que tu me parles, dit-elle d'une voix sinistre.

— Je ne peux pas. (Elle ne reconnaissait pas les yeux de son père ; on aurait dit qu'un étranger la regardait derrière ce visage pourtant si familier.) Même si je le pouvais… Je ne pourrais pas supporter de t'entraîner dans toute cette…

Ses épaules s'affaissèrent comme sous le poids d'un énorme fardeau.

Étrange, se dit-elle. À mesure qu'on grandit, il y a vraiment des moments où l'on considère ses parents comme des personnes plutôt que comme « papa » et « maman ». Et là, c'en était un. L'homme dans sa cuisine n'était pas le seigneur de la maison et le chef de la famille… mais un homme pris dans un piège à loup, et dont lui seul pouvait voir les dents.

— Il faut que j'y aille, dit-il d'une voix brusque. Reste ici et ne laisse personne entrer. Branche le système de surveillance et ne réponds pas au téléphone.

Alors qu'il s'apprêtait à partir, elle lui barra le passage en s'intercalant dans le couloir.

— À moins que tu ne me dises ce qui se passe, je vais sortir dès la seconde où tu seras parti et caracoler dans Charles Street jusqu'à ce que je me fasse soit écraser par une voiture, soit repérer par l'un de ces types que tu crains tant. Et ne me provoque pas, parce que je suis sérieuse.

L'espace d'un instant, ils se foudroyèrent du regard. Puis il partit d'un rire amer.

— Tu es bien ma fille.

— Jusqu'au bout des ongles.

Il se mit à faire les cent pas autour de l'îlot recouvert de granit.

Le moment est venu, se dit-elle. Le moment d'obtenir les réponses à toutes ces questions qu'elle avait voulu lui poser concernant sa vie et son travail. Le moment de combler les zones d'ombre et de mystère avec des réponses tangibles qu'il lui devait depuis longtemps.

Seigneur, malgré toutes les complications qu'avait apportées Isaac, il était presque un cadeau du ciel.

— Parle-moi, papa. Et pas comme un avocat. Sans peser chacune de tes paroles.

S'arrêtant à l'autre bout du plan de cuisson, il la regarda.

— Mon esprit est la seule chose qui me reste, ma chérie.

Au bout d'un moment, il regagna le tabouret qu'il avait abandonné plus tôt et, tout en s'asseyant, remonta la fermeture Éclair de son polaire. Et c'est à ce geste qu'elle sut qu'il allait dire la vérité, ou du moins une partie : il se ressaisissait, réintégrait sa propre personne.

— Comme tu le sais, à l'époque où j'étais officier, j'ai servi au Vietnam, déclara-t-il avec le ton franc et détaché qu'elle lui connaissait. Puis j'ai intégré la faculté de droit dans l'optique de retourner à la vie civile. Mais je n'ai pas vraiment quitté l'armée. Je n'en suis jamais sorti.

— Tu parles de ces gens qui sont venus frapper à notre porte ? demanda-t-elle en prenant conscience que c'était la première fois qu'ils parlaient d'eux.

— C'est le genre de chose qu'on ne peut jamais quitter pour de bon. C'est juste impossible. (Il désigna la carte.) Je connais ce numéro. Je l'ai composé. Il te conduit tout droit dans l'antre… de la bête.

Il poursuivit en des termes plus généraux, se limitant à de vagues descriptions plutôt qu'à des définitions claires et précises, mais elle combla les trous : c'était le gouvernement façon ninja, le genre de choses qui justifiait la paranoïa des conspirationnistes, une organisation comme on en voit dans les films et les BD, mais qui n'existait pas aux yeux des gens sensés.

— Je ne veux pas que cette chose… (il pointa de nouveau l'index vers la carte) s'approche de toi. L'idée que cet… homme…

Il laissa sa phrase en suspens.

— Tu ne m'as pas vraiment dit quoi que ce soit, fit-elle remarquer.

— C'est bien ça, le souci, répondit-il en secouant la tête. C'est tout ce que je sais. Je ne suis qu'en marge de leurs activités ; j'en sais juste assez pour être conscient du danger.

— Qu'as-tu fait pour eux, au juste ?

— J'ai collecté des informations. J'étais dans le renseignement. Je n'ai jamais tué personne. (Comme s'il y avait un département « meurtres ».) L'information est capitale pour ce genre d'organisation, alors j'étais chargé de la trouver et de la transmettre. De temps à autre, on me demandait également mon avis sur d'éminentes personnalités internationales, des multinationales ou des gouvernements. Mais encore une fois, je n'ai jamais tué.

Elle éprouvait un immense soulagement à l'idée qu'il n'avait pas de sang sur les mains.

— Est-ce que tu es toujours impliqué ?

— Comme je te l'ai dit, on n'en sort jamais vraiment. Mais je n'ai pas eu de mission depuis… (une longue pause) deux ans.

Grier fronça les sourcils, mais avant qu'elle ait pu l'interroger davantage, il se leva et dit :

— Ton ancien client est dans la mouise jusqu'au cou s'il a déserté de chez eux. Il ne pourra pas sauver sa peau et tu ne pourras rien faire pour l'aider. Si cet Isaac se pointe de nouveau ici, appelle-moi aussitôt. (Rassemblant la carte, les bouts de tissu et le transmetteur, il les fourra dans la poche de son polaire.) Je ne te laisserai pas t'embarquer là-dedans, Grier.

— Qu'est-ce que tu vas faire de tout ça ?

— Je vais m'assurer qu'on sache que tu ne représentes plus Isaac Rothe, que tu n'as plus rien à voir avec lui, et que si tu le revois, tu prendras contact avec moi directement. J'expliquerai que tu n'as rien voulu de tout ça et que tu as hâte de passer à autre chose. Et surtout, j'insisterai sur le fait qu'il ne t'a absolument rien dit. Ce qui est la stricte vérité, n'est-ce pas ?

À son regard dur, elle sut que même si ce n'était pas le cas, mieux valait prétendre qu'elle ne savait rien.

— Il ne m'a jamais dit un mot sur son passé ni sur la raison de sa cavale. Pas un mot. (Lorsqu'elle vit son père pousser un soupir de soulagement, sa frustration s'apaisa.) Papa…

Elle s'approcha de lui, glissant les bras autour de sa taille et le serrant contre elle pendant un long moment.

— Je t'appelle dans une heure, dit-il. Enclenche le système.

— Je suis sur écoute.

— Je sais.

Grier se raidit.

— Depuis combien de temps le suis-je ?

— Depuis le tout début. Il y a trente-deux ans.

Seigneur, il n'y avait aucune raison d'être surprise… et pourtant ce viol de son intimité lui laissait un goût amer dans la bouche. Comme tant d'autres choses dans toute cette histoire.

Après l'avoir reconduit jusqu'au perron, elle se barricada, activa l'alarme puis gagna le bureau et regarda par la fenêtre pour voir la Mercedes de son père démarrer et s'engager dans Pinckney Street en direction de Charles Street.

Quand ses phares disparurent, elle plongea la main dans sa poche et en sortit ce qu'elle lui avait subtilisé quand ils s'étaient enlacés : le boîtier d'alarme, la carte de visite et les bouts de tissu.

Alistair Childe avait raison sur un point : c'était la digne fille de son père.

Par conséquent, elle ne se laisserait pas évincer.

— *Tu es folle, tu le sais ?* dit son frère, quelque part à côté d'elle.

— Ce n'est pas un scoop. (Elle le regarda.) Je parle à un mort depuis deux ans.

— *Là, c'est sérieux, Grier.*

Elle baissa les yeux sur les objets qu'elle tenait.

— Oui. Je sais.

Chapitre 22

Lorsque la nuit tomba enfin, Isaac était prêt à hurler : « Putain, c'est pas trop tôt ! » Mais au lieu de beugler comme un âne, il rampa jusqu'à l'arrière de la maison, s'échappa par la fenêtre dont il avait soulevé le loquet le matin même, la referma derrière lui et se réceptionna sans un bruit sur la terrasse en briques.

Par chance, le ciel était nuageux et étouffait plus rapidement les derniers rayons du soleil. En revanche, le quartier était illuminé comme un sapin de Noël : depuis les lampadaires jusqu'aux lanternes flanquant les portes vernies en passant par les phares des voitures, Isaac allait avoir un mal de chien à passer inaperçu.

Aussi se déplaça-t-il à la vitesse d'une tortue, cherchant et tirant profit de la moindre parcelle d'ombre.

Quarante-cinq minutes.

Ce fut le temps qu'il lui fallut pour parcourir les vingt mètres le séparant de la cour de Grier ; d'un autre côté, il avait remonté deux rues puis rebroussé chemin avant de longer sa maison et de faire le tour pour déboucher dans son jardin.

Sautant sur le mur, il s'agrippa au rebord, bascula de l'autre côté et atterrit, accroupi, au milieu des rhododendrons.

Puis il se figea, à l'affût du moindre bruit ou mouvement. Personne. Il s'approcha de la baie vitrée pour jeter un coup d'œil à l'intérieur…

Lorsque Grier entra dans la cuisine, il prit une profonde inspiration pour mobiliser son énergie et sa concentration malgré le fait qu'il n'avait rien avalé depuis près de vingt-quatre heures.

Il avait l'impression de l'avoir quittée depuis une éternité et ne supportait pas son teint pâle et sa mine épuisée ; à la voir faire les cent pas, on aurait dit un oiseau pris dans une bourrasque, en quête d'une branche où se percher. Elle était au téléphone et parlait avec véhémence, à grand renfort de gestes… D'un coup, elle raccrocha et jeta le combiné sur le comptoir.

Il attendit de voir si quelqu'un apparaissait pour s'enquérir du raffut qu'elle avait dû faire. Personne. A priori, elle était seule…

Quelque chose bougea. Sur la gauche.

Gardant la tête et le corps bien droits, il jeta un regard sur le côté. Difficile de repérer la source du mouvement avec tous ces…

Jim Heron émergea de l'obscurité. Comment avait-il pu entrer alors que le mur cernait intégralement le jardin ? Peut-être était-il déjà là avant son arrivée, mais dans ce cas, Isaac aurait dû détecter sa présence.

Même si Jim avait toujours été très doué pour se fondre dans le paysage.

— Qu'est-ce que tu fiches ici ? demanda Isaac en se redressant, la main sur la crosse d'un revolver.

— Je te cherchais.

Isaac jeta un coup d'œil autour de lui, mais ne vit personne d'autre.

— Eh bien, tu m'as trouvé, rétorqua-t-il en prenant conscience que Heron pouvait peut-être lui être utile. Et je dois dire que tu tombes à pic.

— Pourtant, tu ne m'as pas téléphoné alors que je t'avais donné mon numéro.

Isaac désigna Grier d'un geste du menton.

— Des complications.

Jim étouffa un juron.

— Sans même connaître les détails, je peux te donner la solution. Pars. Sur-le-champ. Tu t'inquiètes pour elle ? Alors, laisse-moi te déposer dans un avion.

— Ils lui ont donné quelque chose.

— Bordel. Quoi ?

— Je ne sais pas. (Il contempla Grier à travers la vitre.) Et c'est pourquoi je ne partirai pas.

— Isaac. Regarde-moi. (Comme il n'obtempérait pas, Jim l'attrapa par le biceps et serra.) Maintenant.

Isaac déporta lentement le regard vers lui.

— Je ne veux pas qu'il lui arrive… du mal.

Encore un juron.

— D'accord. Très bien, alors laisse-moi arranger ce bordel. Tu es trop précieux pour te sacrifier. Il faut qu'on t'emmène en lieu sûr, loin, très loin de tous ceux qui pourraient te connaître ou te trouver. Je prendrai soin d'elle…

— Non.

Seigneur, c'était inexplicable et totalement illogique, mais s'agissant de Grier… il ne pouvait se fier à personne.

— Sois raisonnable, Isaac. Tu es l'arme braquée sur sa tête. Tu es la détente, la balle et le coup de feu qui va la tuer. Rester ici, c'est creuser sa tombe.

— Je la protégerai de Matthias. Je…

— La seule façon de vous sauver tous les deux, c'est de ficher le camp. Et qui sait, si on te trouve une bonne planque, il finira peut-être par abandonner. Il ne pourra pas consacrer tout son temps et ses ressources à une quête sans fin.

Isaac secoua lentement la tête.

— Tu as vu comment Matthias se comporte depuis ces deux dernières années ? Il gère les XOps comme s'il en était le propriétaire. Avant, il exécutait les ordres… mais à présent, c'est lui qui les donne. Il est devenu totalement incontrôlable. Désormais, les missions ont… un autre but. J'ignore lequel. Et ça signifie qu'il me traquera jusqu'à sa mort. Il n'a pas le choix. C'est la seule façon qu'il a de se protéger.

— Alors laisse-le te courir après. On fera en sorte que tu aies toujours un temps d'avance sur lui.

Isaac reporta son regard sur Grier. Elle était appuyée contre le comptoir, la tête penchée, les épaules voûtées comme si elles supportaient tout son poids. Elle avait les cheveux détachés et les mèches longues et bouclées touchaient presque le granit.

— Je commence à croire que j'ai commis une erreur, finit-il par dire. J'aurais dû rester dans les XOps.

— Ton erreur, c'est de rester dans ce jardin.

Probablement. Mais il ne partirait pas.

— Putain, tu fais chier, cracha Jim. Tiens, prends ça.

Entendant un bruissement, Isaac tourna la tête pour trouver un sac en papier tendu vers lui.

— C'est un sandwich à la dinde, annonça Jim. Mayonnaise. Salade. Tomate. Et un cookie. Acheté chez *DeLuca* au coin de la rue. Je vais même croquer dedans pour te prouver que je ne l'ai pas empoisonné.

Jim plongea la main dans le sac, sortit le sandwich et en retira la cellophane. Puis il referma la mâchoire sur le pain, mordit à pleines dents et mâcha en gardant la bouche fermée.

Aussitôt, l'estomac d'Isaac se transforma en enfant de deux ans, hurlant pour être nourri.

— À quoi, le cookie ?

— Aux pépites de chocolat, répondit Jim, la bouche pleine. Sans noix. Je déteste les noix dans les cookies aux pépites de chocolat.

— Merci, dit Isaac d'une voix douce.

Tendant la main gauche, il prit le sandwich que Jim lui offrait et mangea avec appétit.

— Un cookie ? murmura Jim.

À contrecœur, Isaac répondit :

— Goûte-le d'abord. S'il te plaît.

La grosse main disparut de nouveau dans le sac et en ressortit avec un énorme gâteau. Jim le déballa, mordit et mastiqua.

— Merci beaucoup, dit Isaac lorsque le dessert changea de main.

— J'ai une bouteille d'eau dans ma poche arrière.

Jim la sortit, et, d'un geste étudié, tourna le bouchon pour casser le lien en plastique, avant d'avaler une grande gorgée.

Isaac se pencha et prit la bouteille.

— Tu me sauves la vie.

— C'est le plan, oui, marmonna Jim.

À l'intérieur de la cuisine, Grier préparait à manger. Bon Dieu, elle semblait si vulnérable : la baie vitrée transformait la pièce en un poste de télévision géant diffusant des images de Grier vingt-quatre heures sur vingt-quatre.

— Elle n'aura personne pour la protéger si je pars.

— Tu en fais une cible en restant. Tu ne devrais même pas être ici. Tu n'aurais pas dû passer la journée dans cette maison, de l'autre côté de la rue.

Isaac lui jeta un regard perçant.

— Comment tu es au courant ?

Jim se contenta de rouler des yeux.

— Tu te rappelles ce que j'ai fait pour gagner ma croûte pendant plus de dix ans ? Écoute, sois réaliste. Je me chargerai de la surveiller une fois que tu seras à l'abri.

— Pour ta gouverne, je te connais comme si je t'avais fait, et tu ne fais pas ça juste pour mes beaux yeux.

— Je me fiche de ce que tu penses. Prends ce que je t'offre et…

Une brise froide s'engouffra, venue d'une direction imprécise… et Isaac sentit un frisson lui parcourir l'échine, une réaction instinctive qui n'avait rien à voir avec la température de l'air.

À côté de lui, Jim se raidit et balaya les environs du regard…

Deux colosses émergèrent de l'ombre derrière lui.

En un tournemain, Isaac empoigna sa seconde arme et braqua un canon sur chacun d'eux. Mais il ne s'agissait que des deux acolytes de Jim, celui qui était piercé comme une pelote à épingles et l'autre qui était taillé comme un roc.

— On a de la compagnie, souffla le fétichiste de l'aiguille. Et pas de la bonne. Arrivée prévue dans une minute et demie.

— Fais-le entrer, dit celui avec la grosse natte. Il sera en sécurité à l'intérieur.

Bien, on arrête de jouer, les garçons.

— Salut, je m'appelle Isaac. Et voici Smith & Wesson. (Il leva ses revolvers en guise de présentations.) Et sachez qu'aucun de nous n'apprécie qu'on lui donne des ordres.

Les yeux de Jim lançaient des éclairs lorsqu'il les tourna vers lui.

— Écoute-moi, Isaac… Entre dans la maison… Entre dans cette putain de maison et restes-y. Même si tu entends ou vois quelque chose, ne sors pas. Pigé ?

Surgi de nulle part, une sorte de poignard apparut dans sa main. Il était fait de… verre ? Mais qu'est-ce que…

Un sifflement sourd se mit à résonner dans l'air ; Isaac regarda par-dessus son épaule en direction du bruit. Juste le vent, se dit-il. Et pourtant, il ne sentait pas la brise sur sa peau.

— Entre dans la maison si tu veux rester en vie, déclara quelqu'un.

Jim le saisit par le bras.

— Tu ne peux pas combattre cet ennemi, mais moi si. Va à l'intérieur, tu seras en sécurité, et tu pourras la protéger. Garde-la auprès de toi, surtout.

Enfin un ordre qu'il serait ravi d'exécuter…

Brusquement, la maison de Grier sembla luire d'une sorte de halo, comme si un projecteur rouge était braqué sur elle et l'illuminait du sol au plafond. Tandis qu'il luttait pour comprendre ce qu'il voyait, un bourdonnement envahit ses oreilles et se mit à vibrer de manière si intense qu'il crut que sa tête allait exploser.

Isaac n'attendit pas une seconde de plus.

Il fonça à travers la cour alors que le bruit du vent enflait et pria pour avoir le temps de se mettre à l'abri.

Grier avait horreur de se disputer avec son père. Plus que tout au monde.

Retournant son omelette dans la poêle, elle la positionna bien au centre, puis contempla le téléphone qu'elle avait jeté à l'autre bout du comptoir.

Leur première conversation avait eu lieu près d'une heure après son départ, et c'était lui qui l'avait appelée. Évidemment, il s'était rendu compte de son petit tour de passe-passe, ce qui avait débouché sur une querelle stérile, étant donné qu'elle refusait de lui rendre les objets, qu'il ne lâchait rien, et qu'ils se comprenaient à moitié vu qu'ils avaient dû parler en code, par crainte d'être écoutés.

Après s'être tournés autour comme des boxeurs sur un ring, ils avaient décidé d'un temps mort, elle essayant de travailler tandis qu'il était reparti dans son monde de mystères.

Enfin, c'était ce qu'elle supposait. Non qu'il lui ait dit quoi que ce soit de concret, du reste.

Comme d'habitude.

La seconde fois, c'était elle qui avait composé le numéro. Elle avait téléphoné à son père dans le but de faire la paix et de découvrir ce à quoi il s'occupait, mais il avait rapidement dévié pour l'accabler de nouveaux reproches dans un langage oscillant entre le latin de cuisine et la charade.

Le premier n'étant que légèrement plus compréhensible que le second.

Pendant que son omelette grésillait doucement et qu'elle sirotait un verre de vin, un coup de vent frappa l'arrière de la maison, sifflant à travers les volets et agitant le carillon près de la porte. Fronçant les sourcils, elle regarda par la fenêtre. *Sacrée rafale*, songea-t-elle, nullement apaisée par le son cristallin des tubes en argile, contrairement à l'accoutumée.

Voilà ce qui arrive quand on vire parano, se dit-elle. Tout devient effrayant, même les…

Une masse énorme surgit devant la baie vitrée, se ruant vers la porte de derrière. Laissant échapper un cri, elle bondit vers la centrale d'alarme pour appuyer sur le bouton d'appel d'urgence… mais se ravisa en apercevant le visage d'Isaac éclairé par le projecteur à détecteur de mouvement.

Il se mit à tambouriner avec son poing, mais au bout de quelques secondes, pivota pour faire face à la cour en se plaquant dos au mur comme à l'approche d'un danger.

Elle se précipita pour désarmer le système et il faillit tomber à la renverse dans la cuisine lorsqu'elle ouvrit la porte. Puis il les enferma à double tour avant de coller son corps contre le battant comme pour empêcher quelqu'un d'entrer.

Le souffle court, il lui dit :

— Remets… l'alarme… en marche…

Elle obtempéra sans hésiter.

Tout devint noir.

À l'exception de la lueur bleutée de la flamme sous la poêle et du halo jaune de la lumière sur le perron, la cuisine était plongée dans l'obscurité – et il lui fallut un instant avant de comprendre qu'il avait éteint les lumières.

Le revolver qu'il leva au niveau du torse ne projetait guère de reflet ni d'éclat métallique, mais elle savait précisément ce qu'il tenait dans sa main lorsqu'il changea de position pour se poster contre le mur, près de la porte. Il ne pointait pas son arme vers elle ; il ne la regardait même pas. Ses yeux étaient rivés sur le jardin de derrière.

Lorsqu'elle voulut le rejoindre pour jeter un coup d'œil dehors, il l'arrêta d'un geste.

— Reste loin de la vitre.

— Qu'est-ce qui se passe ?

Une bourrasque frappa la maison, le carillon s'agitant dans tous les sens, au point que les tubes se tordaient au bout de leurs ficelles, semblant crier de douleur.

Puis un étrange grincement s'éleva au-dessus du vacarme.

Prenant appui sur le comptoir, elle leva les yeux vers le plafond et prit conscience que le bruit émanait de la maison tout entière… La demeure familiale, qui avait résisté sur ses robustes fondations pendant deux siècles, grognait comme si elle était sur le point d'être arrachée de terre.

Lorsqu'elle porta les yeux sur la baie vitrée, elle ne discerna rien d'autre que le mouvement des ombres dansant au gré du vent… mais quelque chose clochait : elles ne bougeaient pas normalement.

Fascinée par la vue des taches noires roulant sur le sol comme du pétrole, elle sentit son cerveau caler, incapable de donner un sens aux images que ses yeux lui transmettaient.

— Mais… qu'est-ce que c'est ? demanda-t-elle dans un souffle.

— Baisse-toi derrière le comptoir. (Isaac leva les yeux au plafond alors que la maison grinçait de plus belle.) Allez, tiens bon, ma belle.

Tombant à genoux, elle jeta un coup d'œil au vieux miroir, de l'autre côté. Sur sa surface ondulée, elle apercevait le reflet des ombres dans le jardin et les voyait se mouvoir dans des directions impossibles.

— Isaac, éloigne-toi de la porte…

Un hurlement fendit l'air et Grier laissa échapper un cri en se couvrant les oreilles. Cependant, Isaac ne broncha pas et elle tira courage de sa force.

— L'alarme incendie ! cria-t-il. C'est l'alarme incendie !

Se précipitant vers la table de cuisson, il écarta la poêle fumante et éteignit le brûleur d'un geste sec.

— Fais-moi taire ce truc ! aboya-t-il. Sinon les pompiers vont rappliquer !

Chapitre 23

Matthias effectua en voiture les derniers kilomètres de son périple. Après son petit détour par Boston, il avait pris l'avion pour se rendre à Caldwell. Malheureusement, il n'avait pas pu prendre les commandes de l'engin, car même s'il savait piloter bon nombre d'appareils, il n'était plus en mesure de le faire depuis son accident.

Mais au moins, il pouvait encore conduire, bordel !

Le vol depuis Beantown avait été court et agréable, et il ne lui avait fallu que quelques minutes pour sortir de l'aéroport international de Caldwell : quand on avait son niveau d'accréditation, les agents de sécurité ne s'approchaient jamais de vous ni de vos valises.

Non pas qu'il ait emporté des bagages – autres que ceux qu'il trimballait dans sa tête.

Il conduisait encore une voiture noire banalisée, avec des vitres et un blindage suffisamment épais pour causer une commotion cérébrale à la balle qui les percuterait. C'était exactement la même que celle qu'il avait utilisée pour rendre visite à Grier… et pour tous ses déplacements, que ce soit aux États-Unis ou à l'étranger.

Il n'avait dit à personne où il se rendait, sauf à son lieutenant, et son homme de confiance lui-même en ignorait la raison. Cependant, sa discrétion ne posait aucun souci : l'avantage d'être à la tête d'une armée d'ombres, c'est qu'on peut disparaître sans que personne vous pose la moindre question, puisque ça fait partie de votre boulot.

Et pour tout dire, cette mission était indigne de son rang, le genre d'affaire que, d'ordinaire, il aurait confié à son bras droit. Pourtant, il s'était senti obligé de s'en charger lui-même.

On aurait dit un pèlerinage.

Pourtant, rien n'était digne de susciter l'inspiration. La route qu'il suivait n'était qu'une étendue banale de magasins, de supermarchés et de stations-service qui auraient pu se trouver n'importe où ailleurs. La circulation était fluide et sporadique ; tous les commerces étaient fermés pour la nuit, si bien que les véhicules ne faisaient que traverser la ville.

En tout cas, la plupart d'entre eux. Contrairement aux autres, Matthias avait atteint sa destination.

Levant le pied de l'accélérateur, il bifurqua sur le bas-côté et se gara le long du trottoir. Derrière une vaste pelouse, le funérarium McCready était plongé dans l'obscurité, mais la façade était éclairée de tous côtés.

Aucun problème.

Matthias passa un appel et fut transféré de service en service, ricochant tel un caillou à travers les lignes téléphoniques jusqu'à ce qu'il finisse par trouver l'interlocuteur qui lui fournirait ce qu'il désirait.

Puis il attendit…

Il avait horreur du silence et de l'obscurité qui régnaient dans la voiture, mais pas par crainte que quelqu'un apparaisse sur le siège arrière ou surgisse de la pénombre au-dehors pour lui tirer dessus. Il aimait bouger. Tant qu'il était en mouvement, il pouvait endiguer le flot d'adrénaline qui l'envahissait quand il était au repos.

L'immobilité tue.

Et transforme les berlines en cercueils…

Son téléphone sonna et il sut qui l'appelait avant même de consulter l'écran. Et non, ce n'étaient pas les personnes avec qui il venait de parler. Il en avait terminé avec elles.

Matthias répondit à la troisième sonnerie, juste avant l'intervention du répondeur.

— Alistair Childe. Quelle surprise !

Le silence effaré à l'autre bout du fil était un pur bonheur.

— Comment savais-tu que c'était moi ?

— Tu ne croyais tout de même pas que je répondrais à n'importe qui ? (Tandis que Matthias contemplait le funérarium à travers le pare-brise, il goûta l'ironie de la situation… étant donné que c'était dans ce genre d'endroit qu'il avait envoyé le fils de Childe.) C'est moi qui décide. De tout.

— Alors tu sais pourquoi j'ai passé la journée à essayer de te joindre.

Oui, en effet. Et il lui avait délibérément compliqué la tâche, car il était convaincu que les gens étaient comme des morceaux de viande : plus ils marinaient, plus ils s'attendrissaient.

Et devenaient savoureux.

— Oh, Albie, bien sûr que je suis au courant de la raison de ton appel. (Une pluie fine se mit à tomber, les gouttes mouchetant le pare-brise.) Tu t'inquiètes au sujet de l'homme qui a passé la nuit avec ta fille, hier soir. (Encore un silence.) Tu ne savais pas qu'il était resté toute la nuit ? Ah, tu sais, les enfants ne disent pas toujours tout à leurs parents.

— Elle n'est pas impliquée. Je te jure qu'elle ne sait rien…

— Elle ne t'a pas dit qu'elle avait eu un invité cette nuit. Comment peux-tu lui faire confiance ?

— Tu ne peux pas me la prendre. (La voix de l'homme se brisa.) Tu as déjà pris mon fils… Tu ne peux pas me la prendre.

— Je peux avoir qui je veux. Et je peux prendre qui je veux. Tu le sais, n'est-ce pas ?

Brusquement, Matthias eut une sensation étrange dans le bras gauche. Baissant les yeux, il s'aperçut qu'il serrait si fort le volant que son biceps tremblait.

Il voulut relâcher sa prise… mais en vain.

Las de tous ces spasmes et de ces crampes, il ne prêta pas attention à cette nouvelle bizarrerie de son corps.

— Voilà ce que tu dois faire si tu veux garder ta fille en sécurité. Livre-moi Isaac Rothe et elle ne me reverra plus. C'est aussi simple que ça. Donne-moi ce que je veux et je la laisserai tranquille.

À ce moment-là, tout le bâtiment sombra dans le noir – conséquence de son petit coup de fil.

— Tu sais que je suis sérieux, dit Matthias en attrapant sa canne. Ne me force pas à tuer un autre Childe.

Il raccrocha et rangea le portable dans son manteau.

Ouvrant la portière en grand, il sortit en poussant un grognement et jugea plus judicieux de rester sur le trottoir au lieu de couper à travers la pelouse ; même si ce n'était pas le chemin le plus court pour accéder à l'arrière du bâtiment.

Après avoir crocheté le verrou de la porte de derrière – preuve que même s'il était devenu le patron, il n'avait pas oublié le B.A.-BA du métier – il se faufila à l'intérieur du funérarium et partit à la recherche du corps du soldat qui l'avait sauvé.

Confirmer l'identité du cadavre de Jim Heron lui paraissait essentiel.

Pendant ce temps, à Boston, dans le jardin de l'avocate, Jim se préparait à affronter la tempête, dans tous les sens du terme.

— C'est comme si tu tuais un humain, cria Eddie par-dessus le vent. Vise le centre de la poitrine. Mais fais attention au sang.

— Ces saloperies sont comme des outres remplies d'acide. (Le rictus d'Adrian était empreint de folie et ses yeux brillaient d'une lueur malsaine.) C'est pour ça qu'on porte du cuir.

Lorsque la porte de la cuisine se ferma brusquement et que les lumières s'éteignirent, Jim pria pour qu'Isaac et cette femme restent calfeutrés à l'intérieur.

Car l'ennemi venait d'arriver.

Au beau milieu des rafales, des ombres noires ondulaient sur le sol puis se recroquevillaient pour former des silhouettes qui, à mesure qu'elles s'élevaient, prenaient de la consistance. Elles n'avaient ni visage, ni mains, ni pieds, ni vêtements, mais des bras, des jambes et une tête qui, se figurait-il, devait contrôler tout l'ensemble. Et cette puanteur… Elles dégageaient une odeur d'ordures putréfiées, un mélange d'œufs pourris et de viande avariée, et grognaient comme une meute de loups.

C'était le mal incarné, la noirceur sous sa forme la plus tangible, un quatuor fétide et purulent qui lui donnait envie de prendre un bain d'eau de Javel.

Juste au moment où il se mettait en position de combat, le signal d'alarme qu'il avait ressenti la veille se déclencha de nouveau et des picotements le parcoururent depuis la nuque jusqu'à la base du cerveau. Il darda un regard inquiet en direction de la maison… même s'il était certain que ça ne provenait pas de là.

Peu importe. Il avait besoin de toute sa concentration.

Lorsqu'une ombre se rua vers lui, Jim n'attendit pas que l'autre engage les hostilités – pas son style.

Il balaya l'air de sa dague de cristal et maintint ses assauts lorsqu'il plongea pour éviter un coup qui le surprit par sa portée.

Manifestement, ces créatures ne manquaient pas de souplesse.

Néanmoins, il réussit à toucher sa cible, car l'entaille projeta une gerbe de liquide dans sa direction. Dans les airs, les gouttelettes se transformèrent en plombs de chevrotine qui se désagrégèrent à son contact. La douleur fut fulgurante.

— Putain !

Il secoua la main, un instant distrait par la fumée s'élevant de sa peau nue.

Le coup s'écrasa sur le côté de son visage et sa tête résonna comme un gong, prouvant qu'il avait beau être un ange, son système nerveux était décidément humain. Aussitôt, Jim passa à l'offensive, dégaina un second poignard et, armé de ses deux lames, frappa la créature, l'obligeant à reculer dans les buissons tandis qu'il esquivait ses attaques.

Alors qu'ils livraient combat, sa nuque continuait de le démanger, mais il ne pouvait pas se permettre de se disperser.

Affronter ce qui est devant soi, songea-t-il. *S'occuper du reste après.*

Jim fut le premier à porter un coup décisif. Il fendit au moment où son adversaire s'arc-boutait en avant, sa dague de cristal s'enfonçant dans les entrailles de sa proie. Alors qu'un arc-en-ciel de lumières explosait devant lui, il fit volte-face, se protégeant le visage du bras, son épaule recouverte de cuir encaissant le plus gros du jet mortel. La giclure fumait, puait comme de l'acide sulfurique… et brûlait tout autant à mesure que le sang du démon rongeait le vêtement et s'attaquait à sa chair.

Il reprit aussitôt sa posture de combat, mais ses coéquipiers avaient déjà la situation en main : Adrian livrait bataille contre deux créatures tandis qu'Eddie se battait au corps à corps contre une troisième.

Lâchant un juron, Jim leva la main et se frotta la nuque. Elle le démangeait tellement qu'il souffrait le martyre à présent que l'adrénaline était retombée. Seigneur, ça ne cessait d'empirer… au point que, ne supportant plus la douleur, il s'effondra à genoux.

Il posa une paume au sol, tentant de se ressaisir… et comprit soudain ce qui lui arrivait. Au pire moment possible, Matthias avait brisé le sceau magique qu'il avait placé sur son cadavre à Caldwell…

— Vas-y ! siffla Eddie qui lacérait sa proie. On n'a pas besoin de toi ! Va trouver Matthias !

À cet instant, Adrian dégaina sa dague et la plongea dans la poitrine d'une des créatures avant de bondir sur le perron pour éviter d'être aspergé. Le flot d'acide s'abattit sur l'autre démon, et lorsque cette saloperie noire et visqueuse absorba la projection… elle doubla de volume.

Jim reporta le regard sur Eddie, mais ce dernier aboya :

— Va-t'en ! Puisque je te dis que… (L'ange esquiva une attaque et riposta par un coup de poing.) Tu ne peux pas te battre dans cet état !

Jim rechignait à les abandonner, mais il n'était plus en mesure de lutter, et ses potes risquaient de bientôt devoir le protéger si ce picotement s'intensifiait encore.

— Pars ! cria Eddie.

Jim poussa un juron, mais se leva, déploya ses ailes et disparut dans la nuit.

Caldwell, État de New York, était à plus de trois cents kilomètres à l'ouest – en tout cas pour un humain se déplaçant à pied, à vélo, à cheval ou en voiture. La compagnie Air Paradis lui permit de couvrir la distance en un clin d'œil.

Jim atterrit sur la pelouse du funérarium et lorsqu'il avisa la berline garée devant le trottoir… ainsi que le bâtiment plongé dans le noir… il sut qu'il ne s'était pas trompé : Matthias avait répondu à son appel.

Tout à fait son style.

Jim traversa le gazon avec l'impression d'avoir remonté le temps... jusqu'à cette nuit dans le désert où sa vie et celle de Matthias avaient basculé.

Oui, l'invocation avait fonctionné.

Mais qu'allait-il faire de sa proie ?

Chapitre 24

Campé dans la cuisine de Grier, Isaac admirait la façon dont elle gérait la crise. Au beau milieu du chaos, elle était calme tandis qu'elle s'affairait sur le système de surveillance, un téléphone à la main : en deux temps trois mouvements, elle avait coupé l'alarme incendie, téléphoné aux pompiers pour leur signaler une fausse alerte, et redémarré la centrale. Et elle réussit à faire tout cela à l'abri derrière le plan de travail.

Tout à fait son genre de femme.

Comme elle contrôlait la situation, il avait tout loisir d'essayer de comprendre ce qui pouvait bien se passer dans la cour. Pivotant de manière à rester planqué, il scruta les environs par la baie vitrée… mais il ne vit que des ombres s'agitant dans la nuit.

Pourtant, son instinct tirait la sonnette d'alarme.

Qu'est-ce que Jim et ses potes fichaient ? Qui était venu ? D'habitude, Matthias et ses sbires déboulaient dans des voitures banalisées. Ils n'enfourchaient pas des balais pour descendre en piqué d'un ciel orageux. En outre, on aurait dit que tout le monde était parti.

À mesure que le temps s'écoulait sans que rien bouge hormis le vent soufflant en tempête, Isaac se demandait s'il n'était pas devenu cinglé.

— Ça va ? murmura-t-il sans se retourner.

Il entendit un bruissement, puis trouva Grier accroupie à son côté.

— Qu'est-ce qui se passe ? lui demanda-t-elle. Tu vois quelque chose ?

Il remarqua qu'elle n'avait pas répondu à sa question, mais était-ce vraiment nécessaire ?

— Rien qui nous concerne.

En fait, rien, point barre. Quoique… enfin, s'il plissait les yeux, les ombres formaient des silhouettes semblables à des guerriers luttant corps à corps. Sauf qu'évidemment la cour était déserte, et qu'il essayait de trouver une logique aux mouvements qu'il percevait. Afin d'obtenir l'effet visuel qu'il avait sous les yeux, il aurait fallu qu'une multitude de lumières brillent dans toutes les directions.

— Ça me paraît bizarre, dit Grier.

— Je suis d'accord. (Il la regarda.) Mais ne t'inquiète pas, je te protégerai.

— Je croyais que tu devais partir.

— Mais je suis resté. (Il garda pour lui qu'il en avait été incapable.) Je ne laisserai personne te faire du mal.

Elle inclina la tête sur le côté tout en le dévisageant.

— Je te crois, tu sais…

— Tu peux me faire confiance.

Soudain, il plaqua sa bouche sur la sienne et l'embrassa avec fougue pour sceller leur alliance. Et juste au moment où il s'écartait, le vent s'arrêta, aussi brusquement que si l'on avait débranché le ventilateur industriel géant qui avait provoqué toute cette tempête : au-dehors, il n'y avait plus rien que le silence.

Mais bon Dieu, qu'est-ce qui se passe ? se demanda Isaac.

— Reste ici, l'enjoignit-il en se levant.

Naturellement, au lieu d'obéir, elle se redressa, prenant appui sur les épaules d'Isaac comme si elle s'apprêtait à le suivre. Cela ne l'enchantait guère, mais il savait qu'il était inutile d'insister ; il n'avait plus qu'à garder le buste droit pour éviter qu'elle ne se retrouve dans la ligne de mire d'un tireur en embuscade.

Il se pencha en avant pour avoir une meilleure vue du jardin. Les ombres avaient disparu ; arbres et buissons étaient immobiles. Au loin, le bruit de la circulation et le hurlement d'une ambulance s'élevaient de nouveau en une symphonie citadine jouée aux quatre coins du quartier.

Il la regarda.

— J'y vais. Est-ce que tu sais tirer ? (Lorsqu'elle acquiesça, il lui tendit l'un de ses revolvers.) Tiens.

Elle le prit sans hésiter, mais bon Dieu, il détestait voir ses mains pâles et graciles sur cette arme.

Il désigna le flingue.

— Vise et tire à l'aide de tes deux mains. J'ai ôté la sécurité. OK ?

Elle hocha la tête et, incapable de s'en empêcher, il l'embrassa de nouveau ; puis il lui fit regagner son poste, à l'abri des placards. De cette position, elle pouvait voir n'importe qui entrer par l'avant ou par l'arrière, mais également couvrir la porte intérieure qui devait donner sur l'escalier de la cave.

Empoignant son second revolver, il se faufila au-dehors…

Dès qu'il inspira, une puanteur s'insinua dans ses sinus puis descendit le long de sa gorge. Qu'est-ce que… ? C'était comme un déversement de produits chimiques.

Surgi de nulle part, l'un des amis de Jim apparut. C'était celui avec la natte ; on aurait dit qu'il avait été aspergé d'huile de moteur et que ses poches étaient remplies de neige carbonique : des volutes de fumée s'élevaient de son blouson de cuir, et putain… cette odeur.

Avant qu'Isaac ait pu lui poser la moindre question, le type l'interrompit.

— Surtout, reste là. La voie est libre, mais on ne sait jamais.

Lorsque Isaac croisa son regard, il ne faisait aucun doute que même s'ils ne se connaissaient pas, ils parlaient le même langage. Ce type était un soldat.

— Tu peux me dire ce qui vient de se passer ici, bordel ?

— Non. Mais je veux bien du vinaigre blanc si elle en a.

Isaac fronça les sourcils.

— Ne le prends pas mal, mais je ne crois pas que ce soit le bon moment pour faire une vinaigrette. Ton blouson aurait besoin d'être passé au Kärcher.

— J'ai des brûlures à soigner.

Effectivement, ses mains et le côté de son cou étaient couverts de taches rouges. Comme s'il avait été brûlé par de l'acide.

Difficile de discuter avec lui dans ces conditions.

— Attends une seconde.

Regagnant la maison à pas de loup, Isaac se racla la gorge.

— Euh… Est-ce que tu as du vinaigre blanc ?

Grier le regarda, éberluée, puis désigna l'évier avec le canon de son arme.

— Je m'en sers pour nettoyer le parquet. Mais pourquoi ?

— Je n'en sais fichtre rien… (Il se dirigea vers l'évier et trouva une énorme bouteille de liquide transparent.) Mais ils en veulent.

— Qui ça, « ils » ?

— Les amis d'un ami.

— Est-ce qu'ils vont bien ?

— Ouais.

En supposant que « grillé à point » entre dans la définition de « bien ».

Dehors, il donna le vinaigre à Eddie et les deux types s'en aspergèrent comme un sportif en sueur l'aurait fait avec de l'eau froide. Aussitôt, la fumée et la puanteur disparurent.

— Et pour les voisins ? demanda Isaac en jetant un coup d'œil alentour.

Les fenêtres étaient peu nombreuses à l'arrière des bâtiments, mais le bruit… l'odeur.

— On s'en charge, répondit l'homme à la natte, comme si ce n'était pas un gros problème et qu'ils en avaient l'habitude.

Quel genre d'ennemi combattaient-ils ? se demanda Isaac. Existait-il une organisation plus influente que les XOps ? Il avait toujours supposé que Matthias tirait toutes les ficelles. Mais il y avait peut-être un niveau supérieur, par le biais duquel Heron aurait réussi à se tirer.

— Où est Jim ?

— Il va revenir. (Le type aux piercings lui rendit le vinaigre.) Reste où tu es et occupe-toi d'elle. On te couvre.

Isaac les pointa tour à tour de son revolver.

— Mais qui êtes-vous ?

Le mec à la natte, qui avait l'air d'être le plus calme des deux, répondit :

— Juste une partie du petit groupe de Jim.

Ça semblait cohérent. Manifestement, ils venaient de vivre un enfer, mais on aurait dit que c'était juste de la routine, pour eux. Pas étonnant que Jim travaille avec eux.

Et Isaac avait le sentiment qu'ils avaient un but bien précis. Si ça se trouve, Jim voulait tout simplement la peau de Matthias. Ce qui expliquerait son acharnement à vouloir le protéger et lui faire quitter le pays.

— Vous avez besoin d'aide ?

Les deux hommes se regardèrent puis lui répondirent en chœur :

— Ça ne te concerne pas.

— Ça concerne Jim ?

— Pour l'essentiel, oui, répondit l'homme à la natte. Et on sait que tu meurs d'envie de t'impliquer, mais…

— Isaac ? À qui parles-tu ? demanda Grier en sortant de la cuisine alors qu'il lui avait dit de rester à l'abri.

— À personne, répondit-il. Viens, rentrons.

Lorsqu'il se retourna pour saluer les équipiers de Jim, il se figea. Plus personne. Ils avaient disparu.

Ouais, y a pas à dire, ces types sont doués, songea Isaac.

Il rejoignit Grier et la reconduisit à l'intérieur. Lorsqu'il tourna le verrou et alluma la lumière à l'autre bout de la pièce, il grimaça. Bon sang, la cuisine empestait tout autant que ces deux mecs : entre les œufs brûlés, le bacon carbonisé et le beurre noirci, ses sinus n'étaient pas à la fête.

— Tu vas bien ? demanda-t-il, même si de nouveau la réponse allait de soi.

— Et toi ?

Il la toisa des pieds à la tête. Elle était vivante, il était avec elle et ils étaient en sécurité dans cette forteresse.

— Je vais mieux.

— Qui était dans la cour ?

— Des amis. (Il reprit son arme.) Chargés de nous protéger.

Pour se retenir de la prendre dans ses bras, il rengaina les deux revolvers dans son coupe-vent et retira la poêle de la cuisinière. Après avoir jeté les restes dans la poubelle, il s'employa à la nettoyer.

— Avant que tu me poses la question, je n'en sais pas plus que toi.

Ce qui était vrai, pour l'essentiel. Bien sûr, il disposait de certaines informations qu'elle ignorait, mais il n'avait aucune idée de ce qui s'était passé dans la cour.

Il décrocha un torchon… et prit conscience qu'elle n'avait pas pipé mot depuis un moment.

Pivotant sur les talons, il l'aperçut perchée sur l'un des tabourets, les bras serrés autour de son corps. Elle s'était repliée sur elle-même, prostrée, transformée en une statue de marbre.

— Je voudrais… (Elle s'éclaircit la voix.) Je voudrais vraiment comprendre tout ça.

Il reposa la poêle sur la cuisinière, puis s'appuya sur ses bras. Encore une fois, il se retrouvait face au gouffre qui sépare les civils des soldats : lui était habitué au chaos, au vacarme et au danger. Mais elle, ça la tuait.

Ne sachant quoi lui répondre, il lui demanda :

— Tu veux qu'on refasse à manger ?

Grier secoua la tête.

— Me retrouver dans un univers parallèle où tout semble normal alors que rien ne l'est, ça me coupe l'appétit.

— Je sais. Je suis passé par là.

— Tu en as même fait ta profession, n'est-ce pas ?

Il fronça les sourcils, sans relever sa remarque.

— Écoute, est-ce que tu es sûre de ne pas vouloir…

— Je suis retournée à ton appartement. Cet après-midi.

Et merde.

— Pourquoi ?

— Je venais de passer au commissariat pour déposer l'argent et remplir une déposition. Devine qui était chez toi ?

— Qui ?

— Une vieille connaissance de mon père.

Les épaules d'Isaac se raidirent à tel point qu'il eut du mal à respirer. Il avait l'impression que ses poumons étaient devenus solides comme de la glace. *Oh, Seigneur, non…*, se dit-il. *Pas lui.*

Elle lui tendit quelque chose à travers le comptoir. Une carte de visite.

— Je suis censée appeler ce numéro si je te vois.

Tandis qu'Isaac examinait le bristol, elle éclata de rire.

— Mon père a eu exactement la même expression quand il a lu ce qu'il y avait d'écrit. Et laisse-moi deviner, tu ne me diras pas non plus qui me répondrait si j'appelais.

— L'homme qui était chez moi. Décris-le.

Même s'il savait déjà de qui il s'agissait.

— Il avait un cache-œil.

Isaac déglutit. Quand il l'avait vue sortir de sa voiture en tenant un objet dans son mouchoir… il n'aurait jamais imaginé que c'était Matthias en personne qui le lui avait donné.

— Qui est-il ?

Pour toute réponse, Isaac secoua la tête. Dans l'état actuel des choses, elle se tenait déjà au bord du précipice dans lequel son père et lui avaient été aspirés. La moindre explication reviendrait à la précipiter dans ce gouffre.

Brusquement, elle se leva de son tabouret et agrippa le verre de vin qu'elle avait siroté.

— Ras le bol de ce silence !

Elle jeta le chardonnay de l'autre côté de la pièce, et lorsqu'il percuta le mur, il se brisa, laissant une grosse éclaboussure sur le plâtre et des éclats partout sur le sol.

Et elle se tourna vers lui, le souffle court, les yeux étincelants de rage.

Il y eut un moment de silence. Puis Isaac contourna l'îlot pour la rejoindre.

Gardant la voix basse, il lui demanda :

— Quand tu étais au commissariat, est-ce qu'ils t'ont interrogée à mon sujet ?

Un instant, elle parut perplexe.

— Bien sûr que oui.

— Et que leur as-tu dit ?

— Rien. Parce qu'à part ton nom je ne sais foutrement rien.

Il acquiesça, continuant à se rapprocher.

— Cet homme dans mon appartement. Est-ce qu'il t'a posé des questions sur moi ?

Elle leva les mains en l'air.

— Tout le monde veut savoir des choses sur toi.

— Et que lui as-tu répondu ?

— Rien, siffla-t-elle.

— Si quelqu'un de la CIA ou de la NSA venait frapper à ta porte pour t'interroger sur moi…

— Je ne peux rien leur dire !

Il s'arrêta si près qu'il voyait chaque cil frangeant ses magnifiques yeux bleus.

— Exact. Et c'est grâce à ça que tu vas rester en vie. (Lorsqu'elle jura et tourna les talons, il l'attrapa par le bras et l'obligea à se retourner.) Cet homme qui est venu chez moi est un tueur et s'il t'a laissée partir, c'est uniquement parce qu'il veut me transmettre un message. La raison pour laquelle je ne te dis pas tout…

— Je sais mentir ! Bon sang, qu'est-ce qui te fait croire que je suis si naïve ? (Elle le foudroya du regard.) Tu n'as aucune idée de ce que j'ai vécu toute ma vie, à supporter tous ces mystères sans jamais obtenir la moindre explication. Je pourrais leur mentir…

— Ils te tortureront. Pour te faire parler.

Elle se figea.

— Ton père en est conscient, poursuivit-il. Moi aussi. Au cours de mes entraînements, j'ai dû subir un interrogatoire, alors je sais précisément ce qu'ils te feraient, crois-moi. Et le seul moyen de te préserver est de faire en sorte que tu ne détiennes aucune information. Franchement, tu es déjà assez en danger comme ça. Et c'est ma faute.

— Seigneur… je déteste ça. (Le tremblement qui l'agitait n'était pas dû à la peur. C'était de la rage, pure et dure.) J'ai juste envie de cogner sur quelque chose.

— D'accord. (Il lui fit serrer le poing et lui ramena le bras derrière l'épaule.) Frappe-moi.

— Hein ?

— Frappe-moi. Arrache-moi les yeux. Défoule-toi.

— Tu es fou ou quoi ?

— Oui. Cinglé. (Relâchant sa prise, il déplaça son poids sur ses jambes tout en restant à portée au cas où elle changerait d'avis.) Je serai ton punching-ball, ton gilet pare-balles, ton garde du corps… Je ferais n'importe quoi pour t'aider à surmonter cette épreuve.

— Tu es malade, souffla-t-elle.

Lorsqu'elle le foudroya du regard, rouge de colère, une sorte de fièvre s'empara de lui – pour les entraîner sur un territoire encore plus dangereux. Putain, comme s'il avait besoin d'être excité. Encore une fois, ce n'était ni le moment ni l'endroit.

Alors, naturellement, il demanda :

— Alors, qu'est-ce que tu comptes faire… ? Me frapper ou m'embrasser ?

Tandis que sa question planait dans l'air, Grier s'humecta les lèvres et Isaac suivit le mouvement de sa langue tel un prédateur. Pourtant, il ne broncha pas, la laissant libre de décider de la suite des événements.

Ce qui illustrait le genre d'homme qu'il était malgré son choix de carrière.

Les pensées de Grier n'avaient absolument rien de professionnel. Elle était confuse et désorientée. C'était exactement comme la nuit précédente, avec ce même frisson d'excitation. Sauf que là, ce n'était pas le danger qui l'attirait.

Elle risquait de ne plus jamais le revoir. Elle avait passé tout l'après-midi à se demander où il était, s'il allait bien… si elle le reverrait un jour… s'il était toujours vivant. Cet homme dont elle ne savait rien était devenu l'objet de toutes ses préoccupations. Et même si le moment était terriblement mal choisi, c'était peut-être le dernier qu'elle passait avec lui.

Grier desserra le poing, et lorsqu'elle descendit la main, elle savait qu'il aurait été bien plus raisonnable de s'écarter de lui. Au lieu de cela, elle se pencha et lui effleura l'entrejambe. Poussant un grognement rauque, il projeta le bassin en avant.

Il était dur et massif malgré tous ses efforts pour se refréner.

—Je ne m'arrêterai pas, cette fois, grommela-t-il.

Elle resserra sa prise.

—Je veux être avec toi. Juste une fois.

—Ça peut s'arranger.

Ivres de désir, ils scellèrent leurs lèvres en un baiser fougueux et s'enlacèrent avec force, mêlant leurs corps fiévreusement. Dans la faible lumière de la cuisine, il la souleva et l'attira vers le sol, entre l'îlot et le plan de travail, roulant sur le dos au dernier moment pour lui servir de coussin. Lorsqu'elle glissa les jambes entre les siennes, elle sentit son érection et il plongea la langue dans sa bouche pour en prendre possession. Tandis qu'ils s'embrassaient avec avidité, son corps ondulant sous le sien dans un va-et-vient langoureux, elle sentit les contours de son corps musclé, douloureusement familiers malgré le peu de temps qu'elle avait passé contre lui.

Seigneur, elle voulait le posséder tout entier.

D'un geste maladroit, elle remonta son chemisier, et aussitôt, il abaissa les bonnets de son soutien-gorge en soie et libéra ses tétons. Puis il la repositionna légèrement de manière à happer l'un de ses seins pour l'aspirer, le pincer, le lécher. Elle sentait ses cheveux épais entre ses doigts tandis qu'elle le serrait contre elle, sa bouche chaude et humide, ses mains agrippant ses hanches et se plantant dans sa chair.

—Isaac…

Son gémissement fut étranglé puis arrêté net par un hoquet lorsque Isaac lui glissa la main entre les cuisses pour recouvrir son sexe.

Il la massa en petits cercles tandis qu'il la caressait du bout de la langue, et seul le désir ardent de l'avoir en elle lui donna la concentration nécessaire pour tendre la main vers son bas de survêtement. Elle tira sur la ceinture du pantalon d'Isaac, puis ôta ses chaussures d'un coup de pied et à l'aide de son gros orteil, fit descendre le vêtement jusqu'à ses mollets.

Pas de caleçon. Pas de slip. Rien pour lui barrer le passage.

Refermant la main autour de son membre épais, elle le caressa et il bougea avec elle, à contretemps pour augmenter la friction. Et le bruit qu'il faisait… bon Dieu, le bruit qu'il faisait : il poussait un grognement bestial chaque fois qu'il inspirait contre sa poitrine.

Grier se redressa et les lèvres d'Isaac glissèrent de sa poitrine. Alors qu'il empoignait son membre et le dressait devant elle, elle se débarrassa en toute hâte de son legging et de sa culotte. Puis, elle s'assit à califourchon sur son amant, avant de remonter son coupe-vent pour savourer davantage la chaleur de sa peau. Parcourue de plaisir, elle rejeta la tête en arrière, tout en gardant les yeux sur lui, brûlant de voir à quoi il ressemblait quand il faisait l'amour. Et elle ne fut pas déçue. Dans un grand sifflement, il serra les dents et aspira l'air à travers elles, les nerfs de son cou raidis, ses pectoraux se gonflant en étroits coussinets.

Tandis qu'elle prenait le contrôle et instaurait le rythme, elle avait l'impression de le posséder d'une façon primitive, de le marquer grâce au sexe.

— Tu es… si belle, haleta-t-il en la contemplant de ses yeux enfiévrés, les paupières mi-closes, suivant le mouvement de ses seins qui pointaient entre le chemisier et le soutien-gorge recroquevillé sous sa poitrine.

Cependant, il ne demeura pas immobile bien longtemps. D'un mouvement brusque, il se redressa, et, l'embrassant avec force, s'enfonça plus profondément en elle tout en la serrant contre lui. Un instant, elle crut qu'il allait de nouveau s'interrompre, mais il enfouit la tête au creux de son cou et lui dit :

— C'est si bon. (Son accent traînant lui donnait une voix grave et sexy qui résonna jusqu'au plus profond de Grier et augmenta son excitation.) C'est si…

Il laissa sa phrase en suspens, glissant ses mains puissantes sous elle pour la faire aller et venir sur son membre, la soulevant comme si elle ne pesait pas plus lourd qu'une plume…

Elle jouit si fort qu'elle vit des étoiles, une galaxie éclatante qui explosa à l'endroit même où ils s'étaient unis et projeta une pluie de lumières scintillantes à travers son corps. Et tout comme il l'avait promis, cette fois, il alla jusqu'au bout. Il se raidit, passant les bras autour de sa taille pour l'enlacer jusqu'à lui couper le souffle – non pas qu'elle se souciât de respirer. Tandis qu'il tressaillait, le corps parcouru de frissons, elle planta les ongles dans son coupe-vent et le serra contre elle.

Puis tout fut terminé.

À mesure que leur respiration ralentissait, elle eut l'impression de revivre le moment où cette tornade s'était brusquement arrêtée : le calme après la tempête.

Et ce silence. Ce silence si pesant. Mais elle ne savait pas quoi dire.

— Je suis désolé, lâcha-t-il d'une voix rude. J'ai cru que ça pourrait t'aider.

— Oh, non… Je…

Secouant la tête, il la souleva sans la moindre difficulté pour la déposer à côté de lui. Puis il remonta son bas de survêtement et attrapa une serviette propre. Après la lui avoir donnée, il s'assit, dos aux placards, les bras sur les genoux, les mains pendant dans le vide.

Ce fut alors qu'elle remarqua le revolver sur le sol, près de l'endroit où ils avaient fait l'amour. Et il dut l'apercevoir au même moment, car il s'en saisit et le fourra dans son blouson.

Elle se nettoya rapidement et se rhabilla. Puis elle le rejoignit et s'assit dans la même position que lui. Cependant, au lieu de regarder droit devant elle comme le faisait Isaac, elle contempla son profil. Il était si beau dans sa virilité. Mais son visage anguleux exprimait une lassitude qui la chagrinait.

Il avait vécu trop longtemps sur le fil du rasoir.

— Quel âge as-tu, en vrai ? demanda-t-elle au bout d'un moment.

— Vingt-six ans.

Elle eut un mouvement de recul. Disait-il la vérité ?

— Tu as l'air plus vieux.

— Je me sens plus vieux.

— J'ai trente-deux ans. (Le silence retomba.) Pourquoi tu ne me regardes pas ?

— Tu n'avais jamais eu d'aventure d'un soir. Voilà qui est fait.

Comme s'il lui avait jeté une malédiction.

— Eh bien, d'un point de vue technique, c'est ma deuxième nuit avec toi. (À voir sa mâchoire se crisper, elle sut que cela ne changeait rien pour lui.) Isaac, tu n'as rien fait de mal.

— Ah non ?

Il se racla la gorge.

— Je te voulais.

Enfin, il la regarda.

— Et tu m'as eu. Bon Dieu… tu m'as eu. (Pendant une fraction de seconde, ses yeux s'enflammèrent de nouveau, puis il reporta son attention sur le placard devant lui.) Mais c'était la dernière fois. Jamais plus.

OK. Touchée. Pourtant, pour un type qui semblait regretter de l'avoir entraînée dans une histoire sans lendemain, on aurait pu croire que sa conscience aurait été soulagée s'ils avaient continué.

Alors qu'une douce chaleur envahissait de nouveau son entrejambe, elle se dit… qu'elle n'était pas aussi catégorique que lui sur le fait qu'ils ne recommenceraient plus.

— Pourquoi es-tu revenu ? demanda-t-elle.

— Je ne suis jamais parti. (Grier fronça les sourcils et il haussa les épaules.) J'ai passé toute la journée caché de l'autre côté de la rue. Et avant que tu me prennes pour un voyeur, j'espionnais juste les gens qui t'espionnaient. Et qui t'espionnent toujours.

Se sentant blêmir, elle remercia le ciel d'être plongée dans l'obscurité des placards et des buffets. Mieux valait qu'il la croie forte.

— C'est toi qui as laissé ces bouts de tissu blancs, n'est-ce pas ? Ça venait de ton tee-shirt.

— C'était censé leur signaler que j'étais parti.

— Je ne savais pas. Je suis navrée.

— Pourquoi ne t'es-tu jamais mariée ? demanda-t-il brusquement, avant de partir d'un rire gêné. Désolé si c'est trop intime.

— Non, ça ne l'est pas. (Tout bien considéré, plus rien ne semblait hors limite.) Je ne suis jamais tombée amoureuse. Je n'en ai jamais eu le temps, en fait. Entre Daniel et mon boulot… j'étais trop occupée. En plus… (cela lui semblait à la fois parfaitement normal et totalement incongru de lui parler avec tant de franchise) je crois que je n'ai jamais voulu qu'on soit proche de moi. Je voulais préserver mon jardin secret.

Et il ne s'agissait pas de son nom de famille, de sa position sociale ou de sa richesse, mais des aspects les plus glauques de sa vie, comme la situation de son frère… et de sa mère également, pour être parfaitement honnête. Tout comme son père et elle partageaient le même métier et la même rigueur, les deux autres membres de la famille avaient souffert des mêmes démons. Après tout, ce n'est pas parce que l'alcool est légal qu'il ne peut pas détruire une existence, au même titre que l'héroïne.

Toute sa vie, elle avait vu sa mère se soûler lors de soirées mondaines. Difficile de déterminer ce qui l'avait conduite à de tels excès : une prédisposition biologique, un mari absent ou un fils qui avait très tôt emprunté la même voie qu'elle.

Sa perte avait été aussi atroce que la mort de Daniel.

— Qui est Daniel ?

— Mon frère.

— Celui à qui j'ai emprunté le pyjama ?

— Oui. (Elle prit une profonde inspiration.) Il est mort il y a deux ans.

— Oh… Je suis désolé.

Grier jeta un coup d'œil autour d'elle, se demandant si l'homme, ou plutôt le fantôme, en question allait choisir ce moment pour se manifester.

— Moi aussi, je le suis. J'ai vraiment cru que je pouvais le sauver… ou l'aider à se sauver. Mais ça n'a pas marché. Il… avait un… problème de drogue.

Elle avait horreur du ton navré qu'elle prenait toujours quand elle évoquait la cause de son décès. Et pourtant, il s'insinuait constamment dans sa voix.

— Je suis vraiment désolé, répéta Isaac.

— Merci.

Soudain, elle secoua la tête comme s'il s'agissait d'une salière dont le sel aurait formé une croûte. C'était peut-être pour cela que son frère refusait d'évoquer le passé : ça lui mettait le moral à zéro.

Changeant de sujet, elle dit :

— Cet homme. Dans ton appartement. Il m'a donné quelque chose. (Elle se pencha pour chercher à tâtons le boîtier d'alarme et le retrouva sous le sweat-shirt qu'elle avait retiré après sa première dispute avec son père.) Il l'a déposé dans mon coffre.

Alors qu'elle le manipulait avec un mouchoir, Isaac s'en empara à mains nues, sans sembler se soucier des empreintes digitales.

— Qu'est-ce que c'est ? demanda-t-elle.

— Quelque chose pour moi.

— Attends…

Il l'interrompit tout en fourrant l'objet dans sa poche.

— Si je veux me rendre, il me suffit d'appuyer sur le bouton et de leur dire où me trouver. Ça n'a rien à voir avec toi.

Se rendre à ce type ?

— Et qu'est-ce qui se passera, alors ? Qu'est-ce qui se passe si…

Elle ne fut pas capable de finir. Et il demeura silencieux. Son silence était suffisamment éloquent.

À ce moment-là, la porte d'entrée s'ouvrit. Un cliquetis de clés et des pas résonnèrent dans le couloir, puis le système de surveillance fut désactivé.

— Mon père ! s'affola-t-elle.

Se levant d'un bond, elle lissa ses vêtements… Oh, Seigneur, ses cheveux étaient tout ébouriffés.

Le verre de vin. *Merde.*

— Grier ? appela cette voix familière dans l'entrée.

Oh, bon sang, ce n'était vraiment pas le moment de présenter l'un des derniers survivants de la famille à Isaac.

— Vite, il faut que tu…

Lorsqu'elle regarda en arrière, il avait disparu.

En général, sa façon de s'évanouir dans la nature l'exaspérait. Mais là, c'était un soulagement.

Rapidement, elle alluma les lumières, attrapa un rouleau d'essuie-tout et se dirigea vers le mur et le sol souillés.

—Je suis là! répondit-elle.

Quand son père entra dans la pièce, elle remarqua sa tenue chic mais décontractée: un pull en cachemire et un pantalon à plis. Son visage, cependant, n'avait rien d'avenant: il avait le regard froid et sévère, celui qu'il affichait au tribunal, quand il affrontait un adversaire.

—On m'a signalé que l'alarme incendie s'était déclenchée, dit-il.

C'était sans doute vrai, mais il avait dû se mettre en chemin bien avant l'appel. Vu qu'il habitait à une trentaine de kilomètres de Beacon Hill, jamais il n'aurait pu effectuer le trajet aussi vite.

Heureusement qu'il n'est pas arrivé dix minutes plus tôt, songea-t-elle.

Afin de lui dissimuler ses joues rougies, elle s'employa à ramasser les éclats de verre.

—J'ai fait brûler une omelette.

Comme son père demeurait silencieux, elle le défia du regard.

—Quoi?

—Où est-il, Grier? Dis-moi où est Isaac Rothe.

Un frisson lui parcourut l'échine, la peur lui tombant sur l'estomac comme une pierre. Il avait le visage si dur qu'elle était prête à parier qu'ils avaient des avis diamétralement opposés quant à son client.

Invité.

Amant.

Enfin, tout ce qu'Isaac était pour elle.

—Aïe!

Elle leva une main. Un morceau de verre était planté dans la pulpe de son majeur, le sang coulant en gouttes épaisses et rouges.

Gagnant le lavabo, elle sentit la présence de son père de l'autre côté de la cuisine tel un revolver braqué sur son dos.

Il ne lui demanda même pas si elle s'était fait mal.

Au lieu de cela, il se contenta de répéter :

— Dis-moi où est Isaac Rothe.

Chapitre 25

Le funérarium McCready n'avait plus de secrets pour Jim qui se fraya rapidement un chemin jusqu'au sous-sol. Arrivé dans la salle d'embaumement, il franchit les portes closes et… s'arrêta net, frappé par la pensée qu'il ne s'était jamais attendu à revoir son ancien patron.

Et pourtant Matthias était là, à l'autre bout des unités réfrigérantes, examinant les noms inscrits sur les portes verrouillées, tout comme Jim l'avait fait deux nuits plus tôt. Mais Dieu qu'il paraissait chétif : son corps jadis robuste était courbé au-dessus d'une canne et ses cheveux noirs grisonnaient au niveau des tempes. Le seul détail qui n'avait pas changé était son cache-œil ; après la première série d'opérations chirurgicales, les médecins avaient espéré que les dégâts ne seraient que temporaires, mais manifestement il n'en était rien.

Matthias s'interrompit, se pencha pour vérifier quelque chose, puis ouvrit une porte, s'appuya sur sa canne et tira sur une civière.

Jim savait que c'était le bon cadavre : sous le drap léger, le sort d'invocation était en action, baignant son corps d'une lumière pâle et phosphorescente comme s'il était radioactif.

Jim se posta de l'autre côté de son enveloppe charnelle, sans se laisser abuser par le fait que Matthias n'était plus que l'ombre de lui-même et restait cramponné à sa canne, même à l'arrêt : c'était toujours un adversaire puissant et imprévisible.

Après tout, il avait commis tous ces crimes poussé par son âme et son esprit, et tant qu'on est en vie, ceux-ci nous suivent partout où l'on va.

Levant une main, Matthias retira le drap du visage de Jim et déposa l'ourlet sur sa poitrine avec un soin étrange. Puis, en grimaçant, il se saisit le bras gauche et le massa comme pour apaiser un muscle endolori.

— Regarde-toi, Jim.

Les yeux rivés sur Matthias, Jim savourait à l'avance le choc qu'il allait lui causer. Qui aurait cru qu'être mort pourrait s'avérer aussi jouissif ?

Dans un chatoiement, Jim apparut.

— Surprise.

Matthias leva brusquement la tête et, Jim devait lui rendre justice, il ne broncha pas d'un pouce. Pas de mouvement de recul, de geste d'effroi ni même un hoquet. Cela dit, il aurait sans doute été davantage surpris si Jim était demeuré invisible : l'impossible et l'inexplicable étaient monnaie courante au sein des XOps.

— Comment as-tu réussi ce coup-là ? (Matthias ébaucha un sourire en désignant du menton le cadavre.) La ressemblance est stupéfiante.

— C'est un miracle, répondit Jim d'une voix traînante.

— Alors, comme ça, tu attendais simplement que je me pointe ? Tu voulais quoi ? Me serrer dans tes bras ?

— Je veux parler d'Isaac.

— Rothe ? (Matthias haussa un sourcil.) Tu as dépassé le temps imparti. Tu étais censé le tuer hier, ce qui signifie qu'aujourd'hui nous n'avons plus rien à nous dire à ce sujet. Cependant, il nous reste un petit compte à régler.

Sans surprise, Matthias sortit un automatique et le braqua droit en direction de la poitrine de Jim.

Ce dernier esquissa un sourire glacial. Il était évident que Divine avait pris le contrôle de cet homme et s'en servait comme d'une arme vivante dans sa tentative pour mettre le grappin sur Isaac. Le problème était de savoir comment désarmer son sale petit pantin et la réponse était simple.

L'esprit… Comme Matthias avait l'habitude de le répéter, l'esprit est la force la plus puissante qui puisse servir et détruire un homme.

Jim se pencha au-dessus de son corps jusqu'à ce que le canon lui effleure le sternum.

— Alors, appuie sur la détente.

— Tu portes un gilet pare-balles, c'est ça ? (Matthias fit pivoter son poignet de sorte que l'arme s'entortille dans le tee-shirt noir de Jim.) Tu lui fais sacrément confiance.

— Pourquoi est-ce que tu continues à parler ? (Jim planta ses paumes sur la table en inox.) Presse la détente. Vas-y. J'attends.

Il était tout à fait conscient qu'il se créait un problème : si Matthias le butait, et qu'il ne s'effondrait pas comme n'importe quel être humain l'aurait fait, il allait devoir gérer l'effarement de son ex-chef. Mais ça en valait la peine, juste pour voir…

Le coup de feu retentit, la balle fut expulsée du canon… et le mur derrière Jim encaissa l'impact. Alors que la détonation résonnait dans la pièce carrelée, une expression de stupeur se peignit sur les traits cruels de Matthias… et Jim se sentit saisi d'une immense satisfaction.

— Je veux que tu laisses Isaac tranquille, dit Jim. Il est à moi.

Il était persuadé de marchander avec Divine pour obtenir l'âme d'Isaac, à tel point qu'il avait l'impression d'avoir été destiné à passer cet instant avec son ancien patron… comme si l'unique raison qui l'avait poussé à traîner cet enfoiré hors de cet enfer sablonneux et à risquer sa propre vie pour l'amener dans une clinique était de participer à cette conversation, cette négociation, cet échange.

Et ce sentiment devint encore plus vif lorsque Matthias prit appui sur sa canne et avança pour poser le canon du revolver contre le torse de Jim.

— La définition de la folie, murmura Jim, est de faire deux fois la même chose et de s'attendre à…

Le second coup de feu partit exactement comme le premier : un bruit assourdissant, une balle dans le mur, Jim toujours debout.

— … un résultat différent, termina-t-il.

Matthias tendit la main en avant et saisit Jim par son blouson de cuir. Tandis que la canne heurtait le sol en rebondissant, Jim sourit en songeant que c'était Noël avant l'heure.

— Tu veux me buter encore une fois ? demanda-t-il. Ou est-ce qu'on va parler d'Isaac ?

— Qu'est-ce que tu es ?

Jim arbora un sourire de dément.

— Je suis ton pire cauchemar. Quelqu'un que tu ne peux ni toucher, ni contrôler, ni… tuer.

Matthias secoua lentement la tête.

— C'est impossible.

— Isaac Rothe. Tu vas le laisser partir.

— Ça ne… (Cramponné au blouson de Jim, Matthias se pencha sur le côté pour examiner le mur fissuré.) C'est impossible.

Jim lui saisit le poignet et serra jusqu'à sentir les os se comprimer.

— Tu te souviens de ce que tu dis toujours ?

Matthias reporta les yeux sur le visage de Jim.

— Qu'est-ce… que… tu… es ?

Jim l'attira brusquement vers lui, de telle sorte qu'ils se retrouvèrent nez à nez.

— Tu dis toujours que personne ne peut t'échapper, où qu'il soit, et que tu ne reculeras devant rien pour obtenir ce que tu veux. Eh bien, disons que moi non plus. Laisse Isaac partir et je ne ferai pas de ta vie un enfer.

Matthias le regarda droit dans les yeux, sondant son regard à la recherche d'informations. Seigneur, c'était grisant. Pour une fois, l'homme qui détenait toutes les réponses était déstabilisé et confus.

S'il était encore vivant, Jim prendrait une photo et la ferait encadrer.

Matthias frotta son œil valide, comme s'il espérait s'éclaircir la vue et se retrouver seul – du moins la seule personne à se tenir debout dans la salle d'embaumement.

— Qu'est-ce que tu es ? murmura-t-il.

— Je suis un ange descendu du ciel, mon pote. (Jim partit d'un rire sourd.) Ou la conscience qui te manque depuis le jour où tu es né. Ou une hallucination due à tous ces médocs que tu prends pour calmer la douleur. Ou alors, tout cela n'est qu'un rêve. Quoi qu'il en soit, la seule certitude, c'est que je ne te laisserai pas t'emparer d'Isaac. Ça n'arrivera pas.

Leurs regards se croisèrent alors que le cerveau de Matthias semblait en ébullition.

Au bout d'un long moment, il sembla accepter ce qu'il voyait. Après tout, comme disait Sherlock Holmes, lorsque vous avez éliminé l'impossible, ce qui reste, si improbable soit-il, est nécessairement la vérité.

Par conséquent, il en était venu à la conclusion que Jim était bel et bien vivant.

— Pourquoi est-ce qu'Isaac Rothe est si important pour toi ?

Jim relâcha sa prise sur son ancien patron.

— Parce qu'il est moi.

— Et il y a combien de toi, au juste ? En voilà un sur cette civière…

— Isaac veut partir. Et tu vas le laisser faire.

Il y eut un long silence. Puis la voix de Matthias prit un ton plus doux, plus sinistre.

— Ce soldat est au courant d'une foule de secrets d'État, Jim. Le savoir qu'il a accumulé vaut une fortune aux yeux de nos ennemis. Alors, peu importe ce que vous voulez, tous les deux. Ce qui compte, c'est nous et notre intérêt. Et avant que tu me fasses ton numéro d'indigné au grand cœur, quand je dis « nous », je ne parle pas des XOps, mais de ce putain de pays.

Jim roula des yeux.

— Ouais, sûr. Écoute, remballe ton baratin patriotique à deux balles ; ça ne prend pas avec moi. La vérité, c'est que si tu étais un civil, tu serais un tueur en série. L'avantage de bosser pour le gouvernement, c'est que tu peux invoquer la raison d'État comme prétexte, mais le fond du fond, c'est que tu prends ton pied à arracher les ailes des mouches. Et à tes yeux, tous les hommes sont des insectes.

— Mes goûts personnels n'ont rien à voir là-dedans.

— En fait, tu ne sers personne à part toi. (Jim effleura les deux marques de brûlure sur le devant de son tee-shirt.) Tu as pris le contrôle des XOps pour t'en servir comme d'un camp d'extermination, et si tu avais un brin de cervelle, tu dégagerais avant que ces « missions spéciales » ne te reviennent en pleine tronche.

— Je croyais que tu étais venu pour parler d'Isaac.

Tiens, tiens. Aurait-il touché le point sensible ?

— Très bien. Il est assez intelligent pour ne pas tomber entre des mains ennemies et il n'a aucune intention de changer de camp.

— Il est seul. Sans argent. Et les gens deviennent vite désespérés.

— Arrête tes conneries. Il a des états de service irréprochables et il va disparaître.

Matthias esquissa un rictus.

— Et comment le saurais-tu ? Oh, attends, tu l'as déjà trouvé, c'est ça ?

— Tu peux le laisser partir. Tu en as le pouvoir.

— Non, c'est faux !

Jim resta sidéré, et tandis que les paroles s'estompaient, comme les détonations quelques instants plus tôt, il balaya la pièce du regard pour s'assurer qu'il avait bien entendu. Matthias était tout-puissant. Il l'avait toujours été. Et pas uniquement à ses propres yeux. Bordel, ce salaud avait assez d'influence pour transformer le Bureau ovale en mausolée.

À son tour, Matthias se pencha au-dessus du cadavre.

— Je me fous complètement de ce que tu penses de moi ou de la manière dont tu as déformé toute cette histoire. Ça n'a rien à voir avec ce que je veux… mais avec ce que je suis obligé de faire.

— Des innocents ont perdu la vie.

— Pour que des salauds meurent ! Putain, Jim, tout ce baratin que tu me sors est ridicule. Des gens bien meurent tous les jours et on n'y peut rien. Qu'ils meurent de ma main ou écrasés sous un bus, quelle différence ? Si ce n'est que, moi au moins, je sers un but plus grand.

Jim sentit une vague de colère monter en lui, mais au fur et à mesure de ses méditations une autre émotion prit le dessus : de la tristesse, peut-être.

— J'aurais dû te laisser mourir dans ce désert.

— Comme je te l'avais demandé. (Matthias se massa de nouveau le bras gauche et baissa la tête, comme frappé au ventre.) Tu aurais dû m'obéir quand je t'ai ordonné de me laisser là.

Si creux, songea Jim. Ces mots sonnaient si creux, étaient si froids, qu'on aurait dit qu'il parlait d'une tout autre personne.

« Obligé », oui. Matthias avait tellement voulu quitter les XOps qu'il avait été prêt à se suicider pour y parvenir. Mais Divine l'avait fait replonger ; Jim en était sûr. Cette démone aux mille et un visages et aux innombrables mensonges tirait les ficelles, c'était évident. Et grâce à ses manipulations, elle avait parfaitement préparé le terrain pour la bataille visant la possession d'Isaac : ce soldat avait commis des crimes, mais il essayait de repartir de zéro, et ce tournant était précisément l'objet de la lutte opposant Jim et Matthias.

Jim secoua la tête.

— Je ne te laisserai pas t'emparer de la vie d'Isaac. Je ne peux pas. Tu prétends servir une cause, moi aussi. Si tu tues cet homme, l'humanité aura perdu bien plus qu'un innocent.

— Oh, arrête. Il n'est pas innocent. Ses mains dégoulinent de sang, tout comme les nôtres. Je ne sais pas ce qui t'est arrivé, mais n'idéalise pas le passé. Tu sais exactement ce dont il est coupable.

Des images d'horreur apparurent devant les yeux de Jim : des hommes, tués à l'arme blanche ou par balle, des visages sanguinolents, des corps mutilés. Et ça, c'étaient les boulots les plus salissants. Ceux qui avaient été asphyxiés, gazés ou empoisonnés étaient morts sans trace de violence.

— Isaac veut raccrocher. Son âme veut changer de voie et je vais l'aider.

Matthias grimaça et recommença à se masser le bras.

— On ne fait pas toujours ce qu'on veut dans la vie.

— Je vais te tuer, répondit simplement Jim. S'il le faut, je te tuerai.

— Ah ouais ? Eh bien, vas-y, fais-le.

Jim secoua lentement la tête.

— Contrairement à toi, je n'appuierai pas sur la détente à moins d'y être forcé.

— Parfois, il faut savoir prendre les devants, Jimmy.

Ce surnom le projeta un instant dans le passé, quand ils dormaient dans le même baraquement, au début de leur formation. Matthias était déjà froid et calculateur à l'époque… mais ces caractéristiques ne définissaient pas toute sa personnalité. Il s'était montré aussi loyal que possible envers Jim étant donné les circonstances. Néanmoins, au fil des années, il avait perdu cette petite part d'humanité… si bien qu'à présent son âme était devenue aussi déglinguée et gangrenée que son corps.

— J'aurais juste une question à te poser, dit Jim d'une voix traînante. Est-ce que tu connaîtrais une certaine Divine ?

Matthias haussa un sourcil.

— Et pourquoi ça t'intéresse ?

— Juste par curiosité. (Il rajusta son blouson de cuir.) Pour ta gouverne, j'ai passé un moment d'enfer avec elle.

— C'est gentil de jouer les entremetteurs, mais là, tu vois, ce n'est pas franchement ma priorité. (Matthias reposa le drap sur le visage froid et terreux de Jim.) Et n'hésite pas à me tuer quand tu veux. Tu me rendrais service.

Il prononça ces mots d'une voix douce, prouvant ainsi que la douleur physique, pour peu qu'elle soit suffisamment forte et persistante, peut faire fléchir même les esprits les plus déterminés. Cela étant, Matthias avait perdu l'envie de vivre avant même que la bombe explose.

— Tu sais, dit Jim, tu pourrais te barrer, toi aussi. Je l'ai fait. Isaac essaie de s'en sortir. Il n'y a pas de raison que tu restes, si tu ne le supportes plus.

Matthias éclata de rire.

— Tu as quitté les XOps uniquement parce que je t'y ai autorisé à titre temporaire. J'ai toujours eu l'intention de te ramener au bercail. Et Isaac ne m'échappera pas. La seule chose qui pourrait m'empêcher de le buter serait qu'il continue à bosser pour nous. D'ailleurs, pourquoi tu ne lui transmettrais pas ce message de ma part ? Vu que vous êtes copains comme cochons.

Jim plissa les yeux.

— Tu n'as jamais fait ça avant. Une fois qu'on a brisé ta confiance, tu ne reprends jamais personne.

Matthias poussa un long soupir.

— Les gens changent.

Pas toujours. Et sûrement pas à ce sujet.

— C'est vrai, mentit Jim. Remettons mon corps à sa place, d'accord ?

Ils repoussèrent la civière à l'intérieur de l'unité réfrigérante et Jim verrouilla la porte. Puis Matthias se pencha lentement pour ramasser sa canne, sa colonne vertébrale craquant à plusieurs reprises, le souffle saccadé, comme si ses poumons, contrairement à la douleur, ne faisaient pas correctement leur boulot. Quand il se redressa, il avait le visage cramoisi, preuve que le mouvement lui avait demandé un énorme effort.

Une épave, songea Jim. Divine travaillait avec ou par l'entremise d'une épave.

— Est-ce que ça a vraiment eu lieu ? demanda Matthias. Cette conversation.

— Toute cette histoire est réelle, mais maintenant tu vas faire une petite sieste.

Avant que Matthias ait pu réagir, Jim leva une main et son majeur se chargea d'énergie. Lorsque l'extrémité se mit à luire, Matthias le contempla bouche bée.

— Toutefois, tu te souviendras de tout ce qu'on s'est dit.

Sur ces paroles, il toucha le front de Matthias et ce dernier fut traversé d'une lumière chatoyante qui s'embrasa comme une allumette, dévorant son corps brisé et son esprit maléfique.

Matthias s'écroula comme une pierre.

Plus efficace qu'un somnifère, songea Jim. La magie assommerait même un éléphant.

Et en voyant Matthias allongé sur le dos, il trouva la position hautement symbolique : son patron avait chuté, oui, et à plus d'un titre.

Jim ne croyait pas son ex-patron sincère lorsque ce dernier avait évoqué l'idée de réintégrer Isaac. C'était juste une ruse pour attirer le soldat à portée de tir.

Dieu sait que Matthias était un excellent menteur.

L'ange se baissa et rengaina le revolver de l'homme dans son étui ; puis il passa les bras derrière ses genoux et sous ses épaules… *Merde, la canne*, se rappela-t-il en tendant la main pour la ramasser et la poser en plein milieu de la poitrine de son propriétaire.

Il le souleva sans le moindre effort, et pas seulement en raison de ses épaules musclées. Bon sang… Matthias était si léger, trop, étant donné sa stature. Il ne devait pas peser plus de soixante-cinq kilos, alors qu'avant il dépassait largement les quatre-vingt-dix.

Jim traversa les portes closes de la salle d'embaumement et gravit l'escalier jusqu'au rez-de-chaussée.

Quand il avait porté son patron de la même manière dans le désert, il avait sué de l'adrénaline parce qu'il devait ramener son commandant au camp avant que celui-ci se vide de son sang – afin de ne pas être accusé de meurtre. Là, il était calme. D'abord, Matthias n'était pas sur le point de mourir. Et ensuite, ils étaient dans leur propre pays, en sécurité.

Franchissant la porte d'entrée fermée à clé, il s'imaginait qu'il allait ramener Matthias jusqu'à sa voiture quand…

— Salut, Jim.

L'ange se figea. Puis tourna la tête vers la gauche.

Bon, pas si en sécurité que ça.

À l'autre bout de la pelouse, Divine était campée sur l'herbe, les talons de ses escarpins s'enfonçant dans la terre, ses longs cheveux bruns tombant en boucles sur ses seins, sa petite robe noire moulant à la perfection ses courbes sensuelles. Ses traits parfaits, depuis ses yeux noirs à ses lèvres rouges en passant par sa peau d'albâtre, rayonnaient de santé.

Le mal n'avait jamais été aussi séduisant.

Mais cela faisait partie du piège.

— Qu'est-ce que tu as là, Jimmy ? demanda-t-elle. Et où comptes-tu aller avec lui ?

Comme si elle ne le savait pas, se dit-il en se demandant comment diable il allait se sortir de ce guêpier.

Chapitre 26

Caché dans le garde-manger de Grier, Isaac entendait la conversation qui avait lieu dans la cuisine… mais ne voyait absolument rien.

Cependant, nul besoin d'image pour comprendre que ça bardait.

— Dis-moi où est Isaac Rothe, répéta le père de Grier d'une voix aussi glaciale qu'une nuit de janvier.

Grier répondit sur le même ton.

— J'espérais que tu étais venu pour t'excuser.

— Où est-il, Grier ?

Isaac entendit le bruit de l'eau qui coulait puis le claquement d'un torchon.

— Pourquoi veux-tu le savoir ?

— Ce n'est pas un jeu.

— Je n'ai jamais pensé ça. Et je ne sais pas où il est.

— Tu mens.

Il y eut une courte pause, et Isaac ferma les yeux avec force en se traitant de tous les noms. Bon sang, il avait démoli l'existence de cette femme, déboulé dans sa vie personnelle et professionnelle en semant le chaos partout…

Des bruits de pas. Secs et décidés. Un homme.

— Dis-moi où il est !

— Lâche-moi tout de…

Avant de se rendre compte qu'il fichait en l'air sa couverture, Isaac sortit en trombe de sa cachette, ouvrant les portes à la volée. Il ne lui fallut que trois longues foulées pour les rejoindre, puis il agrippa le père de Grier, le fit pivoter d'un geste brusque et le poussa violemment, face contre le réfrigérateur. La main sur l'arrière de son crâne, il le plaqua si fort contre l'inox que la respiration haletante du vénérable aristocrate laissait des petits nuages de condensation sur la façade.

— Je suis là, grogna Isaac. Et je suis un peu sur les nerfs en ce moment. Alors, je vous conseille de ne plus jamais bousculer votre fille si vous ne voulez pas retrouver l'empreinte de votre tronche imprimée dans le congélo.

Il s'attendait à ce que Grier intervienne et lui demande de le lâcher, mais elle n'en fit rien. Au lieu de cela, elle sortit une boîte de pansements de dessous l'évier et farfouilla dedans pour en trouver un de la bonne taille.

Son père prit une profonde inspiration.

— Allez-vous-en… loin de ma fille.

— Il n'ira nulle part, répondit-elle tout en collant un sparadrap autour de son index ; puis elle rangea la boîte et croisa les bras. Toi, en revanche, tu peux partir.

Isaac palpa rapidement le pull somptueux et le pantalon aux plis marqués trois fois, et ne trouvant pas d'arme, il recula, mais sans trop s'éloigner. Il avait le sentiment que ce type s'en était pris à sa fille parce qu'il avait une trouille bleue et qu'il était sur le point de craquer. Mais personne ne traitait la femme d'Isaac de cette manière. Point barre.

Enfin, encore aurait-il fallu qu'elle soit sa femme.

Et merde.

— Vous êtes conscient que vous la condamnez à mort, déclara Childe, les yeux rivés dans ceux d'Isaac. Vous savez de quoi il est capable. Il vous possède et tuera tous ceux qu'il faudra pour vous mettre le grappin dessus.

— Personne ne possède qui que ce soit, répliqua Grier. Maintenant…

M. Childe n'accorda pas un regard à sa fille lorsqu'il l'interrompit.

— Rendez-vous, Rothe… C'est le seul moyen de s'assurer qu'il ne lui fera pas de mal.

— Cet homme ne me fera rien…

Childe pivota vers Grier.

— Il a déjà tué ton frère !

Dans les instants qui suivirent cette révélation fracassante, elle eut l'impression de recevoir une gifle, sauf qu'il n'y avait personne à repousser, à désarmer et à immobiliser. Et à mesure qu'elle blêmissait, Isaac se sentit pétrifié d'impuissance : on ne peut pas protéger une personne contre des événements qui se sont déjà produits ; on ne peut pas changer le passé.

Ni… les gens d'ailleurs. Et c'était bien la cause de tant de problèmes.

— Qu'est-ce que… tu as dit ? murmura-t-elle.

— Ce n'était pas une overdose accidentelle. (La voix de Childe se brisa.) Il a été tué par le même homme qui va te traquer à moins que tu ne lui rendes son soldat. Il n'y a aucun moyen de négocier, de marchander ou de stipuler des conditions. Et je ne peux pas… (Il commença à s'effondrer, preuve que l'argent et la classe sociale ne protègent pas des tragédies.) Je ne peux pas te perdre toi aussi. Oh, Seigneur, Grier… Je ne peux pas te perdre, toi aussi. Et il le fera. Cet homme te tuera sans hésiter.

Merde.

Merde, merde, merde.

Adossée au plan de travail, Grier essayait de trouver un sens aux paroles de son père. Les mots étaient courts et simples. Leur signification, en revanche…

Son père continuait de parler, mais elle était devenue sourde après avoir entendu : « Ce n'était pas une overdose accidentelle. » Totalement sourde.

— Daniel… (Elle dut se racler la gorge pour poursuivre.) Non, Daniel l'a fait lui-même. Il en avait déjà fait au moins deux, avant ça. Il… il était accro. Il…

— L'aiguille dans son bras a été plantée par quelqu'un d'autre.

— Non. (Elle secoua la tête.) Non. C'est moi qui l'ai trouvé. J'ai appelé le 911 et…

— Tu as découvert le corps… mais j'ai été témoin de la scène. (Son père laissa échapper un sanglot.) Il m'a… forcé à regarder.

Tandis que son père craquait, le visage enfoui dans ses mains, la vision de Grier vacilla comme si quelqu'un avait transformé son jardin en boîte de nuit. Puis ses jambes flageolèrent et…

Quelque chose la rattrapa. L'empêcha de percuter le sol. La sauva.

Le monde se mit à tourner… et elle prit conscience qu'on l'avait soulevée pour la transporter sur le canapé, en dehors de la cuisine.

— Je ne peux pas respirer, dit-elle sans s'adresser à personne en particulier. (Tirant sur le col de son chemisier, elle hoqueta.) Je… ne peux pas… respirer…

L'instant d'après, Isaac lui collait un sac en papier sous le nez. Elle tenta de le chasser d'un geste, mais ses bras retombèrent lamentablement, et elle fut obligée de respirer dans ce qu'il lui tendait.

— Maintenant, la ferme ! ordonna Isaac à quelqu'un. Reprenez-vous et bouclez-la pour de bon.

S'adressait-il à son père ? Peut-être.

Sans doute.

Oh, Seigneur… Daniel ? Et son père avait été forcé de regarder ?

Les questions qui se bousculaient sous son crâne la réveillèrent bien plus sûrement que l'afflux de dioxyde de carbone. Écartant le sac, elle se redressa.

— Comment ? Pourquoi ? (Elle les foudroya tous les deux du regard.) Et écoutez, je suis déjà mouillée jusqu'au cou, non ? Alors, un peu d'explications, ça ne ferait pas de mal, et ça m'éviterait de devenir dingue.

Isaac serra les dents, comme s'il avait le pied pris entre les mâchoires d'un doberman et qu'il ne voulait pas laisser échapper un cri.

Pas mon problème, songea Grier.

— Je vais devenir folle, dit-elle avant de se tourner vers son père. Vous m'entendez ? Je ne peux pas continuer à vivre ça… Pas une minute, pas une seconde, pas un instant de plus. Pas après la bombe que tu viens de lâcher. Tu ferais mieux de commencer à parler. Maintenant.

Son père s'écroula dans le fauteuil à côté d'elle, comme s'il avait quatre-vingt-dix ans et s'effondrait sur son lit de mort. Mais de la même manière qu'il s'était fichu de sa coupure à la main, elle ne lui accorda pas la moindre pitié. Et elle le regrettait. Ils avaient toujours été proches, s'exprimant d'une même voix. Cependant, les tragédies, les secrets et les mensonges ont le don d'effilocher même les liens les plus forts.

— Parle ! ordonna-t-elle. Maintenant.

Son père avait les yeux tournés vers Isaac, et non vers elle. Mais lorsque celui-ci haussa les épaules en poussant un juron, elle sut qu'elle allait obtenir des réponses, même si ce ne serait pas l'entière vérité.

Dire qu'elle ne pouvait même pas faire confiance à son père.

Sa voix était à peine audible lorsqu'il prit enfin la parole.

— J'ai été recruté pour rejoindre les XOps en 1964. J'étais fraîchement diplômé de West Point quand j'ai été abordé par un homme qui se faisait appeler Jeremiah. Pas de nom de famille. Ce qui m'a frappé le plus durant cet entretien, c'était son allure passe-partout : il ressemblait davantage à un comptable qu'à un espion. Il m'a dit que j'avais les qualités nécessaires pour intégrer un certain corps d'élite et m'a demandé si ça m'intéresserait d'en savoir plus. Quand je lui ai demandé pourquoi il m'avait sélectionné – après tout, je n'étais que le troisième de ma promotion –, il m'a répondu que les notes ne faisaient pas tout.

Son père marqua une longue pause, semblant se souvenir mot pour mot de la discussion qu'il avait eue près de cinquante ans auparavant.

— J'étais intéressé, reprit-il, mais finalement j'ai refusé. J'avais déjà rejoint l'armée en tant qu'officier et j'avais des scrupules à renoncer à mes engagements. Je ne l'ai plus revu… jusqu'à ce qu'il réapparaisse sept ans plus tard, alors que j'avais quitté l'armée et que je venais de sortir de la fac de droit. Je ne me rappelle pas pourquoi j'ai accepté au juste… mais j'allais épouser ta mère et travailler pour le cabinet familial… et j'avais l'impression que ma vie était terminée. J'avais soif d'excitation et ce n'était pas en restant… (Il fronça les sourcils et la regarda brusquement.) Ça ne veut pas dire que je n'aimais pas ta mère. J'avais juste besoin… d'autre chose.

Elle savait très bien ce qu'il ressentait. Elle éprouvait ce même besoin d'exaltation que la vie ordinaire ne semblait pas lui procurer.

Cependant, elle finissait par penser que les conséquences n'en valaient pas la peine.

Sortant un mouchoir orné d'un monogramme, son père s'essuya les yeux.

— J'ai dit à Jeremiah – l'homme qui était venu me voir – que je ne pouvais pas abandonner totalement ma vie, mais que s'il avait quelque chose à m'offrir, j'étais intéressé. C'est ainsi que ça a commencé. J'ai fini par partir régulièrement pour des missions de renseignement à l'étranger et notre cabinet d'avocats me laissait tranquille parce que j'étais le petit-fils du fondateur. Je n'étais jamais au courant de l'ampleur exacte des missions qu'on me confiait en tant qu'agent… mais grâce aux journaux et à la télévision je savais qu'elles n'étaient pas sans conséquences. Que des actions étaient prises contre certains individus…

— Tu parles de meurtres, interrompit-elle d'un ton amer.

— Des assassinats.

— Parce que tu vois une différence ?

— Oui. Les meurtres n'ont pas de but.

— Le résultat est le même.

Comme il demeurait silencieux, elle l'incita à poursuivre.

— Et Daniel dans tout ça ?

Son père expira longuement et lentement.

— Il y a une dizaine d'années, j'ai pris conscience que ma situation n'était plus tenable. Les appels téléphoniques, les gens qui venaient chez moi, les voyages qui duraient des jours, des semaines… sans parler des conséquences de mes actes. Je ne pouvais plus dormir ni me concentrer. Et ta mère a énormément souffert de cette situation. Comme Daniel et toi d'ailleurs. Vous étiez jeunes, tous les deux, à cette époque, mais vous viviez très mal les tensions et mes absences. Alors, j'ai voulu démissionner. (Il porta le regard sur Isaac.) C'est là que j'ai découvert… que c'était impossible. Avec le recul, j'ai été naïf… si idiot. J'aurais dû m'en douter, étant donné ce pour quoi on m'avait recruté, mais j'étais totalement absorbé par mon boulot. Néanmoins, je n'avais pas le choix. J'étais en train de tuer ta mère… Elle buvait énormément. Et puis, Daniel s'est mis à…

Se droguer, finit Grier pour elle-même. Ça avait commencé au lycée. D'abord l'alcool, l'herbe… puis le LSD et les champignons. Ensuite, il était tombé dans l'enfer de la coke, pour finir par se tuer à petit feu au contact de l'héroïne.

Son père replia son mouchoir avec soin.

— Après qu'on eut opposé un « non » catégorique à mes premières demandes de démission, je suis devenu totalement paranoïaque, persuadé qu'ils allaient profiter d'une de mes missions pour me tuer en maquillant ma mort en accident. J'ai fait profil bas pendant des années. Mais, un jour, j'ai eu connaissance d'une information qui n'aurait jamais dû tomber entre mes mains, quelque chose de très compromettant pour quelqu'un de haut placé. Et là, j'ai essayé… j'ai essayé de m'en servir pour me sortir de ce pétrin.

— Et…, l'encouragea-t-elle, le cœur battant si fort qu'elle se demandait si les voisins l'entendaient.

Un silence.

— Continue, l'exhorta-t-elle.

Il se contenta de secouer la tête.

— Dis-moi, murmura-t-elle d'une voix étranglée, détestant son père tandis qu'elle revoyait le cadavre de son frère.

La bouche entrouverte et le teint terreux, Daniel avait une aiguille plantée dans une veine à la saignée du bras, sa tête pendait en arrière.

— Si tu ne me réponds pas…

Elle fut incapable de terminer, la gorge nouée à l'idée qu'elle risquait de perdre sa seule famille en l'espace de quelques secondes.

Les mains tremblantes, son père déplia de nouveau son mouchoir.

— Un soir, à la sortie du bureau, des types m'ont abordé sur le parking. Ils m'ont forcé à monter dans une voiture et je me suis dit que c'était la fin. Ils allaient me tuer. Au lieu de ça, ils m'ont conduit au sud, à Quincy. À l'appartement de Daniel. Ton frère était déjà défoncé quand on est entrés. Je crois… Je crois qu'il a cru que c'était une blague. Quand il a vu la seringue qu'ils avaient apportée, il a tendu le bras, alors que je lui criai de ne pas les laisser… (Sa voix se brisa.) Il n'écoutait pas… Il ne comprenait pas… Je savais le sort qu'ils lui réservaient… mais pas lui. J'aurais dû… Ils auraient dû me tuer, moi. Ils auraient dû…

La colère monta en elle, puis sa vision se voila et tout devint blanc. Lorsqu'elle recouvra la vue, un froid glacial avait envahi sa poitrine et elle se moquait de sa souffrance, de ses regrets ou…

— Sors de cette maison. Maintenant.

— Grier…

— Je ne veux plus jamais te revoir. Ne m'appelle pas. Ne m'approche pas.

— Je t'en prie…

— Va-t'en ! (Elle se tourna vers Isaac.) Fais-le sortir. Juste… fais-le sortir pour moi, s'il te plaît.

Elle s'en serait bien chargée elle-même, mais elle avait à peine la force de tenir debout.

Isaac n'hésita pas. Il se dirigea vers l'homme, passa une main sous son bras et le souleva de son siège.

Elle resta sourde aux prières de son père tandis qu'Isaac l'escortait hors de la pièce : l'image du corps de son frère sur ce canapé miteux ne la quittait plus.

Elle se souvenait de la scène dans les moindres détails, et ça la hantait : elle revoyait ses yeux mi-clos, ses pupilles fixées sur un point imaginaire, et son tee-shirt bleu pâle taché d'auréoles sombres sous les aisselles et maculé de traces de vomi sur le devant. Trois cuillères rouillées et un vieux briquet jaune étaient posés en vrac sur la table basse et une pizza à moitié mangée, datant d'au moins une semaine, gisait sur le sol, à côté de ses pieds. L'air étouffant empestait l'urine et la fumée de cigarette, accompagnées d'une odeur douceâtre et chimique.

Mais ce qui l'avait le plus marquée, c'était sa montre, qui s'était arrêtée : lorsque Grier avait appelé le 911, on lui avait demandé de prendre le pouls de son frère. Alors, elle l'avait saisi par le poignet et, en enfonçant ses doigts dans sa peau, elle avait remarqué que sa montre n'était pas la Rolex que son père lui avait offerte après l'obtention de son diplôme : cela faisait bien longtemps qu'il l'avait mise en gage. La babiole qu'il portait marchait avec des piles et les aiguilles étaient restées figées sur 20 h 24.

Finalement, le cœur de Daniel s'était arrêté de la même manière : après des années passées à battre, il avait brusquement cessé de fonctionner.

Sordide. Elle se rappelait encore l'image de ses cheveux dorés, tranchant avec l'horreur de la scène. Il avait toujours eu la blondeur d'un ange, comme disait sa mère, et même après la mort, ses boucles avaient gardé leurs courbes parfaites : malgré leur manque d'éclat dû au fait qu'il ne les avait pas lavées depuis longtemps, Grier était restée subjuguée par leur beauté.

S'extirpant du passé, elle se frotta le visage et se leva.

Puis, avec toute la grâce d'un zombie, elle emprunta l'escalier de derrière et gagna sa chambre… où elle sortit une valise, qu'elle entreprit de remplir.

Chapitre 27

Sur la pelouse du funérarium McCready, Jim ne perdit pas de temps à essayer de comprendre comment Divine l'avait localisé : elle était là et il devait trouver un moyen de se débarrasser d'elle.

— Tu as perdu ta langue, Jim ?

Sa voix était exactement comme dans ses souvenirs : grave, douce, profonde. Sexy – à condition d'ignorer l'être abject qui se cachait sous sa peau.

— Non, loin de là.

— Comment vas-tu, au fait ?

— C'est la super forme.

— C'est ce que je vois. Et ça te va bien. (Elle sourit, dévoilant des dents parfaites.) Tu m'as manqué.

— Pitoyable.

Divine s'esclaffa, son rire déferlant à travers la nuit froide.

Une voiture tourna au coin et continua le long de la rue, ses phares illuminant la façade du funérarium, les taches brunes sur la pelouse et le cornouiller qui commençait à peine à bourgeonner. Cependant, Divine resta plongée dans l'ombre. Mais là encore, elle n'existait pas réellement dans ce monde.

La démone l'examina de la tête aux pieds puis reporta son attention sur Matthias.

— Revenons au problème qui nous préoccupe.

— Il n'y a pas de problème, Divine.

— J'adore t'entendre prononcer mon nom. (Elle avança d'un pas, sans se presser, mais Jim ne fut pas dupe de sa nonchalance.) Que comptes-tu faire de lui ?

— J'avais l'intention de le déposer dans sa voiture en attendant son réveil. Mais maintenant, je crois que je vais le ramener à Boston.

— Je crains qu'il ne soit trop lourd pour toi. (Elle s'approcha encore.) Tu as peur que je lui joue un vilain tour ?

— Comme une sale gamine qui s'amuserait à nouer ses deux chaussures ensemble ? Ouais. C'est ça.

— À vrai dire, j'ai d'autres projets pour ton ancien patron.

Un troisième pas.

— Vraiment ? (Jim ne broncha pas.) Pour ta gouverne, je ne suis pas sûr que sa plomberie soit en bon état de marche après toutes ses blessures. Je ne me suis jamais penché sur la question, mais le Viagra a ses limites.

— J'ai mes petits secrets.

— Je n'en doute pas. (Jim montra les dents.) Je ne te laisserai pas le prendre, Divine.

— Tu parles d'Isaac Rothe ?

— Des deux.

— Gourmand. Et moi qui croyais que tu n'aimais pas Matthias.

— Ce n'est pas une raison pour te laisser lui mettre la main dessus. Ou le manipuler comme un pantin. Contrairement à vous deux, je m'efforce d'éviter les dégâts collatéraux.

— Et si on faisait un marché ? (Elle affichait un sourire bien trop satisfait au goût de Jim.) Je laisse Matthias tranquille… et tu passes un peu de temps avec moi.

Le sang de l'ange se glaça dans ses veines.

— Non, merci, j'ai d'autres projets.

— Tu as trouvé une autre partenaire ? Tu m'as trompée ?

— Aucun risque. Il faudrait déjà qu'on soit ensemble.

— C'est le cas.

— Non. (Il regarda autour de lui, histoire de s'assurer qu'elle n'était pas venue avec des renforts.) Je me tire, Divine. Passe une bonne nuit.

— Je crains que Matthias ne tienne pas le choc.

— T'inquiète, tout ira bien…

— Vraiment ?

Elle tendit une longue main gracile.

Aussitôt l'homme se mit à gémir dans les bras de Jim, le visage tordu de douleur, son corps fragile parcouru de spasmes.

— Je n'ai même pas à le toucher, Jim. (Elle replia les doigts, semblant serrer le cœur de Matthias dans son poing, et l'homme se contorsionna, visiblement à l'agonie.) Je peux le tuer en un tournemain.

Lâchant un juron, Jim récapitula ce qu'il avait appris d'Eddie, essayant de trouver un sort, ou une incantation, n'importe quoi pour arrêter le massacre.

— J'ai des jouets par milliers, Jim, déclara-t-elle d'une voix douce. Alors, je me fiche que celui-ci meure ou vive. Ça ne me fait rien, ça n'affecte rien et ça ne changera rien. Mais si tu veux vraiment éviter les dégâts collatéraux, alors je te conseille de te donner à moi pour le restant de la nuit.

Merde, vu sous cet angle, pourquoi s'embêter à protéger ce type ? De toute façon, elle trouverait un autre moyen d'influencer le destin d'Isaac.

— Dans ce cas, autant qu'il meure.

Au moins, Matthias ne serait plus dans ses pattes. D'un autre côté, le suivant serait peut-être encore pire.

— Si je le tue maintenant… (Divine inclina son ravissant visage) tu devras vivre en sachant que tu aurais pu le sauver, mais que tu as choisi de ne pas intervenir. Tu vas devoir rajouter une marque au tatouage que tu as dans le dos, n'est-ce pas ? Je croyais pourtant que tu avais abandonné ce genre de choses, Jim ?

Une bouffée de rage le parcourut ; son sang se mit à bouillonner et sa vision s'obscurcit.

— Salope…

— Alors, que décides-tu, Jim ?

Jim baissa les yeux sur le visage meurtri de son ancien patron. Son teint était d'un gris alarmant et son souffle à peine perceptible à travers sa bouche grande ouverte.

Et merde.

Putain de bordel de merde.

Pestant de nouveau, Jim tourna les talons, fit mine de s'en aller… mais bien sûr Divine se matérialisa sur son chemin.

— Où vas-tu, Jim ?

Si seulement elle pouvait arrêter de prononcer mon putain de nom, songea-t-il.

— Je le ramène à sa voiture. Ensuite, je partirai avec toi.

Elle lui adressa un sourire radieux et il fut pris d'un haut-le-cœur. Mais un marché est un marché, et au moins, Matthias verrait le soleil se lever le lendemain matin. Évidemment, la mort, physique ou morale, l'attendait au tournant, soit parce que son corps finirait par le lâcher, soit parce que ses crimes reviendraient le hanter. Cependant, Jim ne précipiterait pas sa chute s'il pouvait l'éviter. Son sort reposait entre les mains de Nigel et de ses pairs… ou du type qui présidait aux destinées.

Ce soir, grâce à lui, Matthias resterait en vie, et c'était tout ce qui comptait. Parce que même un sociopathe méritait mieux que d'échouer entre les griffes d'une créature comme Divine.

Et avec un peu de chance, Jim ressortirait de l'enfer qu'elle lui réservait avec un peu plus d'informations sur elle… et sur le moyen de l'abattre.

Connaître son ennemi pour mieux le combattre.

Pendant ce temps-là, à Boston, Isaac relevait la capuche de son coupe-vent pour dissimuler son visage avant d'entraîner le père de Grier vers la porte d'entrée et de sortir avec lui. Il avait conscience d'être trop exposé : avec ou sans capuche, il n'y avait aucun doute sur son identité. Mais c'était un mal pour un bien : il ne faisait pas confiance à ce type et Grier voulait qu'il débarrasse le plancher.

Alors, le calcul était simple.

Tandis qu'il poussait papa chéri en direction de la Mercedes, l'air froid sembla revigorer Childe et les vestiges de sa confrontation avec sa fille laissèrent place à une détermination qui forçait le respect.

— Vous le connaissez, dit Childe en sortant son bip. Vous savez ce qu'il lui fera.

L'image du regard pétillant et doux de Grier s'imposa à lui. Et oui, il imaginait très bien le genre de saloperie dont Matthias pourrait se servir pour lui faire du mal. Pour la tuer.

Il pourrait même forcer son père à regarder de nouveau.

Forcer Isaac à assister lui aussi à la scène.

Et cette pensée lui donnait envie de vomir.

— C'est vous qui détenez la solution, dit Childe. Et vous savez de quoi je parle.

Oui, effectivement. Et ça le torturait.

— Je vous en supplie… Sauvez ma fille.

Émergeant de la pénombre, le pote de Jim, celui qui portait des piercings, s'avança vers eux.

— Bonsoir, messieurs.

Childe esquissa un mouvement de recul et Isaac le retint par le bras.

— Ne vous inquiétez pas, il est avec nous.

D'une voix plus forte, il dit :

— Qu'est-ce qui se passe ?

Merde, les gars, il faut vraiment que je retourne à l'intérieur, songea Isaac.

— Je me suis dit que tu aurais besoin d'un coup de main.

Sur ces paroles, il dévisagea Childe comme le serpent dans *Le Livre de la jungle*. Soudain, le père de Grier se mit à cligner des yeux, comme s'il communiquait en morse à l'aide de ses paupières.

Puis Childe les salua, monta calmement dans sa voiture… et s'en alla.

Isaac contempla les feux arrière tourner au coin de la rue.

— Je peux savoir comment tu as fait ça ?

— Non. Mais je t'ai permis d'économiser un temps précieux.

— Pour faire quoi ?

— À toi de voir. Au moins, il n'a plus le souvenir de t'avoir vu dans cette maison, et donc il ne se précipitera pas sur son portable pour signaler ta présence à ton ancien patron.

Isaac jeta un coup d'œil autour de lui en se demandant combien de regards étaient posés sur lui.

— Ils le savent déjà. Ma présence ici est aussi confidentielle que celle de la tour Eiffel à Paris.

Une large paume se posa sur son épaule, lourde et massive, et Isaac se figea, pris d'une bouffée de chaleur. Il n'était pas surpris par la puissance que dégageait ce type – après tout, c'était le coéquipier de Jim. Mais il y avait quelque chose de bizarre en lui, et ce n'étaient pas les boucles en métal qui lui perçaient la lèvre inférieure, l'arcade et les oreilles.

Son sourire était grave et sa voix lourde de mystères lorsqu'il déclara :

— Tu ferais mieux de rentrer.

— Et toi, de me dire ce qui se passe, rétorqua Isaac.

L'homme n'eut pas l'air ravi de se faire rembarrer de la sorte, mais ce n'était pas son problème. Il pouvait bien être en rogne,

Isaac s'en foutait totalement. Il avait besoin d'informations pour donner un sens à toute cette histoire.

Un sens.

N'importe lequel.

Seigneur, voilà ce que Grier devait ressentir.

—Je t'ai permis de rester en vie une nuit de plus ; voilà tout ce que je peux te dire. Maintenant, je te conseille fortement de rentrer et de rester tranquille jusqu'au retour de Jim, mais manifestement, je n'arriverai pas à te faire entendre raison.

—Mais bordel, qui êtes-vous ?

Le piercé se pencha en avant.

—On est les gentils.

Puis il haussa un sourcil, lui adressa un sourire à la Cary Grant et…

Disparut. Comme par magie.

Impossible. Il avait bien dû se barrer quelque part.

Isaac jeta un bref coup d'œil autour de lui parce que, merde, même les espions et les assassins les plus aguerris qu'il avait côtoyés ne pouvaient pas se volatiliser ainsi.

Rien. Bon, de toute façon, ce n'était pas le moment de traînasser. Il allait finir par se faire dégommer à rester sur ce perron.

Isaac regagna la maison en un éclair, verrouilla la porte et entra dans la cuisine. Ne trouvant pas Grier, il se dirigea vers l'escalier de derrière et s'appuya sur la rampe.

—Grier ?

Lorsqu'une vague réponse lui parvint, il grimpa les marches deux par deux. Arrivé devant sa chambre, il s'arrêta dans l'embrasure, cloué sur place.

—Non. (Il secoua la tête à la vue de sa valise à moitié remplie : ce bagage orné d'un monogramme n'irait nulle part.) Hors de question.

Elle leva les yeux vers lui.

— Je ne resterai pas ici.

— Oh que si.

Elle pointa l'index vers lui comme si c'était une arme.

— Je réagis assez mal aux ordres, ces derniers temps.

— J'essaie de te sauver la vie, bon sang ! Et le seul moyen, c'est de rester dans cette maison au système de surveillance inviolable. On te connaît ici, tu as un boulot avec des collègues à qui tu manquerais et des rendez-vous à honorer, tu ne pourrais pas disparaître sans qu'une foule de gens s'inquiètent. Si tu pars, tu ne feras que leur faciliter la tâche.

Tournant les talons, elle repoussa les affaires qu'elle avait empaquetées, courbant son corps svelte pour faire de la place à l'intérieur du petit espace. Ensuite, elle prit un sweat-shirt et le plia en deux puis en quatre.

À la vue de ses mains tremblantes, il sut qu'il ferait n'importe quoi pour la sauver, quitte à se condamner lui-même.

— Qu'as-tu dit à mon père ? demanda-t-elle.

— Pas grand-chose. Je ne lui fais pas confiance. Ne le prends pas mal.

— Moi non plus.

— Tu devrais.

— Comment peux-tu dire ça ? Après tout ce qu'il m'a caché… tout ce qu'il a fait… Je ne peux pas…

Des larmes lui montèrent aux yeux, mais il était évident qu'elle n'était pas d'humeur à se faire réconforter entre des bras puissants : lâchant un juron, elle entra dans la salle de bains.

Vaguement, il l'entendit se moucher et faire couler l'eau. Profitant de son absence, il plongea la main dans son coupe-vent et empoigna le boîtier d'alarme. Qui, plutôt que de lui sauver la vie, allait le condamner à mort. Un peu comme s'il criait : « Au secours ! Je ne suis pas tombé et je suis toujours debout ! Est-ce que vous pourriez venir m'aider à régler ce problème ? »

Grier émergea de la salle de bains.

— Je pars. Avec ou sans toi. À toi de voir.

— Ce sera sans moi, j'en ai peur.

Il lui montra sa main.

Elle se figea à la vue de l'appareil.

— Qu'est-ce que tu fais avec ça ?

— Je mets un terme à cette histoire. Pour toi. Dès maintenant.

— Non !

Il appuya sur le bouton au moment où elle se ruait sur lui, scellant son destin, et sauvant Grier, d'une simple pression du doigt.

Une petite lumière rouge se mit à clignoter.

— Oh, mon Dieu, qu'est-ce que tu as fait ? murmura-t-elle. Qu'est-ce que tu as fait ?!

— Tout se passera bien pour toi. (Il suivit du regard les contours de son visage, mémorisant une nouvelle fois ces traits qui étaient déjà gravés à jamais dans son esprit.) Et c'est tout ce qui compte pour moi.

Alors que les yeux de la jeune femme s'humectaient de nouveau, il s'avança et cueillit une petite larme cristalline du bout du pouce.

— Ne pleure pas. Je suis mort depuis le jour où j'ai déserté. C'est ce qui se serait passé de toute façon. Et au moins, je sais que tu seras en sécurité.

— Annule-le… Je t'en supplie…

En guise de réponse, il secoua la tête. On ne peut jamais revenir en arrière, et en cet instant précis, il en prenait pleinement conscience.

Le destin est une machine que l'on construit au fil du temps, chacun de nos choix ajoutant une pièce jusqu'à l'obtention du produit final, c'est-à-dire la personne que l'on est devenu. Or, il est impossible de faire marche arrière et de tout recommencer. On ne peut pas jeter un coup d'œil au passé et dire : « Hé, attendez, je voulais fabriquer des machines à coudre et pas des mitraillettes ; laissez-moi revenir au début et tout reprendre à zéro. »

On n'a droit qu'à un seul essai.

Grier recula en chancelant et se cogna contre le bord du lit avant de s'écrouler sur le matelas comme si ses genoux l'avaient abandonnée.

— Qu'est-ce qui va se passer, maintenant ?

Sa voix était si faible qu'il dut dresser l'oreille pour entendre ce qu'elle disait. En comparaison, la sienne était forte et claire.

— Ils vont prendre contact avec moi. Et quand je recevrai leur appel, on conviendra d'un rendez-vous pour que je me rende.

— Alors, tu pourrais les attirer quelque part et en profiter pour t'échapper.

— Cet appareil est équipé d'un GPS ; ils peuvent suivre chacun de mes mouvements.

Ils savaient donc qu'il était chez elle.

Mais il ne pensait pas qu'ils le tueraient dans cette maison : trop exposée. Grier l'ignorait, mais du moment qu'il se rendait, ils ne s'en prendraient pas à elle parce que la mort de son frère allait garantir sa sécurité. En fin stratège qu'il était, Matthias voudrait garder le contrôle sur le père de Grier, à cause de tout ce qu'il savait. Étant donné qu'ils avaient déjà éliminé son fils, il allait sans dire qu'ils pouvaient faire la même chose à sa fille. Et tant que cette menace existait, le vieux Childe était neutralisé.

Cet homme ferait n'importe quoi pour éviter d'enterrer un second enfant.

Grier avait sa vie en main.

— Maintenant, écoute-moi, dit-il. Reste ici, essaie d'arranger les choses avec ton père et…

— Comment as-tu pu faire ça ? Comment as-tu pu te livrer à ces…

— Je ne faisais pas partie de l'équipe qui a assassiné ton frère… mais j'ai commis ce genre de crime. (Lorsqu'elle eut un mouvement de recul, il acquiesça.) J'ai traqué des hommes à travers des forêts, des déserts et des villes pour les éliminer. Je suis entré dans des maisons, j'ai tué des gens et je suis parti sans me retourner. Je ne suis pas… Je ne suis pas un innocent, Grier. J'ai fait les pires choses qu'un être humain puisse infliger à un autre, et j'étais payé pour ça. Je suis fatigué de porter tous ces fardeaux partout où je vais. Je suis éreinté par tous ces souvenirs, tous ces cauchemars, épuisé d'être constamment sur le qui-vive. J'ai cru pouvoir m'en sortir en prenant la fuite, mais ça n'a rien changé et je ne me supporte plus. Pas une nuit de plus. En outre, tu es avocate. Tu connais la loi en matière de meurtre. Ceci… (il saisit le boîtier d'alarme par sa chaîne) est la peine de mort que je mérite… que je désire.

Elle garda les yeux rivés dans les siens.

— Non… non, j'ai vu la façon dont tu m'as protégée. Je ne te crois pas capable de…

D'un geste brusque, Isaac retira son coupe-vent et son sweat-shirt, puis se retourna pour lui montrer la gigantesque Faucheuse tatouée sur chaque centimètre de son dos.

Lorsqu'elle hoqueta de surprise, il baissa la tête.

— Regarde en bas. Tu vois ces marques ? Ce sont mes victimes, Grier. Ce sont… tous les hommes dont j'ai creusé la tombe. Je… ne… suis pas un innocent à protéger. Je suis un assassin… sur le point de recevoir son châtiment.

Chapitre 28

Adrian réapparut dans la cour de l'avocate et reprit place au côté d'Eddie – qui était aussi immobile qu'une statue.

— Tu t'es débarrassé du père ? murmura l'autre ange.

— Ouais. Ça devrait laisser à Jim le temps de rappliquer. Est-ce qu'il a appelé ?

Pendant les cinq minutes où il était sorti avec Isaac, par exemple.

— Non.

— Et merde !

Frustré par toute cette situation, Ad fit de grands moulinets avec ses bras, qui dégageaient encore un peu de vapeur. Bon sang, il détestait sentir le vinaigre et, pour couronner le tout, il avait encore bousillé un blouson de cuir en se battant contre la clique de Divine. Ce qui avait le don de le foutre en rogne.

Merde, il l'aimait vraiment, celui-là.

Cessant de ruminer, il reporta son attention sur l'arrière de la maison. Le sort de Jim brillait de mille feux, la lueur rouge étincelant dans la nuit.

— Mais qu'est-ce qu'il fout ? grommela Eddie en consultant sa montre.

— Peut-être qu'une bonne bagarre nous ferait passer le temps ? (Adrian se força à esquisser un sourire.) Ou je pourrais aller nous chercher une autre nana.

Eddie se racla la gorge en prenant un air outré, mais Ad n'était pas dupe. Son coéquipier était une véritable bête de sexe quand il parvenait à se décoincer. La jolie Rachel était au septième ciel lorsqu'ils l'avaient renvoyée chez elle à l'aube. Et même si ça lui coûtait de l'avouer, Ad avait le sentiment que son visage épanoui était largement dû aux bons soins d'Eddie.

Cet enfoiré savait se servir de sa langue, de toute évidence. Et ce n'était pas plus mal, étant donné que, malgré tous ses efforts, Adrian n'avait fait que suivre le mouvement, au lieu d'être à l'initiative de leurs ébats.

Eddie consulta de nouveau sa montre. Puis son portable. Jeta un regard aux alentours.

— Qu'est-ce que tu as fait au père de l'avocate ?

— Je lui ai fait croire qu'Isaac était déjà parti à son arrivée.

Eddie se frotta le visage, l'air épuisé.

— J'espère vraiment que Jim va bientôt revenir. Isaac va se barrer. Je le sens.

— C'est bien pour ça que je l'ai touché avec ma main magique. (Adrian serra le poing.) Jim ne jure que par les GPS, pas moi.

— L'avantage avec les GPS, c'est qu'ils ne chantent pas comme toi.

— Le problème, c'est que personne à part moi n'a l'oreille musicale.

— Je crois que c'est plutôt l'inverse.

— Pff.

Une brise siffla à travers les branches des arbres en fleurs et tous deux se raidirent... Mais cela n'annonçait pas le retour des sbires de Divine. Juste le vent.

L'attente se prolongea. Pendant de longues minutes.

Adrian n'en pouvait plus ; ce n'était pas dans sa nature de rester inactif et bien vite, le besoin de bouger commença à le démanger. Alors, il fit craquer plusieurs fois les os de son cou.

— Comment tu te sens ? demanda Eddie d'une voix douce.

Oh, super bien, répondit Adrian en pensée. Comme si la compassion de son pote allait l'aider à se détendre. Même en temps normal, ce genre de situation lui donnait envie de faire cent fois le tour du pâté de maisons en courant.

— Ad ?

— Je vais bien. La pêche. Et toi ?

— Je suis sérieux.

— Et on va en rester là.

Une petite pause… une toute petite pause qui dégoulinait de désapprobation.

— Tu peux m'en parler, tu sais.

Oh, bon sang ! Il avait conscience qu'Eddie voulait juste lui marquer son soutien, et bien sûr il appréciait son geste. Mais après avoir couché avec Divine cette dernière fois, Adrian avait les entrailles en guimauve et il devait calfeutrer cette porte, tirer le verrou et jeter le paillasson marqué « Bienvenue », sinon la situation risquait rapidement de se compliquer. Sans possibilité de s'arranger.

— Et je te réponds que je vais bien. Mais merci.

Pour couper court à la discussion, il se concentra sur la maison. Seigneur, ce sort « de bas niveau » était si puissant… aussi puissant que tout ce qu'Eddie et lui auraient pu produire au maximum de leur potentiel. Ce qui pourrait bien signifier que cet ange possédait des pouvoirs capables de poser un sérieux problème à Divine.

La douce sonnerie du portable d'Eddie lui fit retrouver le sourire : la seule personne susceptible de les appeler était Jim.

Pourtant, son coéquipier ne décrocha pas.

— Tu ne réponds pas ? demanda Adrian.

Eddie secoua la tête.

— Il envoie une photo. Le réseau est assez lent, ce soir… ça continue d'arriver.

On aurait pu croire qu'avec tous leurs pouvoirs ces anges seraient capables de communiquer par télépathie, et dans une certaine mesure, ils l'étaient. Mais quand la distance était trop grande, ça revenait à crier pour se faire entendre de l'autre côté d'un stade de foot. En outre, si quelqu'un était blessé ou mourant, sa faculté de jeter des sorts, des incantations ou de lire les pensées…

— Oh… mon Dieu…

La voix d'Eddie se brisa et Adrian sentit une prémonition l'envahir comme si le sang se glaçait dans ses veines.

— Quoi ?

Eddie se mit à tripoter les boutons de son téléphone.

Ad s'empara du portable.

— Ne l'efface pas, putain, ne…

Eddie le lui arracha des mains et ils se bagarrèrent pour prendre le contrôle de l'appareil. Finalement, Adrian, galvanisé par l'énergie du désespoir, remporta la victoire.

— Ne regarde pas, aboya Eddie. Ne regarde…

Trop tard.

La petite image sur l'écran brillant montrait Jim nu et allongé en croix sur une immense table en bois. Il avait les poignets et les chevilles attachés par du fil de fer et sa peau était éclairée par la lueur d'une bougie. Sa queue était entourée d'une lanière en cuir pour la maintenir en érection, mais son excitation n'avait rien de sexuel ; ça, c'était sûr… et Adrian savait précisément comment Divine s'y prenait pour provoquer un afflux de sang à l'endroit où elle le voulait.

Elle allait pouvoir s'amuser pendant des heures avec ce tourniquet.

Adrian déglutit, sa gorge se nouant comme si c'était lui qui était sur ces planches dures et grasses. Il ne savait que trop bien ce qui attendait son ami.

Et ce qu'étaient ces silhouettes noires tapies dans l'obscurité.

Sous la photo, la légende titrait : « Mon nouveau joujou ».

— Il faut qu'on le sorte de là. (Adrian serrait tellement fort le téléphone qu'il aurait pu le broyer.) Quelle sale pute !

Étendu sur la « table de travail » de Divine, comme elle l'appelait, Jim ne lui accorda pas un regard, pas même lorsqu'elle sortit son portable et qu'un flash l'aveugla. Il était principalement préoccupé par les silhouettes noires qui gravitaient autour de lui, comme une meute de chiens sur le point d'être lâchés. À les voir onduler comme des serpents, il avait le sentiment qu'il s'agissait des mêmes créatures que ses potes et lui avaient combattues devant la maison de l'avocate.

Quoi qu'il en soit, il n'allait pas tarder à être fixé.

À cause du rideau d'ombre qui l'entourait, il n'avait aucune idée de leur nombre ou de la taille de la pièce : la lueur des bougies n'éclairait guère et les chandeliers étaient disposés à intervalles réguliers tout autour de lui.

Voilà donc ce que devait ressentir un gâteau d'anniversaire : une légère inquiétude à la vue de son glaçage délicat menacé par la proximité des flammes.

Sans compter qu'il était sur le point d'être dévoré.

Divine s'avança dans la lumière et sourit tel l'ange qu'elle n'était absolument pas.

— Bien installé ?

— Je ne cracherais pas sur un oreiller, mais à part ça, tout baigne.

Après tout, elle n'était pas la seule à pouvoir mentir. Mais en vérité, ses poignets et ses chevilles le faisaient atrocement souffrir à cause du fil de fer barbelé qui les entourait. Il portait également un collier haute couture fabriqué dans le même matériau qui lui entaillait la gorge chaque fois qu'il avalait sa salive. Et pour couronner le tout, la table était enduite d'un genre d'acide – sans doute le sang des créatures qui lui tournaient autour.

De toute évidence, Divine n'avait pas baisé que des anges sur ces planches.

Il était prêt à parier qu'Adrian était passé par là. Ainsi qu'Eddie.

Oh, Seigneur… Est-ce que cette blonde… ? se demanda-t-il.

Jim ferma les yeux et, dans l'obscurité de ses paupières closes, se représenta une nouvelle fois la ravissante jeune fille attachée au-dessus du bac de douche. Merde, rien à foutre de sauver le monde. Il aurait tout donné pour échanger sa place contre la sienne.

Il sentit des doigts glacés remonter à l'intérieur de ses cuisses, et, à mesure qu'ils s'approchaient de sa queue, des ongles pointus lui griffer la peau.

Un son étrange s'éleva dans l'air et pour une quelconque raison, il lui fit penser à un poulet qu'on désosse : des battements d'ailes et des craquements étouffés. Puis une odeur bizarre lui parvint… On aurait dit… Merde… Qu'est-ce que c'était ?

Quand Divine reprit la parole, sa voix avait changé ; le ton était devenu plus grave, plus caverneux, plus rauque…

— J'ai aimé coucher avec toi, Jim. Tu te rappelles ? Dans ton pick-up… Mais cette fois, ça va être bien meilleur. Regarde-moi, Jim. Vois ce que je suis réellement.

— Ça ira comme ça, mais merci…

Divine enfonça ses ongles dans ses testicules puis lui tordit les bourses d'un geste sec. Une douleur cinglante embrasa le système nerveux de sa ceinture pelvienne et une boule de nausée se forma au creux de son estomac. Qui bien sûr n'avait nulle part où aller à cause du collier qui lui encerclait le cou.

Ouais, il n'aurait que des haut-le-cœur à lui opposer, puisque rien ne pourrait s'évacuer par sa gorge.

— Regarde-moi, répéta-t-elle en accentuant la torsion.

Il lui fallut un certain temps pour parvenir à articuler une réponse. À sa décharge, il était déjà bien occupé à essayer de gérer les goulées d'air qu'il aspirait.

— … Non…

Quelque chose le chevaucha. Il ne savait pas qui ou ce que c'était parce qu'il sentit soudain des mains partout sur son corps, les barrières livrant passage aux…

Non, pas des mains. Des bouches.

Aux dents acérées.

Tandis que sa queue pénétrait un orifice aussi doux et lisse qu'une bouche d'évier rouillée, il sentit la première entaille lui lacérer le torse. Une lame, peut-être. Ou alors un croc.

Puis on lui enfonça quelque chose d'émoussé dans la bouche. En sentant le goût du sel et de la chair, il s'imagina que c'était une sorte de sexe et commença à s'étouffer, l'air devenant soudain une denrée rare.

Proche de l'asphyxie, il fut saisi d'un moment de panique. Cependant, ce n'était qu'une question de maîtrise : plus son cœur s'emballait, plus il manquait d'oxygène et plus la brûlure s'intensifiait à l'intérieur de sa cage thoracique.

Calme-toi, se dit-il. *Calme-toi. Caaaaalme-toi…*

Sa volonté eut raison de la douleur et il reprit les rênes de son corps : le sang ralentit sa course folle dans ses veines et ses poumons apprirent à profiter des quelques instants où il avait la bouche libre pour s'octroyer une bouffée d'air.

Franchement, il n'était pas impressionné. Le sexe manquait cruellement de piquant quand il s'agissait de torture.

Quoi qu'il en soit, ça n'allait pas être une partie de plaisir. Mais Divine se fourrait le doigt dans l'œil si elle croyait le briser avec ce viol. Ou en essayant de le découper en filets. Le truc avec la douleur, c'est que même si ça fait grimper aux rideaux, ça n'est rien de plus qu'une sensation extrême.

C'est la même chose quand vous assistez à un concert : au fur et à mesure, vos tympans compensent le bruit et vous finissez par vous y habituer.

En outre, il était loin d'être à bout de forces : Matthias avait survécu à une nouvelle journée, ses potes se trouvaient auprès de Grier et Isaac, et même s'il aurait préféré passer la journée à Disney World ou au Club Med, l'énergie qu'il puisait dans sa conviction de bien agir et de se sacrifier pour le bénéfice d'autrui nourrissait chaque cellule de son corps.

Il survivrait à cette épreuve.

Puis il sauverait l'âme d'Isaac et rirait au nez de Divine à la fin de cette rencontre.

Cette salope ne pouvait pas le tuer et n'obtiendrait rien de lui.

Que le match commence.

Chapitre 29

Les yeux rivés sur le tatouage couvrant le dos d'Isaac, Grier porta lentement les mains à son cou.

L'image en noir et blanc incrustée dans sa peau était représentée de manière si réaliste que la Faucheuse semblait la regarder droit dans les yeux. La grande silhouette drapée de noir se tenait dans un cimetière et les tombes s'étendaient dans toutes les directions. À ses pieds, le sol était jonché de crânes et d'ossements. Sous la capuche, deux puits de lumière brillaient au-dessus d'une mâchoire décharnée. Une main squelettique tenait la poignée de la faux, tandis que l'autre était pointée en direction de sa poitrine.

Et pourtant ce n'était pas le pire.

Au-dessous apparaissaient des petits groupes de quatre lignes, chacun barré d'un trait en diagonale. Grier en comptait pas moins d'une dizaine…

— Tu as tué…

Elle fut incapable de prononcer le reste de sa phrase.

— Quarante-neuf personnes. Et avant que tu ne croies que je m'en glorifie, chacun de nous a ça imprimé dans la peau. Ce n'est pas volontaire.

Cela faisait presque dix par an. Un par mois. Des vies ôtées par ses mains.

D'un geste brusque, Isaac descendit son coupe-vent et son sweat-shirt. Et elle en fut soulagée. Ce tatouage était terrifiant.

Se retournant vers elle, il croisa son regard, semblant guetter sa réaction.

Elle ne pensait qu'à une chose : Daniel. Seigneur, son frère était une marque inscrite au dos d'un ou plusieurs de ces soldats, une petite ligne tracée par une aiguille, marquée à l'encre indélébile.

Elle aussi avait été tatouée par la mort. De l'intérieur. L'image de son cadavre et à présent les détails scabreux de cette nuit étaient gravés à jamais dans son esprit.

Même chose pour ce qu'elle avait découvert à propos de la vie cachée de son père. Et de celle d'Isaac.

Grier appuya les mains sur ses genoux en secouant la tête.

—Je n'ai rien à dire.

—Je peux comprendre. Je vais partir…

—À propos de ton passé.

Elle secoua de nouveau la tête. Elle avait été entraînée dans une tornade dès l'instant où il était entré dans cette pièce de la prison. Prise dans le tourbillon, elle avait tournoyé, de plus en plus vite, depuis sa prise de bec avec l'homme au cache-œil en passant par sa confrontation avec son père et sa coucherie avec Isaac… jusqu'au moment où Isaac avait appuyé sur le bouton d'autodestruction avec autant d'effet que s'il avait dégoupillé une grenade.

Mais curieusement, juste après ce geste, elle avait senti la tempête s'éloigner, comme si la tornade était partie dévaster la vie de quelqu'un d'autre.

Dans le calme qui avait suivi, tout semblait si clair, si simple…

Haussant les épaules, elle garda les yeux rivés sur lui.

—Je ne veux vraiment pas m'exprimer vis-à-vis de ton passé… mais j'ai une opinion quant à ton avenir. (Elle poussa un long soupir trahissant toute la lassitude qu'elle ressentait.) Je ne crois pas que tu doives te rendre et mourir. On ne répare pas une injustice par une autre. En fait, rien ne réparera ce que tu as fait, mais ça, tu le sais déjà. Tes crimes te poursuivront pendant le restant de ta vie – comme un fantôme qui ne te quittera jamais.

À la vue de son regard tourmenté, elle sut qu'il le savait mieux que quiconque.

— Pour être honnête, Isaac, je trouve que tu te comportes en lâche. (Lorsqu'il la contempla bouche bée, elle opina.) Il est bien plus difficile de vivre avec cette culpabilité que de partir dans une flambée de gloire hypocrite. Tu as déjà entendu parler du suicide par police interposée ? C'est quand un tireur acculé fait feu sur un barrage de police pour obliger les flics à le farcir de plomb. C'est le recours de ceux qui n'ont pas la force d'affronter le châtiment qu'ils méritent. Et ce bouton que tu as pressé, c'est la même chose. N'est-ce pas ?

Elle sut qu'elle avait fait mouche à la façon dont il se rembrunit, ses traits se durcissant en un masque sévère.

— Être courageux, poursuivit-elle, c'est affronter et dénoncer cette organisation. Voilà la bonne conduite à adopter. Lever le voile sur le mal que tu as vu, commis, incarné. C'est la seule façon de se rapprocher d'une rédemption. Seigneur… tu pourrais arrêter toute cette saloperie. (Sa voix se brisa à la pensée de son frère.) Tu pourrais l'arrêter et faire en sorte que personne d'autre ne soit aspiré dedans. Tu pourrais contribuer à traquer les responsables et à les faire traduire en justice. Ce serait… constructif et utile. Contrairement à ces conneries de suicides. Qui ne résolvent rien, ne font rien avancer…

Grier se leva, ferma sa valise et verrouilla les loquets.

— Je n'approuve aucun de tes actes. Mais tu as suffisamment de conscience en toi pour vouloir raccrocher. La question est de savoir si cette impulsion va te conduire plus loin… et ça n'a rien à voir avec ton passé. Ni avec moi.

Parfois, on a besoin d'un autre regard sur soi, songea Isaac. Et il ne parlait pas de son reflet dans le miroir.

Plutôt de son image dans les yeux d'autrui.

Les sourcils froncés, il se demandait ce qui le choquait le plus : le fait que Grier ait parfaitement raison ou qu'il soit tenté de suivre sa suggestion.

Toujours est-il qu'elle avait vu juste : il avait des tendances suicidaires depuis qu'il avait déserté et il n'était pas du genre à se pendre dans une salle de bains. Non, non, c'était bien plus viril de se faire buter par un camarade.

Quelle lopette.

Cela dit, il ne savait pas trop comment son témoignage pourrait s'organiser. À qui parler ? À qui faire confiance ? Et même s'il n'avait aucun mal à s'imaginer déballer tout ce qu'il savait sur Matthias et son lieutenant, il n'avait nullement l'intention de dévoiler les identités des autres soldats avec qui il avait collaboré ou dont il avait entendu parler. Les commandos XOps étaient devenus incontrôlables sous la férule de Matthias et il fallait arrêter cet homme. Mais l'organisation elle-même n'était pas foncièrement mauvaise et opérait un travail nécessaire et considérable pour protéger l'intérêt national. En outre, il avait le sentiment que si leur patron était éliminé, le noyau dur des soldats, auquel Isaac appartenait, disparaîtrait par une nuit glaciale, pour ne plus jamais reprendre ses activités ni en parler : ils étaient nombreux dans son cas, à vouloir partir sans y parvenir à cause de Matthias. Et il le savait parce que le départ de Jim avait suscité de très nombreux commentaires…

Et à ce propos…

Il devait parler à Heron. S'il y avait un moyen de témoigner, il fallait en discuter avec lui.

Et avec le père de Grier.

— Appelle ton père, dit-il à Grier. Appelle-le et dis-lui de revenir. Maintenant. (Lorsqu'elle ouvrit la bouche pour protester, il l'interrompit.) Je sais que c'est beaucoup te demander, mais s'il existe une autre solution, je suis absolument certain qu'il a de meilleurs contacts que moi – parce que je n'en ai aucun. Et quant à ton frère… c'est vraiment horrible et je suis navré. Mais ce qui lui est arrivé n'est pas la faute de ton père. Quand on vous recrute, on ne vous dit pas tout, et quand on finit par découvrir la vérité, il est trop tard. Ton père est bien plus innocent dans cette histoire que je ne le suis, et il a dû y laisser un fils. Tu es en colère et effondrée, je peux le comprendre. Mais lui aussi. Et tu l'as bien vu.

Le visage de Grier se durcit, mais quand ses yeux s'emplirent de larmes, il sut qu'elle n'était pas insensible à son discours.

Isaac attrapa le téléphone sur la table de chevet et le lui tendit.

— Je ne te demande pas de lui pardonner. Simplement, ne le hais pas. Sinon, il aura perdu ses deux enfants.

— C'est déjà le cas. (Grier chassa ses larmes d'un geste rapide.) Je n'ai plus de famille, désormais. Mon frère et ma mère sont morts. Et je ne supporte plus la vue de mon père. Je suis toute seule.

— Non, ce n'est pas vrai. (Il agita le téléphone dans sa direction.) Il n'est qu'à un coup de fil de toi et il est tout ce qui te reste. Si je peux grandir un peu, toi aussi.

Bien sûr, il prenait un risque en lui suggérant de faire un pas vers son père, mais en réalité, les intérêts de Childe et les siens n'étaient pas si opposés : ils voulaient tous les deux l'éloigner de Matthias.

Soutenant son regard, il la supplia mentalement de trouver la force de rester en contact avec son père, et il savait très bien pourquoi c'était si important pour lui : comme d'habitude, il se comportait de manière égoïste. S'il balançait tout à un juge ou témoignait devant le Congrès, il resterait en vie un moment, mais il serait mort vis-à-vis de Grier, car il serait assujetti à un programme de protection des témoins. Par conséquent, son père serait le seul en mesure de la protéger.

Isaac secoua la tête.

— Dans cette histoire, le salopard, c'est l'homme que tu as rencontré dans mon appartement. C'est lui, le vrai méchant. Pas ton père.

— Je ne… (Grier se frotta de nouveau les yeux.) Je ne renouerai avec lui qu'à condition qu'il t'aide.

— Alors dis-le-lui quand il sera là.

Un instant plus tard, elle se redressa et saisit le téléphone.

— D'accord. Je vais l'appeler.

Submergé par l'émotion, il dut se retenir de se pencher pour lui voler un baiser. Bon Dieu, elle était forte. Si forte.

— Bien, dit-il d'une voix rude. C'est bien. Et moi, je vais aller chercher mon pote Jim.

Tournant les talons, il se dirigea vers l'escalier de derrière et dévala les marches en espérant que Jim soit de retour ou que ces deux durs à cuire dans la cour puissent le conduire jusqu'à lui.

Émergeant de la cuisine, il fonça vers la porte qui donnait sur le jardin, l'ouvrit en grand et…

Au fond de la cour, les potes de Jim étaient collés devant un portable, l'air passablement à cran.

— Qu'est-ce qui se passe ? demanda Isaac.

Tous deux levèrent les yeux et à la vue de leurs visages tendus, il sut aussitôt que Jim était dans la mouise : quand on travaille en équipe, il n'y a rien de plus angoissant que de savoir un de ses camarades aux mains de l'ennemi. C'était pire qu'une blessure mortelle.

Parce que l'ennemi ne tuait pas toujours d'abord.

— Matthias, siffla Isaac.

Lorsque le type à la natte fit « non » de la tête, Isaac les rejoignit en courant. Le piercé avait un teint cadavérique.

— Qui, alors ? Qui est avec Jim ? Je peux vous aider ?

Grier apparut dans l'embrasure.

— Mon père sera là dans cinq minutes. (Elle fronça les sourcils.) Tout va bien ?

Isaac contempla simplement les deux hommes.

— Je peux vous aider, répéta-t-il.

Le type à la natte l'éconduit aussitôt.

— Non. J'ai bien peur que non.

— Isaac ? À qui parles-tu ?

Il jeta un coup d'œil par-dessus son épaule.

— À des amis de Jim.

Il se retourna…

Les deux hommes avaient disparu, comme par enchantement. Encore une fois.

Mais qu'est-ce que c'était que ce bordel ?

Un frisson lui hérissa la nuque et Grier s'avança vers lui.

— Il y avait quelqu'un ?

— Euh… (Il regarda autour de lui.) Je ne sais pas… Viens, rentrons.

Il l'escorta jusqu'à la maison en se demandant s'il n'avait pas totalement perdu la boule.

Après avoir verrouillé la porte et regardé Grier réenclencher le système de surveillance, il s'installa devant l'îlot et sortit le boîtier de téléassistance. *Toujours pas de réponse*, songea-t-il en espérant que le père de Grier serait là avant que Matthias prenne contact avec lui.

Mieux valait avoir un plan.

Dans le silence de la maison, il contempla la cuisinière pendant que Grier s'adossait au plan de travail, près de l'évier. Il avait l'impression qu'un siècle s'était écoulé depuis qu'elle lui avait préparé cette omelette. Et pourtant, s'il suivait l'idée de Grier jusqu'au bout, les prochains jours risquaient de filer à la vitesse de l'éclair en comparaison.

Il se demanda ce qu'il pourrait balancer sur Matthias. Il en savait long sur son ancien patron… même si cet homme avait volontairement créé des trous noirs dans la galaxie mentale de ses agents : on ne vous disait que le strict nécessaire, et pas une syllabe de plus. On pouvait déduire certaines informations, mais il restait de vastes zones d'ombre qui…

— Ça va ? demanda-t-elle.

Isaac leva un regard étonné en se disant que ce serait plutôt à lui de lui poser cette question. Et sans surprise, elle avait les bras serrés autour de son corps, une posture d'autoprotection qu'elle semblait souvent adopter en sa compagnie.

— J'espère vraiment que ça va s'arranger avec ton père, répondit-il en se détestant.

— Ça va ? insista-t-elle.

Ah. Apparemment, ils étaient deux à pouvoir faire la sourde oreille.

— Tu sais, tu peux me dire la vérité, ajouta-t-elle.

C'était amusant, parce qu'il y songeait, justement. Peut-être pour s'exercer. Quoi qu'il en soit, il s'exécuta.

— Le premier type que j'ai tué… (Lorsque Isaac baissa les yeux vers le comptoir en granit, le bloc de pierre lisse se transforma en écran de télévision et il regarda défiler le film de sa vie sur la surface mouchetée.) C'était un extrémiste politique qui avait fait exploser une bombe dans une ambassade à l'étranger. Il m'a fallu trois semaines et demie pour le trouver. Je l'ai traqué à travers deux continents. Et j'ai fini par le coincer à Paris. Tu le crois, ça ? La ville de l'amour… Je l'ai assassiné dans une ruelle. Je me suis faufilé derrière lui et je lui ai tranché la gorge. Grossière erreur, il y avait du sang partout. J'aurais dû lui briser la nuque…

Il s'interrompit en lâchant un juron, bien conscient qu'il ne parlait pas boutique de la même manière qu'un inspecteur des finances discuterait du Code des impôts.

— Ça ne m'a posé aucune difficulté. (Il regarda ses mains.) C'était comme si un rideau de fer s'était abattu sur moi et avait mis mes émotions en veilleuse. Après ça ? Je suis allé au restaurant. J'ai commandé un steak au poivre, et j'ai tout mangé. C'était… délicieux. C'est au cours de ce repas que je me suis rendu compte qu'ils avaient fait un choix judicieux. Sélectionné le bon type. Et c'est là que j'ai vomi. J'ai fait le tour du bâtiment et je me suis engagé dans une ruelle qui ressemblait comme deux gouttes d'eau à celle où j'avais tué cet homme une heure plus tôt. En fait, j'ai compris que j'étais un assassin en m'apercevant que ça ne me faisait rien.

— Sauf que ça t'a fait quelque chose.

— Ouais. Enfin… oui, c'est vrai.

Mais juste ce jour-là. Le lendemain, c'était fini. Il était devenu totalement insensible, mangeait comme un roi et dormait comme un bébé.

Grier s'éclaircit la voix.

— Comment t'ont-ils recruté ?

— Tu ne vas pas me croire.

— Dis toujours.

— *sKiller z.*

— Pardon ?

— C'est un jeu vidéo où tu assassines des gens. Il y a sept ou huit ans, les premières communautés virtuelles étaient en train de devenir un phénomène de société et le jeu en ligne était en plein essor. *sKiller z* a été créé par une sorte de pervers – apparemment personne n'a jamais rencontré ce type –, mais extrêmement doué en matière de graphisme et de réalisme. Et moi dans tout ça ? J'étais passionné par les ordinateurs et j'aimais… (*tuer*, songea-t-il) j'aimais jouer à ce jeu. Peu après, on s'est retrouvés des centaines dans ce monde virtuel, avec des armes et des identités secrètes, éparpillés à travers une multitude de villes et de pays. J'étais le plus fort d'entre eux. J'avais ce… don pour savoir comment éliminer les gens, quelle arme utiliser et où se débarrasser des cadavres. Mais c'était juste un jeu. Un loisir quand je ne travaillais pas à la ferme. Et puis… au bout de deux ans… j'ai commencé à avoir la sensation d'être espionné. Ça a duré environ une semaine, jusqu'au soir où ce fameux Jeremiah s'est pointé à la ferme. J'étais en train de réparer la clôture de derrière quand il a débarqué dans une voiture banalisée.

— Et qu'est-ce qui s'est passé ? demanda-t-elle quand il marqua une pause.

— Je n'ai jamais raconté ça à personne.

— Ne t'arrête pas. (Elle s'avança et s'assit auprès de lui.) Ça m'aide. Enfin… Ça me perturbe, aussi. Mais… s'il te plaît ?

Bon, d'accord. Quand elle le regardait avec ces grands yeux magnifiques, il était prêt à lui donner tout ce qu'elle voulait : des paroles, des histoires… le cœur qui tambourinait dans sa poitrine.

Se frottant le visage, il se demanda quand il était devenu aussi fleur bleue… Ah oui, c'est vrai : à la maison d'arrêt, dès l'instant où on l'avait conduit dans ce parloir et qu'elle s'était assise en face de lui, belle, pimpante et sacrément maline.

Nunuche.

Mauviette.

Chochotte.

— Isaac ?

— Oui ?

Comme quoi, il pouvait encore répondre à son prénom et pas simplement à un chapelet d'insultes.

— Je t'en prie… Continue de me parler.

À son tour, il s'éclaircit la voix.

— Ce Jeremiah m'a proposé de travailler pour le gouvernement. Il m'a dit qu'il était dans l'armée et qu'ils étaient à la recherche de types comme moi. J'ai répondu : « Des fermiers ? Vous cherchez des fermiers ? » Et… je n'oublierai jamais son regard quand il m'a rétorqué : « Tu n'es pas un fermier, Isaac. » Rien de plus. Mais c'est la façon dont il l'a dit… Comme s'il connaissait un secret me concernant. Toujours est-il que je l'ai pris pour un crétin et je ne me suis pas privé de le lui dire. Je portais une salopette couverte de boue, une casquette et des bottes en caoutchouc. À son avis, j'étais quoi sinon un gars de la ferme ? (Isaac jeta un coup d'œil à Grier.) Pourtant, il avait raison. J'étais autre chose. J'ai fini par apprendre que le gouvernement surveillait *sKiller z* et c'est comme ça que j'ai été repéré.

— Qu'est-ce qui t'a décidé à… travailler pour eux ?

Joli euphémisme.

— Je voulais foutre le camp du Mississippi. Depuis toujours. J'ai quitté la maison deux jours plus tard sans un regret. Et le cadavre appartenait à un gamin qui avait raté un virage en moto. Du moins, c'est ce qu'ils m'ont dit. Ils ont échangé ma carte d'identité et ma Honda contre la sienne et le tour était joué.

— Et ta famille ?

— Ma mère… (Cette fois, il dut vraiment se racler la gorge.) Ma mère avait quitté mon père quelques années avant de mourir. Papa avait cinq fils, mais seulement deux avec elle. Comme je ne me suis jamais entendu avec mes frères ni avec lui, je n'ai pas eu de mal à partir. Et je n'ai aucune envie de les revoir. Le passé appartient au passé et ça me convient très bien comme ça.

À ce moment-là, la porte de devant s'ouvrit et depuis le couloir, Alistair Childe s'écria :

— Y a quelqu'un ?

— On est dans la cuisine, répondit Isaac, parce qu'il ne pensait pas que Grier le ferait.

Tandis qu'elle vérifiait le système de surveillance, elle avait soudain l'air trop concentrée pour parler.

Lorsque son père entra dans la pièce, il était le contraire de sa fille : défait, avec les cheveux en bataille comme s'il avait tiré dessus, les yeux rougis et vitreux, le manteau de travers.

— Vous êtes là, dit-il à Isaac d'un ton menaçant.

De toute évidence, la séance d'hypnose à laquelle s'était livré le pote de Jim n'était pas de la poudre aux yeux.

Joli numéro, commenta Isaac pour lui-même.

— Je ne lui ai pas expliqué la raison de mon appel, déclara Grier. La ligne fixe n'est pas sécurisée.

Futée, cette fille. Vraiment futée.

Comme elle demeurait silencieuse, Isaac décida de prendre les choses en main. Reportant son attention sur le père de la jeune femme, il dit :

— Vous voulez toujours raccrocher ?

Childe considéra sa fille.

— Oui, mais…

— Et s'il existait un moyen de le faire sans mettre les gens – traduisez : Grier – en danger ?

— Il n'y en a pas. J'ai passé dix ans à en chercher un.

— Avez-vous déjà songé à compromettre Matthias ?

Le père de Grier se figea et sonda le regard d'Isaac comme s'il essayait d'y lire l'avenir.

— C'est-à-dire ?

— Aider quelqu'un à déballer tout ce qu'il sait sur ce fils de pute. (Isaac jeta un regard à Grier.) Désolé pour le langage.

Childe plissa les yeux, mais pas en signe d'indignation ou de méfiance.

— Vous voulez dire : « témoigner » ?

— Si c'est nécessaire. Ou trouver un moyen détourné de mettre fin à ses activités. Une fois Matthias évincé, tout le monde – traduisez : Grier – sera en sécurité. Je me suis rendu, mais je ne veux pas en rester là. Et je crois qu'il est temps que le monde soit au courant de ses agissements.

Childe regarda tour à tour Isaac et Grier.

— Tout ce que vous voulez. Je ferai tout ce que vous voulez pour coincer ce salopard.

— Parfait.

— Et je peux également témoigner.

— Non, je vous l'interdis. C'est ma seule condition. Organisez les rendez-vous, dites-moi où aller, et puis disparaissez. Soit vous acceptez, soit je laisse tomber.

Isaac écouta sans broncher les protestations de Childe tout en observant Grier du coin de l'œil. Elle avait le regard rivé sur son père et, malgré son silence, Isaac était prêt à parier que le grand froid qu'elle ressentait commençait à se dissiper. Il faut avouer que le vieux Childe forçait le respect à vouloir jouer les balances. Si on lui en laissait l'occasion, il cracherait tout ce qu'il savait.

Malheureusement pour lui, le choix ne lui appartenait pas. Pas question que Grier perde le dernier membre de sa famille si leur plan partait en sucette.

— Navré, dit Isaac en coupant court aux jérémiades. Ce sera comme ça et pas autrement, parce qu'on ne sait pas comment ça va se terminer et qu'il faut que vous… soyez là quand tout sera fini. Je ne veux pas qu'on puisse remonter jusqu'à vous. Vous êtes déjà bien trop impliqué à mon goût.

Childe secoua la tête et leva une main.

— Je tiens à faire savoir…

— Je sais que vous êtes avocat, mais là, on arrête de discuter. Maintenant.

L'homme resta interloqué, sans doute peu habitué à ce qu'on s'adresse à lui sur ce ton. Mais au bout d'un moment, il répondit :

— Très bien. Si c'est ce que vous voulez.

— Oui. Et ce n'est pas négociable.

Childe se mit à faire les cent pas. Puis s'arrêta devant Isaac.

Levant une main devant la poitrine, il forma un cercle avec le pouce et le majeur. Puis il parla d'une voix claire et teintée d'une juste dose d'angoisse.

— Oh, Seigneur… Mais qu'est-ce qui m'a pris ? Je ne peux pas faire ça. Ce n'est pas bien. Je suis désolé, Isaac… je ne peux pas le faire. Je ne peux pas vous aider.

Au moment où Grier ouvrait la bouche, Isaac l'attrapa et lui serra le poignet pour l'inciter à se taire : à présent, son père désignait furtivement l'escalier qui menait à la cave.

— Vous en êtes sûr ? lui demanda Isaac d'un ton menaçant. J'ai besoin de vous et je crois que vous commettez une grave erreur.

— C'est vous qui vous trompez, fiston. Et je serais en train d'appeler Matthias si vous ne vous en étiez pas déjà chargé. Je ne participerai pas à une conspiration contre lui et je refuse de vous aider. (Il laissa échapper un juron.) J'ai besoin d'un verre.

Sur ce, il tourna les talons et se dirigea de l'autre côté de la pièce.

À ce moment-là, Grier saisit Isaac par le devant de son coupe-vent et l'approcha tout près de son visage. Dans un sifflement presque inaudible, elle déclara :

— Si vous espérez encore m'évincer, vous vous fourrez le doigt dans l'œil.

Isaac la contempla d'un air incrédule tandis que Childe ouvrait la porte de la cave.

Merde, se dit-il. Manifestement, elle ne céderait pas. D'un autre côté, en l'impliquant davantage, elle finirait peut-être par se rabibocher avec son père.

— Honneur aux dames, murmura Isaac en lui indiquant la voie d'un geste galant.

Chapitre 30

Paradis, Pelouse sud.

Quand Nigel accorda une audience à ses anges-guerriers préférés, ce ne fut ni par sollicitude, ni avec enthousiasme – d'autant que Colin, Bertie, Byron et lui étaient en plein milieu d'un repas. Pourtant, il n'avait pas l'intention d'éconduire ses visiteurs : il connaissait la raison de leur venue et sa réponse n'allait pas leur plaire.

Aussi, il se sentait obligé de les affronter personnellement.

Et en effet, lorsque Edward et Adrian apparurent à l'autre bout de la pelouse, ils se dirigèrent vers le bosquet avec un air vengeur.

— Je suis terriblement navré, murmura Nigel à ses conseillers, je vous prie de m'excuser un instant.

Pliant sa serviette en damas, il se leva en se disant qu'il n'y avait pas de raison de gâcher le repas des autres, d'autant que ce qui allait transpirer verbalement de cet échange risquait fort de leur couper l'appétit.

Néanmoins, Colin se leva à son tour. Nigel aurait largement préféré s'en charger seul, mais il n'y avait aucun moyen de le dissuader. Rien ni personne ne pouvait le faire changer d'avis lorsqu'il avait choisi son dessert, encore moins quand il s'agissait de sujets importants.

Colin et lui rejoignirent leurs visiteurs à mi-chemin entre l'endroit par où ils étaient entrés et la ravissante table dressée sous les ormes.

— Elle l'a capturé. On ne sait pas comment c'est arrivé…

Nigel interrompit l'ange.

— Il s'est sacrifié pour son ami.

— Il n'aurait jamais dû faire ça. On a trop besoin de lui.

Nigel jeta un regard en direction d'Adrian et pour une fois trouva l'ange silencieux. Ce qui, plus que tout autre signe, annonçait des problèmes.

Nigel ajusta ses manchettes, lissant le tissu de sa chemise en soie sous sa veste en lin.

— Elle ne peut pas le tuer. C'est impossible.

— Vous en êtes sûr ?

— On ne peut pas lui faire confiance sur grand-chose, mais ce n'est pas elle qui a défini les règles. En tuant Jim, elle se disqualifie non seulement pour cette partie, mais pour la totalité du jeu. Elle sera obligée de se maîtriser.

La voix d'Adrian flotta dans l'air, grêle et sévère.

— Certaines choses sont pires que la mort.

— Vous avez tout à fait raison.

— Alors, agissez, bordel !

L'ange tremblait de tout son corps, comme un bouchon de champagne prêt à sauter.

— On pourrait aller le chercher, dit Edward. Ça n'irait pas à l'encontre des règles.

— Bien sûr que vous le pourriez.

Un long silence.

Edward s'éclaircit la voix et sembla hésiter à parler.

— La photo qu'elle nous a envoyée laisse à penser qu'elle le détient dans son monde.

— Il n'est pas sur Terre, c'est vrai.

— Alors comment le rejoindre ?

— C'est impossible.

Adrian lâcha un juron et Edward lui serra le bras, mais ce geste ne le fit pas taire.

— Vous avez dit qu'on pouvait le sauver.

— Adrian, j'ai dit « pourriez ». Dans le sens où les règles vous y autorisent. Je n'ai cependant rien précisé quant à votre capacité à le faire. Dans ce cas précis, vous seriez obligés de vous sacrifier pour le rejoindre, ce qui le priverait de tout soutien et de conseils durant cette période ô combien critique des premiers...

— Espèce d'enfoiré.

Avant qu'Adrian ne fasse une bêtise, Edward le retint en passant une main en travers de son torse massif.

Nigel haussa un sourcil à leur adresse.

— Ce n'est pas moi qui ai inventé les règles et je n'ai pas plus envie que mon adversaire d'être disqualifié.

— Est-ce... (Adrian sentit sa gorge se nouer et dut respirer un grand coup pour poursuivre.) Est-ce que vous avez la moindre idée de ce qu'elle est en train de lui faire ? En ce moment même ? Alors qu'on est en train de bavarder sur votre putain de pelouse pendant que votre dîner refroidit ?

Nigel choisit ses mots avec soin. Il fallait à tout prix éviter que les deux anges aillent faire justice eux-mêmes. D'autant qu'ils avaient déjà commis cette erreur une fois.

— Je sais exactement à quelle sauce elle va le manger, pour ainsi dire. Et je sais aussi que Jim est très résistant, ce qui ne va qu'énerver davantage Divine et l'obliger à recourir à des sévices... (Il était inutile de continuer : Adrian avait le regard vitreux d'un homme revivant son propre cauchemar.) Cependant, j'insiste sur le fait qu'elle ne pourra pas le détenir longtemps sous peine de recevoir une pénalité. La situation arrive à un stade critique, et si elle empêche Jim de participer pleinement à son dénouement, alors la partie ne sera pas considérée comme équitable.

— Et Jim, alors ? demanda Adrian en se dégageant de l'étreinte de son ami. Ça ne vous dérange pas qu'il souffre ?

Nigel jeta un coup d'œil à Colin, qui demeurait totalement silencieux. Mais là encore, l'expression sur son beau visage était suffisamment éloquente : sa fureur était si vaste et profonde que les océans feraient pâle figure en comparaison. Il avait toujours détesté Divine et ce qui se passait n'allait rien arranger.

Néanmoins, les esprits étaient déjà assez échauffés comme cela.

— Je suis désolé, dit Nigel, sincèrement navré. Je ne peux rien faire. J'ai les mains liées.

— Vous êtes désolé. (Adrian cracha au sol.) Ouais, vous en avez l'air, sale connard insensible. Vous avez vraiment l'air anéanti, espèce d'enfoiré.

Sur ce, l'ange se dématérialisa.

— Merde, marmonna Edward.

— Le mot est grossier mais juste. (Nigel regarda fixement l'endroit qu'Adrian venait de quitter.) Il est un peu tôt pour qu'il soit si fatigué et fragile. Ça n'augure rien de bon.

— Vous me faites marcher, c'est ça ?

Nigel le regarda droit dans les yeux.

— Ne me dites pas que vous n'avez pas vu la folie qui le…

— Pour votre gouverne, gros malin, il y a à peine quatre jours, Divine lui a infligé les pires horreurs. Et vous croyez qu'il va rester de marbre maintenant qu'elle fait subir la même chose à Jim ? Vous êtes sérieux ?

— Puis-je vous rappeler que vous m'avez juré qu'il serait à la hauteur de cette tâche ? (Nigel se pencha en avant, prêt à en découdre. Après tout, il avait beau être le capitaine de cette équipe, il ne fallait pas le pousser à bout.) Vous m'avez assuré qu'il pourrait résister au stress. Vous me l'avez promis et je vous ai cru. Et si vous pensez que ça va aller en s'arrangeant, alors vous êtes encore plus fou que lui.

Edward leva un bras et le ramena en arrière pour lui assener un coup de poing.

— Allez vous faire foutre, Nigel…

Colin se rua sur l'ange et l'attaqua par la droite, avant de le plaquer au sol.

— Tu ne le frapperas pas, mon pote, grogna l'archange en le maintenant face contre terre. Je sais que tu es en rogne et que tu veux sauver Jim, mais je ne peux pas te laisser cogner Nigel. Hors de question.

Nigel jeta un coup d'œil en direction de la table. Bertie et Byron les dévisageaient tels deux oiseaux effarouchés, les bras le long du corps, les yeux écarquillés. Tarquin s'était couché aux pieds de son maître et cachait son long museau sous la nappe afin de ne pas assister à la scène.

Le repas était fichu. Devant ce spectacle désastreux, plus personne n'avait le cœur à manger et Nigel lui-même n'aurait pas pu avaler une bouchée. Ce match contre Divine était en train de partir à vau-l'eau et il était paralysé par les règles.

— Laissez-moi me relever, grommela Edward.

Colin avait beau avoir une carrure beaucoup moins imposante que l'ange, il avait une force extraordinaire.

— Tu vas rester tranquille, mon gars. Au moindre geste, je te recloue au sol.

— OK.

Cela ne signifiait pas expressément qu'Eddie capitulait, mais Colin le relâcha, sans doute parce qu'il se savait en mesure de le maîtriser de nouveau si cela s'avérait nécessaire.

D'un geste de la main, Edward balaya les brins d'herbe restés collés à son blouson de cuir comme des paillettes.

— Ce n'est pas parce que Jim peut survivre que c'est équitable.

Sur ce, il se volatilisa.

Lâchant un juron, Nigel regarda la pelouse se redresser et effacer l'empreinte du corps massif de l'ange.

— Ils n'ont pas tort, intervint Colin d'un ton bourru. Et cette garce ne joue pas franc-jeu.

— Jim s'est livré à elle de son plein gré.

— Parce qu'elle l'a manipulé. Ce n'est pas juste et tu le sais.

— Tu veux courir le risque de se faire disqualifier ? (Il le regarda.) Tu veux qu'on perde à cause de ça ?

Colin tapa dans ses mains pour les nettoyer.

— Putain de merde. Putain de bordel de merde.

Nigel baissa de nouveau le regard sur l'herbe piétinée.

— C'est exactement mon sentiment.

Chapitre 31

La cave à vin n'était pas un endroit que Grier fréquentait souvent. D'abord, le chardonnay à 20 dollars qu'elle sirotait le soir ne valait guère la peine de monter et descendre l'escalier. Et ensuite, avec sa porte de coffre-fort, son plafond bas et ses étagères qui couraient partout le long des murs, elle avait toujours trouvé que la pièce ressemblait à une prison.

Et sans surprise, lorsque son père les enferma tous trois dans l'enceinte exiguë, la carrure d'Isaac réduisit l'endroit à la taille d'une boîte de mouchoirs, si bien que Grier eut l'impression de ne plus pouvoir respirer.

Une table vernie se trouvait au centre de l'espace et la jeune femme s'installa sur l'une des quatre chaises. Comme Isaac s'asseyait de l'autre côté de la table, le souvenir de leur rencontre lui revint aussitôt en mémoire : ils étaient assis de la même manière, l'un en face de l'autre.

Sauf qu'à présent, même si aucun d'eux ne portait de menottes, elle avait le sentiment irrépressible qu'ils étaient liés l'un à l'autre… et que tous ces bouchons de bouteille formaient un peloton d'exécution sur le point de faire feu.

Seigneur, quand on lui avait présenté Isaac, elle n'avait eu aucune idée de ce qui l'attendait.

D'un autre côté, peut-on jamais le savoir ? Les aléas de la vie, combinés à des choix malheureux, peuvent parfois bousculer notre quotidien et former une sorte de tourbillon qui nous aspire pour nous projeter dans un monde totalement différent.

Même en restant barricadé chez soi.

Assis près de la porte, son père posa les coudes sur la table et croisa les doigts.

— Ici, nous sommes en sécurité, dit-il en désignant une bouche d'aération percée au plafond et dotée de deux petits drapeaux qui flottaient dans sa brise. La VMC puise l'air à quelques rues de là, ce qui élimine tout risque de contamination. Il y a aussi un tunnel d'évacuation et un émetteur radio qui déformera nos voix au cas où nous serions enregistrés.

Grier n'avait jamais entendu parler de ce tunnel. Elle balaya la pièce du regard sans trouver le moindre signe d'un passage secret. Cela étant, vu tous les pièges cachés dans cette maison, elle n'était pas vraiment surprise.

— Si je devais parler à quelqu'un, à qui me conseilleriez-vous de m'adresser ? demanda Isaac.

— Ça dépend de…

— Et maman, alors ? interrompit Grier en dévisageant son père, guettant le moindre tic autour de ses yeux ou de sa bouche. Est-ce qu'elle est vraiment morte d'un cancer ?

Sept ans s'étaient écoulés, mais le souvenir des derniers jours de sa mère était encore vivace, et elle se les repassa dans son esprit, cherchant les failles dans les murs des événements, les endroits où les choses auraient pu être différentes de ce qu'elles avaient paru.

— Oui, répondit son père. Oui… Elle… Oui, c'était un cancer. Je te le jure.

Grier expira, médusée d'être soulagée par cette épouvantable maladie. Elle préférait que la coupable soit mère Nature et qu'il n'y ait pas à réécrire l'histoire. Une deuxième fois.

Elle s'éclaircit la gorge et acquiesça.

— Bon. Alors, ça va.

Elle sentit une main chaude couvrir la sienne et la serrer. Comme son père avait les paumes sur la table, elle se rendit compte qu'il s'agissait d'Isaac. Lorsqu'elle le regarda, il rompit le lien, ayant gardé le contact juste assez longtemps pour lui faire savoir qu'il était avec elle sans pour autant qu'elle se sente prisonnière.

Seigneur, cet homme était à la fois tout et son contraire. Brutal. Sensuel. Protecteur.

Chassant ces pensées, elle se concentra sur son père.

— Je t'ai interrompu. Tu disais ?

Childe rassembla son courage avant de reporter le regard sur Isaac.

— Jusqu'où êtes-vous prêt à aller ?

— Je refuse d'impliquer d'autres agents, dit Isaac, mais en ce qui concerne mes propres missions, j'irai jusqu'au bout. Je raconterai ce que j'ai fait pour Matthias. Ce que je sais sur lui et son lieutenant. Où ils m'ont envoyé. Le problème, c'est que c'est un véritable puzzle : il y a beaucoup de pièces qui me manquent.

— Laissez-moi vous montrer quelque chose.

Son père se leva et avant qu'elle ait pu voir ce qu'il faisait, une section du rayonnage se détacha du mur et pivota sur la gauche, laissant apparaître un coffre-fort incrusté dans la pierre. La porte épaisse ne s'ouvrait qu'avec son empreinte digitale et l'intérieur n'était pas très grand : à peine la largeur d'un bloc-notes sur quinze centimètres de hauteur maximum.

Il regagna la table avec un dossier épais.

— C'est tout ce que j'ai pu reconstituer. Des noms. Des dates. Des lieux. Ça vous rafraîchira peut-être la mémoire. (Il tapota la couverture.) Et je vais réfléchir à un contact. Nous n'avons aucun moyen de savoir avec certitude qui fait partie du cercle intime de Matthias. Les conspirations gouvernementales sont profondément enracinées, mais elles s'étendent également jusqu'aux plus hautes sphères sans que personne s'en aperçoive. Il n'est pas question de s'adresser à la Maison Blanche et comme c'est une question d'État, mes contacts au niveau local ne nous seront d'aucune utilité. Mais voilà ce que je pense…

La voix de son père gagnait en puissance à mesure qu'il parlait, la force de sa détermination le transformant en ce pilier qu'il avait toujours été à ses yeux. Et tandis qu'il exposait ses plans, elle sentit l'étau qui lui comprimait le cœur se desserrer.

Mais ce changement était aussi dû à une phrase qu'avait prononcée Isaac : « *Quand on vous recrute, on ne vous dit pas tout, et quand on finit par découvrir la vérité, il est trop tard.* »

Son frère avait été un junkie, un camé qui serait sûrement mort de sa propre main à un moment donné – même si ça ne justifiait pas ce qu'on lui avait fait ; ce n'était qu'un simple constat. Et à l'époque, elle avait été surprise par le chagrin que sa perte avait causé à son père. Daniel et lui n'avaient eu aucun contact pendant au moins un an avant cette nuit tragique : après l'échec d'un énième séjour dans un centre de désintoxication hors de prix, son père avait rompu les ponts, de même que plusieurs membres de la famille. Il avait tout fait pour aider son fils, et traversé une décennie émaillée de guérisons porteuses de faux espoirs, immanquablement suivies de longs mois lugubres durant lesquels personne ne savait où se trouvait Daniel, ni même s'il était vivant.

Cependant, son père avait été inconsolable après sa mort. Au point qu'il avait passé une semaine assis sur une chaise avec une bouteille de gin pour seule compagnie.

Et à présent, elle savait pourquoi. Il se croyait entièrement responsable.

Elle le regarda parler, observant les marques du temps sur son visage : les rides au coin des yeux et de la bouche, le léger affaissement de sa mâchoire. C'était encore un bel homme et pourtant, il ne s'était jamais remarié. Était-ce à cause du pétrin dans lequel il était ? Probablement.

Sûrement.

Ces signes n'étaient pas uniquement dus à la vieillesse, mais aussi au stress et au chagrin.

Elle porta son attention sur Isaac. Ses yeux, plissés en faisceaux fins comme des lasers, lui donnaient un regard intense, et ses iris clairs brillaient d'une lueur belliqueuse. Bizarre. Il n'avait rien en commun avec son père en termes de milieu social, d'éducation, d'influence, d'expérience. Et pourtant, ils étaient semblables à bien des niveaux.

Surtout unis dans cette quête de justice.

— Grier ?

Se ressaisissant, elle jeta un coup d'œil à son père, qui lui tendait quelque chose… Un mouchoir ? Mais pourquoi…

Lorsqu'elle sentit quelque chose d'humide toucher son avant-bras, elle baissa les yeux. Une larme argentée se reformait après être tombée de son œil, laissant un petit cercle chatoyant sur sa peau.

Une deuxième chuta, ruinant tous les efforts de la première… mais elles unirent leurs forces et la goutte d'eau salée doubla de volume.

Grier prit le mouchoir et essuya ses larmes.

— Je suis vraiment désolé, dit son père.

Elle se tamponna le visage puis replia l'élégant carré de tissu en se souvenant de lui faisant exactement la même chose dans la cuisine.

— Tu sais quoi ? murmura-t-elle. Ça ne sert à rien de s'excuser. (Elle effleura le dossier qu'il avait posé sur la table.) Ça… Ce que vous faites… C'est tout ce qui importe.

La seule chose qui aurait pu expier toutes ces horreurs.

Pour couper court à la conversation, elle entrebâilla la couverture…

Fronçant les sourcils, elle se pencha. La première page comportait quatre photos. Tous des hommes. Tous ressemblant à Isaac, juste avec une couleur de peau différente. Sous les portraits, son père avait écrit des noms, des dates de naissance, des numéros de Sécurité sociale, et pour certains, les lieux où on les avait vus pour la dernière fois. Et trois d'entre eux étaient barrés du mot « DÉCÉDÉ ».

Elle passa à la page suivante, puis à celle d'après. Même chose. Des dizaines et des dizaines de visages.

— Je veux impliquer Jim Heron dans cette affaire, annonça Isaac. Plus nous serons nombreux à témoigner, mieux…

— Jim Heron ? demanda Childe. Vous voulez dire Zacharias ?

— Ouais. Je l'ai vu tout à l'heure et hier soir. Je croyais qu'on l'avait envoyé me tuer, mais il s'avère qu'il veut m'aider. En tout cas, c'est ce qu'il prétend.

— Vous l'avez vu ?

— Il était avec deux types. Je ne les connais pas, mais ils pourraient bien faire partie des XOps.

— Mais…

— Oh, Seigneur, murmura Grier en rapprochant l'une des photos. C'est lui.

Lorsqu'elle désigna l'un des quatre portraits, elle entendit son père dire :

— Jim Heron est mort. Il a été tué à Caldwell, dans l'État de New York. Il y a quatre jours.

— C'est lui, répéta-t-elle en tapotant le cliché.

— Comment le savais-tu ? s'enquit Isaac d'une voix confuse. Grier… Comment le savais-tu ?

Elle leva les yeux.

— De quoi tu parles ?

— C'est Jim Heron.

Écartant le doigt, elle vit le nom « Zacharias » inscrit sous le portrait.

— Eh bien, je ne sais pas comment il s'appelle, mais c'est l'homme qui est apparu dans ma chambre hier soir. Sous la forme d'un ange.

Chapitre 32

Ça ne fonctionnait pas.

Au tréfonds de l'enfer, où elle gardait ses âmes prisonnières dans des murs semblables à du papier tue-mouches et où l'air résonnait encore des gémissements glaireux de ses serviteurs, Divine ne parvenait à rien.

Raison pour laquelle elle avait congédié tout le monde.

Reculant légèrement, elle considéra le morceau de viande attaché à sa table. Dans la lueur des bougies, Jim Heron était maculé de sang, de cire noire et d'autres liquides divers et variés, et il avait du mal à respirer à travers ses lèvres tuméfiées et gercées. Son ventre était sillonné de symboles qu'elle avait gravés de ses propres ongles, et ses hanches portaient également la marque de son nom et de son pouvoir.

Sa queue était à vif, de même que le reste de son corps.

Et pourtant, il n'avait pas crié, ni supplié, ni même ouvert les yeux. Pas de jurons, pas de larmes. Rien.

Elle hésitait entre se mettre en colère contre elle-même et ses séides pour ne pas s'être suffisamment acharnés sur lui… et tomber amoureuse de cet enfoiré.

Quoi qu'il en soit, elle était déterminée à le faire flancher. Restait à déterminer comment.

Elle savait parfaitement qu'il existait deux moyens de briser quelqu'un. Le premier en opérant de l'extérieur : tailler dans la chair, les os et le sexe jusqu'à ce que la douleur physique, l'épuisement et la honte annihilent toute volonté. Le second en procédant de la manière inverse : trouver la fissure interne et taper au burin jusqu'à ce que tout s'écroule.

Vu les outils dont elle disposait, la première méthode s'avérait d'habitude très efficace. Et comme c'était plus amusant, elle commençait toujours par là. La deuxième était plus compliquée, même si elle apportait son lot de satisfactions. Tout le monde a des failles : il lui fallait juste réfléchir et trouver celle qui lui permettrait d'accéder à l'esprit et au cœur d'un individu.

Dans le cas de Jim Heron… Eh bien, il était clair qu'elle allait devoir se donner du mal. Au point qu'il rivalisait désormais avec Adrian pour le titre de joujou préféré.

Que choisir, que choisir… ?

Sa mère. C'était une bonne idée, mais Divine n'aurait pas pu mettre la main sur son âme et aurait été obligée de jouer son rôle. Or, futé comme il était, il risquait de la démasquer.

Heureusement, il existait une autre candidate. Et celle-ci, Divine pouvait la diriger.

À l'extérieur des taches de lumière, coincées dans ses murs visqueux, les âmes de ses prisonniers se débattaient dans tous les sens. Les mains, les membres, les pieds et les têtes ondulaient sans jamais percer la surface, cherchant une sortie qu'ils ne trouveraient jamais.

Elle se délecta quelques instants de ce spectacle, mais la colère reprit rapidement le dessus : Jim devait faire partie de ses trophées. Elle en mourait d'envie. Au début, ce n'était que par amour du jeu, mais après cette séance, c'était bien plus que ça.

Elle voulait le posséder.

Reportant son attention sur son visage, elle restait sidérée par le calme dont il faisait preuve. Comment un homme pouvait-il endurer une telle torture… sans esquisser une seule grimace ? Ni craindre la suite des réjouissances ?

Mais ça allait changer.

Et elle aimait à penser que sa résistance provenait de cette partie de son être qui lui appartenait. Ces anges emplis de compassion avec leur morale bien-pensante et leurs sermons… Faibles, si faibles. Au point que si elle désirait tant gagner contre Nigel, ce n'était pas seulement parce qu'elle pourrait régner sur la Terre, le ciel et tout ce qui se trouvait entre le Soleil et la Lune… mais aussi parce qu'elle n'avait aucune envie d'être vaincue par une bande de chiffes molles.

Jim, néanmoins… Jim était au-dessus du lot. Au plus profond de lui, il était davantage comme elle que comme eux.

Quel dommage de devoir le renvoyer sur Terre ; mais il était temps de reprendre la partie. Cependant, avant de le libérer, elle était déterminée à laisser son empreinte sur lui, à lui donner encore un avant-goût de l'enfer qu'ils allaient partager pour toujours. Après tout, les entailles sur sa peau étaient relativement superficielles. Les blessures de l'âme, elles, ne se refermaient jamais complètement.

D'autant que les immortels apportaient une grande satisfaction à cet égard. En effet, comme ils conservaient leur cerveau, il en allait de même pour la mémoire, ce qui signifiait que la démone était en mesure de les faire souffrir éternellement.

Jetant un coup d'œil à son mur, qui s'étendait sur des kilomètres, Divine songea à sa psychiatre et au travail qu'elles accomplissaient ensemble. C'était un domaine qui était hors de portée de sa « guérison », et sa manie de tout conserver allait encore une fois s'avérer bien utile.

On ne sait jamais de quoi on peut avoir besoin.

Elle se saisit d'une mince silhouette et la fit tournoyer au milieu des autres âmes, l'appelant vers elle. Lorsque celle-ci toucha le sol, elle l'invoqua et lui donna l'apparence qu'elle avait revêtue sur Terre.

Divine sourit en la regardant. Comment un être aussi insignifiant pouvait-il exercer une telle fascination sur son ennemi ?

Se tournant vers sa table, elle déclara :

— Jim ? Il y a quelqu'un ici que tu seras content de voir.

Allongé dans l'antre de Divine, il en doutait. Il en doutait très sincèrement.

En outre, à ce stade, sa vision était sûrement HS.

Plus rien ne lui faisait mal, ce qui rendait les choses bien plus faciles. L'inconvénient, c'était qu'en contrepartie de cette douce torpeur sa conscience s'était recroquevillée dans un coin de son cerveau. Elle n'avait pas encore sombré dans un profond sommeil, mais elle n'en était pas loin : il avait les oreilles en coton, les sons lui parvenant étouffés, et il était glacé jusqu'aux os.

Les signes classiques d'un état de choc… De quoi se demander si elle n'allait pas le tuer.

Elle n'avait pas achevé Adrian, mais peut-être était-ce dû à un simple caprice.

— Je vais vous laisser gentiment faire connaissance.

Le ton satisfait de Divine ne présageait rien de bon, étant donné qu'elle avait fait tout ce qui était en son pouvoir pour le briser depuis… combien de temps ? Des heures ? Au moins.

Des bruits de pas. Qui s'estompèrent.

Une porte. Qui se referma.

Le silence.

Pourtant, il n'était pas seul. Il sentait une présence sur sa gauche.

Derrière ses paupières closes, il était sûr de deux choses : Divine n'avait pas pu partir bien loin et la créature avec qui elle l'avait enfermé était tout proche de lui.

Il entendit un souffle. Légèrement précipité. Le genre de respiration qu'on a quand on est en train de récupérer. Peut-être était-ce le sien ?

Non. Le rythme était différent.

Il tourna prudemment la tête et se mit à baver, sa bouche évacuant tout ce qu'il ne pouvait avaler à cause du fil de fer barbelé lui entourant le cou.

La chose qui se trouvait avec lui expira de nouveau. Puis il entendit une sorte de cliquetis. Mais qu'est-ce que c'était que ce truc ?

La curiosité finit par l'emporter et il entrouvrit l'un de ses yeux… ou du moins essaya. Il lui fallut s'y reprendre à deux fois et il dut hausser le sourcil jusqu'au front avant d'y parvenir…

Au début, Jim ne comprenait pas ce qu'il contemplait. Mais une chose lui apparaissait nettement : des cheveux blonds… De longs cheveux blonds qui tombaient sur de frêles épaules.

La dernière fois qu'il les avait vus, c'était quelques jours auparavant. Dans la salle de bains de Divine.

Ils avaient été maculés de sang.

La fille qui avait été sacrifiée pour protéger le miroir de Divine était vêtue d'un fourreau taché ; ses bras fluets cachaient ses seins, une petite main protégeant la jonction de ses cuisses. Par miracle, elle n'avait pas l'air d'avoir de séquelles, mais le traumatisme était réel : elle avait les yeux écarquillés d'horreur…

Sauf qu'ils n'étaient pas rivés sur la pièce. Mais sur lui… sur son corps et les restes luisants, poisseux de tout ce qu'on lui avait fait subir.

— Ne… (Sa voix était trop faible, alors il prit une grande goulée, forçant le barrage qui lui bloquait la gorge.) Ne me… regardez pas. Tournez-vous… Je vous en prie… tournez-vous…

Merde, il avait besoin de davantage d'oxygène. Il devait la convaincre de…

Leurs regards se croisèrent. À son air terrifié, il devina tout ce que Divine lui avait infligé, mais aussi tout ce qu'elle ressentait en le voyant.

— Ne me regardez pas !

Lorsqu'elle cilla puis recula, il reprit son calme. Non pas qu'il y ait grand-chose à calmer : il avait épuisé toute sa force en poussant ce cri.

— Couvrez-vous le visage, dit-il d'une voix rude. Tournez-vous et… couvrez-vous le visage.

La fille leva les mains et pivota sur elle-même, le corps tremblant.

Jim avait involontairement tiré sur ses liens pendant la petite séance d'exercices de Divine, mais à présent il était à deux doigts de les arracher.

— Vous vous faites mal, dit-elle quand il grogna. Je vous en prie… arrêtez.

La douleur lui ôtait toute faculté de parler et il lui fallut un moment avant de pouvoir prononcer un mot.

— Où… vous retient-elle ? Ici ?

— Dans… Dans le… (Elle parlait d'une voix grêle en claquant des dents, d'où le bruit qu'il avait entendu.) Dans le mur…

Il scruta l'obscurité, mais la lueur de la bougie formait un rideau de lumière que ses yeux n'arrivaient pas à percer.

— Comment fait-elle ?

Pas avec des chaînes, espérait-il. Et nom de Dieu, la démone allait le payer cher.

— Je ne sais pas, répondit la jeune fille. Où suis-je ?

En enfer, répondit-il en pensée. Mais il le garda pour lui.

— Je vais vous sortir de là.

— Mon père et ma mère… (Elle éclata en sanglots.) Ils ne savent pas où je suis.

— Je le leur dirai.

— Comment ferez-vous…

Elle jeta un coup d'œil par-dessus son épaule et blêmit à la vue de son corps avili.

Il secoua la tête.

— Ne me regardez pas. Promettez-moi… Ne me regardez plus.

Elle porta ses mains pâles à son beau visage et acquiesça.

— Je m'appelle Cecilia Barten… mais mes amis m'appellent Sissy. J'ai dix-neuf ans. Presque vingt.

— Vous habitez à Caldwell ?

— Oui. Est-ce que je suis morte ?

— Je veux que vous me rendiez un service.

Baissant les bras, elle lui lança un regard sévère.

— Est-ce que je suis morte ?

— Oui.

Elle ferma les yeux, de nouveau parcourue par une vague de frissons.

— Ce n'est pas le paradis. Je crois au paradis. Qu'est-ce que j'ai fait de mal ?

Jim sentit des larmes lui brûler les yeux.

— Rien. Vous n'avez rien fait de mal. Et je vais vous sortir d'ici.

Même si ça devait être son dernier geste.

— Qui êtes-vous ?

— Un soldat.

— Comme en Irak ?

— Avant, oui. Maintenant, je combats cette salope… euh… cette femme qui vous a kidnappée.

— Je croyais faire une bonne action… quand elle m'a demandé de l'aider à porter son sac. Je croyais bien faire…

(Elle respira un grand coup, s'efforçant de se ressaisir.) On ne peut pas sortir d'ici. J'ai essayé.

— Je vais vous sauver.

Soudain, la voix de Sissy devint plus forte.

— Ils vous font du mal, s'alarma-t-elle.

Merde, elle le regardait de nouveau.

— Ne vous inquiétez pas pour moi.

Un bruit, comme un objet tombant au sol ou peut-être une porte en métal se refermant, résonna dans l'air. Elle sursauta et Jim dressa l'oreille. Manifestement, Divine n'allait pas tarder à revenir pour reconduire Sissy à l'endroit où elle la détenait. Il devait agir vite, d'autant qu'il ignorait quand il serait de retour. Mais comment libérer la jeune fille ?

— C'est elle ? demanda Sissy d'une voix crispée tandis que des bruits de pas retentissaient au loin. C'est elle, n'est-ce pas ? Je ne veux pas retourner dans le mur. Je vous en prie, ne la laissez pas…

— Sissy, écoutez-moi. Vous devez vous calmer.

Il fallait l'amener à se concentrer sur autre chose, quelque chose qui l'aiderait à garder la tête froide pendant qu'il cherchait un moyen de la sauver. Fouillant dans son esprit, il chercha une image susceptible de l'apaiser.

— Écoutez-moi bien.

— Je ne veux pas retourner là-bas !

Merde, comment détourner son attention ?

— J'ai un chien, bafouilla-t-il.

Il y eut une pause, comme s'il l'avait surprise.

— Vraiment ?

Alors que les bruits de pas se rapprochaient, il réprima un juron.

— Oui.

— J'aime bien les chiens, dit-elle d'une petite voix, les yeux plongés dans les siens.

— Il a de longs poils gris et blonds. Son pelage… (Le bruit de pas s'intensifia et Jim parla plus vite.) Son pelage est un peu rêche, comme les sourcils d'un vieillard, et il a des petites pattes. Il aime s'asseoir sur mes genoux. Il boîte un peu – ça se voit quand il court – et il adore mâchouiller mes chaussettes.

Elle renifla et poussa un petit soupir. Comme si elle savait ce qui l'attendait mais qu'elle s'efforçait de se raccrocher à la bouée de sauvetage qu'il lui lançait.

— Comment s'appelle-t-il ?

— Rex. Il mange des pizzas et des sandwichs à la dinde, et il dort sur mon ventre. (Il accéléra de nouveau le débit.) Je te le présenterai, d'accord ? Tu iras même te promener avec lui et… Oh, tu sais comment fabriquer une balle avec des chaussettes ?

— Oui. (Elle parlait d'une voix pressée, désormais, comme si elle voulait prendre tout ce qu'il pouvait lui donner.) On roule une chaussette dans l'autre.

— Voilà. (Vite, vite, vite.) Ensuite tu vas lui lancer la balle et il te la rapportera. Il fait beau, dehors, Sissy. Tu sens le soleil sur ton visage…

— Quand est-ce que tu reviens ? murmura-t-elle.

— Dès que je peux. (Il ne marquait presque plus de pause, les pas se rapprochant si près qu'il reconnut le bruit des escarpins, avec leurs talons pointus, acérés.) Tu te souviendras de Rex, d'accord ? Tu m'entends ? Quand tu te sentiras mal, tu te souviendras de mon chien…

— Ne me laisse pas…

— Je reviendrai te chercher…

Sissy tendit les bras vers lui, le visage baigné de larmes.

— Ne me laisse pas !

En un instant, elle reprit l'apparence qu'elle avait eue lorsqu'il l'avait vue au-dessus de ce bac de douche, le fourreau disparaissant pour la laisser nue, son corps profané, ses cheveux blonds emmêlés et souillés.

Soudain, elle jeta un regard à l'autre bout de la pièce et ses lèvres ensanglantées se mirent à trembler.

— Non !

Elle leva les mains comme pour parer des coups, tentant d'esquiver…

Brusquement, elle disparut. Et Divine, la belle, l'ignoble Divine, entra dans la lumière des bougies.

Jim perdit son sang-froid. Et craqua. Totalement.

Lorsqu'il se mit à hurler, il ne pensait qu'à Sissy. À cette jeune innocente qu'une démone avait arrachée à sa famille, emprisonnée dans ce trou à rats… et forcée à contempler un adulte violé.

La rage éclata en lui comme une explosion nucléaire…

Une lumière blanche jaillit de ses orbites, se déversant dans la pénombre, illuminant les murs laqués de noir qui s'étendaient à l'infini. Dévorant son enveloppe charnelle, la décharge d'énergie le libéra de ses entraves et l'envoya tournoyer à travers la pièce dans une tempête de molécules qui éteignit les bougies et renversa les chandeliers.

Rassemblant chaque parcelle de son être, il fit volte-face… et se précipita vers Divine.

Soufflée par l'ouragan qu'il déchaînait, elle perdit l'équilibre ; ses cheveux bruns balayés par la force du vent, la peau claquant contre les os de son visage, elle s'écroula sur le sol en pierre.

Juste avant de l'atteindre, Jim modela sa nouvelle substance et se transforma en lance pour se planter droit dans la poitrine de Divine.

Lorsqu'il pénétra son corps, la démone explosa en mille morceaux, ses membres s'envolant aux quatre coins de la pièce, des lambeaux de chair rouge et d'entrailles enchevêtrées mouchetant les murs de son donjon.

Il ne restait plus qu'un trou noir de masse équivalente à la sienne… et il était prêt à l'affronter.

Sauf qu'à l'évidence, ce n'était pas le cas de son ennemie : sa silhouette déformée se rua hors de la salle et fonça dans un couloir.

Hors de question qu'elle se sauve.

Jim se précipita à sa poursuite…

Et percuta de plein fouet un mur invisible.

L'impact fut si violent qu'il fut projeté en arrière, reprenant forme humaine au moment même où ses fesses heurtaient le sol.

Un instant, il resta stupéfait puis soudain, son corps le lâcha et il tomba à plat sur le dos, totalement épuisé.

Sa colère à présent assouvie, il était vidé et une immense fatigue s'échappa de son cœur pour se propager à travers lui comme une mauvaise herbe. Incapable de soutenir sa tête, il la laissa reposer sur les dalles et se contenta de respirer, percevant au loin l'odeur cuivrée du sang mêlée à la fumée âcre des bougies.

— Sissy, appela-t-il dans l'obscurité. Je suis là…

Il ne savait pas si elle l'entendait et aucune réponse ne lui parvint. Juste un bruit étrange, flasque… Sans doute les âmes essayant de s'évader de leur prison.

Il ne supportait pas l'idée que cette fille soit coincée dans cet endroit.

Détestait savoir qu'elle l'avait vu dans cet état.

À cette pensée, la douleur le traversa avec autant de violence que si on l'avait poignardé à l'aide d'un pied-de-biche. Oh, Seigneur… Cette pauvre enfant…

Une vague d'émotion le submergea soudain : nu, brisé, sale, Jim se recroquevilla en chien de fusil, le corps secoué de lourds sanglots, des larmes chaudes et salées coulant sur les entailles zébrant son visage.

Il n'avait jamais accordé d'importance à ses propres blessures. Jamais. Mais ses échecs… Ses échecs lui étaient insupportables. Et voilà qu'il n'avait pas réussi à sauver deux femmes : sa mère chérie et Sissy… Chaque fois, il était arrivé trop tard ; chaque fois, le mal était déjà fait.

Avec une horrible netteté, il revit sa mère gisant sur le sol de la cuisine de la ferme, massacrée… puis Sissy au-dessus du bac de douche.

Et Sissy, encore, lorsqu'elle avait tenté d'éloigner la démone.

D'un coup, il se sentit écrasé par le poids de ses échecs, incapable de continuer à se battre…

Quelqu'un l'appela. Alors, il entrouvrit les paupières et ralentit le flot de ses larmes.

Au prix d'un effort considérable, il tourna la tête et leva les yeux.

Loin, très loin au-dessus de lui, une pointe de lumière apparut, de plus en plus vive, comme la minuscule lueur d'une guirlande électrique qui se serait peu à peu transformée en une ampoule de vingt-cinq, soixante, puis cent watts.

L'illumination descendit sur lui telle une plume voletant à travers l'air immobile… une graine de pissenlit soufflée par la bouche d'un enfant… des pétales bercés par une légère brise…

Le décalage entre l'ampleur de son désespoir et le tracé délicat de la lumière était trop grand pour que son cerveau puisse l'appréhender. Fermant les yeux, il cessa de regarder et s'abandonna aux frissons agitant sporadiquement son corps meurtri.

— Jim.

Une voix masculine. Au-dessus de lui.

Il entrouvrit les paupières pour s'apercevoir que la lumière s'était muée en un homme brun avec de magnifiques ailes dorées.

Colin.

L'archange. Le bras droit de Nigel.

— Salut, mon pote, dit-il en s'agenouillant. Je suis venu te tirer de là.

De quelque part en lui, Dieu sait où, Jim puisa suffisamment d'énergie pour répondre :

— Laissez-moi… Emmenez-la à ma place. Sissy. La fille…

— Cela m'est impossible. Je ne devrais même pas être ici. (L'ange se pencha en avant et recueillit la carcasse brisée de Jim entre ses bras.) Mais vous allez avoir besoin de temps avant de pouvoir ne serait-ce que vous asseoir tout seul, sans parler de ficher le camp d'ici. Et la guerre continue sans vous.

Il était trop épuisé pour protester, mais Seigneur, il aurait préféré que Sissy soit à des années-lumière de là.

— Laissez-moi, gémit-il.

— Hors de question. Vous voulez sauver Sissy ? Alors, battez-vous contre Divine. C'est de cette manière que vous délivrerez cette fille de ce cauchemar.

Lorsqu'ils commencèrent à léviter, Jim laissa sa tête pendre sur le côté et il contempla le mur noir qui s'étendait sur des dizaines de mètres – merde, de kilomètres. La silhouette auréolée de Colin illuminait la surface mouvante et bouillonnante. Des visages appuyaient contre la barrière opaque et liquide, comme si les âmes emprisonnées pouvaient les voir, et tentaient de les rejoindre pour se sauver avec eux. Depuis toutes les directions, des mains se tendaient vers le ciel, prenant des formes grotesques cependant que la paroi de leur prison résistait à leurs assauts.

Où était-elle ? Cette jeune fille belle et innocente qui…

Le cerveau de Jim tomba à court de carburant et le tissu de ses pensées s'effilocha, sa conscience sombrant dans un sommeil profond au fond du berceau de son crâne.

S’évanouissant, il eut une dernière pensée en forme de prière : que Sissy se souvienne de Rex dans cet enfer et qu’elle tienne bon jusqu’à son retour.

Chapitre 33

Dans la cave à vin, avec la photo de Jim Heron dépassant du dossier posé sur la table, Isaac était convaincu que les Childe, père et fille, avaient perdu la boule.

—Il n'est pas mort, déclara Isaac en les regardant tour à tour. Je ne sais pas ce que vous avez vu ou entendu…

—Il était dans ma chambre. (Grier secoua la tête.) C'est comme ça que j'ai su que tu faisais un cauchemar. Il m'a montré la voie afin que j'aille te voir. J'ai cru que c'était un rêve, mais comment me serais-je représenté son visage de façon si nette ?

—Parce que tu l'as vu. Le soir où j'ai combattu. Il était avec moi.

—Non, c'est faux.

Bien sûr que si. Il se tenait même juste en face d'elle.

—Tu m'as dit que c'était un ange.

—Eh bien, il avait l'air d'avoir des ailes.

Il était théoriquement possible que Heron lui ait rendu visite. Mais dans ce cas, avec le système de surveillance, il n'aurait pas pu passer la porte-fenêtre du balcon. Dans la confusion du réveil, elle s'était sans doute imaginé qu'il était à l'intérieur. Et le cauchemar d'Isaac n'avait été qu'une coïncidence… Quant aux ailes ? Jim Heron n'avait jamais été un saint, encore moins un ange. Elle avait dû voir des reflets de lune sur la vitre. C'était forcément l'explication.

Le père de Grier prit la parole.

— Je vous dis qu'il est mort. J'ai des balises avec les noms de tous les agents que je connais et je les suis à la trace sur Internet. Et il a été tué à Caldwell, dans l'État de New York, il y a quatre jours.

Isaac roula des yeux.

— Ne croyez pas tout ce que vous lisez. J'ai parlé avec ce type dans le jardin, ici même, à la tombée de la nuit. Face à face. Il est vivant, croyez-moi, et on a besoin de lui. (Isaac se leva.) Ses potes surveillent la maison au moment même où nous parlons. J'ai l'impression que Heron est parti en guerre contre Matthias, alors je suis quasiment sûr qu'on peut le convaincre de travailler avec nous, en supposant qu'on ne l'ait pas tué entre-temps. Je crois qu'il est porté disparu, pour l'instant.

— Alors j'espère qu'il se pointera parce que plus vous aurez d'infos, mieux ce sera. (Childe tapota le dossier.) Vous devriez jeter un coup d'œil à tout ça, ce soir, commencer à remplir les blancs, essayer de rassembler tout ce que vous savez. Même si vous ne voulez pas dénoncer vos anciens camarades, ça pourrait vous rafraîchir la mémoire. Je vais aller à la salle de bains du haut passer quelques coups de fil depuis ma ligne sécurisée et tenter d'organiser une rencontre au plus vite.

— Entendu. Mais je veux que vous restiez loin des fenêtres et que vous ne quittiez pas la maison.

— Je serai prudent. (Childe jeta un regard à sa fille.) Je te le promets.

Alors que le père de Grier disparaissait dans l'escalier, Isaac consulta le boîtier d'alarme. Le transistor affichait que le signal avait bien été envoyé, mais il n'y avait pas encore de réponse. Ce qui signifiait soit qu'il ne captait rien dans la cave… soit que Matthias prenait tout son temps pour le rappeler.

Il jeta un coup d'œil à Grier.

— Je ferais mieux de remonter au cas où ils essaieraient de me joindre.

— Qu'est-ce que tu vas faire ? S'ils veulent te voir immédiatement ?

— J'ai un peu de marge avant de me rendre. Mais ton père va devoir opérer des miracles assez vite.

En espérant que Jim aille bien et qu'il se pointe rapidement.

Elle effleura le dossier de sa main délicate.

— Il est plutôt doué question miracles. En fait, c'est sa spécialité. Tu devrais le voir négocier. (Elle baissa les yeux.) Je vais rester ici. Je veux voir si je reconnais quelqu'un parmi ces hommes. Plusieurs d'entre eux sont venus sonner à notre porte quand j'étais petite et je me suis toujours demandé qui ils étaient.

Lorsqu'elle se tut, il esquissa un pas en avant. Puis un autre, et fit ainsi le tour de la table jusqu'à se retrouver à son côté.

Quand elle leva les yeux vers lui, il écarta soigneusement une mèche de cheveux de son visage.

— Je ne vais pas te demander si tu vas bien parce que la réponse est évidente.

— Est-ce que tu as déjà eu l'impression… de ne pas connaître ta propre vie ?

— Oui. Et c'est ce qui m'a poussé à changer.

Enfin, ça avait été le premier pas. Il commençait à croire qu'elle était le deuxième. Et avec l'aide de son père et de Jim Heron… il atteindrait peut-être le troisième. Et dernier.

— Tu sais quoi ? dit-elle. Je suis vraiment contente de t'avoir rencontré.

Isaac eut un mouvement de recul.

— Comment est-ce que tu peux dire ça ?

— C'est grâce à toi que tous ces mensonges ont été mis en évidence. (Elle reporta le regard sur la photo de Jim Heron.)

J'ai le sentiment que sans toi tous ces secrets seraient restés dans l'ombre. Juste bons à briser des vies.

— Un peu comme moi, dit-il en reculant.

Elle acquiesça d'un air absent, tournant la page et se perdant dans les visages des hommes qui lui ressemblaient tellement… des hommes qui avaient anéanti sa famille.

Les agents qui avaient tué son frère figuraient-ils là-dedans ? Avec des notes ?

À vrai dire, elle doutait que son père soit capable de lui faire endurer cela.

— Tu veux que je t'apporte un verre de vin ? demanda-t-il avant de s'en aller.

Grier ébaucha un sourire.

— Je suis déjà entourée de bouteilles.

— C'est vrai.

Il aurait dû lui proposer un café. De l'eau. De la bière. Changer l'huile de son moteur. N'importe quoi pour l'aider ou l'apaiser.

À ce propos, il y avait bien une chose qu'il pouvait faire pour lui faciliter la vie : la quitter.

— Bien, je monte.

Une fois devant la porte, il regarda en arrière. Elle était plongée dans le dossier, penchée au-dessus de la table, les sourcils froncés, les bras sur ses genoux.

Oui, partir était la meilleure solution.

Tournant les talons, il grimpa les marches deux par deux jusqu'à la cuisine. Arrivé au bas de l'escalier du fond, il dressa l'oreille. Pas un bruit. Ce qui était logique si son père s'était enfermé dans une salle de bains pour téléphoner.

Merde, il n'arrivait pas à croire qu'il envisageait de dénoncer Matthias. Cela dit, certaines personnes ne méritent même pas une mort naturelle : mieux vaut qu'elles croupissent derrière des barreaux ou qu'elles s'illuminent comme un sapin de Noël sur une chaise électrique.

Tout se déroulait comme s'il avait été censé rencontrer Grier et son père à ce moment précis de sa vie… que ces deux êtres aient été prédestinés à lui montrer une issue bien plus honorable que celle qu'il avait projetée.

Toutefois, Jim Heron allait lui aussi jouer un rôle très important.

Empoignant l'un de ses revolvers, Isaac se faufila dans le jardin par la porte de derrière.

Évitant le détecteur de mouvement, il attendit dans l'ombre sans faire de bruit, et comme il s'y attendait, l'un des amis de Jim le rejoignit un moment plus tard. Dès l'instant où Isaac posa les yeux sur lui, il comprit que la situation ne s'était pas arrangée. Le type à la natte avait la mâchoire crispée et le regard dur d'un homme qui ne savait toujours pas où était son coéquipier.

— Jim n'a toujours pas donné signe de vie ? demanda Isaac, même si c'était superflu.

Au vu de son expression, la réponse était manifestement : « Non. Fait chier. »

— J'espère qu'il sera là dans la matinée.

Isaac consulta sa montre.

— Je ne sais pas si j'ai autant de temps devant moi.

— Trouvez-le.

Facile à dire.

— Vous me tiendrez au courant s'il refait surface ?

Le type acquiesça et Isaac se mit soudain à flipper.

— Est-ce qu'il va bien ? (Quand l'homme secoua lentement la tête, Isaac poussa un juron.) Vous allez me dire ce qui se passe, à la fin ? (Un silence.) Je ne sais pas si vous vous rendez compte, mais tout le monde le croit mort.

— Tout ce que je peux dire… c'est qu'en cet instant il préférerait l'être.

Adrian aperçut Eddie et Rothe s'entretenir près de la porte de derrière. En général, Ad était curieux comme une fouine, mais à cet instant il se moquait de ce qu'ils disaient.

Nigel. Cet enfoiré de Nigel.

Monsieur Bien-pensant en personne.

Qui était prêt à laisser son meilleur élément se faire violer par son ennemie juste parce qu'il n'avait pas les couilles de se remonter les manches et d'aller lui casser la gueule lui-même.

En attendant, Jim servait de punching-ball à une bande de sales pervers.

Bon sang, cette décision de ne pas intervenir lui échappait totalement. Si l'un des coéquipiers était capturé et qu'il avait la possibilité de le sauver, peu importe les sacrifices ou les contraintes, il ramènerait son pote. Et pourtant, que faisait leur patron ? Il déjeunait tranquillement.

Tout cela ne lui donnait qu'une envie : lui fourrer son dessert dans le cul.

Adrian se frotta le visage si fort qu'il faillit se décaper le nez. Eddie et lui n'avaient aucun moyen d'accéder à « l'atelier » de Divine à moins de traverser son miroir. Sinon, il fallait qu'elle vous y emmène elle-même… mais elle ne vous relâchait qu'au moment où elle avait fini de s'amuser avec vous.

Jamais avant.

C'est pour cette raison qu'ils étaient allés voir Nigel. Une rumeur affirme que les archanges auraient la possibilité de descendre en enfer sous certaines conditions. Personne ne sait exactement lesquelles. Peu importe ; ces quatre poids plume étaient leur seul espoir de…

En parlant du loup… Surgi de nulle part, Colin, l'archange aux cheveux bruns, apparut juste devant son nez.

— Merde ! cracha Adrian alors qu'il reculait d'un bond et se rattrapait à un buisson – qui céda aussitôt sous son poids.

Il atterrit avec toute la grâce d'un sac de sable, mais se releva d'un bond, l'air stupéfait. Ces types n'avaient pas pour habitude de se pointer sur Terre.

— Qu'est-ce que v…

— Je suis allé le chercher.

Ad le regarda, ébahi. Est-ce qu'il avait bien entendu…

— Jim ? Vous parlez de Jim ?

— Oui, il est libre.

— Mais Nigel a dit…

— Je ne veux pas en parler. J'ai fait sortir l'élu de l'antre de Divine et j'ai laissé ce pauvre homme à votre hôtel. Il a besoin de soins.

Eddie s'avança.

— Vous l'avez libéré ? Mais je croyais que Nigel…

— Je dois y aller. (Colin recula et commença à s'estomper.) Allez l'aider. Il est mal en point.

— Merci, souffla Adrian, à la fois soulagé et triste.

Récupérer après avoir été torturé par Divine n'était jamais une partie de plaisir. En particulier parce que les souvenirs étaient encore vivaces.

Colin secoua la tête en disparaissant, ne laissant planer que sa voix :

— Ce n'était pas juste.

— Je fonce à l'hôtel, annonça Adrian en déployant ses ailes, prêt à s'envoler. Garde bien l'œil sur Isaac…

Eddie le saisit vigoureusement par le bras.

— Laisse-moi m'occuper de Jim.

— Non.

— Tu n'es pas en état, Adrian. (La poigne d'Eddie le maintenait au sol, sa main massive s'enfonçant dans les muscles et les os de son ami.) Et tu le sais.

— C'est ce qu'on va voir.

Se dégageant, il esquissa quelques pas et s'élança dans les airs, s'agrippant à la nuit pour se propulser vers l'ouest. Le vol fut épouvantable et agité, mais pas à cause du vent. Non, c'était plutôt qu'Eddie avait raison, cet enfoiré.

Arrivé devant le *Comfort Inn & Suites*, Ad avait envie de se précipiter dans la chambre en traversant les murs, mais il décida de ne pas courir le risque et atterrit sur la pelouse pour se diriger vers le vestibule. Il avait le sentiment qu'il était trop confus et nauséeux pour arriver à passer à travers du bois et du béton.

Savoir dans quel état était Jim le rendait malade.

Lorsqu'il franchit le seuil de l'hôtel, une femme pépia « Bonsoir, monsieur » à son adresse, mais il la fit taire d'un signe et se mit à courir. Il n'emprunta pas l'ascenseur ; un couple traînant un chariot rempli de bagages était en train de monter dans la cabine avec ses enfants. Mais même si la voie avait été libre, Ad n'aurait pas eu la patience d'attendre que les portes s'ouvrent pour lui.

S'engageant dans l'escalier, il grimpa les marches deux par deux. Quand ce n'était pas par trois.

Quand il parvint au dernier étage, son cœur battait à tout rompre, et pas simplement à cause de l'exercice. Comme il n'avait pas le passe de la chambre de Jim, il prit le sien et le glissa dans la fente.

Ouvrant la porte à la volée, il appela :

— Jim ? Jim ?

Le plafonnier de la salle de bains éclairait les draps froissés sur lesquels Eddie et lui avaient fait l'amour à cette fille, ainsi que les vêtements éparpillés autour du lit.

La porte communicante était entrouverte, et la chambre de Jim plongée dans le noir.

— Jim ?

Il savait que l'ange était là. Il sentait l'odeur des bougies, du sang frais et… d'autres sécrétions.

Son empressement s'évaporait à mesure que la réalité de ce qui l'attendait lui serrait le cœur et l'asphyxiait. Mais il ne tournerait pas les talons. C'était un enfoiré de première ; il l'avait toujours été. Cependant, ce n'était pas un lâche qui fuyait à la moindre difficulté.

Adrian se dirigea vers l'embrasure entre les deux pièces et se pencha.

— Jim.

La lueur de la salle de bains fendit l'obscurité, le rai de lumière s'arrêtant au pied du lit de l'ange… comme s'il était trop poli pour dévoiler son état.

Adrian contourna l'encadrement. Il lui fallut un moment pour que ses yeux s'habituent…

Avec un sifflement, il jura :

— Je vais tuer cette salope.

Jim était allongé sur le côté, recroquevillé comme pour conserver la chaleur de son corps, et il tremblait par à-coups. Une couverture avait été tirée – sans doute par l'archange – sur son corps massif et meurtri et Rex était pelotonné en boule à côté de son visage, immobile.

Lorsque Adrian s'approcha, le chien agita légèrement la queue, mais il ne leva pas la tête, restant nez à nez avec Jim.

L'ange semblait respirer au vu de sa poitrine qui se soulevait et s'affaissait, ainsi que du filet d'air s'échappant de sa bouche tuméfiée. Il avait du sang dans les cheveux et sur le visage, ce dernier méconnaissable à cause d'une boursouflure qui lui donnait l'allure du bonhomme Michelin.

Adrian s'assit prudemment.

— Jim ?

Aucune réponse. Alors il répéta son nom plusieurs fois. Au bout d'un moment, Jim entrouvrit les lèvres.

— Salut, murmura Adrian.

Un croassement lui répondit, puis Jim ferma les yeux et son corps se mit à trembler sous la couverture.

Si cela ressemblait un tant soit peu à ce qu'Adrian avait traversé – et vu l'état de Jim, il était prêt à en mettre sa main au feu –, ce que Jim voudrait avant tout serait un bain suivi d'une douche. Mais il était trop tôt pour ces conneries. Il fallait d'abord le soigner : il avait bien trop de fractures et de blessures pour être déplacé, ce qui était l'inconvénient de la nature duale d'un ange : quand on est à la fois réel et irréel, on a toute une moitié de soi qui reste exposée au danger, sans possibilité de guérison immédiate.

Adrian se leva et gagna le radiateur placé sous la fenêtre. Tournant le bouton à fond, il se débarrassa de son blouson de cuir et ferma la porte communicante pour s'enfermer avec lui. Puis il s'installa sur le lit, s'allongea au-dessus de la fine couverture et colla sa poitrine au dos de l'ange pour le réchauffer.

Étendu là, il entendit le chauffage se mettre en marche et sentit les tremblements parcourant le torse et les membres de Jim. Une partie était due au processus de guérison, qui d'une certaine manière était plus douloureux que les blessures, une autre au froid glacial causé par le choc…

Et une troisième aux souvenirs, sans doute.

Ad avait envie de passer un bras autour de lui, mais ça aurait été trop douloureux pour Jim : quand il s'était retrouvé dans cet état, il s'était allongé nu, sans même un drap sur sa peau à vif.

Au bout d'un moment, la chaleur qui s'élevait du radiateur les atteignit, décrivant un arc avant de retomber sur eux. Jim sentit manifestement le courant d'air chaud, car il prit une profonde inspiration et exhala un long soupir poussif.

Allongé à son côté, Adrian se dit qu'il aurait dû se douter que c'était ce qui finirait par arriver, et que d'une certaine façon, il en avait été conscient. Le soir de leur première mission, dans cette boîte de Caldwell, il avait su que Divine désirait Jim… et il le lui avait servi sur un plateau d'argent.

Tout juste s'il ne l'avait pas emballé dans du papier cadeau.

Difficile de ne pas se sentir coupable après ça.

Très difficile.

— Je te tiens, Jim, dit-il d'une voix rude. Je suis là pour toi, mon pote.

Chapitre 34

Dans la cave à vin, Grier parcourut toutes les pages du dossier une par une pendant qu'elle attendait… attendait… et attendait encore.

—*Alors, ça y est.*

—Pourquoi ne m'avoir rien dit ? demanda-t-elle sans regarder derrière elle.

Daniel prit un long moment pour répondre, mais il ne disparut pas. En sa présence, elle sentait une légère brise, et tant que cette dernière lui effleurait la nuque, elle savait qu'il était toujours avec elle.

—*J'ai cru que tu allais le détester. Et vous n'auriez plus eu personne, ni lui ni toi.*

—Alors tu savais ce qui s'était passé.

Daniel fit le tour de la table, une main plantée sur la hanche, l'autre enfouie dans ses cheveux blonds si bien que ses boucles formaient un halo autour de lui.

—*J'étais défoncé quand c'est arrivé… Du coup, j'ai trouvé ça super marrant quand j'ai vu papa débouler à mon appart avec trois types en noir. Je me suis dit qu'il avait trop lu de BD. Mais quand ils m'ont enfoncé l'aiguille dans le bras, il s'est mis à hurler et c'est là que je me suis rendu compte… que ce n'était pas drôle.*

Daniel croisa son regard.

—*Je ne l'avais jamais vu comme ça auparavant*, poursuivit-il. *Avec moi, il avait toujours été si froid, si distant. C'était… la réaction que j'avais attendue toute ma vie, l'amour viscéral que j'avais tellement recherché. Tu comprends, j'étais comme maman, pas comme toi ni comme lui. Je voulais davantage que son regard froid et désapprobateur. Et quand je l'ai eu, il était trop tard.* (Il haussa les épaules.) *En fait, j'avais une personnalité trop dépendante et lui ne savait pas quoi faire d'un fils qui n'avait pas l'étoffe d'un soldat. J'aurais dû l'appréhender autrement, mais je ne l'ai pas fait.*

— Et lui non plus.

— *Ce n'est la faute de personne. C'était… comme ça, voilà tout.*

Grier se cala dans son siège et songea à la manière dont sa famille s'était divisée : son père et elle d'un côté, Daniel et sa mère de l'autre.

— *Ce n'était pas sa faute*, dit son frère avec un ton sévère qu'elle ne lui connaissait pas. *La façon dont j'ai fini… Il a hurlé, Grier… Et quand j'étais en train de mourir, je l'ai entendu répéter inlassablement : « Danny… Oh, Danny, mon garçon… »*

La voix de Daniel se brisa et Grier se sentit obligée de se lever et d'aller vers lui. Avant de se rendre compte de ce qu'elle faisait, elle nouait les bras autour de…

Son propre corps.

— *Je t'en prie, ne le déteste pas*, dit-il depuis l'autre coin de la pièce, s'étant déplacé en un éclair.

— Je t'en prie, ne fuis pas, rétorqua-t-elle.

— *Je suis désolé… Je dois partir…*

Il disparut devant ses yeux, incapable de retenir ses émotions plus longtemps, laissant son désespoir planer dans l'air froid.

Elle resta plantée là un moment, contemplant l'espace vide qu'il venait de quitter. Son père et elle avaient toujours été très proches et, dans leur complicité intellectuelle, ils s'étaient coupés des autres. Sa mère et son frère avaient sombré dans leurs dépendances tandis qu'eux s'étaient adonnés à la justice, à leurs carrières et à leurs loisirs.

Elle en avait été consciente, d'une certaine manière… et c'était peut-être en partie pour cela qu'elle avait voulu sauver Daniel. La déchéance de son frère et ses efforts pour le sortir de la drogue avaient renoué le lien rompu depuis leur enfance : elle s'en était toujours voulu… et ce soir, l'espace d'un court instant, elle en avait voulu à son père.

À présent… elle en voulait à l'homme au cache-œil. Elle lui en voulait à mort. Si Daniel avait survécu, ils auraient peut-être trouvé un moyen de s'en sortir. Ils se seraient pardonnés, tous les trois, pour le passé et seraient passés à autre chose… Une harmonie que leur famille n'avait toujours connue que de manière superficielle. Après tout, les privilèges, l'argent et les origines peuvent résoudre une multitude de problèmes, mais ça ne garantit pas qu'une proximité affichée sur une photo soit authentique.

Secouant la tête, elle regagna son siège et contempla le dossier qu'elle avait épluché.

Isaac va nous venger, songea-t-elle. En causant la chute de ce salopard qui avait tué son frère et gâché la vie de son père.

Parcourant les photos, elle connaissait désormais chaque visage à force d'avoir tourné les pages en attendant l'apparition de Daniel. Il y avait une centaine de portraits représentant une quarantaine d'hommes dont plusieurs clichés avaient été pris au fil des années. Parmi eux, elle en reconnaissait cinq ; du moins c'était ce qu'elle croyait. Difficile à dire… d'une certaine manière, ils se ressemblaient tous.

Le portrait d'Isaac en faisait partie et elle le regarda de nouveau. C'était une photo toute simple, prise sur le vif. Il regardait droit dans l'objectif, mais elle avait l'impression qu'il ignorait qu'on le photographiait.

Seigneur, il avait un regard si dur. Comme s'il était prêt à tuer.

Sous son nom figurait une date de naissance confirmant l'âge qu'il lui avait indiqué, accompagnée de quelques notes sur ses missions à l'étranger. Et puis, il y avait cette ligne qui ne cessait de la hanter : « Besoin d'un impératif moral. » Seuls deux autres profils étaient soulignés de cette même phrase.

— Tu tiens le coup ?

Grier sursauta au son de la voix d'Isaac, sa chaise crissant sur le sol. Portant la main à la poitrine, elle dit :

— Mon Dieu… ne refais jamais ça !

Parce que, tout bien considéré, elle aurait préféré ne pas être surprise en train de contempler sa photo.

— Désolé. Je me suis dit que tu aimerais un café. (Il s'approcha, posa une tasse puis recula dans l'embrasure.) J'aurais dû frapper.

Campé dans l'entrebâillement, il était simplement vêtu du sweat-shirt qui lui avait servi d'oreiller, le tissu gris mettant en valeur ses larges épaules. Il avait l'air si fort et alerte malgré tout ce qui s'était passé en moins de quarante-huit heures.

Elle porta les yeux sur le café, appréciant ce geste plein d'attention.

— Merci… et désolée. J'imagine que je n'ai pas l'habitude de…

D'un homme comme lui.

— À compter de maintenant, je signalerai ma présence.

Elle souleva la tasse et but une gorgée. Parfait. Sucré à son goût. Il avait dû l'observer à son insu, songea-t-elle. Repérer la quantité de sucre qu'elle ajoutait et s'en être souvenu.

— C'est moi ? (Lorsqu'elle leva les yeux, il désigna le dossier d'un geste du menton.) C'est ma photo ?

— Ah… oui. (Grier tapota la phrase.) Qu'est-ce que ça veut dire, au juste ?

Il s'avança et se pencha. Alors qu'il étudiait ce qui était écrit sous son visage, la tension qui l'étreignait était palpable, son corps massif raidi de tout son long.

— Qu'ils devaient me fournir une raison.

— Pour tuer.

Il acquiesça et se mit à arpenter la pièce, s'approchant des bouteilles de vin. Il en sortit une, examina l'étiquette, la rangea… puis s'empara d'une autre.

— Quel genre de raisons invoquaient-ils ? demanda-t-elle, consciente que ses réponses avaient bien trop d'importance pour elle.

Il marqua une pause, un bordeaux entre les mains.

— Du genre à légitimer mes crimes.

— Par exemple ?

Le regard d'Isaac dévia vers elle et il fallut quelques instants à Grier pour se reprendre : il était si lugubre, si vide.

— Dis-moi, murmura-t-elle.

Il reposa la bouteille. Et longea encore de quelques mètres les casiers en bois.

— Je ne tuais que des hommes. Jamais de femmes. Certains le faisaient, moi j'en étais incapable. Et je ne te donnerai pas d'exemple précis, mais disons que l'affiliation politique n'était pas un prétexte légitime à mes yeux. En revanche, un type qui tire dans le tas, viole des femmes ou fait péter des trucs ? Totalement différent. Et je demandais toujours à en avoir la preuve, à voir des vidéos, des photos… des cadavres qui porteraient leur marque.

— Est-ce que tu as déjà refusé une mission ?

— Oui.

— Alors, tu n'aurais pas tué mon frère ?

— Jamais, répondit-il sans hésiter. Et ils ne me l'auraient pas demandé. Aux yeux de Matthias, j'étais une arme qui ne marchait qu'en des circonstances bien précises, et il me dégainait de son étui au moment opportun. Et tu sais… je me suis rendu compte que je devais quitter les XOps quand j'ai pris conscience que je n'étais pas différent des gens que je tuais. Ils étaient tous persuadés que les atrocités qu'ils commettaient étaient justifiées. Eh bien, moi aussi, alors j'avais l'impression d'être leur reflet. Évidemment, un observateur objectif aurait pris mon parti plutôt que le leur, mais ça ne me suffisait pas.

Grier laissa échapper un long soupir. Il incarnait tout ce en quoi elle avait toujours cru.

— C'est-à-dire ?

Rougissant, elle s'aperçut qu'elle avait pensé à voix haute.

— J'ai toujours dit à Daniel… (Elle marqua une pause en se demandant si elle aurait la force d'aller jusqu'au bout.) Je lui disais qu'il n'est jamais trop tard. Que les erreurs qu'il avait faites dans le passé ne définissaient pas son avenir. Je crois que vers la fin il avait jeté l'éponge. Il s'est mis à voler, mon père, moi et ses amis. Il a été arrêté pour avoir cambriolé une maison, puis pour le vol d'une voiture et une tentative de hold-up dans une épicerie. C'est comme ça que j'ai commencé à faire du bénévolat. J'ai passé les cinq années précédant sa mort à aider des gens en prison. J'avais l'impression que si je n'arrivais pas à l'aider, lui, je pouvais peut-être aider les autres. Tu comprends ? Et c'est ce que j'ai fait. J'ai aidé des gens.

Sa voix devenait chevrotante.

— Grier…

Elle le fit taire d'un signe. Elle avait décidé de ne plus pleurer. Et de ne plus s'apitoyer sur le passé.

— Tu veux qu'on y jette un coup d'œil ?

Lorsqu'elle désigna le dossier, il haussa les épaules et se dirigea vers la porte, s'appuyant contre l'encadrement.

— J'étais juste venu voir si tu allais bien.

Dans l'air immobile, le regard qu'il lui adressait sous ses paupières mi-closes la réchauffait de l'intérieur. Bon sang, entre son boulot de porte-flingue et son cœur d'or, jamais elle n'avait connu une telle contradiction chez un homme.

Elle baissa les yeux vers la photo.

— On dirait que tu scrutes quelque chose, là-dessus.

— En fait, j'étais sur le point de monter dans un avion. J'avais la sensation qu'on m'épiait, mais je n'arrivais pas à savoir d'où. J'étais en train d'attendre sur une base aérienne pour partir à l'étranger. (Il se racla la gorge, chassant le souvenir de son esprit.) Ton père s'est endormi, là-haut. Il a passé deux heures au téléphone, je crois.

— Deux heures ? Déjà ?

Consultant sa montre, elle fit pivoter son poignet et sentit les nœuds dans son corps. Puis elle étira les bras au-dessus de sa tête et fit craquer sa colonne vertébrale.

— Comment ça se présente ?

— Je ne sais pas. Avant de se coucher, il m'a dit que si on arrivait à tenir jusqu'à demain soir, tout serait mis en route. Il a pris contact avec plusieurs personnes au sein de la CIA, de la NSA et du cabinet présidentiel. On aura rendez-vous ici, de sorte que je n'aie pas à bouger. La pièce manquante est Jim Heron ; on attend toujours son retour, mais s'il le faut, on avancera sans lui.

— As-tu reçu une… réponse ? Tu sais… de leur part.

— Non.

La peur lui picota les côtes et foudroya son cœur comme une décharge électrique.

— Est-ce que tu pourras tenir jusqu'à demain soir ?

— S'il le faut, oui.

Il semblait confiant, et elle en avait besoin pour se rassurer : ce serait un drame épouvantable si tout s'écroulait, alors qu'il était si proche de la liberté.

Bon sang, comment un homme qu'elle ne connaissait que depuis quelques jours avait-il pu prendre une place si importante dans sa vie ?

— Je suis fière de toi, dit-elle en caressant sa photo.

— Ça compte beaucoup pour moi. (Une pause.) Et merci de m'avoir montré la voie. Je n'aurais jamais pu faire ça sans toi.

— Sans mon père, tu veux dire, rétorqua-t-elle doucement. C'est lui qui a les contacts.

— Non. Je ne serais rien sans toi.

Elle fronça les sourcils, songeant que c'était une façon bizarre de le formuler.

— J'aimerais que tu répondes à une question.

— Vas-y.

Elle leva les yeux vers lui.

— Quelles sont tes chances ? En vrai.

— De m'en sortir vivant ?

— Oui. (Lorsqu'il se contenta de secouer la tête, elle le regarda d'un air de reproche.) Souviens-toi que je ne veux plus qu'on me traite comme une gamine.

— Cinquante-cinquante.

La gorge de Grier se noua.

— À ce point ?

— Tu veux quelque chose avec ton café ? Je ne suis pas un cordon-bleu, mais j'ai repéré des restes dans le frigo et je sais me servir d'un micro-ondes. (Lorsqu'elle repoussa son offre, il insista.) Il faut que tu manges.

— Je préférerais faire l'amour avec toi, bafouilla-t-elle.

Isaac faillit s'étouffer. Comme si elle lui avait balancé un coup au plexus.

— Désolée si je suis trop franche. (Elle haussa les épaules.) Mais les convenances sociales sont loin d'être ma priorité actuellement. Et j'ai le sentiment que je ne te reverrai plus après demain soir, soit parce que les fédéraux t'auront placé en garde à vue, soit parce que… (Elle prit une profonde inspiration.) Avant que tu disparaisses, je veux un souvenir de toi… gravé dans ma chair, pas juste dans mon esprit. Là-haut, tout s'est passé trop vite. Cette fois, je veux prendre mon temps.

Il demeura silencieux pendant un long moment.

— J'aurais pensé que tu aurais préféré oublier tout ce que tu pouvais sur cette histoire.

— Pas toi… Je ne veux pas t'oublier toi. (Elle esquissa un petit sourire.) De toute façon, je ne crois pas que ça puisse arriver.

Comme Isaac ne bronchait pas, elle repoussa sa chaise et se leva. Puis elle parcourut les trois pas qui les séparaient et à mesure qu'elle se rapprochait, il se raidit, tirant sur son sweat-shirt, comme pour se rendre présentable.

Grier se hissa sur la pointe des pieds et lui toucha le visage, effleurant sa barbe naissante.

— Je ne t'oublierai jamais.

Il s'humecta les lèvres, semblant dévoré du même désir. Alors, elle lui prit la main et l'entraîna au fond de la cave à vin, comme pour les isoler du monde extérieur.

Contrairement à la première fois, où elle avait été prise dans un cyclone, où elle avait voulu perdre la tête entre ses bras, elle le voulait à présent pour lui, pas pour se griser.

Elle le désirait lui, et rien d'autre.

Lorsqu'elle s'apprêta à l'embrasser, il posa ses mains larges sur ses poignets fins et la retint gentiment.

— Ce qui s'est passé là-haut n'a rien arrangé.

— Si. C'est juste que tu ne m'as pas crue.

— Grier…

Il prononça son nom d'un ton à la fois confus et désespéré.

— Je ne veux plus parler, murmura-t-elle, les yeux rivés sur sa bouche.

— C'est vraiment ce que tu veux ?

Lorsqu'elle acquiesça, il se pencha et pressa ses lèvres contre les siennes en l'attirant vers lui. Il était en pleine érection, plus que prêt pour elle, et pourtant, il la repoussa.

Avant d'avoir pu protester, elle entendit le bruit du verrou qui se refermait. Il glissa ses mains chaudes sous son chemisier et contourna sa taille pour s'arrêter au creux de son dos. Puis il la prit dans ses bras et la souleva doucement du sol.

Écartant le dossier sur le côté, Isaac l'étendit sur la table et caressa ses seins, penché au-dessus d'elle, gardant leurs bouches unies. En un clin d'œil, il lui ôta son legging, mais plutôt que de le jeter par terre, il le déposa sur la chaise qu'elle avait occupée. Futé. Qui sait si elle n'aurait pas à se rhabiller en quatrième vitesse.

Il l'attira légèrement en arrière de manière à placer ses hanches juste au bord de la table… puis il rompit le baiser et s'agenouilla.

Si elle avait cru voir le feu dans son regard auparavant, ce n'était rien comparé au brasier qui le consumait désormais. Jamais le givre ne lui avait paru aussi brûlant.

Comprenant ce qu'il avait l'intention de faire, elle se redressa.

— Je veux fusionner avec toi, pas juste…

— Tu m'as dit que tu voulais un souvenir de moi. (Il remonta les mains jusqu'au haut de ses cuisses et serra.) Alors, allonge-toi et laisse-moi faire.

Il darda sa langue… et curieusement, tous les scrupules de Grier s'envolèrent.

— Allez, murmura-t-il avec son accent traînant. Allonge-toi et laisse-moi prendre soin de toi. Je te promets d'aller lentement… très lentement.

Il fit glisser ses paumes jusqu'à ses genoux, lui écarta les jambes… et elle s'abandonna à lui. Suivant ses instructions à la lettre, elle sentit le contact dur de la table contre ses omoplates, l'air frais sur ses cuisses et une chaleur lui enflammer le sang.

À la façon dont il la regardait, on aurait dit qu'il allait la dévorer.

Et elle était prête à lui servir de repas.

Enfouissant la tête à l'endroit où elle le désirait le plus, il plaqua sa bouche sur son sexe à travers la fine culotte en soie qu'elle portait. Une chaleur délicieuse l'envahit et elle tendit la main, empoigna son legging et mordit dedans pour s'empêcher de crier.

Si elle ressentait déjà un tel plaisir, elle allait faire du bruit. Certes, la porte de la cave était épaisse et son père était censé dormir, mais elle refusait de courir le risque.

Isaac grogna contre elle tandis qu'il frottait son nez à travers la soie, puis il fit courir sa langue le long de la mince bande de tissu qui la recouvrait. Lâchant un juron, elle s'arc-bouta, enfonçant les dents dans le coton, griffant le bois de la table alors qu'Isaac plantait ses doigts dans ses cuisses. Et soudain, plus rien ne les sépara. À un moment, sa bouche était sur le tissu, l'instant d'après, Grier sentit une traction sur ses hanches et entendit un bruit lorsqu'il lui arracha sa culotte…

Oh, Seigneur… Sa langue humide s'insinua en elle puis remonta pour titiller son clitoris gonflé, avant de glisser dans sa moiteur.

Et effectivement, il alla lentement.

Tandis qu'il l'agrippait fermement par les hanches pour la maintenir contre lui, il prenait tout son temps pour l'embrasser, la lécher, l'aspirer entre ses lèvres chaudes. Et pendant tout ce temps, il l'observait, contemplant sa poitrine qui se soulevait à mesure qu'elle se cambrait sous sa bouche.

Brusquement, comme s'il avait besoin de toucher ce qu'il voyait, il passa de nouveau les mains sous son chemisier et se concentra sur ce qui semblait le captiver. Dégrafant l'avant de son soutien-gorge, il prit possession de ses seins, ses doigts agaçant ses tétons.

Son souffle haletant s'échappait de sa bouche entrouverte et alors qu'elle était sur le point de jouir, Isaac recula de quelques centimètres en se léchant les lèvres.

— Jouis pour moi, dit-il. Je veux le sentir.

Puis il colla de nouveau sa bouche contre son sexe et l'explora de sa langue. Il n'en fallut pas plus. Du fond de son intimité monta une vague de jouissance qui la submergea tout entière. Aspirée par ce tourbillon, elle l'entendait gémir, vaguement, au loin, comme s'il sentait tout autant qu'elle la force de son plaisir.

Plutôt que de s'arrêter, il continua à tournoyer, laper, aspirer… écartant davantage ses jambes, la maintenant en place, marquant sa mémoire aussi sûrement qu'il marquait son corps. Jamais elle n'oublierait ce…

Il insinua l'un de ses longs doigts, ou peut-être deux, en elle et la sensation l'envoya de nouveau au bord de l'extase. Lorsqu'un nouvel orgasme la secoua, elle plaqua les mains sur ses avant-bras, enfonçant les ongles dans sa chair, tandis qu'elle se cambrait sous l'effet du plaisir qui l'étourdissait.

Et il ne s'arrêta toujours pas.

Il était enfiévré, bestial et acharné.

Il était l'amant qu'elle n'oublierait jamais.

Et dont elle ne se remettrait jamais, se dit-elle avec crainte.

Oh, bon sang…

Agenouillé entre les jambes de Grier, Isaac leva les yeux et faillit jouir rien qu'à la vue de la jeune femme. Elle était si belle ainsi débraillée, les lambeaux de sa culotte autour de ses hanches, son chemisier noir dévoilant sa gorge, les bonnets de son soutien-gorge gisant sur le côté. La pointe rose de ses seins était tendue, son visage empourpré, et son ventre se soulevait et se rabaissait au rythme de ses ondulations contre lui.

Le legging dans sa bouche était une vision terriblement érotique.

Et le goût de son sexe le rendait fou.

Isaac aurait pu rester ainsi pendant des heures, mais ils risquaient d'être interrompus à tout moment et il ne voulait pas bâcler la fin.

Se relevant, il se dressa au-dessus d'elle et lui replia les genoux, sa queue menaçant d'exploser à la vue de son intimité luisante et gonflée, prête à l'accueillir. Au lieu de retirer son pantalon, il se contenta de le baisser un peu pour laisser jaillir son érection… dont l'extrémité perlait d'excitation. S'humectant la paume, il la porta au bout de sa verge, se lubrifiant davantage avant de basculer le bassin pour les faire fusionner.

Pénétrant en elle, il contempla l'union de leurs sexes, et l'entendit gémir lorsqu'il s'enfonça davantage et prit possession d'elle.

— Oh, put… (Son côté gentleman le fit ravaler son juron, sans toutefois bâillonner son côté homme des cavernes.) Regarde-toi… Je veux laisser une trace de moi… en toi.

Il lui darda un regard brûlant et commença ses va-et-vient… puis il reporta les yeux sur l'endroit où leurs corps s'unissaient, la moiteur qui le recouvrait augmentant la tension dans ses testicules. Se penchant sur ses seins, il aspira un téton et le titilla du bout de la langue… jusqu'à ce que le rythme de leurs ébats l'oblige à relâcher sa prise : il avait vraiment eu l'intention de lui faire l'amour lentement, mais son envie d'elle était trop forte pour ne pas avoir raison de sa volonté. La montée en puissance était inexorable et il ne fallut pas longtemps avant que la table grince sous la force de ses coups de reins, au point qu'il dut s'agripper à sa taille pour la maintenir en place.

Elle s'immobilisa sous lui et Isaac jouit puissamment en elle, serrant les dents pour s'empêcher de crier, clignant des yeux alors qu'il aurait voulu contempler son visage tandis qu'il l'entraînait vers un nouvel orgasme.

Isaac tressaillit sous les soubresauts de son corps, emplissant Grier de sa semence. Cependant, il se sentait aussi rassasié qu'un homme assoiffé à qui on aurait donné une simple gorgée d'eau.

Il n'en avait pas encore fini avec elle. Elle voulait des souvenirs ? Il allait lui en offrir.

Toujours plongé en elle, il retira le legging de sa bouche, la redressa et approcha ses lèvres des siennes. Puis il l'embrassa avec fougue et la souleva de la table. La calant contre la porte, il agrippa l'arrière de ses jambes et se remit à bouger. Avec les mains de Grier emmêlées dans ses cheveux, la chaleur torride et le désir pressant qui l'envahissaient de nouveau, le baiser ne pouvait pas durer… et lui-même ne put se retenir. Il jouit une nouvelle fois en elle et s'effondra sous les contractions de son vagin.

Il s'accorda à peine quelques secondes pour récupérer, car il était bien conscient du fait qu'il l'écrasait contre un objet dur et que son père n'était pas loin et…

Bon sang, tous ces « et » qui se liguaient contre eux !

Isaac la fit doucement redescendre jusqu'au moment où ses pieds touchèrent le sol, et lorsqu'il se glissa hors d'elle, il détesta la sensation de l'air froid sur sa queue. Son sexe était bien plus doux, bien plus chaleureux.

Il l'embrassa et à la façon dont ses lèvres dansaient sur les siennes, il sut que dans un monde différent, en des circonstances différentes… ça aurait pu être le début d'une vraie relation, malgré tout ce qui les séparait comme la famille, l'argent et l'éducation.

Mais ce n'était pas leur réalité.

— Je vais te chercher quelque chose pour t'essuyer, murmura-t-il tout en remontant son pantalon.

Après l'avoir de nouveau embrassée, il se faufila par la porte et, lorsqu'il la referma, il s'arrêta et baissa la tête.

Il lui avait menti.

Ses chances étaient loin des cinquante-cinquante : Matthias allait le retrouver, ça ne faisait aucun doute. La question était de savoir de combien de temps il disposerait pour témoigner avant que son ex-patron ne sorte de l'ombre pour lui mettre le grappin dessus. Une chose avait toujours été vraie au sujet du chef des XOps : Matthias n'abandonnait jamais. Jamais. Et même si son monde s'écroulait autour de lui, il obtiendrait vengeance. D'une manière ou d'une autre. Qu'importe le temps que cela prendrait.

Cependant, cela n'empêcherait pas Isaac d'essayer de dénoncer ces crimes.

Mieux valait mourir en accomplissant son devoir plutôt qu'en lâche… même si pour cela il devait quitter la femme qu'il aimait et ne lui laisser qu'un mauvais souvenir.

Oui. C'était bien mieux ainsi.

Chapitre 35

Alors que le soleil sortait de son sommeil nébuleux, nimbant Caldwell d'un halo de lumière, deux jeunes garçons, âgés de douze et neuf ans, se rendaient à l'école.

Et ils n'étaient nullement impressionnés par la « splendeur du printemps ».

Ils ne savaient même pas ce que cela signifiait.

Leur mère n'arrêtait pas de les seriner avec la « splendeur du printemps », la « splendeur du printemps »... Bof. La seule chose qui intéressait Joey Mason, c'était le sport. D'habitude, il avait gym, le lundi, mais ce jour-là, les élèves devaient participer à une journée de discussions. Alors, ce n'était pas la « splendeur du printemps » qui allait sauver sa journée.

En revanche, Tony, son petit frère, préférait les discussions au sport, alors il était ravi. Mais c'était un tocard qui ne levait jamais le nez de ses bouquins ; qu'est-ce qu'il savait de la vie ?

Ils avaient une dizaine de rues à parcourir pour se rendre à l'école et le trajet n'avait rien de passionnant... St. Francis Street, l'église, plus deux ou trois trucs. Ils étaient censés rester sur le côté droit, car la station-service sur la gauche était très fréquentée. Et ils devaient s'arrêter à chaque carrefour. Ce que faisait Joey – en agrippant généralement Tony par le col pour éviter qu'il ne se fasse renverser.

Tony marchait toujours en lisant. De même, il mangeait en lisant, pissait en lisant et s'habillait en lisant.

C'était idiot. Vraiment idiot. Parce qu'on rate plein de choses quand on ne regarde pas autour de soi.

Comme cette super bagnole, garée un peu plus haut. Elle était entièrement noire, de la carrosserie jusqu'aux vitres, et la plaque d'immatriculation ne comportait que trois chiffres. C'était tout. Pas de lettres. Joey jeta un coup d'œil à son frère, mais évidemment, ce dernier n'avait rien remarqué.

Tant pis pour lui.

On aurait dit une caisse de flic.

À l'approche de la voiture, il alpagua son frère et l'arrêta net. Tony n'émit aucune protestation, se contentant de tourner une autre page. Il pensait sans doute qu'ils se trouvaient à un carrefour.

Joey se pencha légèrement pour essayer de distinguer l'habitacle, s'attendant à tout moment à voir sortir un type en uniforme qui leur crierait d'aller fourrer leur nez ailleurs. Ne voyant rien et personne ne descendant du véhicule, il plaça ses mains en coupe contre la vitre froide et…

Il sursauta.

— Je crois qu'il y a quelqu'un là-dedans.

— Mais non, rétorqua Tony sans lever la tête.

— Je te dis que si.

— Je te dis que non.

— Si. Et puis qu'est-ce que tu en sais ?

— Je te dis que non.

OK, Tony ne savait pas de quoi il parlait et cette dispute pouvait durer une éternité. Et ensuite, ils seraient en retard en classe et il se prendrait une colle. Encore.

Mais…

Qu'est-ce que ce serait cool s'ils trouvaient un cadavre – juste en face du funérarium McCready !

Lâchant son cartable, Joey éloigna son frère de la voiture en le soulevant pour le redéposer un peu plus loin.

— C'est dangereux. Je ne veux pas que tu sois blessé.

Cette réflexion arracha enfin Tony à sa lecture.

— Il y a vraiment quelqu'un à l'intérieur ?

— Ne t'approche pas.

C'était le genre de phrase qu'aurait dite son père et Joey eut l'impression d'être un vrai petit homme, surtout lorsque Tony acquiesça en serrant son livre contre sa poitrine. Mais c'était l'ordre normal des choses. Joey allait bientôt avoir treize ans et c'était lui le responsable en l'absence d'adultes, parfois même s'ils étaient présents.

Replaçant ses mains en coupe, il reprit position devant la vitre et tenta de percer l'obscurité de…

— C'est un pirate !

— Tu mens.

— Non, je…

Une voiture s'arrêta devant eux et une femme abaissa sa vitre. C'était Mme Alonzo, qui habitait de l'autre côté de la rue.

— Qu'est-ce que vous mijotez, les garçons ?

Comme s'ils passaient leur temps à comploter des mauvais coups.

Joey était tiraillé entre l'envie de gérer lui-même la situation et celle de faire son intéressant.

— Il y a un type mort là-dedans.

Il se sentit soudain rempli d'importance lorsqu'elle blêmit et prit un air affolé. Bon sang, s'il avait su que tout cela allait arriver, il aurait été plus pressé de quitter la maison. C'était vachement mieux que la gym.

Sauf que Tony ne put s'empêcher de mettre son grain de sel.

— C'est un pirate !

Subitement, Mme Alonzo ne parut plus aussi effrayée.

— Un pirate.

Mais quel relou, celui-là! Cependant, Joey n'entendait pas perdre son public. Les pirates étaient un truc de gosses. Alors qu'un cadavre dans une bagnole, ça c'était un truc de grand, et c'était sur ce terrain qu'il voulait aller.

— Regardez vous-même, dit-il.

Mme Alonzo gara sa Lexus devant la voiture noire et sortit, ses talons hauts résonnant comme les sabots d'un cheval sur la route.

— Bon, ça suffit, les garçons. Montez et je vais vous déposer à l'école. Vous allez être en retard. (Elle tendit son téléphone à Joey.) Appelle ta mère et dis-lui que je vous emmène. Encore.

Effectivement, ce n'était pas la première fois. Mme Alonzo travaillait dans un bureau situé non loin de l'école, et comme ils étaient souvent en retard, elle les conduisait souvent. Mais ce matin, c'était différent.

Croisant les bras, il lui dit :

— Il faut que vous regardiez par la vitre.

— Joey…

— S'il vous plaît.

Voilà un truc d'adulte qui marchait bien : les « s'il vous plaît/merci ».

— Très bien. Mais monte dans ma voiture.

Mme Alonzo se dirigea vers la berline en marmonnant qu'elle n'était pas un taxi. Et Tony, qui suivait toujours les règles, s'installa sur le siège avant de son 4 × 4… mais il s'intéressait toujours à ce qui se passait, car il s'abstint de fermer la portière et garda *Charlie et la chocolaterie* serré contre son torse.

Joey ne broncha pas.

En temps normal, il aurait été agacé par le fait que Tony s'attribue la meilleure place : les frères aînés s'assoient toujours devant, et les bébés à l'arrière. Mais l'heure n'était pas aux enfantillages, alors il resta planté sur le trottoir, le téléphone pendant au bout du bras.

Il se demandait ce qu'il avait vu quand…

Mme Alonzo sursauta si fort qu'elle faillit se retrouver au beau milieu de la rue, une fourgonnette la klaxonnant après avoir manqué de la renverser.

Elle courut vers lui et lui arracha le portable des mains.

— Monte dans la voiture, Joey…

— Qu'est-ce que c'est ? Est-ce qu'il est mort ?

Merde, et si c'était un pirate ? se dit-il. *Ouah, trop mortel !*

Mme Alonzo colla son téléphone à l'oreille pendant qu'elle l'entraînait vers sa Lexus.

— Oui, ceci est une urgence. Il y a un homme dans une voiture en face du funérarium McCready sur St. Francis. Je ne sais pas ce qu'il a, mais il est au volant et il ne semble pas bouger… J'ai de jeunes enfants avec moi, et je ne veux pas ouvrir la porte… D'accord…

« De jeunes enfants ». Bon Dieu, il détestait se faire appeler ainsi. Après tout, c'était lui qui avait découvert ce type. Combien d'adultes étaient passés par là en se rendant à leur travail sans l'avoir vu ? Combien étaient passés devant en vélo ? Ou pendant leur jogging ?

C'était son cadavre.

— Je m'appelle Margarita Alonzo. Oui, je vais attendre l'arrivée des secours et de la police.

OK, c'est officiellement le meilleur matin de toute ma vie, songea Joey en sautant sur le siège arrière – qui offrait la meilleure vue, en fait.

Tandis que Mme Alonzo entrait et verrouillait les portières, il s'imagina qu'ils allaient rester là jusqu'à midi, 13 heures. Peut-être auraient-ils droit à un Happy Meal au déjeuner ? Il espérait vraiment que la police prenne son temps avant de…

Le ciel lui tomba sur la tête quand Mme Alonzo déclara :

— Sarah ? J'ai tes enfants avec moi et ils vont bien. Mais il y a un petit problème ; il faut que tu viennes les chercher.

Joey posa la tête sur son bras.

Connaissant sa chance, sa mère allait se précipiter sur les lieux et débarquer avant qu'il en sache plus sur ce pirate mort à l'avant de la voiture.

Foutu. C'était foutu.

Comble de malheur, il n'allait même pas être en retard à l'école.

Endormi au volant de sa voiture, Matthias ne cessait de rêver de la nuit où Jim Heron lui avait sauvé la vie. Les événements qui avaient mené à l'explosion, ainsi que le long et douloureux retour à une santé toute relative, passaient et repassaient en boucle à travers son esprit, comme si son disque mental était rayé.

Matthias avait attiré Jim vers cette hutte poussiéreuse et abandonnée pour lui faire jouer le rôle de témoin, parce qu'il n'y avait personne d'autre au sein des XOps dont la parole avait autant de poids et de crédibilité. Si tout s'était passé comme prévu, Jim aurait dû laisser son corps démembré dans le désert et rentrer à la base afin d'annoncer qu'un terrible accident avait eu lieu. N'importe qui d'autre aurait aussitôt été soupçonné d'avoir commis le meurtre. Mais pas Jim : c'était un type droit dans un monde de méandres, et il avait toujours assumé ses actes, bons ou mauvais.

Ce qui, après tout, prouvait que Matthias n'était pas complètement pourri : au moins, il n'avait pas collé son suicide sur le dos d'un autre soldat.

Alors bien sûr, il aurait pu simplement se faire sauter le caisson dans une salle de bains quelconque, mais même s'il était suicidaire, il avait sa fierté. Se brûler la cervelle lui paraissait indigne de lui ; mieux valait moucheter des murs de pierre et être enterré avec les honneurs.

Cependant, sa fierté lui avait coûté cher : au lieu de le laisser crever dans le sable, ce crétin de Jim l'avait sauvé – et deviné son petit secret. C'était le détonateur qui avait tout fait foirer. Pendant que Matthias gisait comme un cochon enlisé dans la boue, Jim avait trouvé les restes de la bombe et avait reconnu l'engin comme l'un des leurs.

Cet enfoiré avait ramassé les fragments, puis les avait fourrés dans sa poche avant de déboucler sa ceinture. Ensuite, il avait fait un garrot autour de la jambe de Matthias, l'avait soulevé et traîné à travers les dunes. Heron était furax, et s'il avait joué les héros, c'était en partie pour punir Matthias et en partie pour en tirer profit. Et il en avait puisé une force incroyable : ce type avait marché pendant des plombes... jusqu'au moment où Isaac Rothe s'était pointé au volant d'une Land Rover.

Jim avait fait part de ses exigences quelques semaines plus tard, dans un hôpital en Allemagne. À ce moment-là, la tête de Matthias n'était qu'une énorme montgolfière remplie de douleur, et il essayait de s'habituer au fait de n'avoir qu'un seul œil valide. Heron s'était assis à son chevet et avait dicté ses conditions : la liberté. Sinon, il transmettait les restes de la bombe ainsi que son récit à la seule personne qui aurait pu se mêler de cette affaire.

Le président.

Comble de l'ironie, s'il s'était agi de n'importe quel autre soldat, de n'importe quel être humain avec un cœur et des pouces opposables, Matthias ne se serait pas soucié de cette menace. Mais encore une fois, Jim Heron – ce bon vieux Zacharias – était un de ces types réglo qu'on croyait. Les fragments de bombe, ça pouvait se fabriquer, mais mettre en doute la crédibilité d'un homme de valeur ? Impensable.

D'autant que Matthias n'aurait eu aucune chance de rester le chef si les gens s'étaient mis à penser qu'il n'avait plus les couilles pour ce boulot.

Par conséquent, il s'était résigné à laisser Jim quitter les XOps.

Par la suite, ses envies suicidaires l'avaient rattrapé et il avait failli passer à l'acte. Mais son lieutenant était arrivé juste à ce moment-là, comme s'il avait su ce qui se passait dans sa tête.

Un homme très persuasif, celui-là. Au bout du compte, Jim lui avait sauvé la peau, mais d'une certaine manière, son bras droit l'avait ramené à la vie.

Malheureusement, sa « renaissance » n'était pas restée sans conséquence. Presque aussitôt Matthias avait ouvert les yeux – enfin, un œil, en l'occurrence – sur l'erreur qu'il avait commise en laissant partir Jim : ce soldat en savait beaucoup trop et le risque de dénonciation était inacceptable.

Son lieutenant en avait convenu, et ils étaient en train de mettre un « accident » au point quand Jim avait appelé pour se rancarder sur une certaine Marie-Terese Boudreau. Voilà qui tombait à pic. Matthias avait conçu un plan : forcer Jim à éliminer Isaac en échange des renseignements qu'il voulait… puis assassiner Jim.

Sauf qu'on l'avait devancé.

Mort. Jim était mort. Matthias avait vu le corps de ses propres yeux. Et pourtant… il avait l'étrange impression de lui avoir parlé. Oui, il avait rêvé avoir discuté avec Jim Heron…

Matthias se réveilla en sursaut avec son revolver à la main, le canon braqué en direction d'un type vêtu d'un uniforme bleu marine – qui, à en juger par le pied-de-biche qu'il tenait, venait tout juste de forcer la serrure et d'ouvrir la portière.

L'ambulancier se figea et leva les mains.

— Hé, je veux juste vous aider.

C'était sans doute vrai, mais bordel, son collègue était sûrement en train d'appeler la police et Matthias évitait au maximum les face-à-face avec les civils.

Il baissa son arme.

— Je suis un agent fédéral.

Il fourra sa main dans son manteau pour en sortir sa carte du FBI.

Le secouriste se pencha et examina la photo plastifiée, le faux nom et le logo du FBI – qui, lui, était tout à fait authentique.

— Oh… Désolé, monsieur. Nous avons eu un appel…

— Ce n'est rien. Je viens de bosser trois jours d'affilée à la frontière canadienne et je suis en route pour Manhattan. J'ai quitté l'autoroute vers 4 heures pour casser la croûte, mais tout était fermé et il fallait que je dorme un peu. Vous savez ce que c'est.

— Oh oui, je vous comprends.

Il continua de bavarder jusqu'à l'arrivée de la police. Lorsque les flics vérifièrent sa carte, son identité fut confirmée. Il n'eut aucun mal à leur faire gober son histoire de mission secrète et d'épuisement, ce qui le fit passer du statut de criminel potentiel à celui de héros. *Les imbéciles.*

Après les avoir congédiés, il reprit le volant et sortit son téléphone. Il y avait plusieurs messages sur son répondeur… et une alerte.

Tiens, tiens… Apparemment, Isaac Rothe s'était rendu et se trouvait chez cette ravissante et talentueuse avocate. Parfait. Même s'ils auraient pu l'abattre dans la cuisine de Grier Childe s'ils y avaient été contraints, voilà qui allait grandement leur faciliter la tâche.

Matthias appela son bras droit et, pendant que le téléphone sonnait, songea au nombre de fois où il avait prononcé ces paroles : « Vas-y. Chope-moi cet enfoiré. Supprime-le et fais disparaître le corps. »

La douleur au côté droit enflamma de nouveau sa poitrine, mais il tenta de passer outre…

— Allô ? répondit son lieutenant.

— Isaac Rothe nous attend.

— À Beacon Hill ?

— Oui. Va le chercher.

— Je suis dans un autre État.

— Eh bien, fais demi-tour et ramène-le. Tout de suite.

— Compris. Où est-ce que je l'emmène ?

Bonne question. Isaac n'était pas connu pour ses évasions spectaculaires ; il avait surtout la réputation de tuer vite et proprement, et ce dans les circonstances les plus difficiles. Mais un si bon soldat ne devait pas être dénué de ressources.

— Attends-moi là-bas avec lui, dit subitement Matthias.

Réfléchissant à la situation, son instinct lui souffla qu'il valait mieux opérer un changement de stratégie. Après tout, Grier Childe et son père auraient bien besoin d'un bon coup sur la laisse, et rien n'amadouait davantage un civil que d'assister à un meurtre. Ce vieux Albie en était la preuve vivante…

Pour une raison étrange, la voix de Jim Heron retentit dans son esprit. Pas de paroles précises, juste un timbre qui résonnait, un ton grave, implorant, qui lui donnait le sentiment qu'il devait tout arrêter et… faire quoi, au juste ?

— Allô ? demanda son lieutenant, comme s'il attendait une réponse ou qu'il n'entendait plus rien depuis un bout de temps.

— Je ne veux pas que tu le tues, répondit Matthias.

— Oh, je sais. Vous vous en chargerez vous-même.

Sa voix regorgeait de satisfaction. Comme si tout avait été prévu ainsi dès le départ.

Sans raison valable, le cerveau de Matthias se mit à cracher des étincelles et de la fumée, des images se bousculant pêle-mêle dans sa tête, comme des dés roulant sur une table. Puis au milieu de ce chaos, il vit Alistair Childe maintenu sur un tapis sale par deux agents en noir tandis que son fils recevait une dose d'héroïne suffisante pour assommer un éléphant.

« Danny… Oh, Danny, mon garçon… », égrenait Childe. Comme dans cette ballade irlandaise, sauf qu'il n'y a rien de mélodieux à écouter un père crier ces paroles d'une voix étranglée par les larmes.

— Chef, intervint son bras droit. Parlez-moi. Qu'est-ce qui se passe ?

Son ton était posé, mais c'était un calme de façade. Le soldat craignait sans aucun doute que son patron déraille une nouvelle fois, qu'il lui faille encore le remettre sur pied, comme il l'avait fait deux ans auparavant.

— Ne le tue pas, répéta Matthias. C'est un ordre.

— J'ai compris. Vous le ferez vous-même. Il est pour vous. Vous devez le descendre.

L'espace d'un instant, Matthias se sentit irrésistiblement attiré par l'envie de…

— Non, bafouilla-t-il en se reprenant. Non. Je ne le ferai pas.

— Si, vous devez…

— Contente-toi d'obéir à mes ordres sans commentaire sinon je trouverai quelqu'un d'autre pour s'en charger.

Lâchant un juron, il raccrocha, renvoya un signal à Isaac puis essaya de rassembler ses esprits. Merde, subitement, il avait l'impression que deux voix résonnaient dans sa tête, chacune l'entraînant dans une direction différente, sans qu'aucune ne soit la sienne.

Heureusement, l'appel de Rothe mit fin à cette lutte intestine.

— Matthias, prononça cette voix familière.

— Isaac. Comment vas-tu ?

— Quand ? Où ?

— Toujours droit au but. (Matthias coinça le genou en bas du volant pour garder la berline sur la route pendant qu'il massait son pectoral gauche douloureux.) Je vais t'envoyer quelqu'un. Reste où tu es.

— Pas question qu'on vienne me chercher ici.

— Ce n'est pas à toi de dicter les conditions.

— Je refuse que Grier Childe soit impliquée dans cette histoire. Je me rendrai à minuit, demain, dans un endroit public.

— Et maintenant, tu me donnes rendez-vous ? Va te faire foutre, Rothe. Si tu veux qu'elle reste en dehors de ça, je te conseille de m'écouter. Tu crois vraiment que son système de surveillance high-tech peut m'empêcher de m'introduire chez elle ? (Un silence.) Surpris que je sois au courant ? Et ce n'est pas le seul piège de cette maison, Isaac. Je me demande même si tu les connais tous.

Voilà qui était mieux. Cette petite joute verbale était en train de chasser ces fichues voix qui lui embrouillaient l'esprit. Et ça lui rappelait ce qui avait provoqué la mort de Daniel Childe : ce bon vieux Albie et son incapacité à fermer sa grande gueule.

Une décharge d'adrénaline acheva de le réveiller au moment où il se demandait quel genre de plan Isaac et le capitaine à la retraite avaient pu ourdir pendant qu'il était dans les vapes sur le côté de la route.

Il se racla la gorge.

— Alors, tu la boucles et tu restes où tu es. Et au cas où son père t'aurait soufflé l'une de ses idées géniales, que les choses soient claires : si tu fais quoi que ce soit pour nous mettre en danger, l'organisation ou moi, je torturerai cette femme et l'amènerai aux portes de la mort, de sorte qu'elle ne s'en remette jamais. Et sois bien conscient d'une chose : même depuis ma tombe, j'irai jusqu'au bout. (Encore un silence.) Tu as fait la connaissance de son père, ne le nie pas. Et je sais qu'il a passé les dix dernières années à prendre des notes sur les XOps. Alors, ne joue pas au plus malin, Isaac. Sinon, elle paiera. Je changerai de cible et je m'en prendrai à elle. Et tu passeras le reste de ta misérable existence à te reprocher d'avoir foutu sa vie en l'air.

— Elle n'a rien à voir là-dedans ! siffla Isaac. Ni avec moi, ni avec son putain de père !

— Peut-être, mais c'est comme ça. Et si je l'ai assignée à ton affaire, c'est pour une bonne raison ; d'ailleurs, ça a fonctionné encore mieux que prévu. Je ne me serais jamais attendu à ce vous vous soyez autant rapprochés. Tu croyais vraiment que je n'avais pas entendu le bruit que vous avez fait dans sa chambre d'amis avant-hier soir ? (Matthias lutta contre la douleur dans sa poitrine ; il avait l'impression de se noyer.) Ne m'oblige pas à lui faire du mal, Isaac. J'en ai ras le bol de tout ça, vraiment. Reste où tu es. Je t'envoie quelqu'un ; tu sauras quand il sera là. Et si vous n'êtes pas là à son arrivée, je l'enverrai traquer Grier au lieu de toi. Suis mes instructions à la lettre et je ferai en sorte que personne à part toi n'ait à souffrir de cette histoire.

Matthias raccrocha et jeta le téléphone sur le siège passager.

En grimaçant, il s'efforça de garder le contrôle de son véhicule alors que la douleur derrière ses côtes enflait dans des proportions démesurées. Sous l'assaut, il hésita un instant à repartir en direction de l'aéroport international de Caldwell, mais décida de continuer à conduire, car il avait besoin de se reprendre et que ça demandait du temps. Et de l'intimité.

Serrant son pectoral gauche, il s'arrêta et tenta de respirer malgré l'étau qui lui comprimait la poitrine. Cependant, il n'éprouva aucun soulagement… au point qu'il se demanda si ce n'était pas la fin. Comme l'attaque qui avait terrassé son père.

Regardant par le pare-brise, il se rendit compte qu'il se trouvait devant une église.

Sans raison valable, il coupa le moteur, s'empara de sa canne et sortit. Il n'avait fréquenté aucun lieu de culte depuis des années et il se sentit mal à l'aise lorsqu'il s'avança en boitillant vers les lourdes portes. Surtout sachant ce qui l'attendait à Boston. Mais son lieutenant avait besoin de temps pour organiser les choses et Matthias… avait besoin que son cœur se décide entre casser sa pipe ou lui foutre la paix.

À l'intérieur, l'air était chaud et le parfum de l'encens se mêlait à l'odeur citronnée de la cire. L'église était gigantesque, avec des centaines et des centaines de bancs s'étirant dans trois directions en partant de l'autel.

Matthias n'arriva pas à se traîner jusqu'au chœur. À mi-chemin de la travée latérale, il s'effondra sur un siège.

Plaçant sa canne entre ses genoux, il leva les yeux vers le crucifix… et se mit à pleurer.

Chapitre 36

Après avoir coupé la communication avec Matthias, Isaac fourra l'émetteur dans son sweat-shirt… Alors qu'il aurait préféré le poser sur le comptoir en granit et l'exploser à coups de poing… avant peut-être d'y foutre le feu.

Les mains sur l'évier, il se pencha et regarda au-dehors. Il était presque 8 heures et le jardin était plongé dans le noir parce que les maisons voisines étaient serrées les unes contre les autres, au point de ne pas laisser filtrer la lumière. Impossible de savoir si les potes de Jim étaient encore là. Et Heron n'avait donné aucun signe de vie.

Mais Isaac avait d'autres soucis.

Merde. Tout bien réfléchi, le fait que Matthias ait assez de jugeote pour soupçonner une embrouille n'était pas une grande nouvelle. Mais qu'il ait visé si juste dans ses spéculations le plaçait dans une position très difficile. S'il partait, il courait le risque de voir Grier et son père se faire assassiner. S'il restait… Matthias allait sans doute les forcer à le regarder mourir.

Quel fils de pute !

— Ils ont pris contact avec toi ?

Il regarda par-dessus son épaule. Grier venait de sortir de la douche, ses longs cheveux séchant à l'air libre.

— Isaac. (Ses traits se tendirent.) Est-ce qu'ils t'ont rappelé ?

— Non, répondit-il. Pas encore.

Pour étayer son mensonge, il sortit l'émetteur et le laissa pendre, pariant sur le fait qu'elle ne remarquerait pas que la lumière était désormais éteinte.

— Tu es sûr qu'il fonctionne ?

— Oui. (Il le rangea dès qu'elle s'approcha.) Comment va ton père ?

— Encore au téléphone dans la salle de bains. (Elle consulta l'horloge.) Bon sang, j'ai cru que la nuit ne finirait jamais.

— J'aimerais vraiment que Jim se pointe, dit-il tandis qu'elle préparait du café près de l'évier.

— Tu crois… qu'il est mort ?

À ce stade… peut-être.

— Non.

Prenant place sur l'un des tabourets, il la regarda ôter le couvercle de la boîte en fer et placer le filtre dans la cafetière. Pendant qu'elle s'affairait à sa tâche, la lumière du soleil sur son visage lui donnait envie de pleurer tant elle était belle.

D'une certaine manière, il n'arrivait pas à croire qu'il avait couché avec elle. Non pas à cause du fait qu'il ne la méritait pas – ça, c'était évident. Non, il avait l'impression d'avoir rêvé tous ces instants de sexe intenses et passionnés, surtout en la voyant fraîche comme une rose : elle s'était lavée, sentait le shampooing au lieu de sa sueur, ses cheveux étaient peignés et ses joues avaient perdu leur rougeur.

Elle était magnifique. À ses yeux, elle était la preuve vivante que la vie valait la peine d'être vécue : le simple fait de la regarder, d'être dans la même pièce qu'elle, de partager des souvenirs…

L'idée qu'on puisse lui faire du mal était tout simplement insupportable. Et si, en plus, il en était la cause…

« Et tu passeras le reste de ta misérable existence à te reprocher d'avoir foutu sa vie en l'air. »

Ce n'était pas une menace. Pas de la part d'un type comme Matthias qui n'aurait aucun scrupule à tuer une femme. Ni à la torturer de sorte qu'elle ne puisse plus jamais savourer un moment d'intimité comme celui qu'elle avait partagé avec Isaac dans sa cave à vin.

Malgré ce que ça lui coûtait, il devait être réaliste : après son départ, elle trouverait un autre amant. Peut-être même qu'elle l'épouserait, lui ferait des enfants et vieillirait auprès de lui. Mais rien de tout cela n'arriverait à moins qu'il ne reste là à attendre… en priant pour qu'au moment où se pointerait l'agent de Matthias il parvienne à le tuer avant de filer.

Après tout, c'était un assassin. C'était ce qu'il faisait pour gagner sa vie.

Une chose était claire : plus question de dénoncer Matthias. La vie de Grier valait davantage que le respect qu'elle lui portait, et quoi que son père ait mis en branle, il suffirait d'un coup de fil pour tout arrêter une fois que la poussière serait retombée. Par conséquent, il ne leur dirait rien de son changement de plan.

Quant à lui ? Il allait se livrer à Matthias et subir son châtiment, mais ce serait lui qui fixerait les conditions. Le père de Grier tenait quelque chose avec son dossier et de son côté, il allait enregistrer tout ce qu'il savait de ses propres crimes avant de confier la cassette à Jim Heron ou à l'un de ses potes qui la garderait dans un coffre – à condition que Grier et son père meurent de causes naturelles.

Il était certain qu'une confession faite au seuil de la mort était une preuve recevable au tribunal. Si bien qu'il lui suffirait de déclarer que Matthias allait le tuer pour être en mesure de provoquer l'ouverture d'une enquête.

Son testament serait l'assurance-vie de Grier et de son père.

De l'autre côté de la pièce, Grier appuya sur le bouton « marche », et lorsque la machine se mit à siffler, elle resta là où elle était, les yeux rivés sur la cafetière.

Mû par une force irrépressible, Isaac se leva et se plaça derrière elle, collant son torse contre son dos. Lorsqu'elle sentit son corps, Grier se raidit, le souffle coupé, mais elle ne broncha pas.

Levant la main, il fit courir ses doigts à travers les boucles blondes qui cascadaient autour de ses épaules. Puis il les écarta lentement sur le côté, dévoilant sa nuque.

Bon Dieu, il avait pourtant pris sa décision, n'est-ce pas ?

Il avait choisi sa voie.

— Est-ce que je peux t'embrasser ? demanda-t-il d'une voix rude.

Parce qu'il lui semblait normal de demander la permission avant.

Elle baissa la tête.

— Je t'en prie…

Il porta la bouche à son cou délicat, pressant ses lèvres contre sa peau. C'était loin d'être suffisant, mais il refusait d'aller plus loin, voire de poser les mains sur sa taille, car il savait où cela risquait de les mener.

— Grier, murmura-t-il d'une voix rauque.

— Oui…

— Il faut que je te dise quelque chose.

— Quoi ?

Parfois, les émotions permettent de nous délier la langue : une fois qu'elles ont mis en branle une révélation, pas moyen de l'arrêter, aucun frein n'étant assez puissant pour nous faire ravaler nos paroles.

— Je t'aime, dit-il d'une voix à peine audible.

Cependant, elle l'entendit. Seigneur Dieu, elle l'entendit, parce qu'elle inspira avec un sifflement.

Grier pivota si brusquement que ses cheveux tournoyèrent dans un halo, et même si son cœur battait à tout rompre, il ne détourna pas les yeux.

Quand elle ouvrit la bouche, il posa un doigt sur ses lèvres et secoua la tête.

— Je voulais juste que tu le saches. J'avais… besoin de te le dire. Je sais très bien que je ne te connais pas assez et que je ne suis pas l'homme qu'il te faut… mais certaines choses doivent être dites.

Contrairement à d'autres, comme le fait qu'il était mort de trouille.

Malgré son envie de témoigner, il était paralysé : son ex-patron lui mettait le couteau sous la gorge et il était prêt à tout sacrifier pour garantir la sécurité de Grier. Même sa propre vie. Même la chute de Matthias.

Un raclement de gorge lui fit lever les yeux. Dans la glace surplombant l'évier, il aperçut le père de Grier campé dans l'embrasure, et par respect pour sa fille, Isaac recula.

— Du café, papa ? proposa Grier d'un ton posé alors qu'elle se penchait sur le côté pour sortir deux tasses du placard.

— Oui, merci.

Isaac sentait Childe les observer tour à tour d'un regard interrogateur, mais il était hors de question qu'il lui réponde.

Grier n'en avait pas non plus l'intention, de toute évidence.

— Est-ce que tout est prêt ? demanda-t-elle.

L'homme se racla de nouveau la gorge. Sûrement à cause de tous les « Ne touchez pas à ma fille » et « Ne t'approche pas de lui » qu'il réprimait.

Cependant, il n'avait pas à s'inquiéter. S'il ne pouvait plus rien faire concernant sa première crainte, il comptait bien remédier à la seconde.

— Papa ? Est-ce que tout est prêt ?

— Tout le monde arrivera demain matin…

— Demain matin ?

— C'est une situation délicate. Il a fallu trouver des prétextes : mes contacts ne peuvent filer en douce sans que ça soulève des questions.

Isaac sentait le regard de Grier implorer son soutien, mais en l'occurrence, il était d'accord avec son père. Le lendemain matin lui convenait parfaitement.

D'ici là, il serait parti.

Au *Comfort Inn & Suites* de Framingham, Jim se réveilla dans une chambre mal éclairée, avec l'impression d'avoir eu un accident de voiture. Avec un semi-remorque. Sans avoir mis sa ceinture.

Il était couché en chien de fusil sur le lit dans lequel il avait dormi, avec l'empreinte de son corps meurtri imprimée dans le matelas, recroquevillé comme un loup attendant de mourir dans les bois. Mais il était immortel, désormais… Et manifestement, cela signifiait qu'aucune blessure, aussi grave soit-elle, ne pouvait le tuer.

Ouais, sauf que son corps n'était pas comme une ardoise magique, où tout était effacé d'un coup. Il se sentait très humain avec toutes ses douleurs, ses côtes qui le brûlaient à chaque respiration, son cœur qui battait comme titubait un ivrogne. Mais le pire n'était pas la souffrance physique. C'était ce qui se passait dans sa tête.

Il ne supportait pas d'avoir laissé Sissy en enfer.

Lorsqu'il ouvrit les yeux, il se rendit compte que c'était le matin ; par-dessus la tête ébouriffée de Rex, le réveil affichait des chiffres nimbés d'une lueur rouge. 7 h 52.

Debout là-dedans, se dit-il en roulant avec précaution sur le dos. De l'autre côté du lit, Adrian s'était endormi comme une masse ; l'ange respirait profondément, ses yeux s'agitant derrière ses paupières closes.

Au vu de ses sourcils froncés, il n'avait pas l'air de s'éclater au pays des rêves.

Bon sang, quelle nuit, songea Jim. Après le départ de Colin, il s'était figuré qu'il allait rester seul avec Rex. Cependant, il avait entendu quelqu'un entrer par la chambre voisine et s'était imaginé qu'il s'agissait d'Eddie. Si quelqu'un devait lui chanter une berceuse, c'était forcément lui.

Mais non. Adrian était apparu… et était resté auprès de lui.

Pour le moment, Jim était incapable d'apprécier la compassion d'autrui. Alors, il s'enveloppa d'une couverture et se leva doucement, car ses jambes lui paraissaient à peu près aussi solides que des crayons. Il se dirigea vers son ordinateur portable en boitillant, mais pris de vertiges, il faillit tomber avant d'atteindre la chaise… et grogna de douleur lorsqu'il s'assit.

Malgré le fait qu'il risquait de se pisser dessus s'il n'allait pas rapidement aux toilettes, il alluma le Dell et attendit avec impatience que son navigateur Internet se mette en marche. Pour passer le temps, il examina les marques de ligature autour de ses poignets. Les deux zébrures traçaient un sillon rouge vif sur sa peau blanche et ce souvenir tangible de son martyre l'attirait au bord de la névrose traumatique. Mais pas question qu'il plonge.

Se forçant à se concentrer, il commença à pianoter sur le clavier, même si, à cause de ses doigts engourdis, il lui fallut un temps fou pour se connecter au site Web du *Caldwell Courier Journal* et faire une recherche sur Cecilia Barten…

Il tomba sur un article paru deux semaines auparavant et des larmes lui montèrent aux yeux lorsqu'il aperçut la photo de Sissy. Debout au milieu d'une foule d'adolescents de son âge, elle souriait à l'objectif. Il était impossible de savoir combien de temps séparait ce cliché du jour où elle avait été kidnappée par Divine, mais le fait qu'elle n'avait aucune idée de ce qui l'attendait plomba son cœur déjà défaillant.

C'était sans doute mieux ainsi.

Mais Divine allait le payer cher.

Le seul autre article la concernant indiquait qu'on ne l'avait toujours pas retrouvée une semaine plus tard, et à la vue de ces deux entrefilets, il comprit pourquoi il avait fait chou blanc lors de sa première recherche : il avait uniquement ciblé les jeunes filles blondes assassinées ou mortes. Pas celles qui avaient été portées disparues.

Quelle stupide erreur.

Les détails confirmaient ce qu'elle lui avait raconté : elle était en première année de fac à l'Union College d'Albany et passait les vacances de printemps chez elle, à Caldwell, quand elle avait été enlevée. On l'avait aperçue pour la dernière fois à 21 heures, lorsqu'elle était partie à l'épicerie du coin.

Aucune photo de ses parents. Mais il avait bien l'intention de les trouver.

— Est-ce que tu l'as vue ? demanda Adrian d'une voix rocailleuse.

— Ouais. (Jim contempla le portrait de la fille souriant au milieu de ses amis. Puis il cligna des yeux et vit ses cheveux blonds poisseux de sang.) Comment est-ce que je peux la faire sortir de ce mur ?

L'ange poussa un soupir, du genre de ceux qu'on lâche quand on doit annoncer une mauvaise nouvelle. Et qu'on en est désolé.

— C'est impossible.

— Va te faire foutre. Il doit exister un moyen.

— Pas que je sache. (Jim entendit un juron puis le grincement du matelas et le bruit des os qui craquent, comme si Ad s'étirait.) Attends, je reviens.

Des pas lourds résonnèrent dans la chambre voisine. Rex appuya son museau contre sa jambe nue et Jim baissa la tête.

De grands yeux bruns l'observaient au milieu d'une fourrure rêche comme de la paille.

— Est-ce que tu sais comment la libérer ? Elle n'a rien à faire là-bas. Elle n'aurait jamais dû échouer dans ce mur.

Quand l'animal émit un petit gémissement, Jim en conclut que le chien était d'accord – et avait besoin d'être sorti.

— Deux secondes, lui dit Jim en se préparant à se lever. J'ai besoin d'une douche.

Soulevant son poids mort de la chaise, il laissa la couverture tomber à ses pieds et gagna la petite salle de bains. Une fois à l'intérieur, il alluma la lumière et se tint au-dessus des toilettes en se demandant si sa queue était encore en état de fonctionnement.

Le filet rose qui en sortit lui apporta la réponse à cette question. En lui laissant entendre que ses reins avaient été touchés.

Après qu'il eut fini d'uriner, il grogna en se penchant pour appuyer sur la chasse d'eau, puis tourna sur la gauche pour ouvrir les robinets de la douche. Du savon. Il avait besoin de plus de savon que la savonnette à moitié fondue qui se trouvait dans…

Jim se figea lorsqu'il se vit dans le miroir.

Putain, il avait morflé.

Sa bouche était pourpre et enflée à cause de toutes les saloperies qu'on y avait fourrées ; son torse et ses abdos n'étaient rien d'autre que de la viande crue. Quant à sa queue… Elle pendait lamentablement entre ses cuisses comme si elle avait perdu toute volonté de vivre. Et il n'avait aucune envie de savoir à quoi il ressemblait vu de dos.

Violé. Il n'y avait pas d'autre mot.

Et sa seule pensée, sa seule… émotion… fut de se dire qu'il aurait tout donné pour éviter que Sissy ne le voie dans cet état.

Pris de haut-le-cœur, il se rappela l'horreur qui s'était peinte sur son visage quand elle l'avait regardé. Cette pauvre fille… Il avait été entraîné pour ce genre de trucs. Il avait déjà été torturé. Enfin, pas de la même manière qu'avec Divine, mais il savait ce que c'était que de se faire défoncer à grands coups de poing et de couteau. Il avait même écopé d'une balle ou deux. Mais Sissy…

Il faillit ne pas atteindre les toilettes à temps.

Alors que son corps était secoué de spasmes, sans que rien sorte hormis de la bile, ses yeux s'embuèrent sous l'effort.

Merde, Sissy l'avait vu comme ça. Violé, en sang, battu…

Il vomit de plus belle.

Adrian entra sans que Jim s'en rende vraiment compte, parce qu'il dégobilla une troisième fois lorsqu'il prit conscience que Sissy risquait de subir les mêmes sévices. Après tout, elle était prisonnière. Coincée dans cet enfer. Et Divine disposait d'une foule d'instruments pour pallier l'absence d'hommes.

— Tiens, dit Adrian en lui tendant un gant froid.

Comme la douleur l'empêchait de se nettoyer le visage, il le tamponna, l'eau fraîche apaisant ses joues et ses lèvres en feu.

Baissant la tête, il remarqua des traces de sang frais sur le carrelage beige : ses blessures aux genoux s'étaient rouvertes.

Décidément, « immortel » ne signifiait pas « embaumé ».

Adrian s'assit à son côté et tourna les yeux vers lui, pâle comme un linge.

— Tu veux que je t'aide à aller jusqu'à la douche ? C'est ce qui me revigore quand elle…

Ils se regardèrent, tels deux rescapés.

— Putain… (Jim avait la voix rauque et la gorge irritée comme si on lui avait fait avaler un furet de plombier.) Elle m'a vu comme ça. Sissy… Elle a vu ça.

Il n'arrivait pas à croire qu'il l'ait dit, mais c'était trop lourd à garder pour lui.

Incapable de soutenir le regard de l'autre ange, Jim serra les paupières et s'adossa à la paroi de la cabine. Tandis que l'eau crépitait comme de la pluie dans la douche et que le carrelage appuyait sur ses fesses, il murmura :

— Elle m'a vu bousillé.

Et ce fut la dernière chose qu'il dit avant de tomber dans les pommes.

Chapitre 37

Qui aurait cru qu'une maison de cinq cent cinquante mètres carrés avec deux étages – trois en comptant la cave – pouvait être aussi exiguë qu'une boîte à chaussures ?

Pourtant, alors que la matinée tirait à sa fin, Grier avait l'impression de manquer d'air… ou d'intimité avec Isaac. La présence de son père faisant les cent pas, scrutant tous les recoins, semblait remplir chaque pièce, même quand il ne s'y trouvait pas. Et Isaac ne valait guère mieux : constamment en mouvement, il jetait un regard à toutes les fenêtres lors de ses incessants allers et retours entre l'entrée et la cuisine.

À 14 heures, n'y tenant plus, elle partit ranger son dressing. Ce qui était ridicule, parce qu'il était parfaitement ordonné. Cependant, elle remédia rapidement à la situation.

Après s'être campée au beau milieu de la pièce pour avoir une vue panoramique sur les rangées de vêtements suspendus par catégorie, elle ôta chaque chemisier, jupe, robe, tailleur et pantalon de son cintre et les jeta en pile sur le sol. À première vue, elle refaisait le tri. En réalité, elle créait du désordre dans le seul but de ranger et de savourer la sensation d'avoir un peu de maîtrise.

Cintre après cintre, vêtement après vêtement, elle entreprit de mettre de l'ordre dans sa garde-robe.

Bon Dieu… Isaac.

Si elle avait bien entendu, dans la cuisine, près de la cafetière… il lui avait dit qu'il l'aimait.

Oh, allez… évidemment qu'elle avait bien entendu. Et ses yeux extraordinaires lui avaient confirmé ce que ses oreilles avaient eu du mal à saisir.

Cependant, l'avocate qu'elle était avait une foule d'objections à formuler. Mais la femme, elle, ne s'en souciait guère : elle était tout aussi éprise que lui.

Naturellement, la logique lui disait de ne pas se fier à leurs émotions, pointant le fait que ce n'était qu'un concours de circonstances, un sentiment né du drame, de la tension, du sexe… Seigneur, le sexe. Sauf que son cœur avait une théorie bien différente. Elle avait senti l'étincelle entre eux dès l'instant où elle avait posé les yeux sur lui. Et sa décision de se présenter aux autorités pour dénoncer sa crapule de patron lui avait procuré un plaisir encore plus intense que ses incroyables orgasmes.

Après cela, elle ne pouvait que lui vouer un respect sans borne.

S'emparant de l'un de ses tailleurs noirs à rayures, elle s'imagina quelques instants avec lui sur une île lointaine sans autre préoccupation que le choix du menu pour le déjeuner et le dîner. Ce rêve éveillé, avec toute cette féerie exotique, était certes une diversion agréable, mais Grier n'était pas dupe. Isaac allait disparaître. Le gouvernement allait l'emmener et le cacher jusqu'à ce qu'il soit entendu par une commission ou qu'une procédure judicaire soit engagée. Et s'il ne se retrouvait pas emprisonné pour crime de guerre aux États-Unis, il risquait bien de se faire extrader vers Dieu sait quel enfer.

Et c'était pour cela qu'il lui avait avoué son amour. C'était son cadeau d'adieu.

— Hé ben.

Grier fit volte-face, le tailleur dans sa main tournoyant autour d'elle avant de s'immobiliser, comme s'il avait été sur le point de hurler parce qu'on l'avait fait sursauter.

Et comme Grier le comprenait…

— Désolé, faut vraiment que j'apprenne à frapper, dit Isaac en se maudissant.

Grier se détendit un peu.

— Je suis aussi très nerveuse.

Haussant un sourcil, il jaugea la pile au milieu du tapis beige.

— Ça fait beaucoup de vêtements.

— Probablement trop. Il faut que j'en donne à la Croix-Rouge.

S'avançant, il ramassa l'une de ses robes, qui était noire, comme toutes les autres, parce que Grier n'était pas du genre à porter des paillettes ou des couleurs.

— Où est-ce que je la range ?

— Euh… (Il n'y avait qu'un endroit où la barre était assez haute pour suspendre les vêtements longs, si bien que Grier n'avait d'autre choix que de les remettre à leur place.) Là-bas, dans le coin, s'il te plaît.

Il replaça la robe de soirée à l'endroit d'où elle venait. Puis il alla en chercher une autre et ajusta les épaulettes sur leur support en satin. Avant de la poser sur la tringle en laiton, il se pencha pour en humer le décolleté.

— Ça sent ton parfum, murmura-t-il.

Un frisson la parcourut. Malheureusement, cette agréable sensation céda face à ses craintes.

— Est-ce que tu as des nouvelles… d'eux ?

— Non.

— Qu'est-ce que tu vas faire s'ils ne t'appellent pas ?

— Ça n'arrivera pas.

Il n'ajouta pas un mot, se contentant de ramasser une robe en taffetas avec un corsage en velours et une large ceinture en tartan.

— Une robe de Noël ?

— Oui.

— C'est joli.

— Merci. Isaac ?

Quand il la regarda, elle dit :

— Je…

Il l'interrompit.

— C'est quoi, ce bruit ?

— Lequel ?

Elle lâcha le tailleur qu'elle s'apprêtait à ranger en reconnaissant le léger « bip » et, d'une main tremblante, fouilla dans sa poche pour s'emparer de la télécommande du système de surveillance. Effectivement, une lumière rouge clignotait. *Quelqu'un est dans la maison*, s'affola-t-elle.

Elle coupa le son et se pencha vers le téléphone près du lit, mais il la rattrapa par le bras.

— Non. Pas la police. Il y a déjà assez d'innocents en danger.

Il sortit son revolver, ainsi qu'un tube cylindrique aussi long que le poing de Grier. Vissant le silencieux à l'extrémité du canon, il regarda autour de lui puis se dirigea vers le petit espace grillagé dissimulant le cœur du dispositif.

Arme à la main, il fit sauter la façade métallique.

— Rentre là-dedans. Et n'en sors pas avant…

— Je peux t'aider…

L'expression sur son visage lui inspira un mouvement de recul. Il avait le regard froid et insondable… comme si elle regardait à travers du verre dépoli, sans aucun espoir de distinguer ce qui se trouvait derrière.

— Rentre là-dedans ! Tout de suite !

Elle baissa les yeux sur son revolver puis les reporta sur son visage dur, impitoyable. Difficile de dire ce qui était le plus effrayant : l'idée qu'un intrus tentait de s'introduire dans sa maison, ou l'étranger qui se tenait en face d'elle. Et soudain, il lui vint à l'esprit que…

— Oh, mon Dieu, mon père !

— Je m'en occupe. Mais je ne serai pas totalement concentré si je m'inquiète pour toi. (Du bout de son arme, il désigna le trou noir qui se dressait devant eux.) Vas-y.

Décidant de lui faire confiance, Grier se baissa et se tapit dans la niche, respirant l'air moisi de l'avant-toit tandis qu'Isaac remettait la grille en place. Elle perçut un mouvement, puis un cliquetis lorsqu'il cala l'objet contre le mur, puis, à travers les lamelles, elle le regarda partir en courant, aussi furtif qu'une ombre.

Elle consulta sa montre. Tendit l'oreille.

De la peur s'insinua dans son cœur, dévorant l'espace, agrandissant l'image de cet Isaac qu'elle ne reconnaissait pas jusqu'à ce qu'elle ne voie plus qu'elle.

Silence.

Encore du silence.

Rapidement comblé par la paranoïa assourdissante qui s'empara de son esprit.

Oh, Seigneur… et si c'était un piège ? songea-t-elle. Et si on avait envoyé Isaac dans le seul but d'appâter son père, afin de voir jusqu'où il irait pour dénoncer les XOps ?

Sauf que c'était elle qui l'avait suggéré.

Ou alors c'était ce qu'on lui avait fait croire…

Mais le profil d'Isaac indiquait qu'il avait besoin d'un impératif moral. À moins que ce ne soit un mensonge ? Ce qui ferait de lui la taupe parfaite. Et si ce n'était qu'une ruse pour inciter son père à sortir son dossier… avant de l'assassiner ?

Et pourtant Isaac l'avait cachée là pour la protéger.

Sauf qu'elle ne l'avait pas reconnu quand il avait…

Bon sang ! Le boîtier d'alarme ! La lumière était éteinte ! Quand il l'avait balancé devant elle dans la cuisine ce matin, la lumière était éteinte. Qu'est-ce que ça voulait dire ? D'ailleurs, en y réfléchissant, le temps qu'ils mettaient à lui répondre lui avait semblé très bizarre.

Il fallait qu'elle sorte de là. Qu'elle aille chercher de l'aide.

Grier se tourna sur le côté et se glissa entre les éléments empilés du système de surveillance. L'escalier secret qui traversait la maison avait été construit dès l'origine et devait son existence à la méfiance viscérale envers les Britanniques qui planait encore en 1810, une trentaine d'années après la révolution.

Les astuces de la maison allaient s'avérer tout aussi utiles dans le présent.

La lueur du dispositif éclairait suffisamment la niche pour que Grier parvienne à trouver la lampe de poche suspendue au sommet de l'escalier. Elle l'alluma et descendit à tâtons les vieilles marches sculptées à la main, laissant des empreintes dans la poussière. Sur son passage, des toiles d'araignée s'accrochèrent à ses cheveux et le mortier râpeux lui écorcha les épaules.

Arrivée au rez-de-chaussée, elle s'arrêta. Naturellement, elle n'entendait rien à cause des murs épais, mais son père avait ajouté un conduit d'aération qui semblait faire partie du système de ventilation. En fait, celui-ci servait de poste d'observation.

Grier remonta d'une marche et se pencha sur le côté pour avoir une vue de biais, prenant appui sur deux briques qui dépassaient un peu plus que les autres.

Plissant les yeux, elle regarda à travers les lamelles et se concentra sur le hall d'entrée. En se cambrant un peu plus, elle pourrait distinguer la cuisine…

Grier laissa tomber la lampe et porta les mains à la bouche.

Réprimant un cri.

Chapitre 38

Après s'être assuré que Grier était en sécurité, Isaac sortit du dressing en tâtonnant et écouta attentivement. N'entendant aucun bruit de pas, de bagarre ni de coups de feu, il poursuivit son chemin à travers le couloir. Puis, il s'arrêta, se demandant s'il valait mieux emprunter l'escalier de derrière ou de devant.

De devant. Si un individu tentait d'entrer, il passerait probablement par le jardin, là où il serait le moins exposé.

Pourvu que ce soit Jim, se dit-il, sans grande conviction. Le père de Grier était capable de désactiver l'alarme, il l'avait déjà prouvé. Donc il n'avait sûrement pas ouvert la porte à leur visiteur.

Bon sang, si c'était l'agent de Matthias, pourquoi n'avait-il pas signalé son arrivée via le boîtier de télésurveillance ? Cela étant, Isaac ne l'aurait pas laissé entrer, et ils le savaient, c'était certain : Matthias avait peut-être exigé la présence de Grier et de son père, mais il était hors de question qu'Isaac se fasse tuer devant eux.

Elle ne s'en remettrait jamais.

Seigneur, je vous en supplie, implora-t-il. *Faites qu'elle ne quitte pas sa cachette.*

Longeant le mur, il descendit l'escalier, arme levée. L'absence de bruit l'inquiétait. Il n'y avait littéralement plus rien qui bougeait dans la maison. La dernière fois qu'il l'avait vu, le père de Grier faisait les cent pas comme un lion en cage, si bien que ce silence total n'augurait rien de bon.

Dès que le mur fit place à la rampe, Isaac sauta par-dessus et, de manière délibérée, atterrit avec fracas sur le kilim de l'entrée.

Des fois, faire du bruit permet de faire sortir le loup de sa tanière.

Et c'est ce qui arriva. Le choc de sa chute attira leur visiteur : émergeant de la cuisine, un homme vêtu de noir s'avança dans son champ de vision.

Le lieutenant de Matthias.

Utilisant Childe comme bouclier humain.

— On échange ? demanda l'homme sur un ton macabre.

Le revolver braqué sur la tête de Childe était un automatique équipé d'un silencieux. Rien de surprenant. Il était identique à celui que serrait Isaac.

Lentement, celui-ci se pencha et posa son arme au sol. Puis il l'éloigna d'un coup de pied.

— Laisse-le s'en aller. Prends-moi à sa place.

Childe écarquilla les yeux, mais ne broncha pas. Dieu merci.

Isaac se tourna vers le mur, les mains plaquées contre le plâtre, et écarta les chevilles. Regardant par-dessus son épaule, il dit :

— Je me rends.

Le lieutenant esquissa un sourire.

— Regardez-moi ça. Sage et obéissant. Comme c'est émouvant.

D'un geste brusque, l'agent assomma le père de Grier avec la crosse de son revolver et Childe s'écroula au sol comme une masse. Puis, d'une démarche nonchalante, l'homme s'avança vers Isaac, brandissant son revolver avec la même détermination que celle qui luisait dans ses yeux noirs, étrangement mats.

— Finissons-en, dit Isaac.

— Où est l'autre revolver ? Je sais que tu en as un deuxième.

— Viens le chercher.

— Tu veux vraiment essayer de me baiser ?

Isaac plongea la main dans sa poche et sortit l'arme.

— Où est-ce que je le pose ?

— Question piège. Sur le sol et envoie-le vers moi.

Isaac se pencha, aussitôt imité par son ennemi. Et ce ne fut que lorsqu'ils se redressèrent qu'Isaac s'aperçut qu'une main gantée avait ramassé son premier revolver, celui avec le silencieux.

— Alors, c'est vrai, dit le lieutenant d'une voix traînante, Matthias a vraiment apprécié votre petite conversation, au point qu'il veut que je te retienne jusqu'à son arrivée. (Il s'approcha, le regard carnassier.) Mais voilà le problème, Isaac. Il y a des enjeux plus importants dans cette histoire et ton patron n'a aucun pouvoir dessus.

« Ton patron » ? Qu'est-ce que ça voulait dire ?

Puis il fronça les sourcils en constatant que le bras du lieutenant, celui qu'il avait cassé à peine un jour et demi auparavant, semblait totalement guéri.

Et son rictus… Il avait quelque chose de bizarre.

— Les choses prennent un tour différent, déclara l'homme. Surprise.

Sur ce, il colla le canon du revolver d'Isaac sous son propre menton, appuya sur la détente et se fit sauter la cervelle.

Chapitre 39

Jim reprit connaissance avec la nuque en feu. Il était manifestement resté un long moment dans les vapes et Ad avait dû le porter jusqu'à son lit, car un oreiller moelleux lui soutenait la tête au lieu du carrelage froid de la douche.

Lorsqu'il se redressa dans l'obscurité, il fut stupéfait : il se sentait étrangement fort, en pleine possession de ses moyens. Un vrai miracle. C'était comme si le sommeil dans lequel il avait été plongé pendant… eh bien, des heures, à en croire le réveil… l'avait guéri, physiquement et intérieurement.

Ce qui était une sacrée bonne nouvelle.

Cependant, la raideur cervicale qu'il ressentait ne pouvait signifier qu'une chose : Isaac était en danger.

Basculant les jambes hors du lit, il se leva d'un bond, sans être pris de vertiges, de nausées ou de douleurs. À l'exception du fourmillement à la base de son crâne, il n'était pas simplement prêt ; son corps tout entier vibrait de l'envie de combattre.

— Adrian ! s'écria-t-il en s'emparant de son sac pour en sortir un jean.

Mais où était Rex ?

À travers la porte ouverte, il aperçut de la lumière dans l'autre chambre. Pourquoi l'ange ne répondait-il pas ?

— Adrian ! (Il enfila son pantalon et saisit une chemise.) Il faut qu'on y aille !

Il saisit son revolver et sa dague de cristal, en même temps que son manteau.

— Hé, Ad…

Adrian manqua de déraper lorsqu'il entra en trombe dans la chambre avec Rex sous le bras.

— Eddie a des problèmes.

Bien évidemment, la nuque de Jim le démangea de plus belle.

— Quoi ?

Adrian ôta la laisse du cou de Rex et le laissa se ruer sur son maître pour lui faire la fête.

— Il ne répond pas au téléphone. Je viens d'appeler. À trois reprises. Normalement, il décroche toujours.

— Merde.

Pendant qu'Ad empoignait ses armes, Jim jeta un coup d'œil à Rex et lui donna à manger. Puis son équipier et lui décollèrent – au sens propre du terme. Bon sang, il n'avait jamais été aussi heureux de donner autant de sens à l'expression « à tire-d'aile » : à peine quelques minutes plus tard, ils se retrouvèrent à Beacon Hill.

Dans un chatoiement de lumière, Adrian et lui atterrirent dans le jardin clos et demeurèrent à l'abri des regards indiscrets, car il n'était que 16 heures. Vue de l'extérieur, la maison avait l'air tranquille et le sort rougeoyant était toujours en place, mais son cou lui faisait affreusement mal.

Bordel, où était passé Eddie…

— Merde, cracha-t-il en apercevant une paire de rangers qui dépassaient d'un buisson.

Jim se rua en direction de l'ange et s'accroupit. Eddie gisait à terre ; on aurait dit qu'il s'était battu contre un bulldozer et qu'il avait perdu.

— Eddie ?

Cloué au sol, l'ange ouvrit les yeux.

— Putain de merde… Qu'est-ce que… Je ne sais pas ce qui s'est passé. À un moment j'étais debout. L'instant d'après…

— Tu t'es transformé en carpette.

Adrian tendit la main pour aider son ami à se redresser.

— Mais qu'est-ce que c'était ?

— Aucune idée. (Eddie se leva doucement. Puis il jeta un coup d'œil à Jim et eut un mouvement de recul.) Nom de Dieu…

Jim regarda autour de lui, les sourcils froncés.

— Quoi ?

— Ton visage…

Bon, apparemment, il se sentait mieux, mais ça ne se voyait pas. Avec un peu de chance, il finirait bien un jour par retrouver tout son charme.

— Tu veux dire qu'on n'accrochera plus mon poster aux cabines des camions ?

— J'ignorais que c'était ton truc. (Eddie secoua la tête.) Écoute, Isaac veut te parler. C'est urgent.

Jim jeta un regard à Adrian.

— OK. Reste avec la carpette.

— Comme si j'avais rendez-vous ailleurs.

Jim courut vers la maison. La porte de derrière était grande ouverte, ce qui encore une fois n'augurait rien de bon, et son mauvais pressentiment s'intensifia lorsqu'il entra dans la cuisine.

Bon Dieu, on ne s'habitue jamais à l'odeur d'une blessure par balle : elle peut avoir différentes nuances selon l'organe touché, mais entre le plomb de la balle et le cuivre du sang frais, la dominante est toujours métallique.

Le premier corps qu'il trouva appartenait à un homme qu'il connaissait : le capitaine Alistair Childe. Le pauvre était affalé sous l'arcade qui donnait sur l'entrée.

Pourtant, le sang ne venait pas de lui. Il n'y en avait pas sur ses vêtements ni sur le carrelage, et, malgré le fait qu'il avait été assommé, sa respiration demeurait régulière.

Le second corps se trouvait à mi-chemin de la porte d'entrée et il ne faisait aucun doute que l'odeur émanait de lui… Manifestement, les pompes funèbres ne le confieraient pas à ses proches avant d'avoir fermé le cercueil : son visage était déformé de l'intérieur, la balle ayant traversé le menton et le nez pour ressortir au sommet du crâne en un véritable feu d'artifice de chair et d'os.

À en juger par le serpent tatoué autour de sa gorge, c'était sûrement le lieutenant de Matthias.

Et Isaac se tenait au-dessus du type, l'air éberlué.

Rothe le regarda et leva ses mains nues.

— Il s'est suicidé. Il s'est… fait ça… tout seul. Bordel… Comment va Childe ?

Jim s'agenouilla auprès du capitaine. Ouais, Childe avait été frappé à la tête, probablement avec la crosse d'un revolver, mais d'après ses petits gémissements, il commençait à reprendre ses esprits.

— Ça va aller.

Jim se redressa et se dirigea vers Isaac et l'autre type. À mesure qu'il s'approchait, l'odeur empirait…

Il ralentit, puis s'arrêta net. Et se frotta les yeux.

Une ombre grise et chatoyante nimbait le cadavre du lieutenant, le recouvrant de la tête aux pieds. Elle flottait tout autour de ses bras, de ses jambes et de son crâne explosé de la même manière que le sort de Jim enveloppait la maison. Et le sang était gris au lieu de rouge vif.

Divine, songea Jim. Elle avait pris possession de son corps ou de son âme.

— Il l'a simplement collé sous son menton et a appuyé sur la détente. (Isaac s'accroupit et d'un geste du menton désigna le revolver dans la main du cadavre.) Il a utilisé mon arme.

— Éloigne-toi du corps, Isaac.

— Sûrement pas. Faut que je nettoie ça avant…

Jim n'avait aucune intention de débattre ; il le saisit par le bras pour le faire reculer.

— Tu ne sais pas ce que c'est.

— Oh que si. Il est venu me chercher.

Jim le fusilla du regard.

— Je croyais que tu devais te barrer ?

— Changement de priorités.

Et voilà ! se dit Jim. *On se fait enlever pendant vingt-quatre heures et tout part en couille : Isaac se rend, un démon meurt dans l'entrée d'un civil, tout le monde perd la boule.*

— Je ne te laisserai pas y retourner, Isaac. Ni te sacrifier pour sauver la vie de cette femme.

Car il était prêt à parier que c'était bien son intention.

— C'est mon choix, pas le tien. Et ne te vexe pas, mais je ne vois toujours pas en quoi ça pourrait te concerner. (Le soldat sortit un émetteur des XOps maquillé en boîtier d'alarme.) De toute façon, c'est trop tard. Je me suis déjà rendu.

À cette vue, Jim eut envie de crier. Et il ne s'en priva pas.

— Mais putain, qu'est-ce que tu fous ? Matthias va te tuer...

— Je sais.

— Je croyais que vous deviez témoigner et livrer des informations sur Matthias ? demanda une voix à l'accent aristocratique.

Jim jeta un coup d'œil par-dessus son épaule. Alistair Childe s'était levé et avançait vers eux en s'appuyant au mur, incapable de tenir debout tout seul.

— Je croyais que c'était le plan, Isaac ? reprit-il. Et Jim, je croyais qu'on vous avait tué à Caldwell. Il y a cinq jours.

Jim et Isaac ne se donnèrent pas la peine d'apporter des réponses à des questions qui n'en attendaient pas. Chose d'autant plus aisée qu'il restait un grand nombre de zones d'ombre.

Le fait que le lieutenant de Matthias soit venu pour se suicider avec l'arme d'Isaac n'était qu'un simulacre. Le fond de l'histoire était que Divine était derrière toute cette opération. Mais à quelle fin ? Si Isaac était la cible, pourquoi ne pas l'avoir tué pendant que Jim n'était pas là ?

— Est-ce qu'elle… Est-ce qu'il avait une vue dégagée sur toi ? demanda Jim. À un moment donné ?

— Pour me tuer, tu veux dire ? Plutôt, oui. J'étais contre le mur, les mains levées, avec mes armes au sol. Plus dégagé, on ne peut pas.

— Ça n'a pas de sens. (Il baissa les yeux sur le cadavre.) Aucun sens.

— Il faut se débarrasser du corps, décréta Isaac. Avant que je parte, il faut qu'on…

— Je ne te laisserai pas te rendre.

— Ce n'est pas à toi de décider.

— Tu fais chier !

— Je te renvoie le compliment. (Isaac fronça les sourcils, son regard errant sur le visage de Jim.) Et bordel, qu'est-ce qui t'est arrivé hier soir ?

Pendant une fraction de seconde, Jim songea sérieusement à se frapper la tête contre le mur, sauf que c'était superflu étant donné l'état dans lequel elle était. Comment diable allait-il sortir Isaac de ce pétrin ?

Ce n'était pas comme s'il pouvait cracher le morceau et lui expliquer ce qu'il faisait en réalité. « *Eh bien, tu vois, en fait, je suis vraiment mort et ce n'est pas Matthias le problème. J'essaie de te tenir à l'écart d'une démone qui veut ton âme. Et je n'ai pas la moindre idée de ce qu'elle fabrique en ce moment.* »

Ouais, aucune chance de lui faire avaler ça.

Isaac n'attendit pas que Jim lui réponde. Manifestement, il avait été pris dans une bagarre contre huit cents videurs ou un truc dans le genre, et ce n'étaient pas ses oignons. Ce qui le concernait, en revanche, c'était ce type qui avait réussi à se soigner le bras d'un coup de baguette magique, juste avant de se suicider.

À moins que… Des jumeaux ?

Mais oui, bon sang ! C'était forcément ça. Et quoi de mieux pour foutre la merde dans l'esprit des gens ? Pas étonnant que Matthias ait choisi cet enfoiré comme lieutenant.

Tandis que Jim se mettait à faire les cent pas en jurant, Isaac se pencha et déboutonna rapidement la manche du tueur. Aucune trace d'opération chirurgicale sur son avant-bras, aucune marque de fracture.

Des jumeaux. Obligé.

D'un geste sec, il déchira la chemise noire, faisant sauter les boutons qui rebondirent sur le sol. À la vue du gilet pare-balles, il fut surpris. Ce n'était pas étonnant de la part d'un membre des XOps, mais pourquoi prendre la peine d'en porter un si vous aviez l'intention de vous faire sauter le caisson ?

Sans avoir une idée précise de ce qu'il cherchait, il arracha les bandes de Velcro du gilet…

— Nom de Dieu…

Il se pencha pour s'assurer d'avoir bien vu.

Le ventre du type était strié de profondes cicatrices qui formaient un motif. Jim jeta un coup d'œil, lâcha un deuxième chapelet de jurons et Isaac entreprit une rapide palpation. Un portable, qu'il posa de côté. Un portefeuille avec une centaine de dollars en espèces. Mais pas de carte d'identité. Ni de munitions. Aucune arme dans les bottes.

Enjambant le corps, il se dirigea vers la cuisine pour chercher une poubelle. Alors qu'il la sortait de son alcôve en se demandant combien de bras et de jambes pourraient y tenir, il entendit des bruits de pas derrière lui. Manifestement, il avait du public, mais tant pis. L'heure n'était plus à la parlote, mais à l'action. Grier était enfermée dans ce fichu dressing là-haut et il fallait nettoyer toute cette merde avant de la laisser sortir…

— Tu m'as menti.

Isaac se figea et pivota lentement. Grier se tenait de l'autre côté de l'îlot, la porte de la cave fermée derrière elle. Comment diable avait-elle pu… Merde, un escalier secret devait sûrement relier les deux étages. Il aurait dû se douter que la maison comportait plusieurs voies de sortie.

Elle le toisa, blanche comme un linge et tremblante comme une feuille.

— Tu n'as jamais eu l'intention de témoigner, n'est-ce pas ?

Il secoua la tête, sans savoir quoi dire et ne pensant qu'au cadavre dans l'entrée de la jeune femme. La situation lui échappait complètement.

— Grier…

— Espèce de salaud. Sale ment… (Soudain, elle regarda fixement un point par-dessus son épaule.) Espèce de… (Elle désigna Jim qui était venu se planter sous l'arcade.) C'est vous qui étiez dans ma chambre, l'autre soir, hein ?

Une étrange expression traversa le visage de Jim : un instant, il parut décontenancé, mais il se contenta de hausser les épaules, puis se tourna vers Isaac.

— Je ne te laisserai pas te rendre.

— Tu commences à me fatiguer avec ta ritournelle, cracha Isaac, qui décida de laisser tomber la poubelle et de se débrouiller avec des sacs.

Des reproches fusèrent, tous dirigés contre lui. Mais peu importe. Il avait souvent pratiqué l'oreille sélective quand il était jeune et tout lui revint en un tournemain.

Isaac se pencha sous l'évier en priant pour y trouver des sacs-poubelle. *Bingo.* Il en sortit deux, ainsi qu'un balai et une pelle qu'elle serait obligée de jeter quand il en aurait fini.

Bon Dieu, il aurait donné cher pour avoir une scie à métaux. Mais avec une corde, ils parviendraient peut-être à plier le corps pour le transporter discrètement.

— Restez avec elle, dit-il à son père. Et ne sortez pas…

— J'ai vu ce qui est arrivé. (Lorsque Isaac se figea, elle le foudroya du regard.) Je l'ai vu se suicider.

Il y eut une longue pause, comme si elle avait intimé le silence à tous les hommes présents dans la pièce.

Elle secoua la tête.

— Pourquoi as-tu fait semblant d'accepter ?

Elle le regarda fixement et Isaac lut dans ses yeux que la confiance s'était évanouie au profit d'une froideur sans doute semblable à celle d'un chercheur en train de contempler les résultats de ses cultures microbiologiques.

Cela ne servirait à rien de lui parler ou de réfuter ses accusations. Et peut-être était-ce mieux ainsi. De toute façon, sans même tenir compte de sa carrière de tueur professionnel, ils n'avaient rien à faire ensemble. Isaac se dirigea vers le couloir, s'apprêtant à jouer les hommes de ménage.

— Il faut que j'aille déplacer le corps.

— N'essaie pas de te défiler, aboya-t-elle.

Grier s'approcha de lui, manifestement décidée à lui dire ses quatre vérités. Alors, il s'arrêta net et fit volte-face en arrivant sous l'arche. Grier pila pour éviter de lui rentrer dedans et il la regarda droit dans les yeux.

— Reste là. Je ne veux pas que tu voies…

— Va te faire foutre. (Elle lui passa devant, marchant d'un pas décidé jusqu'à ce que…) Oh… mon Dieu… (Elle étouffa le mot, portant la main à la bouche.)

Bingo, se dit-il d'un air lugubre.

Heureusement, son père accourut pour la détourner de cette vision macabre.

Isaac poursuivit son chemin en se maudissant, plus déterminé que jamais à régler le problème… mais sa résolution s'ébranla lorsqu'il arriva devant le cadavre.

Un portable se trouvait dans la main du macchabée et à la vue de la petite enveloppe qui tournait sans cesse sur l'écran, Isaac comprit qu'il envoyait un message.

OK. Alors là, on se calme et on réfléchit, songea-t-il. Parce que d'habitude, les types avec la cervelle en bouillie ont un peu de mal à se servir d'un téléphone.

Une petite marque apparut pour signaler que le texto avait bien été envoyé.

— Tu ne te débarrasseras pas de ce truc avec une simple pelle.

Isaac regarda par-dessus son épaule… et se demanda s'il n'avait pas la berlue. Jim se tenait dans un coin sombre de l'entrée, loin de la lumière émanant des arcades du bureau et de la bibliothèque… Et pourtant il était nimbé d'une lueur qui l'éclairait des pieds à la tête.

Son cœur tressaillit à plusieurs reprises, puis sembla reprendre son calme.

Lors de ses missions chez les XOps, il avait maintes fois été confronté à des imprévus : on croit connaître les habitudes et les ressources de sa cible, ses faiblesses et ses atouts, mais au moment où l'on s'apprête à fondre sur elle, un grain de sable vient gripper les rouages de la mécanique. Votre arme s'enraie. Un témoin potentiel vous contraint à tout reporter. La cible se déplace hors de portée.

Ce qui vous oblige à réévaluer rapidement la situation, chose qu'Isaac avait toujours su faire avec talent : ce jeu vidéo sur lequel il s'était innocemment entraîné avait aiguisé sa capacité d'adaptation.

Mais là, il était totalement déconcerté.

Et ça, c'était avant que Jim sorte une longue dague… de cristal.

— Maintenant, tu vas devoir me laisser faire. Éloigne-toi du corps, Isaac.

Chapitre 40

Matthias passa bien trop de temps entre les murs de pierre de cette église. Et lorsqu'il en sortit enfin, persuadé d'y avoir passé une bonne heure, la position du soleil dans le ciel lui fit comprendre qu'il avait gâché toute sa matinée ainsi qu'une bonne partie de l'après-midi.

Pourtant, il serait bien resté plus longtemps s'il l'avait pu.

La religion n'était pas son truc, mais il avait trouvé une extraordinaire sérénité sous la baie de vitraux et devant le magnifique autel. Et même si sa raison lui soufflait que ce n'étaient que des conneries, que ce n'était qu'un bâtiment comme les autres, et qu'il était si fatigué qu'il se serait endormi sur un grand huit, son cœur n'était pas dupe.

La douleur s'était arrêtée. Peu après s'être assis, il avait constaté que l'élancement dans son bras gauche et sa poitrine avait disparu.

— Peu importe, dit-il à voix haute en montant dans sa voiture. Peu importe.

Il devait se reprendre. Il avait l'impression d'y être contraint et cette sensation lui procurait un agréable picotement, comme s'il grattait une croûte. D'une certaine manière, il était captivé par ce qu'il avait trouvé dans l'église, mais son boulot, ses actes, son mode de vie même, formaient un tourbillon qui l'aspirait, l'empêchait de s'élever vers d'autres horizons, et il n'avait pas l'énergie nécessaire pour lutter.

Cela dit… il y avait peut-être un juste milieu concernant Isaac Rothe. Il pouvait toujours lui proposer de rester, mais en assumant un autre rôle. Manifestement, l'ancien soldat avait bien répondu aux menaces contre Grier Childe ; cela devrait suffire à le faire rester dans le rang.

Ou alors… Matthias pouvait le laisser partir.

Dès que cette pensée lui traversa l'esprit, quelque chose d'enfoui au plus profond de lui la rejeta comme on chasse un blasphème.

Agacé par ses atermoiements, il démarra le moteur et consulta son portable. Rien en provenance de son bras droit. Mais où était passé ce crétin ?

Il envoya un texto pour exiger un point sur la situation et lui annoncer son heure probable d'arrivée, soit bien après la tombée de la nuit, désormais. « Dans un autre État », mon cul. Son lieutenant avait intérêt à être là-bas, avec Isaac Rothe ligoté à une chaise. Et que Dieu lui vienne en aide s'il avait tué Rothe.

Brûlant d'impatience, Matthias serra les mains sur le volant et prit la direction de l'autoroute en suivant les conseils du GPS intégré au tableau de bord. Il n'avait même pas parcouru trois kilomètres quand la douleur se réveilla au-dessous de son sternum. Mais c'était une sensation si familière qu'il en éprouva un certain réconfort, comme s'il retrouvait sa tenue habituelle après avoir enfilé les vêtements d'un autre.

Son téléphone sonna. Un MMS de la part de son numéro 2.

Il accepta le message, soulagé à l'idée de recevoir la confirmation qu'Isaac était vivant et sous bonne garde…

Ce n'était pas une photo d'Isaac.

C'était ce qu'il restait du visage de son lieutenant. Et ce serpent lové autour de son cou était le seul moyen de l'identifier.

Sous le cliché était écrit : « Viens me chercher – I. »

La première et unique pensée de Matthias fut que cet enfoiré avait un sacré culot. Mais qu'est-ce qui lui était passé par la tête ? En tout cas, si les menaces contre la ravissante Grier Childe ne fonctionnaient pas, cela signifiait qu'Isaac était devenu incontrôlable et qu'il fallait le buter.

Une fureur indicible chassa les derniers vestiges du temps qu'il avait passé dans cette église, déclenchant une effroyable soif de vengeance. Quelque part au fond de lui, il avait bien conscience que ça ne lui ressemblait pas, que ce discernement, cette méticulosité qui l'avaient toujours caractérisé auraient dû prendre le pas sur cette colère aveugle. Cependant, il était incapable de refréner ce besoin d'agir… et d'agir personnellement.

Plus question de déléguer… Il aurait pu faire appel à une foule d'agents, mais à présent, c'était entre lui et Rothe.

Tout comme il avait eu besoin de voir le cadavre de Jim Heron de visu, il allait éliminer Rothe de sa propre main.

Cet homme devait mourir.

Chapitre 41

Grier songeait au choix qu'elle avait fait d'entamer des études de droit plutôt que de médecine. Elle avait pris la bonne décision : jamais elle n'aurait eu l'estomac assez bien accroché pour devenir médecin.

Ses notes auraient pu lui ouvrir les portes de l'une ou l'autre de ces facultés, mais c'étaient les cours d'anatomie, étape fondamentale en première année de médecine, qui avaient tout fait basculer : il lui avait suffi d'un seul regard à ces cadavres recouverts de mousseline lors de sa visite de pré-admission pour finir la tête entre les genoux en train d'essayer de respirer comme pendant ses cours de yoga.

Alors évidemment, c'était encore pire de se retrouver face à un type gisant dans son entrée avec le crâne en bouillie.

Le second choc, comme si le premier n'avait pas suffi, fut de sentir la main de son père esquissant de grands cercles apaisants dans son dos. Ce genre de geste était très rare chez lui, étant donné qu'il n'était pas à l'aise avec les démonstrations d'affection. Et pourtant, il avait toujours répondu présent quand elle avait eu besoin de lui : au décès de sa mère. À celui de Daniel. Lors de son affreuse rupture avec son fiancé à la sortie de la fac de droit.

C'était le père qu'elle avait connu et aimé toute sa vie. Malgré les ombres qui l'entouraient.

— Merci, dit-elle sans le regarder.

Il se racla la gorge.

— Ne me dis pas ça. Tout est ma faute.

Elle n'avait rien à lui opposer, mais elle n'avait pas la force de le condamner, surtout avec la souffrance que trahissait sa voix.

À présent que sa colère était retombée, Grier se rendait compte que sa conscience allait le tourmenter jusqu'au jour de sa mort ; c'était le châtiment qu'il méritait et qu'il assumerait. En outre, il avait déjà dû enterrer un enfant, un fils imparfait qu'il avait aimé à sa manière et qu'il avait perdu dans des circonstances épouvantables. Et même si Grier aurait pu le détester pendant le reste de sa vie et décider de ne plus jamais le voir… avait-elle réellement envie de supporter un tel fardeau ?

Elle songea au corps dans l'entrée et au fait qu'une vie pouvait s'arrêter en un seul instant.

Non, trancha-t-elle. Elle ne laisserait pas sa souffrance et sa colère la dépouiller du peu qu'il lui restait de famille. Cela prendrait du temps, mais son père et elle retisseraient leurs liens.

Voilà au moins une chose qu'Isaac avait dite avec justesse et honnêteté.

— On ne peut pas appeler la police, n'est-ce pas ? demanda-t-elle.

Parce qu'à ne pas en douter, tout homme en uniforme deviendrait aussitôt une cible.

— Isaac et Jim vont se charger du corps. C'est leur métier.

L'idée fit grimacer Grier.

— Mais il ne va pas manquer à quelqu'un ?

— Il n'existe pas. Pas vraiment. S'il a une famille, elle le croit mort. C'est la condition pour intégrer cette branche des XOps.

Elle avait beaucoup de scrupules à ne rien dire ni faire au sujet de cette mort. Mais elle n'allait pas mettre sa propre vie en danger pour le type qu'on avait envoyé tuer Isaac et peut-être elle-même.

Sauf que… enfin, apparemment, il était venu pour se suicider devant témoins.

— Qu'est-ce qu'on va faire ? demanda-t-elle sans s'attendre à une réponse.

Et par « on », elle entendait son père et elle. Il n'incluait pas Isaac.

Il lui avait menti. Effrontément. Il avait bel et bien été en contact avec ces salopards alors qu'elle croyait l'avoir gagné à sa cause. Certes, il n'avait pas trahi son père, mais c'était une piètre consolation étant donné qu'il avait décidé de se rendre. Du moins, c'était ce qu'il prétendait. Un homme comme lui, aussi doué avec ses poings qu'avec des armes ? Il était bien plus probable qu'il avait décidé de tuer la personne chargée de l'emmener en garde à vue, avant de fuir le pays, libre et sans contrainte.

Très bien. Qu'il parte.

Il n'était rien d'autre qu'une attirance sexuelle joliment présentée dans une boîte qui faisait « tic-tac ». Et ce bruit était celui du minuteur relié à la bombe cachée sous les nœuds et les rubans. Quant à son « je t'aime » ? Le problème avec les menteurs, c'est qu'on croit tout ce qu'ils disent, même quand on sait que c'est faux. Elle ignorait ce qu'il avait tenté de faire avec cet « aveu », mais elle se garderait bien de le considérer comme autre chose que des paroles en l'air.

Sa décision prise, une immense fatigue l'envahit et elle se sentit tout engourdie. Enfin, engourdie et sotte. Comment avait-elle pu croire qu'un homme puisse être à la fois aussi glacial et aussi tendre ?

— Attends-moi là, dit son père.

Quand il se leva, elle se rendit compte que deux types étaient entrés dans sa cuisine. Tous deux étaient taillés dans le même moule qu'Isaac et Jim Heron, manifestement tout à fait vivant. À leur vue, elle se rappela ce qui était en train de se passer dans son entrée.

Comme si elle aurait pu l'oublier.

— On est des amis de Jim, déclara l'homme à la natte.

— Je suis là, appela Heron depuis le couloir.

Les deux types se dirigèrent vers le corps, accompagnés de son père. Fâchée contre elle-même, elle décida de se reprendre et de se comporter en adulte. Lorsqu'elle se leva, sa tête se mit à tourner comme un derviche, mais l'effet s'estompa à mesure qu'elle s'approchait de la cafetière pour refaire du café frais.

Filtre : OK.

Eau : OK.

Grains : OK.

Démarrage : OK.

Cet instant de normalité acheva de la ragaillardir et au moment où elle se retrouva avec une tasse fumante entre les mains, elle était prête à affronter le monde.

Et heureusement, car il était temps de songer à l'avenir… à ce qui allait suivre cette nuit sinistre et les trois journées éprouvantes qui l'avaient précédée.

Malheureusement, son esprit errait comme le témoin d'un accident de voiture, traînant autour des débris et des corps gisant sur le trottoir, empêtré dans le souvenir des instants passés avec Isaac. Cependant, au bout d'un moment, elle interrompit cette contemplation malsaine, son côté rationnel endossant sa casquette de policier pour disperser la foule de ses pensées.

Mais sa rencontre avec Isaac n'avait pas eu que des mauvais côtés. Grâce à lui, elle avait appris une leçon que la mort de Daniel n'avait pas pu lui enseigner : quelle que soit votre envie de changer une personne et votre conviction qu'elle en est capable, c'est elle qui gère sa vie. Pas vous. Et vous aurez beau vous heurter au mur de ses choix jusqu'à en avoir des bleus et la tête qui tourne, à moins qu'elle ne décide de changer de voie, l'issue ne sera pas celle que vous espériez.

Cette prise de conscience n'allait pas l'empêcher de donner un coup de main en prison ni de faire du bénévolat. Mais il était temps de fixer des limites à sa générosité… et à ce qu'elle était prête à faire. Tout son acharnement à jouer les bonnes samaritaines n'avait eu qu'un seul but : ressusciter Daniel – même si le fait de parler à son fantôme aurait dû lui faire comprendre qu'il ne reviendrait pas. Cependant, en découvrant la vérité sur sa mort et en essayant de trouver un peu d'équilibre dans sa propre vie, elle pourrait peut-être enfin faire son deuil et tourner la page.

Elle but une deuxième gorgée de café et se sentit gagnée par une certaine sérénité malgré les circonstances étranges…

Jusqu'à ce qu'un autre coup de feu retentisse dans l'entrée.

Dans le couloir, Jim s'approchait du cadavre, sa dague de cristal à la main, lorsqu'il sentit la présence d'Eddie et Adrian dans la cuisine. Ils tombaient à pic : même s'il était prêt à agir seul, un peu de renfort ne faisait jamais de mal.

— Je suis là ! s'écria-t-il.

Les deux anges le rejoignirent et aucun d'eux n'eut l'air surpris en avisant le cadavre.

— Ça, c'est signé Divine, marmonna Ad en s'avançant vers la dépouille.

— Mais qu'est-ce que tu fous avec cette dague ? demanda Isaac.

Eh bien, pour tout dire, il allait se livrer à un petit exorcisme. C'était le seul moyen de s'assurer que Divine avait quitté le…

Les mains du cadavre tressaillirent. Puis soudain, cet horrible tas de chair se souleva du sol et le regarda fixement de l'unique œil qui semblait fonctionner.

Ce qui ne manqua pas de lui rappeler Matthias.

Isaac poussa un cri et fit feu, mais c'était comme de tirer à la sarbacane face à la charge d'un taureau.

Jim écarta le soldat d'un geste brusque, plongea sur le zombie et le plaqua au mur. Dès les premières secondes de l'impact, le visage de Divine recouvrit les traits difformes de l'homme dont elle s'était emparée, puis l'image recomposée le nargua d'un sourire satisfait.

Comme si elle avait déjà gagné.

D'un geste puissant, Jim planta la dague entre les yeux de la créature, la lame s'enfonçant dans les deux dimensions, celle de ce monde et celle de l'au-delà.

Un bruit assourdissant retentit dans l'air, et un jet de fumée noire s'éleva du zombie dans une horrible puanteur. Puis la brume sombre se rassembla et fonça vers la porte d'entrée. À la dernière seconde, elle disparut sous le battant, comme si elle avait été aspirée de l'autre côté. Privé de l'âme qui l'animait, le corps du lieutenant de Matthias s'écroula au sol, ne formant plus qu'un tas d'os sans vie.

— Voilà, dit Jim en respirant bruyamment. Maintenant, il est mort.

Dans le silence effaré qui suivit, il jeta un coup d'œil à Isaac par-dessus son épaule. Celui-ci avait les yeux écarquillés et il était trempé après qu'Adrian et Eddie l'avaient aspergé du contenu de leur revolver en cristal pour le protéger.

Bonne initiative. Sauf que… la démone n'avait pas essayé de s'en prendre au soldat. Elle avait détalé dans la direction opposée.

Le cerveau de Jim se mit à tourner à plein régime, son instinct lui hurlant que ce n'était pas normal. Pas normal du tout. C'était la seconde fois qu'elle aurait pu s'attaquer à Isaac… et elle avait encore laissé passer sa chance.

Pourquoi avait-elle…

Comme un rideau tiré devant une fenêtre, il vit soudain clair dans le jeu de Divine… et un sentiment de dégoût le prit aux tripes. *Putain de bordel de merde…*

Perdant brusquement l'équilibre, il tendit la main et se rattrapa au mur.

— Ce n'est pas toi, dit-il à Rothe d'une voix blanche. Oh, mon Dieu, ce n'est pas toi.

Lorsque Grier Childe déboula depuis la cuisine, Isaac la rassura :

— Personne n'est blessé. Tout va bien.

Ce qui n'était pas tout à fait vrai. D'accord, Divine avait manifestement pris la poudre d'escampette, aucun membre de l'équipe ne brillait d'une lueur sinistre, et le cou de Jim avait fini de vibrer comme un diapason.

Cependant, une question s'imposait désormais : qui était la cible de la démone ? Quelle âme se disputaient-ils ?

Le portable, songea Jim.

Tout le monde se mit à parler en même temps et l'air s'emplit d'une foule de voix. Chassant le bruit de sa tête, il s'accroupit à côté de l'homme mort à deux reprises, ramassa le téléphone et consulta les messages envoyés.

Il reconnut immédiatement le dernier numéro.

Matthias avait réceptionné la photo.

Une sorte de lucidité glaciale envahit Jim et la vérité lui apparut dans toute son horreur : il s'était acharné à sauver la cible… alors qu'il aurait dû se concentrer sur le tireur.

Chapitre 42

Agir et ne plus réfléchir.

Voilà où en était arrivé Isaac alors qu'il se tenait dans le couloir de Grier, une sorte de solution saline dégoulinant le long de son nez et de son menton.

Une décennie n'aurait pas suffi pour que son cerveau parvienne à décrypter ce qu'il venait de voir et, de toute façon, il n'avait pas autant de temps devant lui. Malgré tout ce qui lui échappait – et ce trou noir avait la taille d'un stade de foot –, il allait devoir se fier à ce que ses yeux lui montraient et s'en tenir à cela : il avait vu un mort se relever, il lui avait tiré dessus, et la seule arme qui était venue à bout de ce zombie était un genre de poignard en verre ou en cristal. Puis une sorte de fumée noire s'était échappée du corps avant de filer sous la porte d'entrée.

C'était un peu comme dans *s*Killer *z*, quand on entrait dans le monde paranormal du jeu. D'un clic, les règles normales volaient en éclats et on pénétrait dans un univers parallèle où les gens pouvaient disparaître comme par magie, où des vampires étaient tapis dans l'ombre et où des zombies vous couraient après.

Bien sûr, ce n'était qu'un jeu de rôle et on pouvait éteindre à tout moment, alors que là, il n'existait pas de bouton « pause ». Voilà pourquoi il n'allait pas gaspiller son énergie à essayer de comprendre. Alors, ouais, peut-être qu'une fois que tout serait fini, il demanderait à Jim des explications… mais encore faudrait-il qu'il y ait un « après ».

Au train où allaient les choses, pour une partie des gens qui se trouvaient dans le couloir, le repos du guerrier risquait fort de se transformer en repos éternel.

— Où est-il parti ? demanda-t-il à Jim. Pas le machin noir. Le texto.

Jim leva les yeux du téléphone et les mots du lieutenant lui revinrent en mémoire : « *Ton patron n'a aucun pouvoir.* » Ce qui voulait dire qu'un autre cerveau œuvrait en coulisses, actionnant des leviers, tirant sur des poulies, manipulant les gens et les événements.

— Qui l'a reçu ? insista-t-il.

— Matthias, répondit Heron en se levant.

— Est-ce qu'il est… comme eux ?

Il désigna le cadavre, en se disant que c'était bien sa chance de se retrouver dans une situation où il n'y avait aucun terme pour décrire quoi que ce soit.

— Pas quand je l'ai vu hier soir.

Voilà pourquoi on s'était servi de son visage comme d'un punching-ball. Décidément, s'ils survivaient à tout ce bordel, Jim allait devoir s'expliquer sur un certain nombre de choses.

— Est-ce que tu es comme eux ? s'enquit Isaac.

On aurait pu entendre une mouche voler lorsque Jim se tourna vers ses potes, puis vers Grier et son père.

— D'une certaine manière, oui. Mais on est dans l'autre camp.

Isaac secoua la tête, décidant qu'il obtiendrait des réponses plus tard. Pour l'instant, le plus important était de comprendre vers quoi tendaient tous ces événements.

— Quand il verra la photo, Matthias va croire que j'ai tué ce… truc.

Et la conséquence logique ? Matthias allait vraiment vouloir sa peau.

— Qui appelles-tu ? demanda-t-il alors que Jim portait le téléphone à l'oreille.

Jim articula « Matthias »… puis jura à voix haute :

— Putain de répondeur !

Tandis que les autres continuaient de parler, Isaac tira Heron à part.

— « Ce n'est pas toi. » Qu'est-ce que ça veut dire ?

— On n'a pas le temps…

— On a au moins une minute.

— Et ce sera loin d'être suffisant. (Jim riva son regard dans celui d'Isaac.) Tu te souviens de ce que je t'ai dit quand je t'ai vu la première fois ? Que je te protégerai ? Je le pense toujours. Mais je dois y aller.

Isaac le retint par le bras.

— Où ça ?

Jim jeta un coup d'œil à ses potes.

— Retrouver Matthias. Je crois qu'elle est à sa poursuite.

Qui ça « elle » ? se demanda Isaac. Soudain, une pensée lui vint.

— Dans ce cas, inutile d'aller où que ce soit. Tu veux le voir ? (Il sortit le boîtier de télésurveillance et le laissa balancer au bout de sa chaîne tout en désignant sa propre poitrine.) Sers-toi de moi comme appât.

Finalement, Grier avait eu raison de faire sa valise.

Elle allait emménager quelques jours chez son père pendant qu'Isaac et Jim attendraient ce Matthias chez elle. C'était un sentiment étrange d'abandonner son domicile aux mains de quasi-étrangers, mais la maison regorgeait d'issues secrètes qui leur permettraient d'évacuer rapidement les lieux le cas échéant.

Et malgré tout ce qu'elle pensait d'eux, elle n'allait pas contribuer à leur mort si elle pouvait l'éviter.

Désormais, il n'était plus question de témoigner et son père avait décommandé ses contacts. Isaac ne dirait pas un mot et son père n'en savait pas assez pour faire suffisamment de dégâts, si bien que les risques étaient trop grands comparés aux éventuels bénéfices.

Tragique. Mais elle n'y pouvait rien.

Contemplant sa valise, elle estima que ce n'était pas plus mal de partir. En premier lieu, elle n'avait aucune envie d'être là pendant qu'ils se débarrasseraient du corps : inutile de s'imposer un tel spectacle, surtout vu la tournure des événements. Et deuxièmement, elle avait vraiment besoin de faire une pause. Depuis que cette histoire avait commencé, Grier s'était battue sans jamais faiblir, malgré la tension, la fatigue, les hauts et les bas… Mais à présent, elle était épuisée. Et déterminée à s'en tenir à sa décision : mettre les voiles et oublier.

Elle partirait le cœur lourd, mais la tête haute.

Elle s'empara du DVD de la troisième saison de *Lune de miel* et ouvrit sa valise pour le fourrer à l'intérieur…

Grier se raidit, rassemblant son courage.

Cette fois, elle avait senti la présence d'Isaac, campé dans l'embrasure de sa chambre.

Jetant un coup d'œil par-dessus son épaule, elle constata que ses cheveux avaient bouclé à cause du liquide dont on l'avait aspergé et que son regard était plus intense que jamais.

— Je suis venu te faire mes adieux, murmura-t-il de sa voix grave et profonde, teintée de son délicieux accent. Et te dire que je suis désolé de t'avoir menti.

Il esquissa un pas vers elle et elle se retourna vers sa valise, glissa le DVD à l'intérieur, puis la referma.

— Vraiment ?

— Oui.

Elle appuya sur les loquets.

— Tu sais, ce que je ne comprends pas, c'est pourquoi tu as pris toutes ces peines. Si tu n'avais aucune intention de témoigner, pourquoi avoir parlé à mon père ? Ou alors ce n'était qu'un prétexte pour l'approcher ? Dans le but de déterminer ce qu'il savait avant d'alerter tes amis. (Comme il ne répondait pas, elle fit volte-face.) C'est bien ça, Isaac ?

Il contempla son visage comme pour mémoriser chacun de ses traits.

— J'avais une autre raison.

— J'espère qu'elle était suffisamment bonne pour trahir la confiance qu'il avait en toi.

Isaac acquiesça lentement.

— Oui.

Avec l'horrible sentiment d'avoir été manipulée, Grier agrippa la poignée de la valise et la souleva du lit.

— Et tu l'as encore fait.

— Fait quoi ?

— Activé ce fichu boîtier d'alarme. Appelé ce salopard de Matthias pour qu'il vienne te chercher. (Elle fronça les sourcils.) J'ai l'impression que tu as envie de mourir. Ou d'autres intentions encore plus mystérieuses. Mais dans un cas comme dans l'autre, ce ne sont pas mes affaires.

Lorsqu'elle leva les yeux vers son beau visage dur, elle souffrait en silence.

— Quoi qu'il en soit, bonne chance, ajouta-t-elle en se demandant si d'ici la fin de la soirée il se retrouverait dans le même état que l'autre soldat.

— Je pensais ce que je t'ai dit, Grier. Dans la cuisine.

— Difficile de démêler le vrai du faux, désormais, non ?

Même si ça n'avait aucun sens, elle avait le cœur brisé, et la douleur lui donnait envie de fuir au plus vite l'homme qui se tenait, impassible et impressionnant, de l'autre côté de sa chambre.

De l'autre côté de sa vie, en fait.

—Adieu, Isaac Rothe, murmura-t-elle en se dirigeant vers la porte.

—Attends.

L'espace d'un instant, une lueur d'espoir étrange et désastreuse lui embrasa la poitrine. Mais la flamme s'éteignit aussitôt. Grier en avait fini avec les fantasmes et l'excitation.

Cependant, elle le laissa approcher lorsqu'il tendit la main vers elle.

—Jim m'a demandé de te donner ça.

Grier prit ce qu'il lui offrait. C'était une bague – non, un piercing, un petit anneau gris foncé, avec une boule dans laquelle se vissait l'extrémité. Elle fronça les sourcils en examinant la minuscule inscription gravée à l'intérieur. C'était écrit dans une langue étrangère, mais elle reconnut le poinçon : « PT950 ». Le bijou était en platine.

—Ça vient d'Adrian, murmura Isaac. Ils veulent que tu le portes.

—Pourquoi ?

—Pour te garder en sécurité. C'est ce qu'ils m'ont dit, en tout cas.

Il était difficile d'imaginer en quoi cette boucle pouvait la protéger, mais elle la passa à son index et lorsque Isaac poussa un long soupir de soulagement, elle fut un peu surprise.

—Ce n'est qu'un anneau, dit-elle doucement.

—J'ai comme l'impression que tout a de l'importance, désormais.

Elle ne put qu'acquiescer.

—Comment vas-tu te débarrasser de ce cadavre ?

—Je vais le transporter quelque part.

—D'accord.

Elle lui jeta un dernier regard, sans pouvoir se défaire de l'idée qu'il risquait d'être mort dans quelques heures, et qu'elle ne saurait sans doute jamais ce qui lui serait arrivé. Pas plus que l'endroit où il irait si jamais il survivait, ou même s'il retrouverait un jour la sécurité d'un foyer.

Prise de vertige, elle saisit sa valise, le salua d'un geste du menton et sortit sans se retourner.

Elle n'avait pas d'autre choix.

Elle devait prendre soin d'elle.

Chapitre 43

La décision devait être prise en toute liberté.

C'était bien le problème avec toute cette histoire de match : l'âme en question devait choisir sa voie de son plein gré une fois parvenue au croisement de sa vie.

Dans sa suite du *Four Seasons*, Divine sortit de la douche en songeant à quel point elle détestait cette connerie de libre arbitre. En ce qui la concernait, il était bien plus efficace de prendre possession et de s'installer aux commandes. Cependant, son influence était limitée en vertu des règles établies par le Créateur.

Jim Heron était la seule personne censée interagir avec les âmes… la seule autorisée à essayer d'influencer leurs choix.

Enfoiré de Jim Heron.

Putain d'enfoiré de Jim Heron.

Et enfoiré de Créateur, pendant qu'on y était.

Elle s'empara d'une serviette sur une barre en étain et se sécha en songeant qu'elle se sentait bien mieux dans ce magnifique corps que dans celui du soldat au serpent tatoué. Mais elle n'eut pas le loisir de savourer les retrouvailles. L'heure de la dernière manche avait sonné.

Il était temps de verrouiller la partie et de la remporter.

Après avoir quitté le corps du lieutenant de Matthias, elle avait pris la poudre d'escampette et s'était extirpée de cette maison en briques. Son côté rancunier l'avait incitée à prendre possession de l'avocate ou de son père – juste pour ajouter un peu de piment à la situation. Mais vu la façon dont les choses se passaient, elle s'était ravisée : tout s'était parfaitement mis en place ; il n'y avait plus qu'à se fier aux prédilections et aux tendances naturelles de chacun.

Tout s'emboîtait à la perfection.

Et elle devait gagner. Pas seulement vis-à-vis du match lui-même, mais pour se venger de la performance de Jim dans ses quartiers privés. Elle ne parlait pas de sa résistance, mais de l'affront qu'il lui avait infligé quand ils s'étaient retrouvés seuls.

Elle avait été totalement prise au dépourvu quand il s'était jeté sur elle. Jamais elle n'aurait cru qu'il était si différent des autres. Adrian et Eddie n'auraient jamais pu s'attaquer à elle de la sorte, et à sa connaissance, personne n'aurait pu.

Ça n'avait aucun sens : Jim Heron avait été choisi pour jouer un rôle bien défini ; il était censé être une sorte de laquais qui ne penchait ni vers le bien, ni vers le mal. D'ailleurs, les deux camps s'étaient mis d'accord sur son nom parce que chaque équipe croyait qu'il influencerait le cours des événements selon ses propres valeurs, et qu'il agirait en fonction des conseils qu'on lui donnerait.

Quel ramassis de conneries !

Dès la première rencontre, Jim avait fait tout son possible pour pousser l'homme vers le bien – prouvant ainsi que Divine avait eu tort de lui faire confiance. Cette espèce d'enfoiré était un sauveur déguisé en pécheur ; il n'était pas comme elle. D'où le fait qu'elle allait devoir s'investir davantage à compter de ce jour : il n'y avait personne sur le terrain représentant ses intérêts, et manipuler les événements était essentiel si elle voulait remporter la partie.

Elle devait manœuvrer plus adroitement, sous peine de ne marquer aucun point.

Voilà pourquoi elle avait emmené Jim dans son royaume. Il avait fallu qu'elle l'éloigne de Matthias afin d'éviter tout contact entre eux.

Mais au moins, elle semblait avoir eu du flair concernant leur cible. Après deux ans passés à couver le chef des XOps, elle le possédait. Par conséquent, lorsque Nigel et elle s'étaient entretenus au sujet de la prochaine âme en jeu, elle avait choisi Martin O'Shay Thomas, plus connu sous le nom de Matthias.

Lors de la prochaine rencontre, ce serait au tour de Nigel de choisir. Et il ne faisait aucun doute qu'il sélectionnerait quelqu'un de bien moins abordable en ce qui la concernait.

Matthias… oh, ce cher Matthias. Pourri jusqu'à la moelle. Encore un acte immoral, et il lui appartiendrait pour l'éternité, en plus de lui conférer sa première victoire.

Il lui suffisait de tuer Isaac Rothe et elle pourrait parader juste devant le nez de Jim.

Encore qu'au vu de ce que Heron lui avait infligé, elle se demandait s'il n'était pas davantage qu'un simple quarterback dans ce match : un être d'une autre trempe. C'était aussi pour cela qu'elle ne s'était pas attardée dans la maison de Beacon Hill. Leur confrontation en enfer l'avait épuisée et elle n'avait pas la force de l'affronter directement aussi tôt.

Surtout en sachant qu'elle avait largement sous-estimé les pouvoirs de son ennemi.

Rassemblant ses esprits, elle jeta un coup d'œil au comptoir en marbre qui entourait le lavabo. Deux semaines auparavant, sa thérapeute lui avait demandé de faire le tri dans ses produits de beauté, et pour s'y conformer, Divine s'était débarrassée d'une multitude de fonds de teint, de rouges à lèvres et d'ombres à paupières.

Contemplant l'espace vide, elle se mit à paniquer devant le peu qui lui restait : à peine de quoi remplir sa trousse à maquillage.

Les mains tremblantes, elle s'en empara et renversa le contenu. Des tubes, des boîtiers, des pots s'éparpillèrent de tous les côtés. Respirant par la bouche, elle entreprit de mettre de l'ordre dans la dizaine d'écrins, en les triant par tailles et par formes plutôt que par fonctions.

Mais ce n'était pas suffisant. Elle avait besoin de faire autre chose pour…

Au fond d'elle, Divine avait conscience qu'elle perdait pied, mais elle ne pouvait pas s'en empêcher. Le fait de s'être rendu compte que Jim était bien plus puissant qu'elle ne le croyait… et qu'elle risquait réellement de perdre… la rendait incapable de résister à ses propres faiblesses.

Sa thérapeute prétendait qu'elle ne résoudrait rien en achetant de nouvelles choses ou en réorganisant la disposition de ce qu'elle possédait déjà. Pourtant, quand elle le faisait, Divine se sentait tellement mieux…

Du moins pendant un temps.

Au final, elle dut se forcer à quitter la salle de bains. Elle perdait du temps et elle devait encore s'assurer que tous ses petits dominos allaient tomber dans le bon ordre.

Pour s'apaiser, elle répéta ce que la psy lui avait dit trois jours auparavant : *« Votre anxiété n'a pas trait aux choses, mais à votre place dans le monde, à l'espace que vous revendiquez sur les plans émotionnel et spirituel. »*

Peu importe. Elle avait du travail qui l'attendait.

Et un autre déguisement à revêtir.

Chapitre 44

Une fois les Childe partis, discrètement suivis par Eddie et Adrian, Jim et Isaac demeurèrent dans la maison aux mille secrets – que le capitaine Childe avait pris soin de montrer à Jim avant de s'en aller.

Les lumières étaient éteintes, et les deux soldats se tenaient prêts.

Comme au bon vieux temps, songea Jim.

Un sentiment qui s'amplifia lorsqu'il attrapa son téléphone puis attendit que Matthias réponde à son appel. À la seule différence qu'à cette époque, leur ex-patron aurait décroché dans la seconde.

Jim devait absolument trouver un moyen de le joindre avant qu'il déboule, prêt à faire un carn…

La voix de Matthias résonna dans son oreille.

— Isaac.

— Non. (Jim marchait sur des œufs, car il fallait que Matthias le laisse aller au bout de ses explications.) Ce n'est pas Isaac.

Matthias marqua une pause et Jim entendit un léger ronronnement en fond sonore. Une voiture ? Un avion ? Difficile à dire, mais sans doute une voiture.

— Jim ? Tiens donc.

Il avait une voix de robot, dénuée de toute émotion. Visiblement, même une apparition d'outre-tombe ne suffisait pas à l'ébranler, sauf que dans le cas présent, ça n'avait pas l'air d'être une question de flegme. Il donnait plutôt l'impression d'être en transes.

Jim choisit ses mots avec précaution.

— J'aimerais savoir comment tu vas. Et après, je voudrais qu'on discute de la photo que tu as reçue.

— Vraiment ? Eh bien moi, j'ai d'autres questions en tête. Comme ta présence au bout du fil. Tu n'étais pas censé être mort ?

— Pas vraiment.

— C'est amusant parce que j'ai rêvé de toi. J'essayais de te tuer et tu ne mourais pas.

Merde, faire le pont entre les deux mondes n'allait pas être simple.

— Ouais, je sais.

— Sans blague ?

— Je t'appelle au sujet de ton bras droit. Isaac ne l'a pas tué.

— Oh, vraiment ?

— C'est moi qui l'ai refroidi. (S'il s'était appelé Pinocchio, son nez se serait soudain allongé.)

— Et donc je répète : je te croyais mort.

— Pas si mort que ça.

— De toute évidence. (Une longue pause.) Alors, si tu es vivant, pourquoi as-tu éliminé mon lieutenant ?

— Je t'ai dit que je ne laisserais personne toucher à Isaac. Dans ce rêve. Je sais que tu m'as entendu.

— Tu veux dire que je devrais commencer à t'appeler « Lazare » plutôt que « Zacharias » ?

— Appelle-moi comme tu veux.

— Eh bien, quel que soit ton nom, félicitations. Tu viens de signer l'arrêt de mort de ton pote. Parce que c'est avec Isaac que je vais régler mes comptes. Et tu me connais, je le ferai à ma manière.

Merde. À tous les coups, il allait s'en prendre à Grier Childe.

— Ce n'est pas logique.

— Oh, si, au contraire. Soit Isaac est coupable et tu le couvres dans l'espoir que je me montre clément. Soit c'est toi, auquel cas je vais te le faire payer. Et tu sais comment ? En te laissant avec un meurtre sur la conscience. Toi qui détestes les dégâts collatéraux, tu devrais apprécier.

— Rothe t'a aidé à t'en tirer. Quand tu as failli clamser dans le désert.

— Raison de plus pour le tuer, répondit Matthias dans un grognement.

Bingo, se dit Jim en resserrant la main sur le téléphone. Voilà où se trouvait la faille, et le terrain sur lequel il fallait l'attirer.

— Je te trouve bien amer, Matthias. Tu as changé, tu sais.

— Non, je n'ai pas…

— Oh, si. Et tu sais quoi ? Tu n'as plus le cœur à ça. Si ça se trouve, tu n'en as même pas conscience. Une chose est sûre, l'ancien Matthias ne viendrait pas s'en charger en personne. Ce ne serait que du menu fretin à ses yeux.

— Qui te dit que je suis en route ?

— Moi. C'est forcé. Tu ne le sais pas non plus, mais quelqu'un t'oblige à venir ici pour tuer un innocent. (Le silence de Matthias lui indiqua qu'il était sur la bonne voie.) Tu ne comprends pas pourquoi tu dois t'en charger toi-même. Tu ne comprends pas ta façon de penser en ce moment. Et tu sais que tu perds les pédales. Tu fais des choix insensés. Mais je peux t'expliquer pourquoi : c'est parce que tu es manipulé par une entité dont tu n'admettrais jamais l'existence. Cependant, tu n'es pas encore entièrement sous sa domination. Il est encore temps.

Jim marqua une pause, histoire de laisser son ex-patron digérer la nouvelle. Seul un exorcisme pouvait sauver Matthias, mais cette pratique nécessitait son consentement.

Le but était de l'attirer jusqu'à la maison de Grier et d'arriver à le persuader.

Et dans cette optique…

— Le coupable, c'est cette chose que tu appelais ton lieutenant, reprit-il. Ce type n'était pas ce que tu croyais, Matthias.

Et afin d'enfoncer le clou, il ajouta :

— Quand il te parlait, tu avais l'impression qu'il te connaissait trop bien, n'est-ce pas ? Il t'influençait de manière imperceptible, te guidait, était toujours là quand tu avais besoin de lui. C'était à peine visible au départ, et puis tu lui as fait confiance, délégué une partie de ton autorité, donné les clés pour devenir ton successeur…

— Ta gueule ! Tu ne sais pas de quoi tu parles !

— Bien sûr que si. Je sais précisément ce qui se passe. Au fond de toi, tu voulais laisser Isaac réintégrer les XOps, n'est-ce pas ? Tu allais trouver un moyen de ne pas le tuer, hein ? Matthias… ? Matthias, réponds-moi, bordel !

Une longue pause. Puis un murmure :

— Oui, c'est vrai.

— Et tu l'as caché à ton lieutenant parce que tu savais qu'il t'aurait fait changer d'avis.

— Et il aurait eu raison.

— Non, il l'aurait fait par pur sadisme. Parce qu'il était comme ça. Réfléchis deux secondes. Il t'a persuadé de rester dans les XOps quand tu voulais te barrer.

— Je te rappelle que tu parles à un sociopathe. Alors je suis dans mon élément avec eux.

— Non. Les sociopathes qui tiennent à la vie ne planquent pas des bombes dans le désert avant de marcher dessus. Admets-le, tu voulais te tirer à cette époque. Et tu le veux toujours. Admets-le, bon sang !

Pendant un moment, Jim n'entendit que ce ronflement de moteur au loin. Soudain, Matthias lâcha une nouvelle bombe, pour ainsi dire.

— C'est à cause du fils de Childe.

Jim fronça les sourcils, déconcerté.

— Quoi ?

— Le fils de Childe… C'est ce qui a tout changé. J'ai regardé la vidéo. J'ai vu Childe pleurer pendant que son fils mourait devant lui. Mon père n'aurait jamais réagi ainsi si j'avais été sur ce canapé. Il aurait plutôt tapoté la veine avec l'aiguille. Je n'ai jamais pu l'oublier… L'expression sur son visage et ce qu'il a dit… Il aimait son fils comme tout père le devrait.

D'une certaine façon, il était difficile d'imaginer que Matthias avait eu des parents. On aurait plutôt dit qu'il avait été engendré par un démon.

Jim secoua la tête. Pour la première fois depuis leur rencontre, il avait pitié de lui.

— Je te le répète, laisse Isaac partir. Abandonne ton projet de vengeance. Oublie les XOps. Oublie le passé. Je t'aiderai à disparaître et à rester en sécurité. Laisse tout ça derrière toi… et fais-moi confiance.

Il y eut une longue pause. Une très longue pause durant laquelle Jim n'entendit que le vrombissement d'une voiture en mouvement.

— Tu es à un croisement, Matthias. La décision que tu prendras ce soir peut te sauver… et sauver Isaac. Tu as plus de pouvoir que tu ne le crois. Passe de notre côté. Rejoins-nous et discutons.

Quant au fait qu'il allait l'éventrer avec une dague de cristal pour expulser Divine de son corps ? Mieux valait ne pas en parler pour l'instant…

Matthias laissa échapper un profond soupir.

— Il t'est poussé des marguerites dans les cheveux ou quoi ?

— Les gens changent, Matthias, répondit Jim d'une voix rude. Les gens changent, et toi aussi tu peux changer.

Campé de l'autre côté de la cuisine, Isaac se demandait s'il avait bien entendu. Matthias avait placé lui-même la bombe qui lui avait explosé à la gueule ?

Il se rappelait le jour où il avait conduit cette Land Rover à travers les dunes en direction du campement. Dès son arrivée, une foule de types s'étaient précipités vers Matthias, armés de poches de sang, d'aiguilles et de gants en latex. Et c'était tout ce qu'il avait su de cette histoire.

Heron n'avait jamais dit un mot sur ce qui s'était passé, et Isaac ne lui avait rien demandé. Chez les XOps, on s'en tenait au strict minimum. Alors, quand votre patron et un agent se ramenaient, l'un avec un trou dans le buffet, l'autre traînant le premier à travers le sable au beau milieu de la nuit, on ne posait pas de question.

Après tout, il arrive qu'on détienne des informations plus dangereuses qu'un revolver braqué contre votre tempe.

Lorsque Jim raccrocha brutalement, Isaac était remonté comme une pendule.

— Je te signale que je n'ai pas besoin de nounou, alors arrête de dire que c'est toi qui l'as tué. Et puis qu'est-ce que c'est que cette histoire ? Matthias a voulu se suicider ?

— Tout d'abord, les dommages collatéraux, ce n'est pas mon truc, alors laisse-moi te sauver la peau et ferme-la. Ensuite… oui. C'est exact. La bombe était l'une des nôtres et il savait précisément où poser le pied. Quand il l'a fait, il m'a regardé en articulant quelque chose que je n'ai pas compris. Et là, boum ! La majeure partie du détonateur s'est désintégrée, mais pas la totalité.

Fascinant.

— Combien de temps avant qu'il arrive ?

— Je ne sais pas. Mais il va venir. C'est obligé.

OK. Quant à ce que Jim avait dit au sujet du lieutenant ? Franchement, Isaac ne voulait rien savoir là-dessus. Il avait déjà le cerveau en surchauffe et la seule chose qui l'intéressait était d'en finir avec cette soirée.

— J'en ai ras le bol d'attendre, marmonna-t-il.

— Bienvenue au club.

Sur ce, Isaac balaya la pièce du regard. Le système de télésurveillance était éteint, de même que son grand frère planqué derrière le dressing de Grier, mais toutes les portes étaient verrouillées, de sorte qu'ils seraient aussitôt avertis si quelqu'un entrait par effraction.

— Bon, je vais monter la garde là-haut, annonça-t-il.

— D'accord. (Jim reporta le regard sur le jardin et scruta l'horizon, semblant s'attendre à voir quelqu'un surgir d'un instant à l'autre.) Je vais couvrir l'arrière.

Alors qu'il s'apprêtait à gravir l'escalier du fond, Isaac s'interrompit et se pencha pour jeter un coup d'œil à la cuisine. Heron était campé devant la baie vitrée, les mains sur les hanches, les sourcils froncés.

Jim était bel et bien vivant. Pourtant, il n'avait pas l'air de redouter qu'une balle traverse la vitre et lui éclate la cervelle.

— Jim ?

— Ouais ? répondit l'autre en se retournant.

— Qu'est-ce que tu es vraiment ?

Dans le silence qui suivit, le mot « ange » plana dans l'air. Sauf que c'était impossible, n'est-ce pas ?

— Je suis, c'est tout, répondit Jim en haussant les épaules.

Bien reçu, songea Isaac.

— Bon, eh bien… merci.

Jim secoua la tête.

— On n'est pas encore sortis de l'auberge.

— Je sais, mais merci quand même. (Isaac s'éclaircit la voix.) Personne ne s'est jamais autant mouillé pour moi.

Ce qui n'était pas totalement vrai. Grier avait pris des risques, elle aussi. Et Seigneur, il avait les yeux qui piquaient en songeant à la jeune femme.

Heron s'inclina légèrement, semblant sincèrement touché.

— Pas de quoi, mon vieux. Maintenant, cesse de faire ta chochotte et va surveiller l'étage.

Isaac sourit à cette réplique.

— J'aurai peut-être besoin d'un boulot, après ça, tu sais.

Jim esquissa un sourire, mais reprit rapidement son air grave.

— Je ne pense pas que tu veuilles postuler là où je bosse ; le processus d'embauche est très pénible.

— J'ai l'habitude.

— C'est ce que je croyais, moi aussi.

Sur ce, Isaac s'engagea dans l'escalier.

Officiellement, il se rendait là-haut pour surveiller, mais en fait, il avait une autre motivation.

Arrivé dans la chambre de Grier, il se dirigea tout droit vers son dressing et se tint au milieu des vêtements qui jonchaient encore la moquette beige. Elle avait été interrompue en plein rangement parce qu'un imbécile avait décidé de se faire sauter le caisson dans son entrée.

Mais il allait remédier au problème.

En attendant de savoir s'il allait assister à une sorte de réconciliation ou à une fusillade au cours de laquelle Jim et Matthias périraient tous deux, il s'attaqua au désordre.

Voilà au moins une chose dont il pouvait la débarrasser. À défaut du cadavre qui traînait toujours dans le couloir, emballé dans du plastique comme un colis en partance.

Mais il aurait le temps de le déplacer plus tard.

Alors qu'il n'aurait plus jamais l'occasion de prendre soin des affaires de Grier.

De plus, il avait l'envie idiote de la toucher une dernière fois et, en son absence, il était contraint de se rabattre sur ces bouts de tissu qui avaient un jour recouvert sa peau délicate.

Chapitre 45

Grier suivit la Mercedes de son père jusqu'à Lincoln, et lorsqu'elle aperçut les piliers de chaque côté de l'allée menant à la demeure, elle respira un grand coup pour la première fois depuis qu'elle avait quitté Beacon Hill. Elle tourna à droite pour s'engager sur la petite route gravillonnée et s'arrêta devant la grande maison en bois. Elle avait l'impression de se trouver à deux cents kilomètres du centre-ville plutôt qu'à trente. Tout était calme quand elle coupa le moteur et lorsqu'elle descendit de voiture, l'air frais et sec lui chatouilla le nez.

Dieu qu'elle aimait cet endroit, songea-t-elle.

La douce lueur du crépuscule évanescent adoucissait la cime des arbres qui bordaient les six hectares du domaine et nimbait la maison d'une lumière ocre. Avant la mort de sa mère, la demeure avait été leur refuge, une façon de s'échapper de la ville quand ils n'allaient pas à Cape Cod, et Grier y avait passé de nombreux week-ends, courant à travers champs et jouant autour de l'étang.

Devenu veuf, son père avait eu besoin d'un nouveau départ. Alors, Grier avait emménagé dans sa maison de Beacon Hill et il était venu vivre à Lincoln de manière permanente.

Quittant le garage où il avait garé son énorme berline, il s'avança vers elle, ses chaussures crissant sur les minuscules graviers. Petite, elle croyait qu'il s'agissait d'un genre de céréales soufflées, et qu'au lieu de verser du lait, il suffisait de marcher dessus pour les faire éclater.

— Tu veux que je monte tes affaires ? lui demanda-t-il avec prévenance.

— Oui, merci.

— Et si on dînait ?

— Bonne idée, répondit-elle, même si elle n'avait pas faim.

Bon Dieu, on se serait cru à une *murder party* où les assassins tiraient à balle réelle. Et si un invité était en retard, c'était qu'il était mort et non en train d'essayer d'arranger ses cheveux ou coincé dans un embouteillage monstre.

Grier eut la chair de poule et jeta un coup d'œil autour d'elle. On les espionnait. Elle le sentait. Pourtant, elle n'était pas angoissée ; ce qu'elle percevait la rassurait.

Elle était prête à parier qu'il s'agissait des hommes de Jim. Elle ne les avait pas vus arriver, mais ils étaient bel et bien là.

Après que son père eut sorti la valise et refermé le coffre, elle verrouilla la voiture en essayant d'oublier que l'homme au cache-œil y avait touché. Cette pensée lui donnait envie de vendre son Audi, même si elle n'avait que trente mille kilomètres au compteur et tournait comme une horloge.

— On y va ? demanda son père en désignant le perron d'une main élégante.

Grier acquiesça et s'engagea sur le chemin pavé menant à l'entrée. Avant d'ouvrir, son père désactiva le système de surveillance, qui était le même que le sien, puis, à l'aide de sa clé, tourna un par un les verrous. Dès qu'ils eurent franchi le seuil, il ferma la porte, réenclencha l'alarme et verrouilla toutes les serrures.

Ils étaient en sécurité à l'intérieur : la maison était si bien protégée qu'en comparaison celle de Grier prenait des allures de tente en papier mâché.

Après la mort de Daniel, son père l'avait préparée pour un siège – et désormais, Grier comprenait pourquoi. À l'intérieur comme à l'extérieur, toutes les planches avaient été retirées et remplacées par des panneaux ultraminces en bois ignifugé ; les fenêtres avaient été dotées de vitres blindées de trois centimètres d'épaisseur ; les vieilles portes avaient cédé la place à des battants dotés d'encadrements en plomb renforcé ; des systèmes de ventilation et de contrôle du taux d'oxygène avaient été installés ; et son père avait sûrement procédé à d'autres améliorations dont elle ignorait le détail.

Tous ces équipements avaient coûté plus du double de la valeur de la maison, si bien qu'à l'époque, Grier s'était interrogée sur la santé mentale de son père.

À présent, elle lui en était reconnaissante.

Elle jeta un coup d'œil aux meubles d'époque puis aux grosses lames du plancher d'où se dégageait une atmosphère de grâce surannée. La soirée semblait interminable, ce qui est souvent le cas quand on n'a rien à faire qu'attendre. Jim et Isaac étaient censés prendre contact avec son père à un moment donné, mais il n'y avait aucun moyen de savoir quand. Ni si les nouvelles seraient bonnes.

Horrible. Toute cette histoire était si horrible.

En temps normal, elle songeait à la mort en termes d'accidents ou de maladie. Pas ce soir. Ce soir, la mort n'était que violence et préméditation, et ce monde l'écœurait. La vie était déjà assez difficile quand on devait simplement lutter contre mère Nature et la loi de l'Emmerdement maximum.

Tout cela ne lui disait rien de bon.

— Tu veux manger un morceau ? demanda son père. Ou est-ce que tu préférerais te rafraîchir ?

C'était si étrange. D'habitude, quand elle entrait dans cette maison, elle faisait comme chez elle et se servait du réfrigérateur, de la cafetière ou de la cuisinière sans se poser de questions. C'était un peu bizarre et gênant d'être traitée comme une invitée.

Elle regarda par-dessus son épaule et contempla le beau visage de son père. Dans ce silence embarrassant, elle prit conscience de l'ampleur de leur solitude. Il était vraiment temps de cesser de se comporter comme des étrangers et de former de nouveau une famille.

— Et si je nous cuisinais quelque chose ?

Les larmes aux yeux, son père se racla la gorge.

— Ce serait parfait. Je vais monter ta valise dans ta chambre.

— Merci.

En passant devant elle, son père lui toucha le bras et le serra légèrement. C'était sa façon de l'étreindre, et elle accepta son geste en recouvrant sa main de la sienne. Comme ils l'avaient toujours fait.

Après qu'il eut grimpé l'escalier, Grier se dirigea vers la cuisine. Elle se sentait un peu tremblante et distraite, mais elle était debout et allait de l'avant.

Ce qui, au bout du compte, était tout ce qui importait.

Il ne manquait qu'une chose… et elle marqua un temps d'arrêt pour regarder par-dessus son épaule. Puis elle entra dans la cuisine et jeta un coup d'œil à la table dans l'alcôve… au plan de travail où se trouvait la cuisinière… au pied de l'escalier du fond…

— Daniel, siffla-t-elle, où es-tu ?

Peut-être rechignait-il à apparaître dans la maison de leur père. Mais s'il pouvait se pointer au *Four Seasons* pour une soirée de bienfaisance, puis lors d'un combat de MMA clandestin, il pouvait bien ramener ses fesses de fantôme dans cette baraque, bon sang !

— J'ai besoin de toi, dit-elle. J'ai besoin de te voir…

Elle attendit. Appela doucement son nom à deux nouvelles reprises. Mais apparemment, seuls le four et le réfrigérateur l'écoutaient.

D'accord, son frère avait toujours détesté les conflits et la présence de leur père le rendait nerveux. Mais personne ne l'avait jamais vu à part elle, ce qui signifiait sûrement qu'il avait la faculté de choisir à qui se rendre visible.

— Daniel.

Dans un moment de panique, elle se demanda s'il reviendrait un jour. Lui avait-il dit au revoir sans qu'elle s'en fût rendu compte ?

De nouveau, aucune réponse.

Comprenant que cela ne servait à rien, elle se dirigea vers le réfrigérateur et entrouvrit la porte en se demandant ce qu'elle pourrait bien préparer à manger.

Une chose était sûre : il n'y aurait pas d'omelette au menu.

Elle n'en ferait plus avant bien longtemps.

Alors que la nuit s'installait, les phares de la berline de Matthias balayaient la route devant lui. D'autres voitures roulaient le long de ce même ruban d'asphalte, avec d'autres personnes au volant, nourrissant d'autres plans dans leur tête.

Rien de tout cela ne lui importait ; ces gens n'avaient pas plus de réalité qu'un film projeté sur un écran.

Pas plus de profondeur non plus.

Il se posait des questions. Le genre qui lui faisait des nœuds au cerveau et ravivait sa douleur au flanc gauche au point qu'il luttait pour rester conscient.

Merde… Jim Heron était au courant de bien trop de choses qui auraient dû rester privées : ses pensées, ses informations… C'était comme s'il s'était branché sur sa station de radio intérieure et entendait toutes ses chansons, ses jingles et ses points route.

Et cet imbécile avait raison. Le lieutenant de Matthias ne s'était vraiment distingué qu'après le petit « accident » de son chef dans le désert. Au cours des deux dernières années, cet agent s'était rendu indispensable et, au fil des missions et des événements, il avait exercé une influence grandissante sur les décisions de Matthias, à tel point qu'on aurait pu dire qu'il les prenait lui-même.

La transition avait été extrêmement subtile. Comme si quelqu'un avait doucement monté le feu sous une casserole d'eau. C'était son lieutenant qui lui avait fait changer d'avis au sujet du départ de Jim Heron. Et c'était lui qui l'avait incité à tuer Isaac. Matthias aurait pu citer une centaine d'autres exemples et, dans de nombreux cas, il avait suivi ses conseils.

Il ne s'était rendu compte de rien.

Tout avait commencé avec l'assassinat du fils d'Alistair Childe… La première de ses idées géniales.

Bien sûr, la logique avait été imparable et Matthias n'avait pas hésité à signer l'arrêt de mort du jeune homme. Mais quand il avait visionné la cassette du meurtre, les larmes du capitaine l'avaient ému, avaient ouvert une porte en lui dont il ignorait jusqu'à l'existence.

Après avoir éteint la vidéo, il était allé se coucher. Et le lendemain matin au réveil, il avait jugé qu'il en avait assez, qu'il était temps de quitter la fête qu'il avait inaugurée plusieurs années auparavant ; les invités pouvaient bien envahir sa maison et la brûler du sol au plafond, il s'en fichait. En ce qui le concernait, c'était terminé.

Ce meurtre avait été la goutte d'eau qui avait fait déborder le vase.

En observant ses mains sur le volant, il prit conscience que quelqu'un d'autre l'avait guidé, manœuvré, lui indiquant où sortir et où tourner. Comment cela avait-il pu arriver ?

Et comment Jim Heron était-il au courant ?

Transformé en machine à laver, son esprit tournait et retournait les événements dans son tambour lorsque Matthias coupa court au programme. Ce n'était pas le moment de ressasser le passé. Pas ce soir. Pas sur cette route. Peu importe ce qui l'avait conduit à monter dans sa voiture et à prendre la direction de Boston. La seule chose qui comptait désormais était le comportement qu'il adopterait une fois arrivé là-bas.

Jim avait raison. Matthias était à un carrefour. Il le sentait dans ses os, exactement comme le jour où il avait armé cette bombe des années plus tôt.

Quel choix allait-il faire ? Croire les affirmations de Jim Heron ? Ou obéir au mouvement de colère qui le poussait à aller vers l'est ?

Quelle serait sa destination ?

Ruminant ces pensées, il avait clairement l'impression de choisir entre l'enfer et le paradis.

Chapitre 46

Caché dans un bouquet de chênes pour surveiller la propriété d'Alistair Childe, Adrian commençait à avoir l'impression de prendre racine. À l'exception de cette escarmouche la veille au soir, il avait passé bien trop de temps à attendre sur le banc de touche au cours des deux derniers jours.

Il n'avait jamais été du genre patient, mais un soir comme celui-là, alors que l'action se passait en ville et qu'Eddie et lui étaient coincés dans la cambrousse, obligés de jouer les nounous pour deux adultes, il avait les nerfs à fleur de peau. Surtout en sachant que les personnes qu'ils chaperonnaient étaient enfermées à double tour dans une maison reléguant Fort Knox au rang de château de sable.

Putain de merde. Il n'arrivait pas à croire qu'ils s'étaient trompés d'âme.

Toutes leurs conclusions avaient paru logiques, mais comme une équation d'algèbre qui aurait dérapé, le résultat était faux alors qu'elle semblait correctement posée.

Et il s'en était fallu de peu. Il avait des sueurs froides à la pensée qu'ils avaient été si proches et en même temps si loin de la vérité.

Mais avoir frôlé la défaite n'était pas la seule chose qui le tracassait : il s'inquiétait également pour Jim. Malgré ce que Divine lui avait fait subir, celui-ci avait l'air de tenir le choc et, d'accord, c'était peut-être le cas en cet instant précis. D'ailleurs, le fait que tout allait se précipiter ce soir était sans doute une bonne chose, cela lui permettrait de s'occuper l'esprit. Le seul problème, et Adrian était bien placé pour le savoir, c'était qu'une fois la crise passée, Jim se retrouverait face à lui-même pendant de longues heures, avec ces horribles souvenirs ricochant à l'intérieur de son crâne comme des balles perdues.

Le plus dur, du moins d'après Adrian, était de savoir que ça allait recommencer. Quand la situation l'exigerait, Adrian redescendrait dans le mausolée de Divine pour redevenir son jouet sexuel… et Jim aussi. Parce qu'ils étaient des hommes de valeur. Et elle une fieffée salope.

À côté de lui, Eddie étouffa un nouvel éternuement.

— À tes souhaits.

— Putain de lilas. Non mais je te jure, je dois être le seul immortel à avoir des allergies.

Eddie lança un regard noir aux bourgeons suspendus au-dessus de sa tête et Adrian prit une grande inspiration en songeant qu'au moins son meilleur ami n'avait pas à subir le même enfer que lui. Cela étant, Eddie avait été marqué par la démone, ce qui n'était pas non plus une promenade de santé.

Dix minutes et trois éternuements plus tard, Adrian n'y tint plus. Il sortit son portable et composa le numéro de Jim, qui répondit dès la deuxième sonnerie.

— Qu'est-ce qui se passe ? aboya-t-il.

— Que dalle. Ça fait une plombe qu'on poireaute, cachés dans les lilas – il paraît que ça s'appelle comme ça – en train de regarder Grier manger avec son père. Des côtelettes de porc, à première vue. (Un soupir d'intense frustration lui parvint à l'autre bout de la ligne.) Rien de ton côté, j'imagine ?

Bon Dieu, il était parfois préférable de mal agir que de rester à se tourner les pouces.

Jim lâcha un juron.

— J'ai parlé avec Matthias il y a environ une heure, mais je n'ai aucune idée de l'endroit où il était. Une chose est sûre, il est en route.

— Je crois qu'on devrait rentrer.

Les sourcils froncés, Adrian se hissa sur la pointe des pieds et jeta un coup d'œil à la cuisine. À cet instant, Grier se leva, sortit des assiettes d'un placard et souleva la cloche d'un plat de service, dévoilant un gâteau au chocolat. Recouvert d'un glaçage blanc.

Finalement, ils devraient peut-être rester un peu plus longtemps. Et se faire inviter pour le dessert.

— Restez là, répondit Jim. Mais je vais peut-être vous rejoindre. Je préférerais tenir les Childe à l'écart, mais j'ignore si Matthias a l'intention de s'en prendre à Grier. À ce stade, je ne sais pas ce qu'il a en tête. Je n'ai pu lui parler que quelques minutes avant qu'il me raccroche au nez.

— Écoute, tout ce que je sais, c'est qu'on veut être là où il y aura de l'action. (*Et des antihistaminiques*, ajouta-t-il pour lui-même lorsque Eddie éternua de nouveau.) Et j'ai fait le tour de cette baraque ; elle est aussi sûre qu'un coffre-fort. C'est l'âme de Matthias qui est en jeu, donc tout se jouera là où il ira. Et il vient chercher Isaac.

Il y eut un moment de silence. Puis Jim dit :

— Cependant, Grier est une âme innocente et un excellent moyen de se venger pour Matthias. C'est peut-être elle qu'il est censé éliminer. On n'en sait rien. C'est pour ça que je ne veux rien modifier pour le moment... Attendons de voir avant d'échanger nos places.

— Très bien. Comme tu voudras, répondit Adrian avant de raccrocher.

Protéger Jim, être un bon petit soldat... Adrian en avait ras la casquette.

— On ne bouge pas, marmonna-t-il. Pour l'instant.

— Difficile de savoir où se poster.

— Il faudrait être plus nombreux.

— Si Isaac s'en tire… on pourrait le prendre avec nous. Il a ce qu'il faut.

Adrian le regarda.

— Nigel ne nous l'autoriserait jamais. (Une pause.) N'est-ce pas ?

— Je crois qu'il détesterait encore plus perdre.

Adrian reporta son attention sur Grier, occupée à couper deux parts de gâteau qu'elle posa sur des assiettes. À la façon dont ses lèvres bougeaient, il avait l'impression que son père et elle parlaient calmement, et il en était content pour eux. Même s'il ignorait ce que c'était que d'avoir un père, il avait passé suffisamment de temps sur Terre pour savoir que s'entendre avec ses parents était une bonne chose.

Lorsque Grier se dirigea vers le congélateur, il jura.

— Oh, merde ! De la glace, en plus ?

— Que tu puisses avoir de l'appétit à un moment pareil me stupéfie.

— C'est parce que je suis stupéfiant, rétorqua Adrian en s'inclinant légèrement.

— Ou cinglé.

Comme pour lui prouver qu'il avait raison, Ad se mit à chanter à tue-tête. Au beau milieu des lilas. À… Où diable étaient-ils déjà ? À Roosevelt, dans l'État du Massachusetts ? Ou à Adams ? À Washington ?

— Nom de Dieu, stop !

— … in the name of looooove. (La main tendue, Ad se mit à imiter Diana Ross en secouant son derrière.) Be… fore… you… breaaaaak… my…

Eddie se mit à glousser doucement. Son but atteint, Adrian s'arrêta.

Lorsque le silence retomba, il songea à ce bon vieux Isaac Rothe. Entêté et baraqué comme il était, ce type pourrait s'avérer une excellente recrue.

Bien sûr, il devrait d'abord mourir.

Ou être tué.

Ce qui pouvait arriver dès ce soir, au train où allaient les choses.

Dans la cuisine d'Alistair Childe, Grier était assise en face de son père. Sur la table, constituée de planches provenant d'une vieille grange, étaient posées deux assiettes blanches maculées de chocolat avec des fourchettes à dessert reposant en biais sur le rebord.

Ils n'avaient pas parlé de sujets importants au cours du repas, juste de petites choses du quotidien comme le travail ou l'entretien du jardin. Une conversation parfaitement normale… peut-être trop pour être sincère, mais Grier était bien décidée à faire comme si de rien n'était.

— Je te ressers un morceau ? demanda-t-elle en désignant du menton le plat à gâteau sur le comptoir.

— Non, merci. (Son père se tamponna les coins de la bouche avec sa serviette.) Je n'aurais déjà pas dû prendre le premier.

— Tu as l'air d'avoir maigri. Je crois que tu devrais…

— J'ai menti à propos de Daniel pour te préserver, bredouilla-t-il comme si la pression de ce qu'il réprimait avait atteint un niveau insoutenable.

Elle le regarda, médusée. Puis elle tendit la main et joua avec sa fourchette, dessinant des ronds et des croix dans les restes du glaçage, l'estomac noué.

— Je te crois, finit-elle par dire. C'est juste que ça fait un mal de chien. C'est comme s'il était mort une deuxième fois.

— Je suis vraiment désolé. Je ne le répéterai jamais assez.

Elle leva les yeux vers lui.

— Ça ira. J'ai juste besoin de temps. Toi et moi… c'est tout ce qui nous reste, tu sais ?

— Je sais. Et c'est ma faute…

Surgie de nulle part, une lueur étincelante pénétra par la fenêtre, illuminant l'alcôve dans une explosion de lumière.

Dans un grincement de chaises, Grier et son père se levèrent d'un bond et coururent s'abriter derrière le mur épais du salon.

Sur la pelouse de l'entrée, les détecteurs de mouvement s'étaient allumés et un homme marchait sur l'herbe rase en direction de la maison. Derrière lui, une voiture qu'elle ne reconnut pas était garée dans l'allée, cachée dans l'ombre.

Le conducteur avait dû couper ses phares. Et si ça avait été Jim, Isaac ou ces deux types, ils auraient signalé leur présence.

— Prends ça, lui dit son père en lui fourrant un objet lourd et métallique dans la main.

Un revolver.

Elle l'accepta sans hésiter et le suivit jusqu'à la porte d'entrée – vers où leur « invité surprise » semblait se diriger. Cependant, ça n'avait aucun sens. Pourquoi remonter l'allée tous phares éteints, pour ensuite marcher droit vers…

— Oh, merci, mon Dieu, marmonna son père.

Grier se détendit à son tour en reconnaissant l'intrus. Sous les projecteurs de sécurité, le corps massif et le visage dur de Jim Heron se détachaient nettement, et elle comprenait pourquoi il était arrivé furtivement.

Elle songea immédiatement à Isaac et scruta la tache de lumière à sa recherche tandis que son père désactivait le système de surveillance et ouvrait la porte. Mais Jim était seul.

Est-ce que ça voulait dire que…

— Tout le monde va bien, s'écria Jim de l'autre côté de la pelouse comme s'il avait lu dans ses pensées. Tout est terminé.

Elle éprouva un tel soulagement qu'après avoir bredouillé un mot d'excuse elle fonça vers la cuisine, posa le revolver et s'appuya sur la table. Les voix graves de Jim et de son père lui parvenaient depuis la pièce voisine, mais elle n'aurait sûrement pas été en état de suivre la conversation si elle s'était tenue à côté d'eux. Isaac allait bien. Il n'était pas blessé…

C'était fini. Terminé. Isaac allait pouvoir s'en aller et elle passer à autre chose.

Bon sang, elle avait besoin de vacances.

De lézarder au soleil, se dit-elle en débarrassant les assiettes à dessert. Quelque part avec des palmiers, à siroter des cocktails sous un parasol. Près d'une plage. Et d'une piscine…

Soudain, elle entendit un cliquetis. Puis un autre petit bruit.

Les sourcils froncés, Grier regarda par-dessus son épaule.

Près du réfrigérateur, elle vit le verrou de la porte du fond tourner de gauche à droite et le loquet se soulever au même rythme.

Dans le salon, les voix s'étaient soudain tues.

La maison était trop silencieuse.

Quelque chose n'allait pas. Vraiment pas.

Lâchant les assiettes, Grier se rua vers le revolver qu'elle avait laissé sur le comptoir…

Trop tard. Quelque chose lui piqua l'omoplate, puis une décharge électrique lui traversa le corps. Elle se cambra violemment et s'écroula au sol.

Chapitre 47

Dans la maison de Beacon Hill, Isaac monta l'escalier et se dirigea vers la chambre de Grier. Là, il fit le tour du lit, sentant sa patience fondre comme neige au soleil.

Il consulta le réveil. Gagna la porte-fenêtre. Jeta un coup d'œil au balcon.

Rien ne bougeait dehors et il n'y avait personne d'autre que Jim et lui à l'intérieur.

Le temps passait, mais personne ne venait. Il avait beau monter et descendre l'escalier, la situation restait invariablement figée. Impossible de passer à la séquence suivante.

Il avait l'impression d'être un metteur en scène sans porte-voix, avec des acteurs et une équipe technique qui se fichaient totalement de ses consignes.

Ce qu'il redoutait le plus était de se trouver au mauvais endroit. Que Jim et lui fassent le pied de grue chez Grier alors que l'action se passait ailleurs. Chez son père, par exemple.

Lâchant un juron, il regagna l'escalier et dévala les marches en ne s'attendant à rien d'autre qu'à une courte pause dans la cuisine avant de remonter une nouvelle fois.

Sauf que…

Sur le palier, il entendit la porte d'entrée grincer. Il s'empara de son revolver, prêt à bondir… jusqu'à ce que la voix de Jim lui parvienne.

— Qu'est-ce vous faites ici ? demanda Heron d'une voix agacée.

— Tu nous as envoyé un texto.

En entendant la voix de l'homme aux piercings, Isaac fronça les sourcils.

— Non, c'est faux.

— Mais si, bon sang.

À ce moment-là, le boîtier d'alarme sonna dans la poche d'Isaac et une petite lumière se mit à clignoter.

Pris d'un horrible pressentiment, il se faufila dans la chambre d'amis. La main serrée sur l'émetteur, il l'activa et, cette fois, Matthias lui répondit immédiatement.

— J'ai la fille. Tu as une demi-heure pour rappliquer chez son père.

— Si tu lui fais du mal…

— Tu perds du temps. Et il va sans dire que je ne veux personne d'autre avec toi. Ne me fais pas attendre sinon je risque de m'ennuyer et de devoir trouver un moyen de passer le temps. Et ça ne va pas te plaire, crois-moi.

La lumière s'éteignit et la transmission fut coupée.

Isaac pivota pour se ruer vers la sortie et recula d'un bond. Sans qu'il l'ait entendu, Jim avait grimpé l'escalier et ouvert la porte pour se tenir devant lui.

— Il l'a capturée, dit Jim d'une voix atone. N'est-ce pas ?

— J'y vais seul sinon il la tuera.

Le bousculant, Isaac se précipita dans l'escalier. Il avait retiré toutes les armes du cadavre avant de l'emballer, mais il n'avait pas cherché de clés de voiture.

Bingo. Poche avant. Une Ford.

Il n'avait plus qu'à trouver le véhicule.

Quand Isaac se releva, il se rendit compte que tout était silencieux et que personne ne l'avait rejoint dans l'entrée. Jetant un coup d'œil autour de lui, il avait le sentiment d'être seul dans la maison même s'il ignorait comment les autres avaient pu disparaître d'un coup.

Tant pis. Qu'ils aillent au diable.

Isaac fonça vers la porte, mais à la dernière minute il fit volte-face et repartit en direction du cadavre pour le fouiller une nouvelle fois. Puis il sortit en trombe.

La berline qu'il avait repérée la veille depuis sa planque de Pinckney Street était garée une rue plus loin et les clés du macchabée lui évitèrent de forcer la portière. La voiture démarra au quart de tour et, après avoir vérifié que le GPS fonctionnait, il entra l'adresse que le père de Grier leur avait communiquée.

Il parcourut tout le trajet à tombeau ouvert.

Pied au plancher, il s'engagea sur l'autoroute à péage et poussa le moteur jusqu'à ses dernières limites. Même à ce moment-là, il avait l'impression de rouler au ralenti. Et cela empira quand il quitta l'autoroute et tenta de traverser la ville avec ses panneaux « stop » et ses routes sinueuses.

Heureusement, le GPS le mena à bon port, sa destination marquée par deux piliers flanquant une allée blanchâtre et brillante.

Isaac éteignit les phares et tourna à droite en rétrogradant. Baissant légèrement la vitre pour avoir une meilleure vue, il gravit lentement le chemin en pestant contre le bruit des pneus qui crissaient sur les gravillons. Au moins, il était loin des lumières de la ville et une couverture nuageuse cachait la lune. Sauf qu'à tous les coups le jardin et la maison étaient truffés de projecteurs à détecteurs de mouvement.

Isaac se gara derrière une autre berline. Sûrement la voiture de Matthias. Après avoir fait un demi-tour pour se retrouver face à l'allée, il coupa le moteur et longea la pelouse en courant, ses sens en alerte, le sang bouillonnant dans ses veines.

Il allait tuer Matthias s'il s'avisait de toucher à un cheveu de Grier ; une mèche de travers et il le massacrait.

À l'approche de la maison, il vit que la porte de devant était ouverte ; celle de derrière échappait à sa vue.

Mais là encore, quelle importance puisqu'il était attendu ? D'ailleurs, autant cesser de jouer les ninjas et signaler sa présence.

Il s'avança vers l'entrée, à l'affût du moindre mouvement. Gardant ses revolvers cachés, il serra le poing et tambourina contre le battant.

— Matthias ! appela-t-il.

Le silence assourdissant qui l'accueillit lorsqu'il franchit le seuil était encore plus terrifiant qu'un hurlement ou qu'une mare de sang.

Jim avait un plan en tête lorsqu'il avait filé en direction de la maison d'Alistair Childe. Il regrettait d'avoir dû laisser Isaac seul dans la maison, mais ils n'auraient fait que se disputer, et de toute façon, Isaac était assez grand pour prendre soin de lui.

L'essentiel était que Divine jouait à un jeu mortel et seul Jim avait les moyens de l'affronter. En outre, avoir une longueur d'avance sur Isaac n'était pas une mauvaise chose : si Matthias avait touché à Grier, Isaac risquait de devenir incontrôlable.

Lorsque Jim atterrit, il fonça vers la porte ouverte, talonné par ses coéquipiers et prêt à en découdre.

Mais Nigel n'était pas de cet avis.

Lorsque l'archange apparut en lui barrant la route, il ne portait ni smoking, ni tenue de croquet, ni costume rayé. Ce n'était qu'une forme étincelante, une silhouette lumineuse et chatoyante.

Et il ne prononça qu'un seul mot :

— Non.

Moulinant des bras pour retrouver l'équilibre, Jim aurait volontiers frappé Nigel s'il avait pu viser autre chose que de l'air.

— Mais qu'est-ce qui vous prend, putain ? D'abord vous m'indiquez la mauvaise cible et maintenant ça ?

— Les dés sont jetés, répondit Nigel en levant une main presque invisible. Sans compter que si vous intervenez maintenant, vous le paierez plus tard.

Jim désigna la porte entrebâillée.

— Une âme est en danger.

Sous-entendu : « espèce de petit con méprisant. »

La voix de Nigel se durcit.

— Je ne le sais que trop bien.

— Si je peux arriver jusqu'à Matthias…

— Vous avez déjà eu votre chance.

— Vous vous foutez de moi ? Je ne savais pas que c'était lui !

— Je ne peux rien y changer. Mais je vous le répète, laissez faire les choses…

— Je vois. Vous ne pouvez rien changer, mais ça ne vous empêche pas de vous mettre en travers de mon chemin ! Bravo, bien joué !

Jim avait bien conscience qu'il était en train de beugler, mais cela ne lui posait aucun problème d'annoncer sa présence à Divine ou à qui que ce soit d'autre.

— Rien à foutre. J'y vais.

D'un coup, l'aura de Nigel l'enveloppa des pieds à la tête, agissant comme une colle qui le figea sur place. Puis la voix à l'accent britannique lui parvint non seulement par ses oreilles, mais à travers tout son cerveau.

— Quelle voie devez-vous suivre ? La passion ou la raison ? Réfléchissez, Jim. Réfléchissez. Quand on enfreint une règle, on est sanctionné. Pensez-y. Quand on enfreint une règle, on est sanctionné. Réfléchissez, bon sang !

L'esprit embrumé par la rage, il se mit à trembler si fort qu'il crut que son corps allait tomber en morceaux. Mais soudain, la lumière se fit dans son cerveau et il comprit ce que l'archange essayait de lui dire.

— C'est ça, Jim. Menez le raisonnement jusqu'au bout. Voyez au-delà de cette nuit. Et sachez que vous irez bien plus loin en vous servant de votre tête plutôt que de votre colère. Je vous en prie, faites-moi confiance là-dessus.

Relâchant ses muscles, Jim se sentit envahi d'une étrange sérénité. Tournant la tête à travers la mélasse que Nigel avait créée, il vit Adrian et Eddie courir dans sa direction, l'air aussi remontés que lui. Ce qui ne risquait pas d'arranger les choses, au vu de ce que Nigel venait de dire.

— Faites-moi confiance, Jim, répéta Nigel. Je souhaite gagner tout autant que vous. Moi aussi, j'ai perdu des gens que j'aimais et je ferais n'importe quoi pour leur offrir la paix éternelle qu'ils méritent. Ne pensez pas que je pourrais vous induire en erreur.

Jim secoua la tête à l'adresse de ses équipiers.

— Laissez tomber, les gars. On va rester à l'écart.

Lorsque ses camarades le dévisagèrent d'un air abasourdi, il ne put que leur donner raison. Lui-même était fou de rage et de frustration à l'idée de ne pas pouvoir se battre, mais il avait compris la situation… et finalement, il se réjouissait que l'archange soit intervenu. Puisque Divine avait trafiqué les règles, Matthias avait de bien meilleures chances de s'en sortir si Jim restait en dehors du jeu.

Même si cela allait à l'encontre de tous ses instincts.

Au bout d'un moment, Nigel s'extirpa du corps de Jim et l'aura magique qui l'empêchait de bouger se dispersa peu à peu. Aussitôt, l'ange s'effondra à genoux sur l'herbe, les yeux rivés sur la porte ouverte tandis qu'Eddie et Adrian lui tombaient dessus à bras raccourcis en exigeant une explication à son comportement.

Quelque part au fond de lui, il brûlait d'envie de contrecarrer les plans de Divine.

Surtout en imaginant Grier aux mains de Matthias…

Oh, Seigneur… Rothe allait être sacrifié.

Jim fouilla la terre et creusa profondément dans le sol par frustration.

Baissant la tête, il se mit à prier pour que sa foi soit assez forte et que le bien finisse par triompher. Mais la triste réalité était qu'en faisant ce qui était juste, il allait provoquer la mort d'un innocent.

Chapitre 48

Matthias avait maîtrisé les Childe bien avant qu'Isaac déboule au volant de sa voiture.

Après avoir tiré au Taser sur Grier, il s'était rendu compte qu'il n'avait pas assez de force pour la soulever et la déposer dans un fauteuil, si bien qu'il l'avait laissée là où elle était en se contentant de lui attacher les jambes et les poignets avec du ruban adhésif qu'il avait trouvé dans la remise d'Alistair.

Quant à son père ?

Il n'avait aucune idée de ce qui avait poussé l'homme à ouvrir la porte pour rester là, pétrifié. Quoi qu'il en soit, il en avait profité pour se faufiler derrière lui et braquer un revolver contre son crâne.

Alors évidemment, il n'avait eu aucun mal à le faire asseoir dans la cuisine : il s'était montré si docile qu'il s'était quasiment ligoté lui-même.

Ce qui avait bien arrangé Matthias, qui avait tellement mal à la poitrine qu'il pouvait à peine respirer.

Et à présent, il n'avait plus qu'à attendre Isaac, tranquillement assis dans cette maison avec la porte grande ouverte.

Il entendit un grognement puis un frottement sur le sol : Grier commençait à reprendre ses esprits. Elle eut un instant de confusion, semblant essayer de comprendre ce qu'elle faisait allongée par terre et pourquoi elle était incapable d'ouvrir la bouche. Puis elle fut prise d'un violent soubresaut et écarquilla les yeux avant de les fixer sur lui.

— On se réveille, dit-il d'une voix rude.

Il lui adressa un signe de tête pendant que son père tentait de se dégager de ses liens et poussait des cris étouffés sous le ruban adhésif qui lui recouvrait la bouche.

Matthias leva le canon du revolver en direction de la tête d'Alistair.

— La ferme !

Personne ne pouvait les entendre, mais le désespoir et la douleur lui hérissaient les nerfs. Pour tout dire, il était loin de l'homme calme et maître de son environnement qu'il avait toujours été par le passé. Il souffrait atrocement. Il était épuisé. Et il avait le sentiment que ce qui allait se passer devait arriver, mais qu'à choisir il aurait préféré une autre issue.

Il était à la fois totalement incontrôlable et totalement coincé.

Les deux Childe avaient le regard rivé sur lui et tout le monde s'était tu. Il prit appui contre le plan de travail et ses os craquèrent, son corps protestant contre le changement de position.

— Tu sais ce qui me fout vraiment en rogne ? demanda-t-il à Alistair. J'ai sauvé celle qui en valait la peine. (Il désigna Grier du menton.) J'aurais pu te laisser avec ton bon à rien de fils. Mais non, j'ai tué celui qui était foutu d'avance. J'ai mis un terme à ses souffrances et aux tiennes.

Il se rappelait s'être surpris lui-même à l'époque. En temps normal, il aurait plutôt exécuté l'enfant qu'on aurait le plus regretté, mais il avait pris une voie différente à cette croisée des chemins.

Peut-être avait-il commencé à changer avant d'avoir ordonné ce meurtre. Qui sait ?

Peu importe.

Il avait sombré trop bas pour être sauvé, et au lieu de lui faire voir l'éventualité d'une rédemption, sa conversation avec Jim lui avait démontré qu'il était condamné aux enfers. Il était temps de mettre un terme à sa vie… et de partir sur un dernier coup d'éclat.

En essayant de ne pas se rater, cette fois.

À ce moment-là, Isaac Rothe apparut sous la voûte de la cuisine. Il posa d'abord les yeux sur Grier et, malgré tout son sang-froid, ne parvint pas à cacher sa terreur.

Il était amoureux de cette femme.

Tant pis pour lui.

— Bienvenue à la fête, annonça Matthias d'une voix atone tout en levant son revolver et en le pointant sur elle.

— Ne fais pas ça, cracha Isaac. Tue-moi si tu veux, mais pas elle.

Matthias observa les grands yeux implorants de la jeune femme et ses lèvres qui semblaient articuler : « Oh, Seigneur, non… »

— Je suis vraiment désolé pour tout ça, lui dit Matthias.

Et il le pensait. Il ne savait pas ce qui serait le plus cruel : la tuer devant Isaac… ou la laisser survivre à la mort de cet homme – en supposant que l'amour d'Isaac était réciproque.

L'un des deux devait mourir. C'était le seul moyen d'obliger Jim Heron à entrer et à tirer sur Matthias. Cet imbécile l'avait sauvé contre son gré deux ans plus tôt… et ce soir… il allait lui rendre des comptes et faire ce qu'il aurait dû faire dans le désert.

— Matthias, dit Isaac d'un ton vif. Je vais baisser mon arme.

— Ne prends pas cette peine, murmura-t-il, toujours concentré sur Grier. Vous savez, mademoiselle Childe, il s'est rendu pour vous sauver. Par deux fois. Il a fait ça uniquement pour vous.

— Matthias, regarde-moi !

Mais l'autre ne l'écouta pas. Au lieu de cela, il jeta un coup d'œil à Alistair, et quand il vit son regard, il prit sa décision.

Il fit pivoter son arme.

Isaac était prêt – et Matthias n'attendait rien de moins.

Les deux hommes appuyèrent sur la détente en même temps.

Chapitre 49

Lorsque les coups de feu retentirent dans la cuisine, Grier poussa un cri sous le ruban adhésif, les oreilles bourdonnantes et les yeux piquants.

Puis elle entendit deux corps percuter le sol, mais de sa position, il lui était impossible de savoir qui avait été touché.

Quelqu'un gémissait.

Le cœur battant la chamade, elle leva la tête et tendit le cou. Matthias n'était plus dans son champ de vision. Il avait dû être blessé… Du moins l'espérait-elle.

Et Isaac ? Et son père ?

Rampant sur le plancher, elle fit le tour de l'îlot. La première personne qu'elle vit fut son père assis sur sa chaise. C'était lui qui poussait des gémissements en essayant de se débarrasser du scotch qui lui entravait les pieds et les mains.

Où était Isaac ?

Son sang se glaça dans ses veines, et elle sut la réponse avant même de voir le soldat allongé sur le dos à l'entrée de la cuisine.

Il ne bougeait pas ; son revolver gisait dans sa main ouverte et ses yeux regardaient le plafond sans le voir.

Grier cria de nouveau, le corps raidi, s'écorchant la joue contre le parquet verni, son âme tout entière refusant l'inéluctable. Se tortillant, elle rampa vers lui dans l'espoir de lui porter secours, luttant pour couvrir la distance…

Soudain, elle parvint à dégager ses mains.

À force de se débattre, elle avait fini par se libérer de ses liens. Avec un sang-froid étonnant, elle arracha le ruban de sa bouche et se traîna par la force des bras jusqu'à Isaac.

La balle s'était fichée droit dans son cœur.

Ce n'était qu'un minuscule trou à travers son sweat-shirt, juste une piqûre d'épingle cernée de noir. Mais cela avait dû suffire à le tuer.

— Isaac, dit-elle en touchant son visage froid. Oh, mon Dieu, ne me laisse pas…

Il avait la bouche entrouverte, les pupilles fixes et dilatées, et sa respiration était si superficielle qu'on aurait dit qu'elle allait s'arrêter.

Il avait changé ses plans et s'était rendu dans l'unique but de la sauver. Du moins, c'était ce que lui avait dit ce psychopathe et il n'avait eu aucune raison de lui mentir.

— Isaac… Je t'aime… Je suis désolée.

Il tourna lentement la tête vers elle, ses yeux peinant à faire le point. Lorsqu'ils y parvinrent, des larmes submergèrent son regard clair et l'une d'elles s'échappa pour rouler le long de sa tempe et s'écraser au sol.

— Je…

— Je vais appeler les secours, dit-elle dans un souffle.

Mais lorsqu'elle voulut se diriger vers le téléphone, il la retint par le bras avec une force étonnante.

— Non…

— Tu es mourant…

— Non.

De sa main libre, il saisit la fermeture Éclair de son sweat-shirt. Malgré ses doigts tremblants, il parvint à faire descendre le curseur…

Pour dévoiler un gilet pare-balles.

— Juste… souffle… coupé. (Il prit une grande inspiration, ses poumons se gonflèrent à fond et il expira doucement et sans à-coups.) Pris sur… le cadavre…

Grier le regarda, ébahie. Puis elle lui écarta les mains et tâta le trou… où la balle s'était logée, arrêtée par les fibres ultrarésistantes du Kevlar.

Son corps réagit de son propre chef et, saisie d'une force surnaturelle, elle souleva Isaac du sol à moitié et le serra contre son cœur.

— Tu es… (Elle éclata en sanglots, l'horreur et la terreur cédant la place à un immense soulagement.) Tu es génial… Génial et stupide et…

Il la prit dans ses bras et lui rendit son étreinte.

Mais brusquement, il la repoussa pour ramasser son revolver.

— Reste là.

Avec un grognement, il se leva et s'avança vers Matthias d'un pas traînant. Pendant ce temps, elle arracha le ruban adhésif de ses pieds et se précipita vers son père.

— Est-ce que ça va ? demanda-t-elle en s'affairant à lui dégager les bras.

Il hocha vivement la tête, les yeux rivés sur Isaac, semblant lui aussi sidéré qu'il s'en soit sorti vivant. Dès qu'il eut les mains libres, il prit le relais et se dégagea les chevilles.

Grier jeta un coup d'œil autour d'elle, puis, craignant la présence d'un autre intrus, elle prit le 9 mm que lui avait donné son père lorsque Jim était apparu.

En supposant que c'était bien lui.

Quelque chose lui disait que son père et elle avaient été victimes d'une illusion.

Matthias se savait mortellement blessé et s'en réjouissait. Certes, il aurait préféré mourir de la main de Jim, mais celle d'Isaac ferait tout aussi bien l'affaire, d'autant que Rothe était en partie responsable de l'échec de son suicide.

En voilà au moins un avec qui il avait réglé ses comptes.

À mesure que son artère coronarienne s'épanchait dans son thorax, il avait de plus en plus de mal à respirer et sa tension chutait. Son corps devenait froid et engourdi. C'était une sensation agréable : il n'avait plus mal.

Enfin, ce n'était pas tout à fait vrai. La douleur sur le côté gauche ne l'avait pas quitté… et ce fut au seuil de la mort qu'il comprit enfin de quoi il s'agissait. Il s'était trompé. Ce n'était pas le présage d'un infarctus. À sa grande surprise, c'était sa conscience. Et il s'en était rendu compte parce que la douleur s'était ravivée juste au moment où il se disait qu'il venait de tuer un innocent, en face de la femme qui l'aimait. N'était-ce pas ironique ? Au fin fond de son péché, il avait trouvé son âme.

Trop tard.

Bah, tant pis. Il serait bientôt mort et plus rien n'importait après ça. La lumière blanche, qui était venue le réclamer à plusieurs reprises lorsqu'il avait failli clamser sur la table d'opération, allait l'emporter – cette fois pour de bon. D'après lui, il ne s'agissait pas du paradis, mais plutôt d'un trouble de la vision, une étape du processus de la mort…

Isaac apparut soudain en face de lui, grand et fort, son sweat-shirt ouvert sur un gilet pare-balles.

Lorsqu'il fut certain de bien voir, Matthias s'esclaffa… et la douleur dans son flanc gauche s'atténua brusquement.

— Fils de…

Il ne put terminer sa phrase, soudain secoué par une violente quinte de toux.

Quand elle fut passée, il sentit le sang s'écouler de sa bouche le long de sa joue alors que son cœur s'affolait tel un animal sauvage en cage.

Isaac s'accroupit et Matthias songea à la Faucheuse qui lui recouvrait le dos. Il se demanda si le soldat allait ajouter une marque au bas de son tatouage.

Il était même prêt à parier que ce serait la dernière.

Isaac secoua la tête et murmura :

— Je dois te laisser mourir. Tu le sais, n'est-ce pas ?

Matthias acquiesça.

— Merci…

Il leva une main gelée et, un instant plus tard, la sentit entourée de chaleur. Isaac l'avait capturée dans la sienne.

La vie est si étrange, songea-t-il. Là-bas, dans le désert, Jim avait décidé de le sauver contre son gré, alors que, dans cette cuisine, Isaac lui offrait ce qu'il avait toujours voulu.

Avant de fermer les yeux pour la dernière fois, Matthias jeta un coup d'œil à Alistair Childe. Sa fille l'avait libéré et il la serrait contre lui, bien à l'abri, sa tête baissée contre la sienne. Comme s'il se sentait observé, Alistair leva les yeux.

Son visage était empreint d'un immense soulagement : il savait que Matthias allait mourir, et que, même si cela ne ressusciterait pas son fils, sa mort garantirait sa protection, ainsi que celle de sa fille.

Matthias lui adressa un signe de tête puis baissa les paupières, prêt au grand vide qui l'attendait. Seigneur, qu'il avait hâte. Sa vie n'avait pas été un cadeau, ni pour lui, ni pour les autres, et il lui tardait que son existence prenne fin.

Tandis qu'il attendait de passer dans l'au-delà, suspendu entre la vie et la mort, il se rappela Alistair, la nuit où son fils était décédé.

« Danny… Oh, Danny, mon garçon… »

Les sourcils froncés, Matthias se rendit compte qu'il avait prononcé ces paroles à voix haute. Tout comme il l'avait fait juste avant de poser le pied sur le détonateur de la bombe.

À ce moment-là, une lumière blanche descendit sur lui. C'était probablement la conséquence de son engourdissement… ou peut-être avait-il traversé cette lueur éthérée de la même manière qu'on franchit une porte. Lorsqu'elle le nimba, il fut saisi d'un grand sentiment de calme et de sérénité, comme s'il avait été lavé de tous les péchés qu'il avait imaginés ou commis pendant son passage sur Terre.

La lumière était bien plus que ce que ses yeux percevaient. Elle envahissait toute sa vision, toutes ses pensées, tout son être.

Ainsi, le paradis existait bel et bien.

Et ce vide… si voluptueux… si délicieux…

Soudain, à la lisière de son esprit, une brume grise se forma. Au début, ce n'était rien de distinct, mais elle s'étendit et s'assombrit jusqu'à devenir une tache noire qui se mit à dévorer la lumière.

Matthias lutta contre l'invasion, son instinct lui soufflant qu'il devait résister. Mais la bataille était perdue d'avance.

La brume se transforma en une sorte de goudron qui l'enveloppa totalement avant de le happer vers le bas, l'entraînant dans une spirale qui se resserra de plus en plus… jusqu'au moment où elle le rejeta parmi une foule d'autres personnes.

Tandis qu'il se débattait contre la vague qui l'étouffait, le submergeait, il se heurtait à d'autres corps s'agitant dans l'onde noire.

Englué dans cet abîme noir et poisseux, il se mit à hurler… en même temps que les autres.

Mais personne ne vint. Personne ne s'en soucia. Rien ne se passa.

L'éternité avait finalement réclamé son âme et ne la laisserait jamais repartir.

Chapitre 50

— Il est mort.

Après avoir prononcé ces mots, Isaac se releva et respira un grand coup. De l'autre côté de la pièce, Grier et son père étaient étroitement enlacés, et il marqua une pause pour savourer cette vision.

Merci, mon Dieu, se dit-il, bien qu'il ne fût pas croyant. *Merci, Seigneur tout-puissant.*

— Restez là, leur dit-il avant de faire le tour pour verrouiller la porte du fond.

Il lui fallut dix minutes pour fouiller et sécuriser toute la maison. Puis, il se dirigea vers l'entrée afin de s'assurer que les verrous étaient correctement engagés…

Isaac jeta un coup d'œil par la fenêtre. Les sourcils froncés, il aperçut un petit chien sur la pelouse. Perché sur ses pattes trapues, le cou tendu, il observait Isaac. Il était vraiment mignon… si l'on oubliait le fait qu'il avait besoin d'une bonne coupe, mais c'est le genre de chose qui arrive à tout le monde, même aux fox-terriers.

Entrebâillant la porte, il s'exclama :

— C'est chez toi, ici ?

Le chien inclina la tête du côté opposé et Isaac scruta le jardin dans l'espoir de voir Jim Heron sortir des buissons.

Malheureusement, hormis l'animal, l'endroit était désert.

— Tu veux entrer ? lui dit-il.

Le chien sembla sourire, comme s'il appréciait l'invitation. Puis il se retourna et s'en alla, en boitillant.

D'un coup, il disparut.

Décidément, c'est le thème de la soirée, songea Isaac en refermant la porte.

Dès qu'il entra dans la cuisine, Grier se détacha de son père et se précipita vers lui pour se jeter dans ses bras et l'enlacer de toutes ses forces. Avec un soupir de gratitude, il la serra contre lui, sa tête blottie contre son torse, sentant son cœur battre contre le sien.

— Je t'aime, dit-elle, plaquée contre son gilet pare-balles. Je suis désolée. Je t'aime.

Merde. Donc il avait bien entendu, la première fois.

— Moi aussi. (Inclinant son visage vers le bas, il déposa un baiser sur ses lèvres.) Bien que je ne te mérite pas.

— Tais-toi.

Elle l'embrassa et il la laissa faire – mais pas longtemps. Bien trop vite, il rompit le contact.

— Écoute, je voudrais que vous me rendiez un service.

— Tout ce que tu veux.

Il jeta un coup d'œil à l'horloge. 21 h 59.

— Retournez en ville. Allez dans un lieu public. Un club privé ou quelque chose dans ce genre. Je veux qu'on vous voie. Dites aux gens que vous êtes allés au restaurant ou au cinéma. Que vous avez passé un moment entre père et fille.

Tandis qu'elle portait le regard sur le corps de Matthias, son père déclara :

— Je peux vous aider.

— On peut t'aider, rectifia Grier.

Isaac recula et secoua la tête.

— Je me charge des cadavres. Mieux vaut que vous ignoriez l'endroit où je vais m'en débarrasser. Je m'occupe de tout, mais il faut que vous partiez. Maintenant.

Les Childe ne semblaient pas disposés à obéir, mais Isaac n'avait aucune intention de céder.

— Réfléchissez, insista-t-il. Tout est fini. Matthias est mort. Son lieutenant aussi. Sans eux, les XOps redeviendront ce qu'ils auraient toujours dû être, avec les bonnes personnes à leur tête. (Il fit un signe à Alistair.) Vous êtes libre. Je suis libre. Tout est fini – à condition que vous me laissiez prendre la situation en main. Je vous en prie, faisons les choses correctement. Une dernière fois.

Le père de Grier jura – ce qui n'était certainement pas dans ses habitudes.

— Il a raison, finit-il par dire. Laissez-moi aller me changer.

Une fois son père parti, Grier jeta un coup d'œil à Isaac. Le regard triste, elle croisa lentement les bras autour de son corps.

— Est-ce que c'est fini entre toi et moi ? Là ? Ce soir ?

Isaac s'avança vers elle et, capturant son visage entre ses mains, se sentit écrasé par le poids d'une réalité à laquelle il ne pouvait échapper et qu'elle ne pourrait jamais supporter.

Avec une douleur dans la poitrine qui n'avait rien à voir avec la balle, il prononça un mot, qui à lui seul fit l'effet d'une bombe.

— Oui.

Grier s'effondra et ferma les yeux. Pourtant, il devait lui dire la vérité.

— C'est mieux comme ça. Je ne suis pas ton genre d'homme, même si les XOps ne sont plus un problème. Je ne suis pas celui qu'il te faut.

D'un coup, elle ouvrit grand les yeux et le foudroya du regard.

— J'ai quel âge ? demanda-t-elle. Vas-y, dis-le, j'ai quel âge ?

— Euh… Trente-deux ans.

— Et tu sais ce que ça veut dire, d'un point de vue légal ? Je peux boire, fumer, voter, m'engager dans l'armée… et prendre mes propres décisions. Alors, si tu me laissais choisir ce qui est bon pour moi et ce qui ne l'est pas ?

Bon. Ce n'était vraiment pas le moment d'être excité. Et puis, il était persuadé qu'elle n'avait pas réfléchi aux implications d'être avec un homme au passé tel que le sien.

Il fit un pas en arrière.

— Va rejoindre ton père. Laisse-moi faire le ménage ici et chez toi.

Elle soutint son regard.

— Ne t'avise pas de me briser le cœur, Isaac. Surtout en sachant parfaitement que ce n'est pas nécessaire.

Sur ce, elle l'embrassa et quitta la pièce. En la regardant partir, il se sentit tiraillé entre deux instincts contraires : rester avec elle et faire en sorte que leur relation marche, ou la laisser reprendre sa vie et tourner la page.

Au loin, il les entendit arpenter leurs chambres, se préparant à sortir et à faire comme s'ils n'avaient pas vu deux hommes se faire tuer dans leurs propres maisons… pendant qu'un soldat qu'ils n'auraient jamais dû rencontrer faisait disparaître les corps.

Bon sang, et dire qu'il avait songé à faire partie de sa vie ?

À peine vingt minutes plus tard, Isaac se retrouva seul, père et fille étant partis précipitamment au volant de la Mercedes d'Alistair.

Avant leur départ, Isaac avait serré la main du père, mais s'était gardé de tout geste envers Grier, craignant de ne pas résister à l'envie de l'embrasser une dernière fois. Vêtue de sa robe noire, avec ses cheveux noués en chignon et son visage maquillé, elle était exactement comme le jour où il l'avait rencontrée : une femme belle et sophistiquée avec le regard le plus intelligent qu'il ait jamais eu l'honneur de croiser.

— Sois prudente, lui avait-il d'une voix rude. Je t'appellerai pour te faire savoir quand vous pourrez rentrer.

Aucune larme, aucune protestation de sa part. Elle s'était contentée de hocher la tête, puis avait tourné les talons et rejoint la voiture de son père.

Alors il s'était avancé vers la porte d'entrée et avait suivi du regard les feux arrière de la berline.

Il dut s'essuyer les yeux. À deux reprises.

Et lorsque les deux points rouges disparurent, il se sentit comme... abandonné. Mais c'était idiot. On ne peut pas se sentir abandonné quand on a soi-même provoqué le départ.

N'est-ce pas ?

Sentant le besoin d'un genre de contact, d'un genre d'espoir, il jeta un nouveau coup d'œil à la crête des arbres, de l'autre côté de l'herbe verte. Aucun signe de Jim ni de ses acolytes... ni du petit chien.

Et pourtant, il aurait juré qu'on l'observait.

— Jim ? Tu es là, Jim ?

Personne ne répondit. Personne ne sortit du feuillage.

— Jim ? répéta-t-il.

Il rentra dans la maison, avec l'étrange pressentiment qu'il ne verrait plus jamais Jim. Bizarre, étant donné son insistance à jouer les sauveurs.

Mais là encore, le cadavre de Matthias gisait sur le sol de la cuisine, ce qui signifiait qu'Isaac n'avait plus rien à craindre, et donc que Jim avait atteint son but.

Cependant... il garderait tout de même son gilet pare-balles jusqu'à l'aube. Juste au cas où.

On ne sait jamais ce qui peut arriver.

Chapitre 51

— Jim ? Tu es là, Jim ?

Tandis qu'Isaac scrutait les arbres, Jim se tenait à moins d'un mètre de lui et mourait d'envie de le prendre dans ses bras. Bon Dieu… quand il avait entendu ces coups de feu et vu, à travers la baie vitrée, Matthias et Rothe tomber au sol, il avait perdu dix ans de sa vie éternelle.

Mais Isaac était sain et sauf. Il s'en était tiré en gardant la tête froide et en parant à toute éventualité, comme on le lui avait appris.

— Jim ?

Et là, en contemplant son camarade, un sentiment de pure exultation le submergea. Il avait gagné. Une nouvelle fois.

Va te faire foutre, Divine, pensa-t-il. *Va te faire foutre.*

Isaac était vivant, ainsi que Grier et son père. Et en dépit du fait qu'ils s'étaient trompés d'âme au début, les choses s'étaient bien passées – même si l'histoire de sanction de Nigel s'était avérée un faux problème, n'est-ce pas ?

Jetant un coup d'œil à Eddie et Adrian par-dessus son épaule, il fut surpris de leur air renfrogné.

— Qu'est-ce qui ne…

Il n'eut pas le loisir de finir sa phrase. Un tourbillon le souleva du sol, tournoyant autour de lui, s'élevant pour s'emparer de ses jambes, de ses hanches et de son torse. Il tenta de résister, mais impossible d'échapper à…

Ses molécules se mélangèrent et s'éparpillèrent, son corps se transformant en une nuée qui évoluait hors du temps et de l'espace, volant vers une destination inconnue.

Lorsqu'il se matérialisa de nouveau, il savait précisément où il était… et la vue de la table de travail de Divine lui retourna l'estomac.

Il n'avait pas gagné.

— Non, effectivement, dit-elle dans son dos.

Pivotant sur lui-même, il la regarda franchir le seuil. Elle était sous son apparence de jeune femme brune, magnifique, sexy et aussi artificielle qu'une poupée Barbie.

Elle sourit, ses lèvres rouges dévoilant ses belles dents blanches.

— Matthias a tiré sur Isaac avec l'intention de le tuer. Qu'il ait réussi ou non n'entre pas en ligne de compte. Son esprit était coupable.

Au-dessus de sa tête, un drapeau noir était accroché au mur de son antre, son premier trophée.

— Tu as perdu, Jim. (Son sourire s'élargit lorsqu'elle leva les bras pour désigner l'immense prison visqueuse qui s'élevait au-dessus d'eux.) Il est là, désormais. Et il est à moi, à jamais.

Jim serra les poings.

— Tu as triché.

— Ah oui ?

— Tu t'es fait passer pour moi, n'est-ce pas ? C'est comme ça que Matthias est entré chez Alistair. Soit tu lui as donné mon apparence, soit c'est toi qui l'as prise.

À son air satisfait, il sut qu'il avait raison.

— Allons, allons, Jim. Je ne triche jamais. Donc, je ne vois pas de quoi tu parles. (Divine s'avança vers lui en roulant des hanches.) Dis, ça te dirait de rester un petit peu ? J'ai quelques idées pour passer le temps.

Quand elle fut juste en face de lui, elle fit remonter ses ongles laqués de rouge le long de son torse et elle se pencha en avant.

— J'aime être avec toi, Jim.

D'un geste sec, il lui saisit le poignet et le serra si fort qu'il aurait pu le briser.

— Tu dois être maso. Au cas où tu l'aurais oublié, je t'ai explosée la dernière fois.

Cette salope eut le culot de faire la grimace.

— Tu me fais mal.

Il n'y croyait pas une seconde.

— Et tu ferais n'importe quoi pour atteindre ton but.

Elle sourit de nouveau.

— Tu as raison, Jim. Tu as parfaitement raison, mon amour.

Il relâcha son étreinte aussi brusquement que s'il s'était brûlé et fut pris d'un haut-le-cœur en reconnaissant la lueur dans ses yeux.

— C'est vrai, Jim, murmura-t-elle. J'ai des sentiments pour toi. Et ça te fait peur, n'est-ce pas ? Peur que ce soit réciproque.

— Jamais de la vie.

— Dommage, il va falloir qu'on change ça, alors.

Avant qu'il ait pu l'arrêter, elle se redressa et captura sa bouche. Puis elle l'embrassa brièvement avant de lui mordre la lèvre inférieure jusqu'au sang.

Soudain, elle recula, comme si elle savait qu'elle allait trop loin.

— Au revoir, Jim. Mais nous nous reverrons bientôt, je te le promets.

Écœuré, il s'essuya la bouche du revers de la main et cracha par terre. Il était sur le point de lui rabattre le caquet lorsqu'il se souvint de ce que Nigel lui avait dit sur la pelouse.

« Sachez que vous irez bien plus loin en vous servant de votre tête plutôt que de votre colère. »

Jim sourit à son tour, mais d'un air grave. Finalement, ce n'était pas une mauvaise chose que son ennemie soit tombée amoureuse de lui : malgré toute sa puissance, aussi dangereuse et imprévisible soit-elle, cette flamme incontrôlable qui brûlait dans ses yeux était une arme pour Jim.

Refoulant ses propres émotions, il empoigna sa queue à travers son pantalon.

La réaction de Divine fut fulgurante : son regard se porta aussitôt sur son bassin et elle entrouvrit la bouche comme si elle manquait d'air, ses seins s'élevant au-dessus du corsage de sa robe.

— C'est ça que tu veux ? demanda-t-il d'une voix rude.

Comme un automate, elle acquiesça.

— Ça ne suffit pas, lui dit-il en la détestant et en se détestant lui-même. Dis-le, salope. Dis-le.

D'une voix rauque et affamée, elle murmura :

— J'ai envie de toi…

Jim se détendit. Il se sentait sale, à l'intérieur comme à l'extérieur, mais la guerre est impitoyable, même quand on est du côté du bien.

La fin justifie les moyens, songea-t-il. Son corps et le désir de Divine étaient des outils, et il n'hésiterait pas à s'en servir pour atteindre son but.

— Bien, grogna-t-il. J'aime mieux ça.

Cette fois, ce fut lui qui invoqua le tourbillon d'énergie et, par la simple force de sa volonté, son corps se souleva du sol. Tandis qu'il s'élevait dans les airs, Divine tendit la main vers lui, le visage transfiguré par une expression de douleur qui émoustilla l'ange.

Puis, s'arrachant à son regard, il scruta les murs de son donjon à la recherche de la fille qu'il allait devoir abandonner de nouveau… et du commandant qu'il avait tenté de sauver en vain.

Il reviendrait chercher la jeune femme. Mais son ex-patron… Il avait bien peur que Matthias soit perdu à jamais, tant il avait mérité son tourment éternel.

Cependant, Jim regrettait la perte de cet homme.

Il avait voulu le sauver.

Jim reprit conscience sur la pelouse du capitaine Alistair Childe. Songeant à sa première mission, il se dit qu'il était décidément destiné à s'évanouir et à se réveiller sur un tapis d'herbe.

Adrian et Eddie étaient penchés sur lui, l'air grave et sérieux.

— On a perdu, déclara Jim.

Comme s'ils n'étaient pas au courant.

Adrian tendit la main pour aider Jim à se relever.

— On a perdu, marmonna de nouveau Jim.

Regardant par-dessus son épaule, il hésita à retourner chez Alistair pour aider Isaac à se débarrasser du corps de Matthias, mais décida de ne pas bouger. Isaac allait déjà avoir assez de mal à essayer de donner un sens à toutes ces choses inexplicables. Rester en contact avec lui ne ferait que lui embrouiller davantage le cerveau.

— Caldwell, dit Jim à ses équipiers. On retourne à Caldwell.

— D'accord, murmura Eddie, comme s'il n'était pas surpris le moins du monde.

Jim ne se souciait pas de savoir qui serait le prochain enjeu. Comme il l'avait appris lors de cette dernière mission, les âmes se chargeraient de le trouver. Aussi, il ferait tout aussi bien de suivre ce que lui dictait son cœur : qu'il était temps pour la famille Barten d'enterrer dignement sa fille.

Et Jim était l'ange de la situation.

Déployant ses grandes ailes étincelantes, il regarda une dernière fois par la baie vitrée de la cuisine. Isaac Rothe s'affairait à sa macabre besogne, gérant la situation avec la compétence et la rigueur dont il avait toujours fait preuve.

Tout se passerait bien pour lui – à condition qu'il soit assez intelligent pour rester avec cette avocate. Quand on a la chance de trouver un amour pareil, il faut être fou pour lui tourner le dos.

Suivi de ses deux coéquipiers, Jim s'élança dans le ciel avec une incroyable aisance et ses ailes le propulsèrent à travers l'air frais de la nuit, le vent lui fouettant le visage, s'engouffrant à travers ses cheveux.

Il se jura de réagir plus vite lors de la prochaine bataille. Et de profiter au maximum de sa nouvelle arme contre Divine.

Même si ça devait le tuer.

Chapitre 52

Une semaine plus tard…

Grier se déshabilla dans son dressing, et lorsqu'elle suspendit son tailleur au milieu des autres, elle ne put s'empêcher de songer à la manière dont tout était ordonné auparavant. Avant, les tailleurs étaient à gauche de la porte. À présent, ils étaient juste en face d'elle.

Simplement vêtue de son chemisier en soie et de ses bas, elle tâtonna tout autour d'elle, touchant ses vêtements, se demandant lesquels avaient été rangés par elle… et lesquels avaient été suspendus par Isaac, après son départ.

Fermant les yeux, elle avait envie de pleurer, mais n'en avait pas l'énergie.

Elle n'avait eu aucune nouvelle de lui depuis qu'il leur avait donné le feu vert pour rentrer, ce fameux soir de la semaine précédente, tâche dont il s'était acquitté par texto plutôt que de vive voix.

Et ensuite ? Pas d'appel, pas d'e-mail, pas de visite.

C'était comme s'il n'avait jamais existé.

Et il avait fait le vide derrière lui. Quand elle était rentrée chez elle, la carte de visite de Matthias, les lambeaux de son tee-shirt et le dossier rempli de fiches avaient disparu. Ainsi que les deux cadavres et les deux voitures de Lincoln.

Comme une idiote, elle avait cherché un message d'adieu, tout comme la première fois où il était « parti », mais elle n'en avait pas trouvé. Et parfois, au beau milieu de la nuit, quand elle n'arrivait pas à dormir, elle reprenait ses recherches, jetant un coup d'œil aux tables de chevet, au plan de travail et même à son dressing.

Rien.

La seule trace de son passage semblait être ce placard qu'il avait remis en ordre. Mais ce n'était pas un souvenir qu'elle pouvait garder dans son journal et sortir de temps à autre, quand elle se sentait nostalgique.

Dans les sept jours qui avaient suivi, elle n'avait vécu que pour son travail, se forçant à se lever alors qu'elle aurait voulu tirer les couvertures au-dessus de sa tête et rester au lit toute la journée : tous les matins, elle s'était levée, habillée, avait bu son café et s'était retrouvée coincée sur le bref trajet qui menait au quartier financier, où se trouvait son bureau.

Son père ne l'avait pas lâchée. Ils avaient dîné ensemble tous les soirs, comme ils en avaient l'habitude avant que…

La seule lumière au bout du tunnel ténébreux dans lequel elle se trouvait – et c'était juste une étincelle, pas un feu de joie – était qu'elle avait mis à exécution son projet de vacances. La semaine suivante, elle allait s'envoler pour…

Grier se figea, un frisson sur sa nuque interrompant ses lamentations.

— Daniel ?

Personne ne lui répondit et elle lâcha un juron. En plus de rechercher un mot d'Isaac, elle avait espéré voir le fantôme de son frère, mais c'était comme s'ils l'avaient tous les deux abandonnée sans dire au revoir.

Se retournant, elle…

— Daniel ! (Elle porta les mains à la poitrine.) Bon Dieu, mais où étais-tu passé ?

Pour une fois, son frère n'était pas habillé en Ralph Lauren. Avec sa longue toge blanche, on aurait dit qu'il se rendait à une cérémonie de remise de diplôme.

Son sourire était chaleureux, mais triste.

— *Salut, sœurette.*

— J'ai cru que tu m'avais quittée. (Elle était sur le point de le prendre dans ses bras quand elle prit conscience que ça ne fonctionnerait pas – comme habitude, il n'avait presque aucune consistance.) Pourquoi n'as-tu pas…

— *Je suis venu te dire adieu.*

— Ah. (Elle ferma les yeux tandis qu'elle prenait une profonde inspiration.) Je crois que je m'y attendais.

Quand elle leva les paupières, il se tenait juste en face d'elle, et elle le considéra d'un air médusé : il paraissait en si bonne santé, si détendu. Si… étrangement sage.

— *Tu es prête, maintenant*, lui dit-il. *Prête à tourner la page.*

— Vraiment ?

Elle n'en était pas si sûre. L'idée de ne plus jamais le revoir la paniquait.

— *Oui. Et puis, ce n'est pas définitif. Tu me reverras un jour… et maman, aussi. Ce ne sera pas avant des années, mais en attendant, tu as une bonne raison de vivre.*

— M'occuper de moi-même, je sais. Ne te vexe pas, mais ça fait trente-deux ans que je le fais, et ça ne m'apporte pas grand-chose.

— *Pas exactement*, rétorqua-t-il avec un sourire malicieux avant de porter sa main étincelante au-dessus du ventre de Grier.

Baissant les yeux vers son propre corps, elle se demanda de quoi il pouvait bien parler.

— *Je t'aime*, déclara son frère. *Et tout ira bien pour toi. Je voulais aussi te dire que je crois que j'avais tort.*

— À quel propos ?

—Je me croyais coincé entre ici et l'au-delà parce que tu ne voulais pas me laisser partir. Mais ce n'était pas ça. C'est moi qui ne voulais pas te quitter. Mais désormais, tu vas être entre de bonnes mains et tout ira bien.

—Daniel, bon sang, de quoi tu parles ?

—Je dirai à maman que tu l'aimes. Et ne t'inquiète pas. Je sais que tu m'aimes aussi. Dis bonjour à papa de ma part, un jour, si tu le peux. Dis-lui que je vais bien et que je lui ai pardonné depuis longtemps. (Il leva sa main fantomatique.) *Au revoir, Grier. Oh, et « Daniel », ce serait génial. Tu sais, si c'est un garçon ?*

Grier eut un mouvement de recul alors que son frère disparaissait devant ses yeux.

Après son départ, elle resta plantée là, abasourdie, incapable de comprendre ce que…

Ses jambes se mirent à bouger de leur propre chef et une fraction de seconde plus tard, elle se retrouva dans la salle de bains. D'un geste sec, elle ouvrit le tiroir où elle rangeait son maquillage et…

Ses pilules.

D'une main tremblante, elle s'empara de la plaquette et se mit à compter.

Mais c'était inutile. Elle savait déjà.

La dernière fois qu'elle avait pris sa pilule, c'était la veille de sa rencontre avec Isaac. Et depuis, ils avaient fait l'amour deux fois, enfin deux fois et demi, sans protection.

Grier quitta la pièce d'un pas chancelant. Hagarde, elle se laissa choir sur le lit et resta assise dans l'obscurité, les yeux rivés sur la boîte tandis qu'au-dehors la pluie se mettait à tomber.

Enceinte ? Pouvait-elle vraiment être… enceinte ? Était-elle…

Des coups résonnèrent contre la vitre, si légers qu'elle les prit pour les battements de son cœur. Cependant, lorsqu'ils retentirent de nouveau, elle jeta un coup d'œil au balcon.

De l'autre côté de la vitre, une énorme silhouette se dressait et, l'espace d'une seconde, Grier faillit s'emparer de la télécommande du système de surveillance. Mais à ce moment-là, elle vit que l'homme tenait autre chose qu'un revolver dans sa main.

Une rose.

— Isaac ! cria-t-elle.

Se levant d'un bond, elle se précipita vers la porte-fenêtre et l'ouvrit à la volée.

Son déserteur se tenait sous la bruine, les cheveux trempés, son tee-shirt sans manches exposant ses biceps aux gouttelettes.

— Salut, dit-il d'une petite voix.

Comme s'il craignait l'accueil qu'il allait recevoir.

Grier cacha les pilules derrière son dos.

— Salut…

Son esprit se mit à tourner à toute allure : était-il venu lui annoncer qu'il avait eu un problème en déplaçant les corps, ou l'avertir que quelqu'un d'autre était à leurs trousses ? Mais pourquoi aurait-il apporté une…

— Tout va bien, dit-il comme s'il avait deviné ses pensées. Je suis juste venu te donner ça. (Il leva maladroitement la rose blanche.) C'est… euh… le genre de choses que font les hommes. Quand ils… euh…

Sa voix se brisa tandis qu'elle admirait les pétales parfaits de la fleur, et lorsqu'elle inspira, une bouffée de son parfum lui parvint aux narines. Soudain, elle prit conscience qu'Isaac se tenait toujours sous la pluie.

— Mon Dieu, où ai-je la tête ? Entre. Tu vas être trempé.

Elle s'écarta et il hésita. Puis, il porta la rose à sa bouche et se pencha pour détacher les lacets de ses rangers.

Grier éclata de rire.

Même s'il n'y avait aucune raison, elle ne pouvait pas s'en empêcher, à tel point qu'elle dut rebrousser chemin pour se rasseoir sur le lit. Elle riait de joie, de confusion et d'espoir. Elle riait parce qu'elle était émue : par la perfection de la rose, de cet instant… du moment qu'il avait choisi pour arriver. Par ses manières de gentleman, qui l'avaient poussé à retirer ses chaussures pour éviter de salir son tapis.

Son frère avait raison.

Tout irait bien.

Son soldat était rentré pour de bon… et tout se passerait à merveille.

Isaac entra en chaussettes dans la chambre de Grier en prenant soin de refermer la porte-fenêtre derrière lui. Puis il récupéra la rose coincée entre ses dents et se lissa les cheveux en tentant de refouler le sentiment qu'il aurait dû venir en smoking.

Mais il n'était pas le genre d'homme à porter un costume.

Il s'approcha de Grier, s'agenouilla devant elle et esquissa un sourire en la regardant rire. Soit elle avait perdu la tête, soit elle était contente de le revoir. Il espérait bien que c'était la deuxième option et se fichait qu'il s'agisse de la première tant qu'elle le laissait rester auprès d'elle.

Dieu qu'elle était belle. Nue sous son chemisier en soie et sa paire de bas, elle était tout simplement magnifique.

Tandis qu'elle se frottait les yeux, il s'aperçut qu'elle tenait quelque chose dans la main. Et ce n'était pas une stupide fleur. C'était une plaquette de… pilules ?

Grier dut voir ce qu'il observait, car elle s'arrêta de rire et tenta de cacher la chose derrière elle.

— Attends, dit-il. Qu'est-ce que c'est ?

Prenant son courage à deux mains, elle inspira un grand coup.

— Pourquoi es-tu revenu ?

— C'est quoi, ces pilules ?

— Toi d'abord. (Elle le regardait d'un air grave.) Je t'écoute.

Il se sentait parfaitement idiot ; cependant, même si tout est permis en amour comme à la guerre, sa fierté masculine n'avait manifestement pas voix au chapitre.

— Je suis revenu pour rester à tes côtés, si tu m'y autorises. J'ai passé toute la semaine à… organiser les choses. (Il était inutile de s'étendre sur ce sujet et il fut soulagé qu'elle ne l'interroge pas davantage.) Et puis, j'avais besoin de faire le point. Je veux devenir réglo. Comme tu l'as dit, on ne peut pas changer le passé, mais on peut influer sur l'avenir. Tout ce que j'ai fait au sein des XOps… Je vais porter ce fardeau pendant le reste de ma vie. Mais – et je sais que ça va paraître horrible – malgré tous mes crimes, j'ai la conscience tranquille. Je ne sais pas si ça a un sens…

En fait, cette annotation dans son dossier, ce « besoin d'un impératif moral », n'était pas anodine. C'était même la seule raison qui l'avait retenu de s'envoyer lui-même en prison ou sur la chaise électrique.

Il se racla la gorge.

— J'irai jusqu'au bout de mon procès pour combat illégal et si j'accepte de coopérer, je pourrai peut-être plaider coupable et alléger ma peine. Ensuite, je trouverai un travail. Dans la sécurité, par exemple, ou…

Il avait espéré rejoindre l'équipe de Jim, mais puisque Matthias était mort, ils étaient peut-être partis chacun de leur côté. Manifestement, il ne le saurait jamais : si Jim n'était pas déjà venu le trouver, c'était qu'il n'en avait aucune intention.

— Je crois que je suis enceinte.

Isaac se figea, abasourdi.

À en juger par le bourdonnement dans ses oreilles, quelqu'un s'était approché par-derrière et l'avait assommé à l'aide d'une planche.

Ce qui expliquerait non seulement le bruit, mais également la sensation de vertige.

— Excuse-moi… Qu'est-ce que tu as dit ?

Elle tendit les pilules.

— J'ai oublié de les prendre. Avec tout ce qui s'est passé, ça m'est complètement sorti de la tête.

Isaac attendit de voir s'il allait de nouveau être sonné, et bien évidemment, ce fut le cas.

Mais sa torpeur ne dura qu'un instant. Pris d'une joie incommensurable, il se jeta littéralement sur Grier, la faisant basculer sur le matelas, puis la serra si fort qu'il faillit l'étouffer. Soudain, il s'écarta, horrifié.

— Oh, mon Dieu, est-ce que je t'ai fait mal ?

— Non, le rassura-t-elle en souriant avant de l'embrasser. Je vais bien.

— Tu es sûre ?

Elle avait un regard étrange et lointain.

— Oui, certaine. Est-ce qu'on pourra l'appeler Daniel si c'est un garçon ?

— Daniel, Fred, ce que tu veux. Susie, ce serait un peu dur, mais si tu y tiens, ça me va.

Il n'y eut plus aucune parole échangée après cela. Il était trop occupé à la déshabiller et vice-versa. Et lorsqu'ils se retrouvèrent nus…

— Putain… (Avec un grognement, il la pénétra, et sentant son sexe se contracter autour du sien, s'enfonça avec délice dans la moiteur chaude de son étreinte.) Désolé… pour… le juron…

C'était si bon de bouger en elle.

Si bon de songer au bonheur qui les attendait.

Il était enfin libre, à l'abri de la tourmente, au sens propre comme au figuré. Tout cela grâce à elle.

— Je t'aime, murmura-t-elle contre sa gorge. Prends-moi… Plus fort encore.

— Vos désirs sont des ordres, madame, grogna-t-il.

Alors, il lui donna tout l'amour qu'il avait en lui et s'offrit tout entier à elle, pour l'éternité.

Achevé d'imprimer en janvier 2013
Par CPI Brodard & Taupin - La Flèche (France)
N° d'impression : 71578
Dépôt légal : janvier 2013
Imprimé en France
81120890-1